中国当代文学选本

Collection of Modern Chinese Literature

（第 10 辑）

王昕朋　主编

中国言实出版社

图书在版编目（CIP）数据

中国当代文学选本 . 第 10 辑 / 王昕朋主编 . -- 北京：
中国言实出版社，2022.12
ISBN 978-7-5171-1722-3

Ⅰ . ①中… Ⅱ . ①王… Ⅲ . ①中国文学—当代文学—
作品综合集 Ⅳ . ① I217.1

中国版本图书馆 CIP 数据核字（2022）第 235019 号

中国当代文学选本（第10辑）

责任编辑：张国旗
责任校对：王建玲

出版发行：中国言实出版社
　　地　　址：北京市朝阳区北苑路180号加利大厦5号楼105室
　　邮　　编：100101
　　编辑部：北京市海淀区花园路6号院B座6层
　　邮　　编：100088
　　电　　话：010-64924853（总编室）　010-64924716（发行部）
　　网　　址：www.zgyscbs.cn　电子邮箱：zgyscbs@263.net

经　　销：新华书店
印　　刷：北京温林源印刷有限公司
版　　次：2022年12月第1版　2022年12月第1次印刷
规　　格：710毫米×1000毫米　1/16　28.25印张
字　　数：390千字

定　　价：89.00元
书　　号：ISBN 978-7-5171-1722-3

目录

中篇

003　王　蒙　霞满天
045　和晓梅　漂流瓶
083　张学东　弯道超车
135　李　榕　燃　烧

短篇

167　韩　东　诗会
182　蒋一谈　说文解字
203　姚鄂梅　去海南吧
218　班　宇　漫长的季节
243　吴　君　光明招待所
259　羊　倌　娘　亲

微小说

273　谢志强　皮　鞋
277　芦芙荭　走失的赵东
281　陈　毓　一棵悬挂秋千的树
284　欧阳华　秘制小鱼干
287　蔡　楠　十八岁的李响
291　高士林　上车下车
294　梁小萍　开花的树
297　王辉俊　美舍河畔的暖阳
301　袁省梅　火柴盒
305　骆　驼　再上九鼎山

散文

311　高建群　五月的鲜花开遍了延安的原野
　　　　　　　——我的杨家岭采访本
324　韩少功　放下写作的那些年（外一篇）
　　　　　　　萤火虫的故事
333　张金凤　人在何处
342　梁　衡　补　丁
347　陆春祥　咏而归
354　冯秋子　鸿雁长飞

诗歌

361　梁尔源　老木匠
363　胡丘陵　桃花源
365　陈惠芳　扎　根

1

367　　张　战　　择　菜

369　　张绍民　　从前的灯光

371　　草　树　　时　光

373　　蒋三立　　老　站

375　　李春龙　　小路自然而然还给了小草

377　　也　人　　在湘南的方言里莳田

379　　贺予飞　　梨子寨

381　　廖志理　　秋天的边界

383　　刘　羊　　故乡的方位

384　　刘晓平　　爬满山崖的小路

385　　陈新文　　宽背高大的椅子

387　　康　雪　　水　牛

389　　梁书正　　春天颂

391　　叶菊如　　湖边人家

393　　刘　娜　　一棵枣树

395　　熊　芳　　阳光明媚

397　　李杰波　　春天是另一番景象

399　　陈群洲　　每条小路都通往春天里的烟冲

401　　胡述斌　　洞庭渔樵
　　　　　　　　——赠汤青峰

404　　马迟迟　　楼中人
　　　　　　　　——在村口小学留影

406　　胡建文　　来自村庄的消息

408　　刘　阳　　我的父亲，越来越像一辆拖拉机

410　　胡小白　　泥土会回应你

412　　朱　弦　　春　雪

评
论

415　　南　帆　　《回响》：多维的回响

427　　文贵良　　明净与压抑
　　　　　　　　——论王尧小说《民谣》的汉语诗学

长
篇

441　　2022年第3季度优秀长篇小说选目

CONTENTS

Novellas

003	Wang Meng	Xiamantian Nursing Home
045	He Xiaomei	Drift Bottle
083	Zhang Xuedong	Overtaking on a Corner
135	Li Rong	Burning

Short Stories

167	Han Dong	Poerty Recital
182	Jiang Yitang	Tell me the Meaning of Words
203	Yao Emei	Go to Hainan
218	Ban Yu	The Long Season
243	Wu Jun	Hostel
259	Yang Guan	My Mother

Mini Stories

273	Xie Zhiqiang	Leather Shoes
277	Lu Fuhong	The Lost Zhao Dong
281	Chen Yu	A Tree Hanging a Swing
284	Ouyang Huali	The Secret Recipe of Small Fish Trunks
287	Cai Nan	Eighteen-Year-Old Li Xiang
291	Gao Shilin	Get on and Get off
294	Liang Xiaoping	The Blooming Tree
297	Wang Huijun	Warm Sun by the Meishe River
301	Yuan Xingmei	The Firebox
305	Luo Tuo	Once More to the Jiuding Mountain

Proses

311	Gao Jianqun	Flowers Bloom All over the Fields of Yan 'an in May
		-- My Yangjialing Interview Notes
324	Han Shaogong	Years without Writing (with Another Article)
333	Zhang Jinfeng	People in Chinese Characters
342	Liang Heng	Patch
347	Lu Chunxiang	Sing and Return
354	Feng Qiuzi	Flying Wild Geese

Poems

361	Liang Eryuan	The Old Carpenter
363	Hu Qiuling	Peach Garden
365	Chen Huifang	Rooting
367	Zhang Zhan	Choosing Vegetables

369	Zhang Shaomin	The Light of the Past
371	Caoshu	Time
373	Jiang Sanli	The Old Station
375	Li Chunlong	The Path Naturally Returned to Grasses
377	Ye Ren	Farming in the Dialect of Southern Hunan
379	He Yufei	Pear Village
381	Liao Zhili	The Boundaries of Autumn
383	Liu Yang	Location of Hometown
384	Liu Xiaoping	A Path That Climbs up the Cliff
385	Chen Xinwen	A Tall Chair with a Wide Back
387	Kang Xue	Buffalo
389	Liang Shuzheng	The Song of Spring
391	Ye Juru	Lake House
393	Liu Na	A Jujube Tree
395	Xiong Fang	The Sun Is Shining
397	Li Jiebo	Spring Is a Different Scene
399	Chen Qunzhou	Every Path Leads to the Yanchong in Spring
401	Hu Shubin	Dongting Fishing and Limbering
		-- For Tang Qingfeng
404	Ma Chichi	People in the Building
		-- Take a Picture in Village Primary School
406	Hu Jianwen	News from the Village
408	Liu Yang	My Father, More and More like a Tractor
410	Hu Xiaobai	The Soil Will Respond to You
412	Zhu Xian	Spring Snow
415	Nan Fan	Multidimensional Echo
		-- Comment on Dong Xi's Novels *Echo*
427	Wen Guiliang	Clarity and Repression
		-- On the Chinese Poetics of Wang Yao's Novel *Folk Song*
441		List of Outstanding Novels in the 3rd Quarter of 2022

Criticism

Novels

主持人：**王干**

王干，文学批评家，鲁迅文学奖得主，"新写实小说"倡导者。

Wang Gan is a literary critic, winner of Lu Xun Literature Prize, and an advocate of "new realistic novel".

中篇

推荐语

王蒙是一位紧贴时代、紧贴生活的作家，同时也是紧贴自己的作家。他的作品总是能够将自己和时代密切地交织在一起。《霞满天》是关于养老的故事，但文笔一如既往地灿烂、奔放、华美，教授蔡霞来到养老院引起的一连串故事，散发着老年人特有的气息，也有着一般文学作品很少涉及的黄昏美感。王蒙早期的作品除了《活动变人形》外，女性形象较少，近年来，王蒙的《女神》等大多数作品以女性人物作为一号主角，这些女性人物是值得研究的文学形象。

20年前，和晓梅获得王蒙先生倡议设立的春天文学奖提名奖，20年后，和晓梅与王蒙先生"同框"了，她的中篇与王蒙先生的中篇同时被选载，这是一种文学薪火相传，也是代际叠加，当然，他们写各自的生活，王蒙写养老的故事，和晓梅则关心职场的拼搏和奋斗者的命运，小说名为"漂流瓶"，是实写，也是隐喻和虚化，人生何处不漂流？漂流才是人生吗？小说令人深思。

几年前，我曾经将张学东的小说定位为"写苦闷"，因为他身边的宁夏作家都在写苦难，所以他写苦闷就显得特别突兀，就像一田绿庄稼中的一片黄叶。《弯道超车》依然属于个人苦闷类，主人公因为一次车祸引发对人生的思考，他对自己人生路径的检索和反思，已经不仅仅是"苦闷的象征"了，而是带有很强的时代感和历史感，由个人的焦虑转化为对时代某些精神现象的质疑和反思，张学东的小说边界在扩展。

近年来关于医院的话题不少，但写医院的小说不多，写得好的更少。李榕的《燃烧》通过一起复杂的肝移植手术，写出三个不同岗位医疗工作者的人生际遇，一个是消化外科大神，一个是药学专家，一个是临床药师，三人的家人当年同时卷入一桩纠纷。他们在探访寻找药物过敏真相的过程中，在坚守职业操守的对立和统一中，相互守护，完成自身救赎，情感精神得到升华，也留下漏洞和无穷悬念。

【作者简介】王蒙，1934年出生于北京，1948年14岁成为中国共产党的地下党员，1949年开始做青年团工作。曾任中国作家协会副主席、中共中央委员、中华人民共和国文化部部长、中国人民政治协商会议常务委员。现为中央文史馆馆员。1953年，开始文学写作。各类作品近百部，代表作有《青春万岁》《组织部来了个年轻人》《这边风景》等。2020年出版《王蒙文集》（新版）50卷。其作品在20多个国家和地区翻译出版。已获得包括茅盾文学奖在内的多个国内文学奖项。2019年9月17日，被授予"人民艺术家"国家荣誉称号。

Wang Meng, born in Beijing in 1934. He became an underground member of the Communist Party of China at the age of 14 in 1948 and began to work for the Youth League in 1949. He was vice chairman of the China Writers Association, member of the CPC Central Committee, minister of Culture of the People's Republic of China, and standing committee member of Chinese People's Political Consultative Conference. Now he is a librarian of the Central Museum of Literature and History. In 1953, he began to write literature. He has nearly 100 works of all kinds, and his representative works include *Long Live the Youth*, *A Young Newcomer in the Organization Department*, *Scenery Here* and so on. The 50 volumes of *Wang Meng Anthology (New Edition)* were published in 2020. His works have been translated and published in more than 20 countries and regions. He has won many domestic literary awards, including Mao Dun Literature Award.On September 17, 2019, he was awarded the national honorary title of "People's Artist".

霞满天

王　蒙

一

在王蒙上小学的时候，看到一拨男女大学生从大街上走过，不知道为什么，我替他们觉得焦躁：他们年纪这样大了，还在一堂一堂地上课、做作业、考试，我从他们身上，看到的是急迫与不安，是期待与得不到，是成长带来了或有的腻歪与疲劳，闹不准还有点空白，就这样上学呀学上呀六七千昼夜，老天。

我是急性子，一辈子催促自己和亲人，被说成是"催人泪下"。我觉得人生的最大痛苦和冤枉，是徒然等待，推迟进行，一些操作与发生耽误了点、分、秒。

在我满三十岁的时候，吓了一跳，怎么噌不楞登就三十了呢？哪儿来了个三十而立？果然仨拾？我什么都没准备好，无缘无故、无着无落、无声无色地三十岁矣！三十功名桌与椅，八十里路门与户！我还有一肚子青春的烦恼与火热，诗情与故事，大志与大言，大心与大胆，还有点滴的露珠儿似的才华，像一位可敬的老师说的，我并没有做没有写也没有弄出什么瓜果李桃儿来呢。

四十岁，一九七四，五七干校刚毕业，我已经老大。少小才刚老大悲，喁喁未罢踽踽归，人生奋力拼八面，不可空空走一回！

安徒生的一个故事，一个坟墓碑文上写着类似如下的文字：

> 逝者是一个作家，但是作品尚未动笔。
> 逝者是一个画家，尚未来得及准备画布。
> 逝者是一个政治家，亟待首次竞选演说。
> 逝者是一个运动员，梦里获得了世界冠军。

大意如此，不是原文。

20 世纪 70 年代，我觉悟了，不能只知道等待。我开始正式动笔，《这边风景》的花与叶绣将起来。此前，五七干校休假期间，已经试写了一些段落。其中有一段写伊犁农民春天大扫除，还有俄罗斯族妇女擅长以石灰水兑蓝墨水把墙刷成天空的淡蓝色。我提道：这是当地的习俗，也是爱国卫生运动的实践。一位老夫子式挚友，听了"爱国卫生"四字，笑得岔气。没有办法，我有我的底色，我的童子功，我的不同路子。

曰：革命。

二

四十二三岁以后，日子正常化、顺当化了。我对五十岁六十岁七十岁八十岁……的反应日益淡定，活进深处意气平，当然必须稳住阵脚。淡定也是晚近时兴起来的词，此前，我更习惯的是燃烧、激越、献身、豁出去，英特纳雄耐尔，让暴风雨来得更猛烈一些吧。

嘲笑爱国卫生运动一词语的挚友体格极佳，在新疆，冬季零下三四十度，他户外步行半个多小时来我家做客，帽子都不戴，他的鼻子与耳朵都呈现出胡萝卜色，不以为意。现在却说成不以为然，"为意"与"为然"都分不清，咱们这个中国的认字儿情况到底是咋啦？我的挚友喜欢喝酒，喝多了走出房门，找一个墙角把迷魂汤子与已经咽下的食物倒逼出来，呕吐干净。回来坐到小饭桌前再吃再喝，谈笑风生，面不改色，同时用普通话、陕甘方言、维吾尔语、俄语掺杂上英语德语说着笑话。同桌的朋友，都称颂他是"铁胃人"。

他吸烟，又买不起好烟，他吸的香烟又臭又辣，并于吸吐过程中时有小规模爆炸叭叭叭儿叭儿出现。

更奇特的事是他的儿子看了一个极好的影片——《大浪淘沙》，学上面的自缢镜头悬梁，就这样离开了人世。为此，我们全单位的人，他的众多的好友，制定了劝慰他与安排大侄子后事的精细方案，做了，了结。

他喜欢读书，喜欢研究比较语言学，向我传授遇到特殊情势，可以用背诵书页或外语单词生字的方法，稳定情绪，心理治疗，利用一不小心就会白白浪费的时间，有所长进，自然入定，百毒不侵。他认为苦学也是气功，在被一批中学生死缠烂打不可开交的时候，他背诵普希金的长诗《叶甫盖尼·奥涅金》而意守丹田，进入情况，完事以后，他一个人弯腰练功立在台上，泥塑木雕，拽也拽不下来。

老夫子定力如山。

我让他给我背诵"叶"诗，他只说了一段，说是普大喜奔的金子一样诗人诗句里说："走遍俄罗斯，找不到一个女人长着美丽的脚板。"

提到俄罗斯女人的脚，带来的是阔大感与生命力度，自然令一批中国亲苏中老年知识分子开怀畅阔不已。

我们当中有的人，有的为普希金的诗作中出现了这样的低俗，面露憾色与痛惜，老夫子突然独树一帜：

"你们怎么这样不懂、不通、不解呀！酸溜溜的小男人才会发生为普天才改诗的冲动！普希金有多么体贴，多么亲切，多么含情，美丽中饱含生猛！再温吞他也是俄罗斯！"

讲到俄罗斯，他用俄语原发音，像是说"嘞儿阿斯衣！"（Россия）元音o发类似a的音，味道果然不一样。

是吗？你又觉得老夫子他体贴了普诗人，超越了诗，超越了最最可笑的小布尔乔亚与风雅，超越了文学与儒学的呆气，超越了传统，更超越了爱情、失恋、追求、懊悔、挑剔、肝肠寸断、要死要活。他的本真天性小小子劲儿可以与普希金、莱蒙托夫、杜牧、李后主、贾宝玉，也不妨加上唐·璜比肩。

他还讲过由于一段时间夫人回内地探亲，他把家里弄得乌七八糟，夫人回家后大怒失态，对他又骂又打，又哭又喊，又抢又跳，小施家暴。观察着夫人的声像，他想起了"酣歌醉舞""珠歌翠舞""燕歌赵舞"……一串串四字成语，他觉得非常幸福，比世界许多地方许多历史时期许多人要幸福得多多。

"语言啊语言，学那么多种语言，为什么不会为自己的生活细节作出最佳命名呢？"老夫子说。

为此，他含蓄地写了新诗，登在那一年本自治区文学期刊"批林批孔"专号上，大意是林彪和孔老二，想破坏人民的幸福，我们仍然是载歌载舞，莺歌燕舞，快乐欢欣，声色琳琅。

他说自己的老婆发起脾气来，堪称声色琳琅的啊。

我离开边远地区后不太久，传来他患咽喉病症的消息，之后急剧恶化离世。我始终感觉到他在离去的那一刻，可能脸上露出了一个轻松却不无诡异的笑容。

他是个大好人，后来，他在世时对他歌舞交加的夫人告诉我说，老夫子已经预感到了改革开放快速发展的好时候，他临别时说："你们会有非常好的生活。"

愿他安息。

三

另一个北京油子老乡，也差不多同一个时期，咽癌去世，他一直闹腾移民国外，靠边疆已经移民到澳洲的俄罗斯族艺术家友人帮忙，终于实现了移民梦。出发前患病住院，迅速走了，他的故事我写在一篇小说《没情况儿》里。我的感觉是他离去时说了一句京腔话："齐了，您。"

后来访问澳大利亚墨尔本时请他妻子、舞蹈家——曾经是谢芳的同伴、一位心直口快的女性——吃饭，她说到自己的移民洋梦，她希望拥有一艘自己的游艇。

流光匆促或堪哀，四海五湖运未裁，游艇白帆卿且觅，碧空银浪鹭鸥来。

后来见到的是与他们同事的另一家老北京，他们移民海外后回京探亲，我请他们吃饭，他们为北京面貌改变之迅速而极不习惯，甚至啧有烦言，意思是说他们此次回来，找不到自己的老家了，北京变得让他们不认路了……我不知道说什么好：一日千里好，还是妥留故迹好？发展变化、旧貌换新颜，还是平和保守、一切大体照旧好？

而他们的在本土上过体育学院打手球的闺女，则埋怨老朋友见到他们只知道请吃饭，说得我尴尬惭愧。据说小朋友曾经心仪一个残疾人，被父母劝退了。

心灵、心理、心愿、心病、心犹不甘。出国生活、定居、归化，滋味究竟何如?

是的，陈寅恪大师说过，去国移居，恰如寡妇再醮，不可总是怀念前夫，更不可再叽叽咕咕抱怨前夫。

还有两位对我极尽关心帮助照拂的老领导，老河北人，打死他们他们也是不会反认他乡作故乡的啦。他们在我最艰难的时候对我伸出援手。两位都是离世于口腔癌。他们都是河北人，都爱吃刚出锅的热饺子，都在包饺子时评论面和得要软硬合度，筋道弹性，得心应手。他们两人都爱说"打倒的媳妇，揉倒的面"。其实他们是最最良善的爱妻主义者，是媳妇面前的五好丈夫。我想念他们，感恩他们，绝对不能辜负他们。

四

三十多年前，我一度因颈椎病而狼狈不堪，那时我发狂地写作，又被通知参加许多会议，接待各种来访友人，国籍不一。一旦病起来，旋转性晕眩，天旋地转，深感恐怖。在一个海边的中等城市文艺之家，我看病疗养了一个多月，认识了一位海滨城市比我大五岁的朋友。

他姓姜，是该市政治协商会议领导。面相很好，尤其是目光明亮，他每天注意看报，皱眉思索，还与我不断切磋讨论苏联在斯大林去世后的变化与埃及、伊拉克的政局，直至赤道与北极南极。他有点驼背，有点秃顶，还有点东张西望。他很健谈，既谈市、省、北京的领导干部的升降前瞻回顾，也谈吃喝玩乐与半荤半素的笑话与谜语。麻烦的是他的口音比较重，说话大舌头，发不出"儿"音来，该发"儿"的时候，他发的是"哦"，这样他的说话至少有三分之一我听不清原文，但自以为能猜出他的话语里的百分之八十的原意。

我们有时和另外两位年轻人一起打麻将牌，年轻的"手哦"胡乱出牌，但是常常和（读"胡"），市政协主席就点评说："傻小子睡凉炕，全凭火力壮。"

那里是革命老区，他父亲是抗日烈士，他小时候当过儿童团长，抓过地主还乡团的探子，在北京的革命大学，他学习过一年，在省委所在城市的党校，学习过两期。他的老区少年积极分子与根正苗红的来路，使我觉得十分亲近。

分别后不到一年，听到了他因病去世的消息，使我十分震惊，兹后又屡屡听到他的故事，更是令人嗟叹。

说是他老家有一个不无精明却又不务正业的小伙子，乘上了发展市场经济的东风，开头是崩爆米花，后来卖煎饼馃子，再后来加上包子、老豆腐、烧鸡、炒肝，置备了流动餐车，成了小财主。小老板还经营社会政治，不但当了政协委员，还取得了有关部门给予组织保安公司的批件，成了家乡一个能人。

说是此位能人以当地眼光中的高薪，聘用了一位练硬气功的保镖，保镖在自己左臂上刺青，上书"恩公姜勇"四字。他与我的牌友同宗，都姓姜，论辈分儿他应该叫主席爷爷。

姜主席到了年龄，下岗了，人们议论说，小老板事业与财力的飞速发展，使姜同志艳羡有加，出招帮助他多方发展，并且抵押了房产，贷款投资，与小老板亲密合作。

小老板傻（精）小子睡凉炕，火力越来越壮，被鼓动睡上了从未与闻的"期货"市场大炕。已经一步登高的傻精小子，"成功"得太顺利了，他还要一步登天，冲天，超越太空，他还要拉上已经退休的大官与他一起飞天高冲：结果是上当受骗，不但赔得精光光，而且负上了债。

傻精小子也是接纳了旁的坏小子的主意，早早花钱办下了太平洋一个岛国的护照，突然间消失踪迹。而我们的姜主席，就这样地跟随着傻小子，从热炕上一直跌入无底深潭。

此事闹得沸沸扬扬，省纪检委与检察院来到此地进行立案调查，老姜突然死亡，正式说法是心肌梗死，也有人说，说不定是自尽的。详情不好过问。

是个惨痛的愚蠢与白痴的悲剧故事。我们会奇怪志士与贪官、艰苦高尚与蝇营狗苟、有板有眼与全无常识、可敬可亲与无耻无赖之间怎么会这样近在咫尺。而在主题新闻纪录片中听到大贪腐分子侈谈什么三观缺陷、为人民服务的方向不够坚定、崇高伟大的信仰缺失的时候，我完全不能相信我的耳朵，他们明明是刑事犯罪啊，他们是蛀虫、是骗子、是利欲熏心、是无恶不作、是社会主义与人民利益的死敌，怎么他们像是在检讨自己没有赶上张思德、刘胡兰、董存瑞与雷锋啊？！

同时我又回忆起20世纪改革开放初期，万事起头难，万事起头鲜，万事开头美，万事开头欢；春潮正澎湃，春风涨满帆，春意暖人心，春花喜人寰，春气大浩荡，春雨润万田；一番风光，透着可乐、可为、可笑、可奇，新鲜芽苗，破土出长，什么都有可能，什么都不一定，摸石头，湿布鞋，飞越彼岸，节奏翻一番。讲的是思想更解放一点，胆子更大一点，步子更快一点，是抓住机遇，是呼唤是号召是杀出一条血路，是奋力变动力，是无商不活，无工不富，无农不稳；是各种商品等待着出入产销，各种人才等待着发财致富。只要你干，三十天就成事，三百天就成精，三千天就完蛋……伟大的中国，古老的中国，镇定的中国，机遇满满的中国，大风大浪小花小草摇摇晃晃时有新变的中国啊，你的生活是多么有趣，你的机遇与政策誉满四海！

看官，以上是本小说的"楔子"。您知道什么是"楔子"吗？中华传统小说与戏曲，常常要有个帽儿戏、帽儿段子。比如听戏，刚开幕，戏园子不像现在的剧场那么有秩序：找座位的，招呼亲友的，递手巾把儿的，卖孝感酥糖的还在闹腾。需要台上先蹦跶蹦跶，渐渐聚起观众的注意力。读小说也是一样，开个头，对世道人情、生老病死感慨一番，显示一下本小说的练达老到、博大精深，谁又能不"听评书掉泪，读小说伤悲"？

五.

该说到正题上了。

随着市场经济的发展与计划生育规范的推进，养老事业养老产业渐渐发展、壮大、升级、攀高。长者之家的名称，有的人从《易经》《诗经》《楚辞》《汉赋》上找词儿，唐以后的都嫌俗浅。长者之家的工作人员，个个受过专业训练，持有民政部门颁发的从业执照。医疗、康复、饮食、娱乐、心理抚慰、绿化、环境都有专业团队机构与责任部门，会客、剧院、舞厅、书画、棋牌、球馆、卡拉OK、酒吧、咖啡、书报……各种不同性质与规模的餐饮、琴室都有专门房舍、设备、服务人员。入住要有会员卡，购卡费五十万至百万元，月服务费还要收万元左右。VIP型的更高。

我的一个老友人的孙女名叫步小芹，争取到了民政部门的指导支持，创业兴办了一个称为"谙赟"的敬老院，谙读"案"，熟悉之意，赟读"毕"，是说美丽，你认不得与读不准，她的命名就更算成功了。

两年后对这个长者之家名称，说是反映不佳，又赶上民政局局长问小步起这样的名字，又要立"案"，又要枪"毙"，究竟是想跟谁过不去？她顺势立即改名为通俗易懂的"霞满天"三字。

这个过程令我想起历史演义小说对于武将阵前对打的描写，常说是"卖一个破绽"然后如何如何，以退为进，以破绽求机会。绝了。

改名"霞满天"以后，果然前来联系入住的老人增加了百分之四十，收费在各种压力下减少了百分之十六。步小芹是明白人，明白人不较劲办糊涂事儿。这加强了有关部门对于步总"听招呼"的好印象。

我应邀到她们的六万平方米建筑面积地盘上看了一下，并听她讲了前所未有的奇葩故事：

二〇一二年，霞满天这里入住了一位七十六岁的女性教授，她曾经受到过举国公认、大名鼎鼎的某学界泰斗的夸奖，她号称懂十余种外语。她入住的时候有大学的三位年轻工作人员陪同前来，提包推箱，还有一位男士十分谨慎地专为她推着一小车贵重物品，包括工艺瓷器、镜框照片、一幅油画和美国原装戴尔电脑与 DUO 无线蓝牙音箱。资深美女教授的名字叫蔡霞。奇怪的是她自己拿着一个专用网兜，内装一个篮球。进入了房间以后，她首先做的不是打量门窗、采光、生活设备、洗手间，也不在意到窗口看到的风景与建筑。她做的第一件事是从手袋中拿出一个粘钩。把平滑的底片紧紧贴在同样平滑的床头墙面上，摩挲摩挲，使粘钩底片与平滑墙壁之间完全吻合，无胶胜胶，真空零距，然后稳稳当当地把篮球网兜挂到了上面。她眼眶含泪，面带笑容，自语说："你陪着我呗。"

莫非她曾经是知名的国家女子篮球队的体育明星？个头却不像啊。

以蔡老师的身材、风度、举止、穿着和笑容，更不用说她的知识学问经历名气，来到霞满天长者之家，可说是春雷滚滚，春风飒飒，春雨潇潇，春花灿灿，一举激活了高端昂贵、似嫌过于文静的疗养院，引起了霞满天的浪漫曲高调交响。一批男生休养员，特别是单身男生休养员，最小的六十岁，最大的一百零三岁，为之换了心情，换了发型，换了领带与裤缝，换了英国衣料、意大利裁缝、法国围巾，和不但是法国而且是戛纳附近的世界第二小国摩纳哥公国出产的三件套男用化妆品和德国电动剃须刀。

还有说是焕（不仅是换）了三观的。

然后出现了一些如果是如今，实应上网的文学戏剧小品抖音：有的男士由于望蔡兴奋眉目呆痴，受到夫人痛斥。有的男生由于从蔡教授出场以后再也听不清夫人的问话也延迟拉长了与夫人交谈的节奏，被夫人察觉，不止一家提出了在本院开展"反带"（节奏）的口号。同样女士中也有对于蔡老师的眼神的质疑，她们说女性品德，主要看眼睛目光，水汪汪、眉目含情、娇媚弄姿、过于灵活生动、迹近勾引卖弄的眼睛眼神眼白与瞳眸，是各国各地各民族淳风良俗所不可允许不宜接受的，对于白骨精、画皮、蜘蛛精、玉面狐狸的眼光，一定要警惕，不能去看，不可回应，不准对视，严禁眉来眼去。

同时本所管理团队，一致认定，这些话语只是老年寂寞性的自我调笑、自寻安慰、自作多情、自解心宽，类似歇后语："管丈母娘叫大嫂子——没话找话儿。"

蔡老师的高雅与美丽是磁石，也是刀刃，是温情，更是尊严，是暖洋洋，同时是冰雪的凛然不可造次；只消比较一下蔡老师的亭亭玉立，与一帮子酒肉穿肠、大腹便便、口气臭浊、举止鲁拙的俗物蠢男的风度观感，也就没有人再说什么了。

更不要说舞会上的情景啦，每个周末，这里都举行一次舞会，下场跳起来的不超过休养员的百分之十，但是多数人都会前来，坐在软椅上，喝杯小桌上的茶水或者软饮料，听一听半生不熟的探戈舞曲《彩云追月》《鸽子》，华尔兹《中国圆舞曲》《青年圆舞曲》《皇帝圆舞曲》与《蓝色的多瑙河》……

每次舞会之前已经有了不知多少关于蔡教授将要、会要、可能要、大约前来或者不来、迟到或者早退或者准时，起舞，或者只看，或者未定，或者随机下池的消息。蔡老师已经成为传播与猜测的话题，成为舞会的兴奋点，舞翁之意不在舞伴，不在蓬猜猜，不在灯光乐手清咖果盘，而在蔡霞一人。有佳人兮女神之光，下舞池兮温雅淑良，万般风韵兮似隐步态，鸽子探戈兮展翅飞扬。

而老男生们随之浮想联翩、自作多情、忽然豪放、时而沉郁、希望失望、期待成空，增益了对于生命与爱情的品尝想象、回味反刍，也许更美好的说法是想入非非，ICBC，爱存不存，若尽不尽，罗曼蒂克，余音袅袅。最喜应为耄耋时，春光阅尽心犹痴，轻盈一笑天光丽，桃李春风舞未迟。

一位级别与教育程度最佳的男生对太太说："进了长者之家，难免烦闷，所有的人告诉你好好休息，休息休息休息，人生只剩下了休息，那就等待最好的休息吧。然而，我们不能不承认，凡是没有死亡的人都是活人，凡是活人都有人生的权利和义务，欲望和文明，向往和期待，还有那么一点点

'坏'劲儿。苏教授，噢，你看我连人家的姓都记错了，人家姓蔡，姓蔡？菜彩材采猜揌，一个提手，一个思想的思，它念'塞'，也念'猜'，你说好不好？为什么不让寂寞的单调的等死的老年变成随缘一笑、且歌且舞的幸福老年呢？"

好的，道行已经突破纪年、岁月、加减乘除，若再无想入非非，痴心依旧，其悲切更欲何如？否定之否定之否定即肯定之否定之肯定，更是肯定之肯定，其乐无穷，其乐连连！乐天乐地，乐山乐水，君子饮酒，神仙抱朴，遨游天外，蓬嚓击鼓，玄之又玄，善哉妙舞！

百年不过小歌舞，汇入了时代大歌舞，康姆尼（公社）式的大歌舞！

六

蔡霞老师进院两年即二〇一四年，七十八岁，她跌了一跤。

对于霞满天这样的高级长者之家来说，这是严重事故，这个事故几乎使业内部分股票崩盘。

所有的讲养生与医学常识的人都宣扬老人勿摔，摔人无老。伤筋动骨一百天，老人平躺三个月又十天后，内衰五脏六腑神经肛肠，外废四肢五官筋骨皮肤，并从头脑开始衰弱颓唐迷茫荒凉；只能从骨科病房直奔骨灰美罐。

不好理解的是跌了这一跤，蔡老师身体损伤有限，大腿轻度骨裂与肌肉瘀伤，卧床三周后可在护理协助下下床行动，生活自理，康复进展大大优于寻常，金刚不坏之身。瞧人家！

但她的风度形象与精神状态出现了一点变化，开始显出过去未有过的刹那迟钝呆滞，怔怔忡忡，与原来的神仙风韵开始脱离。跌跤时下额与口唇也有撞地与擦伤，好了以后似乎微微有一点天包地的上下齿的不吻合。

她的跌伤惊动了她所在的大学，新来大学担任校党委书记的一位领导邵教授带了院系负责人前来看望。步小芹等长者之家的行政与服务与医疗负责人也都陪同大学领导进到蔡的宽大的住室。他们发现，蔡老师的说话风格产生了一些变化，说话比摔伤前声音小，速度快，口型不到位，口齿有些不清，但她的声音低沉立体、脉脉含情、如歌如诉，感染动心。

随行的外国语学院院长没话找话儿，指着网兜问道："您这样喜欢篮球吗？床上躺着，还能拍打一个大篮球？"

蔡霞翻了一下眼珠，一瞬间显出了那么大的眼白，把别人吓了一跳。

也许是长期当老师当的吧，过去蔡老师说话非常注重交流、互动，只一说话，她的目光一定注视着听话的对方，与对方的表情相互呼应。对方听得入神，有首肯与关注的表情，她会显出满意、津津有味、益发要讲精彩讲生动讲透彻；对方没太在意或者有点没听明白，她会立即反思自己可能讲得不够清晰，是不是第三人称人家可能听不出是指谁来，或有其他疑点，同时她也会自省是不是讲得无味，需要生动；人生一世，时时刻刻离不开的是生动二字；她会立即予以必要的补充、强调、变更语词与语气，吸引对方的注意，推进对方的理解接受。

现在呢？为什么她的说话增加了自言自语的韵致？她的说话平添了几分低垂眼帘、忧郁温存、自恋自怜。过去说话是显然的对唱，现在呢？是自我中心的独唱咏叹调。

而在听到随行院长的问话以后，她的表情是何等诡异！

停了一会儿，十秒钟，看望她的人与她自己，双方失去话题线索。

又过了十秒钟。

询问篮球的老师觉得尴尬，有一点不对劲。

蔡霞目光里出现了几许火星，她随意一笑，念念有词："谢谢书记，党委的报告批下来了，教育部决定给我授荣衔，给我发国家科学与教育奖金，还有香港的学术基金会说要支持我千万元人民币。我非常感谢，我请求不要奖励我个人，我喜欢的是低调行事。"

她讲这几句话的调子像是在念稿，如果不说是祭祀词与祈祷词的话。

她的话使大学的探视人员吃了一惊,教授怎么了?天啊!她产生了幻觉,她无中生有,白日说梦!

七

告辞后,邵书记与院长等到霞满天长者院的主持人、王蒙的老同事孙女步小芹院长的办公室,共同探讨。当然,将获巨奖是幻想中事,而蔡教授在大学从来没有过幻听幻视胡言乱语的记录。步小芹找来了本院心理医生,回答是他也略有所感。他说摔跤的那一天是蔡老师拿着自己的篮球到体育馆投篮,投了好多个,累得气喘吁吁,一个球也没有进,她神态失常,平白无故地跌了一跤。后来,出现了一点意外的变化。但蔡教授的想象型谈吐,与精神病学所认定的幻觉、幻听、妄想,尤其是迫害狂,全然不同;她绝无与不存在的对手争论纠结,感觉到某种危险、恐惧紧张压抑……这些负面的情绪与心理病态。相反,她有时的低声含笑自言自语,更像是一个美好的假设,一首诗,一个温馨的微笑,一次巧遇,一种闲暇中的自慰,文静中包含着一点悲哀,与悲哀一起,还有几分得意——她的温存、春风、细雨……还有学历,她怎么可能不自得自诩?那种平缓与自美自赏的想象是正面的、丰富的与深情的。心理医师甚至认为,蔡霞老师的幻觉是文学性、诗学性、教育学性、养生学性质的,她太聪明了,提提神就想说一说,怎么说就怎么像。虽然她此生遭遇过重大的不幸,现在孤身一人,但是她仍然充满对于生活、对于他人、对于自己的光明与善良的爱抚与信念。她不像最近一位颇有名气的文学人,却要匪夷所思地隐身离去。另一位山呼海啸的大家,绽放了令天地增辉的鲜花,又向珍爱的一切泼遍了腐臭毒辣的脏水……禀赋超人的女性,钻起牛角尖,吓唬人。

心理医师还说,在医学课堂里没有听导师讲解过类似的病例,医学研究档案与学理假设上也没有这种说法,但是根据他近二十年的临床经验,他认为蔡霞的横空出世的受奖婉拒说，其实是一种语言训练、交际经验回顾、思维培育、世情重温，也是一种老龄存盘过期乱码的智能补偿。老来失去多，不失又如何？幻想宜美妙，美妙自快活。仍然多谦逊，俯首先谢过，彬彬有礼处，教养育亲和。

蔡霞其后一天给十几个熟人打电话，说到自己将要受奖而坚决谦辞的故事，这相当令人惊骇。但总体上说，蔡老师的情况无恙，预后甚佳。那些接到了她的辞谢奖项故事电话的友人，开始或有一怔，很快便是恭喜恭喜的笑声，而听到了她的谦辞坚辞的态度之后，也都一律表示理解和赞扬，认为蔡老师做到了著名人物、教授、清雍正九世孙爱新觉罗·启功先生所题的北京师范大学校训八个字，"学为人师，行为世范"，启功体书法，温良恭俭，精纯沉静。

此后大学的同事们来探望教授，她的受奖说、谦辞说有些发展，说是收到了外事部门信息，将要授予她国际数学最高奖菲尔兹奖，她强调自己的专业是语言学，但是加拿大的专家坚持要发奖给她，指出她关于语言的符号学论述适用于数学的符号理论。她学的当然不是数学，她岂能接受数学奖钦？不仅是数学奖，甚至于纽约方面试探着与她讨论，要给她颁发基泰精神病学奖。

"遗憾的是，世界上只有精神病学奖，没有精神病人奖。"

她与客人们都忍俊不禁，多人赞佩她的幽默与机锋。

说得多了，听者就接受了。人们对她的辞奖说闻怪不怪，点头称是。美丽的荒谬，也比疯婆子怨怼的卖弄好一点，要知道，她已经退休二十九年，到本长者疗养院也两年了。本院的休养员长者显示某些心理不平衡不稳定的记录，并非少数。

慢慢地，她的倾诉不断发展，可以兴，可以观，可以群，可以怨了。她加上了新的节目，她开始对人说她将晋升级别与军衔，先是少将，可以称她为蔡将军了，最近又说是快要获得中将军衔了，她也坚决请辞。一个多月后，在她的生日，校长来看望她的时候，她说她受到印度宝莱坞、美国好莱坞、韩国希杰娱乐公司，还有伊朗的电影人阿巴斯的热邀，希望她写作与出品一部关于中国的故事片电影剧本。

莫惊奇，事事有来历，凭空不会兴灾异，幻梦也非凭空至，悲到尽头应是喜，牛到极处又无趣，与时俱化是实际，努力努力再努力，未成大器仍优异，总还是，勤勤恳恳，爱怜众生，脚踏实地，嘿嘿，嘻嘻，她是有、一点点、个人的脾气。

八

更离奇的是二〇一三年本地民政部门干部前来巡视检查，收到一封休养人员郦女士举报信，说是郦女士的先生、著名朗诵艺术家、六十三岁的美男子宋春风受到了蔡霞的吸引乃至骚扰，写信人的家庭完整受到威胁，要求将蔡某人请到本院其他分支院所去。

高龄长者能出此等事情？他们本应该万事看透、宠辱无惊、色即是空，古井无波？不，那可能是古代，是血压低、血糖低、血脂低与胆固醇低四低的时代。全面小康、总量第二、购买力量世界第一、拥有百分之二十以上中产阶层人口的时代，高龄长者们有可能渐成为终其一生、老而不衰、飘风骤雨、石破天惊、爱爱仇仇、永远的激情飙客。怎么能提前消停，过早瞑目，早早退避三舍？

稍稍打听了打听，观察了观察，民政巡视组作出结论：并无此事。巡视员找郦女士沟通，郦女士主动撤诉，此话带过。

又过了一年，蔡霞的自慰自语，有所压缩，只有最亲密的访客来时，她才压低分贝，感叹这么一回，而且不要求任何回应，不怕你是微笑、疑惑、点头称是或者摆手劝阻。她说完了她的，如同宗教信徒做完了早课，立即回到现实生活世俗杂务之中，谈论房价、SARS 疫情、气温、晴阴、湿度、狗不理包子铺、快递网购、垃圾分类与厕所革命，防止便秘与生理病理诸事务。长者们普遍认定，对于他们，排泄远重于摄入，小康以降，三天辟谷，有益无损，三天不走动，大难临头。

九

二〇一五年来了蔡霞教授的闺密，送来了一批唱盘与U盘新款，她的住室从此音乐涌动。她很快迷上了新疆的十二木卡姆，像哭，像笑，像呐喊，像调情，像婚礼，像乡愁，像怒吼，像赏花，像暴风大雪，像相思苦恋，像胡杨也像大漠，像甜瓜也像坎儿井，更像千年不倒不死不烂的大漠胡杨。蔡霞随而起舞，有两次感动得哭湿了枕头。她还引用新疆维吾尔族舞蹈家的名言："一天没有起舞，便觉得辜负了人生。"

有五六个老头儿受到了这风情浓重的声乐与器乐的吸引，他们走近蔡老师房室，门外蹭听，他人走过，他们赶紧走远一点，等人少了他们回来再蹭。蹭蹭蹭，人生须蹭足，蹭天蹭地蹭音乐，生活即歌舞，人生如老虎，虎虎生威大志树，一日寻它千百度，真善美无数，大美在身旁，大美在己手，大美在此处，大美在前何用怅？

后来听得多的是莫扎特的《加冕弥撒曲》，蔡霞听这部作品的时候脸上是含泪的微笑，她轻轻点着头，既有欣赏，又有认同，还有赞叹，连连伸出大拇指。她告诉步院长说："你听这个女高音独唱，她是一个非裔歌唱家。"

她听舒曼也听《茶花女》，听日本演歌也听腾格尔。听十九世纪出生的科恩戈尔德的歌剧《死城》，听着听着会从椅子上站起来，行立正礼敬，她说，无怪乎人们说是德意志通过这部歌剧，从战争的黑暗与崩溃中开始走出来了。

她也听"文革"中的红太阳颂歌，特别是张振富与耿莲凤对唱的藏族歌曲："您是灿烂的太阳，我们像葵花，在您的阳光下幸福地开放。您是光辉的北斗，我们像群星，紧紧地围绕在您的身旁……"她听得满眼热泪。她小声说："早春最爱唱这个歌……"这里，没有人知道她说的是什么。个别人以为蔡老师说的是春寒料峭的清明前季候。

二〇一七，蔡霞八十一岁，大年三十头一天晚上的本院联欢会上，蔡霞用俄语、英语、法语、波斯语朗诵了普希金、拜伦、艾吕雅、哈菲兹的诗，再用汉语做了翻译，她重新显示了风度与聪敏、良好教育与自信、饱经沧桑与活力坚韧。

霞满天长者之家的心理医疗主任医师说，是时间与音乐，或者是音乐与时间，治好了她的精神疾患。反正音乐是时间的艺术，旅游是空间的求索与发现，它们的医疗作用都是很大的。

为什么提到了空间的旅游？也还少有谁知道情况。霞满天，并没有旅游业务，小步他们还不敢组织古稀耄耋群体的大空间活动。

第二天晚上她看 CCTV 的春节晚会，边看边有议论与不甚满足，不甚满足也仍然津津有味地从猴年末尾看到了除夕夜的子时三刻。

从此，蔡霞渐渐恢复了初到霞满天的最佳状态，没有发音不清，没有天包地，没有念念有词，没有幻觉奇谈，没有走路时的身体摇摆。八十一岁的她更加从容、成熟、尊严、体面、清晰、克己、多礼。她提升的是人境、圣境，也许可以说是佛境，她离开的是言语的迷失，她清醒地告诉步院长："我知道我有点胡言乱语，对不起，我有点憋闷，我不服我的倒霉噩运，我想着我应该有点幸运、福气、彩头，我相信我的生活里会有许多美好的东西出现。没有也会有，没有当作有，心里有，念里有，想着有，话里也要有。我要快乐，我要幸福，我不信我会常常不幸，我要的是高雅与幸福，不是炫耀，不是撞大运，我又不愿意显摆显佩。我想撒撒气儿，我要坚持我是福星，不是灾星……"

王按：后来，步院长说，这些一时露头的偏失，全部自动清零，冰雪洁净。王说："我感觉到的是一种痛苦与对痛苦的反击宣战。她，要表达的是成功与胜利她本来应该胜利和成功。"

王按：侃侃而谈，念念有词，这就是岁月积蓄，逝者有声。是反刍与消化，是遗忘与淘汰雪藏，是珍惜与告别，又是永恒的安宁与纪念。人会消失干净，仍然有话语留存。笔补造化天无功，病里微言意不穷！

渐行"渐远"，可以用五线谱上的五个表示"渐弱"的"p"符号来表示，一年一年，不愉快的记忆渐行渐远。蔡霞有不愉快的记忆，步院长注意履行为休养员的私生活保密的规则。还没有告诉王蒙。

青春百样美，老态"P"般甜。活到惊人处，苍天变蔚蓝！爱情耽热火，歌赋醉华年。香蚁（酒）得佳贮，举杯叹月圆。

老泪思早先，新诗记变迁。春秋酿深意，广宇惊鲜妍。惜爱愁应忘，欢欣乐未眠。此生多感触，何日不缠绵？

谁无不称意？谁有金刚身？敢历八番苦，乃游四海新。悲哀怜楚楚，喜乐忆津津。受用天人趣，清流洗净真。

唧唧得与失，恨恨谁人知。开阔艰难后，清纯困苦时。少年多激越，成长渐矜持。灿烂容光焕，丰饶岁月痴。

亲爱的读者，王蒙从小就想写这样一篇作品，它是小说，它是诗，它是散文，它是寓言，它是神话，它是童话，它是生与死、轻与重、花与叶、地与天，它不免有悲伤，有怨气，有嘲讽，有刻薄与出气，有整个的齐全的祸福悲喜。同时，尤其重要的与珍贵的是刻骨铭心的爱恋与牵挂，和善与光明，消弭与宽恕，纪念与感恩，荡然与切记，回肠与怀念。

高尔基说过陀思妥耶夫斯基的作品像是狼写出来的。高不喜欢陀。我没有感触到陀的狼性。而且，某种情势与条件下，我们固然不可以请狼先生放羊，但不妨容许狼写两篇小说试试，同时注意防护，注意狼的利爪与獠牙。

珍惜文学，珍惜生命、生活、生机、生长、使命、运命、受命、人生。不能接受对"生命"一词的一分钟猜疑与敌视。病态、冷漠、敌视与仇恨生命批判生命的人怎么能算人呢？我们珍惜的人又是什么人呢？且请读下去再读下去。

十

当步院长告诉蔡教授她的爷爷是王蒙的好友，她说我也与王爷爷谈得来的时候，蔡霞说她愿意让王蒙了解她的经历。

说是蔡霞对步院长说：

你不可能信服我的命运，我的遭受，我的不幸，我的噩耗。屋漏再遭连夜雨，船迟偏遇打头风。走平路落马，进高厅撞墙。躺平偏中十分准，低头巧遇二把刀。绊跤星点石子，砸头颗粒流星。

我敢问，谁见过比我更倒霉的老姐？

我生于一九二六年，一九四五年十九岁赴英留学，不必说我出身于资产阶级，我知道我的原罪。我在剑桥大学学法语、西班牙语与俄语，当然前提是先学好英语。我结识超拔英武的中国留学生篮球队长，比我大两岁的薛建春。我俩在剑河边牵手行走，我们谈论民国的徐志摩和陆小曼，梁思成和林徽因，以及为林小姐终身不娶的逻辑学家金岳霖。我们欣赏两岸的秀美，听醉了教堂的钟声悠扬，忧虑着抗战胜利后国内形势的严峻与危难，我们感到了中国即将大变，这又使我们心跳加速，全新的国家与前景在向我们招手。

……一九四九年新中国成立前夕，我们赶回北京，我们俩参加了大中学生的暑期学习团，我们听了大诗人艾青的讲演，听到对于徐志摩和他的诗《别拧我，疼》的嘲笑，惭愧极了，也兴奋极了，革命改变着一切，我们也见到了周扬与丁玲。我分到四川大学的外语学院，他分到文化部的外事局。一九五四年，我们二人结婚，两地分居，好不容易确定了我调来北京，与建春团聚。

一九五六年，建春作为随团外语干部随中国艺术团去拉丁美洲演出两个月，中间在瑞士德语区苏黎世市休整排练。那时美国对新中国采取封锁政策，赴拉美阿根廷、巴西、智利 ABC 三个大国与遥远陌生的乌拉圭巴拉圭唱京戏、耍坛子、跳红绸舞与唱陕北民歌，是一件突破局限、扬眉吐气、走向世界的大事。那时当然没有中国直通拉丁美洲间的民航航班，我们的人员分两批，走莫斯科、布拉格、苏黎世、墨西哥，再到拉美其他国家，这是个辛苦麻烦的航程。回程从苏黎世到布拉格一段，本来建春是坐第二班飞机的，临时与另一位在瑞士遇到亲戚的团里的同志报批以后与建春换了航班……想不到头一班飞机出了事故，建春三十岁，与我结婚两年，死于空难。我哭了三年，患上角膜炎、结膜炎、青光眼直到鼻炎。为什么，这究竟是为什么呢？不为什么，不为什么，为什么这样的不幸会降临到我的头上？我，我的祖上，究竟造了什么孽，犯了什么罪，害了什么人，让我受到这样的天谴地震空难！

或者说，有天大的不幸者，也就有天大的福气，有池鱼之祸、无妄之灾者，也就有天上掉馅饼，地涌醴泉，穆清祥和，符瑞天相。

我说的是建春有个弟弟，比他小六岁，比我小五岁，名叫逢春。他没有建春的苦学勤勉，也没有哥哥的高大英俊，但是他极其聪明伶俐，而且有一副意大利的澎湃与俄罗斯的多情男高音好嗓子，毕业于苏联莫斯科柴可夫斯基音乐学院声乐系。在他哥哥去世三周年，一九五九年十一月，我三十三岁的时候，他来找我……

命，这都是命。他唱了一晚上怀念与爱恋的歌曲，唱了格林卡的《北方的星》，唱了柴可夫斯基的《连斯基咏叹调》，也唱了刘半农诗、赵元任曲的《教我如何不想她》。前者表达了年轻稚嫩痴情的连斯基在与叶甫盖尼·奥涅金决斗丧命前的心情，"啊，青春，你在哪里？"这样的歌词令人销魂。而"不想她"呢，就像后来李谷一的《乡恋》一样，推动开始了一个新时代。

连斯基的歌，本应该由铜管与大提琴奏出序曲，我的这位小叔子逢春，以闭嘴的鼻音模拟序曲与过门的伴奏，他一个人变成了一个乐队，管、弦、弹拨吹奏打击乐器齐全，而主要是自己的男高音独唱；再有他说在苏联，他的俄语名字就是连斯基·谢尔盖，他在苏联姓谢尔盖，是因为谢尔盖的发音最接近薛，而俄语里难以拼出汉语中的 uē 这种复合元音。与此同时，他拿出来了递给我看的，是一九四九年的日记，他写到了我与他哥哥回国，十七岁的逢春见到我后受到了什么样的震撼。他写到他一夜不眠，只想着我这位"天使"与"圣女姐姐"。

"我决定自杀，我已经见到了，听到了，想到了也融化了，我已经活到了这样一个熔断点。与蔡姐姐见了面，可以了，满足了，确实是生存过了也飞翔了失事了，我已经变为彩霞和礼花，变为奏鸣和独唱，变为跪在蔡霞姐姐面前的一块永远的石头。我还需要什么呢？"

……不用说别的了，我嫁给了建春的遗弟逢春，也可以说是另一个建春。原来，我与建春的婚恋是一个建构一个寻觅，后来与建春的胞弟，是一个巧遇一个偶然，是幸运之鸟大难以后立即栖落到我的霉运的额头，甚至于是我从人生中坠落，撞上了逢春，撞成了我们俩的满怀爱恋。我嫁给了中国式加意大利兼俄罗斯式的歌声，嫁给了他的疯狂的对于嫂嫂姐的恋情，嫁给了永远的我与剑桥、苏黎世、布拉格、意大利与俄罗斯的缘分与灾难，嫁给了《太阳出来喜洋洋》《教我如何不想她》《冰凉的小手》和《今夜无人入睡》，嫁给了《青春，你在哪里？》《黑桃皇后》，嫁给了一个无论怎么说，有哥哥的脸型、有哥哥的嘴角、有哥哥的笑容更有哥哥的口音哥哥的眨眼的另一个男孩子。

十一

蔡霞继续说：是的，出嫁在一九五九年，似乎也可以说，同时是一九五六年、还同时是一九四五与一九四九年的重版，是时间的多重叠加，是人与国与家，还有我正在逝去的青春的情与梦的热遇……当然，你算得出来，一九四五年，我十九岁，四九年，我二十三岁，五六年，三十岁了；而建春三十一岁之时，逢春二十五岁。五九年，三十三岁的我与二十八岁的逢春在北京结婚。各种机缘，我们举行了盛大的婚礼，在北京颐和园听鹂馆，五桌婚席。

结婚十三个月，一九六一，我们得到了一个儿子，起名叫早春。早春更是建春的几何相似形制图，是建春再世，是我的与建春、逢春、早春三春的生活，从儿子呱呱坠地重新从头开始。

奇特的是，早春在幼儿园就是拍皮球的冠军，小学三年级他长得个子很高，他喜欢球类运动。高小他已经开始打儿童篮球，初中一年级他就选入了中学的篮球校队。父与子两代打过的篮球，是我的命根子。

对不起，猖狂，与逢春结合，我又觉得我是世界上最幸运的一个人，大恸反得喜，深埋又还阳，得了儿子后，何事再牵肠？我，我正是陷入大悲哀大痛苦，哭泣成病的准寡妇当中，康复得最快乐最完美最称意的唯一一个特例。我被命运砍了一刀，养好伤，受用了命运带给我的新的可能，新的机会，新的补偿，是痊愈的快乐，是康复的成功，是另一回新生，是咸鱼翻身，是命运碾轧后直起腰，爬起来，起跳，一米八，超过了打破世界纪录的郑凤荣，她的纪录是一米七八。

我想的是什么呢？你必须活着，活好，活着就有爱，活着就有情，活着就有戏，活着就有天空和太阳，活着就是春天，花开，叶绿，水流稀里哗啦，鱼戏南北西东，鸟也滴滴沥沥地叫，虫也变蛾变蝶升空，虫儿们组成了绿色的夏天的夜夜室外乐队。

乐观是不是轻薄？佛家讲究大悲、慈悲、悲悯，应该怎么样去感应和体悟？

我的罪，我的罚，我的悲，远未做好准备。这是幼稚，更是浅薄。

十二

蔡霞继续说：

一九八一年，学校暑假期间，逢春出国演出。我们的儿子参加完高考，信心十足去上一本。快要满二十岁的早春，回到他爹他大爷老家，一个著名的旅游景区 N 市郊区农村。山川壮丽的农村在改革发展中开始兴旺，民居发展开放，接待八方来客，吹海风、洗海澡、吃海鲜、坐海船，躺在海滩上穿着泳衣晒太阳，外加登山爬山看日出采野菜、戏弄松鼠、偶尔看到五颜六色的山鸡。一九八一年的八月六日，是阴历七月初七，是鹊鸟搭桥，让牛郎与织女相会的七夕，是中国的情人节。在 N 市模仿国外新建成的一个游乐场，早春赶上去玩翻滚过山车，突然过山车的钢缆机件出了问题，几名游人坠落。幸亏那天游人不多，斯地斯时人们的购买力还相当有限，游乐场式的地方，只有部分人问津。就这样也遇难二人伤七人。我的早春离开了我们，提前会他的伯伯建春去了。

请问，你们谁能相信，这样的十年不遇、百年难遇的事儿，像一颗流星在太空坠落，两次坠落不偏不正，全都瞄准到我蔡霞灾星的脑门子上了。

我到现在也不能相信，不，这太夸张，这不真实，这不是真的，是编的，是胡思乱想的走失。如果是真的？这就是不可能的。如果说这也可能，那就只能是假的。是的，我在八一年八二年集中力量思考与研习的是概率论，我的遭遇出现的概率绝对近于零。这应该也是一个数学悖论，如果一切都是可能出现的，那么就是必然等于，一切的不可能也都是可能的；如果不可能也是可能的，那么不可能就和不可能相悖，如果可能中包含着不可能，可能就与一切不可能是相通与相等的。那么不可能究竟是可能还是不可能呢？可能 = 不可能？不可能 ≠ 不可能？不可能是可能的还是不可能的呢？

我的遭遇让我几乎得上了数学界的菲尔兹奖。"="这个等号本身就是剑桥大学十六世纪时候开始使用，然后普及世界的！

那一年我五十五岁，逢春五十岁，早春是永远的十九岁。

你说什么？作家王蒙？他比我小八岁。他对长者院的生活很关心？好的，你可以把我的故事告诉他。

十三

蔡霞说："是的，我是白虎星，我是扫帚星，我是《圣经》里传递天谴信息的约拿，我是'Estrella de desastre'（西班牙语：灾星），我是魔鬼撒旦，我怎么成了妖孽？底下的事更难于启齿……"

步小芹后来把蔡霞的奇异的经历背景继续讲给王蒙。

年已半百的歌唱家薛逢春的声乐事业正当日益兴旺，儿子的事让他突然衰老，儿子的死亡使他失声，他糗到了家里。

过了一年半，蔡教授由于她的外语专长，随着改革开放与对外关系的发展，仅仅顾问、评委之类的名衔就获得了十几个，应联合国秘书处的邀请她带着学生访问了纽约与日内瓦的联合国机构以后，又担任了中国的对应机构的顾问职务。五十二岁的逢春不但声带痊愈上台演唱了，而且被邻省的一所艺术院校聘请为声乐教授。

如此这般，薛逢春与她，原来就风风火火，人五人六，虽遇大难，合法兼职化以后他们的名声与添加的收入飞跃增加。他们常常体会与称道本土的敬老文化传统，时间使得有专长的长者价值不断升级，岂止小康，岂止中产，他们决然地进入了高收入阶层。一九八三年，他们买了三百多平方米的独套别墅商品房，从蔡霞家乡雇用了沾亲带故的家政服务员，称蔡霞为表姨的李小敏。

李小敏二十一岁，读过高中，上过两年烹调培训班，她已经参加过两个年度的高等学校入学考试，未能够着分数线，为维持生计愿意做家政服务，并在下一年再试一次高考。

李小敏浓眉大眼，瓜子脸庞，上唇丰厚，下唇稍稍兜起，言语清晰，口齿伶俐，眼里有活计，手里有灵巧与气力，表现的是新农村的无限希望。从来了以后薛家清爽整齐，顺风顺水，深合蔡霞心意。得机会她就辅导小敏高考应试，特别是小敏的弱项外语，得到蔡师指点引领以后，突飞猛进，二人对她次年夏季的考试，信心大大提高。

一九八四，李小敏考取了一类大本，学外语。蔡霞挽留她周末或其他自由度大的时间依旧住在她与逢春定居的别墅房里，适当帮助家务。他们也在日常零花方面给小敏以慷慨的资助，又给了小敏大批她这里用场有限的各式服装鞋帽。她与逢春常常出差在外，而几年来超市的供应越来越方便，家务劳动大大减轻，有个小敏（干）闺女，生活走向圆满无忧。

蔡老师喜欢这个孩子，心想，有这样一位亲情打工妹、莘莘学子，有这样一位有志气的本乡本土本家的年轻人，使他们的家庭产生了新的活力新的感觉新的希望，她决心资助她学好功课，直至毕业就业。她决定等小敏毕业后把她正式认作己出，后继有人，也是缘分。

小敏进入大学三年多，一九八八年，蔡霞陪学校邀请接待的一位国外的教育专家到西部民族地区几所大学交流。恰好此时逢春感受时令小恙，减少了出差，回家休息。等蔡霞回到家，发现诸多蹊跷。

真正的，挖心丢命吞噬蔡霞人生的大难横空出世！

十四

王蒙想：没有比她这里发生的事更简单、更麻烦、更无耻、更自然、更无话可说、更丢人现眼的了……

伟大的恩格斯在《家庭、私有制和国家的起源》中讲过："如果说只有以爱情为基础的婚姻才是合乎道德的，那么也只有继续保持爱情的婚姻才是合乎道德。"这就是说，以不爱了为理由解除婚姻关系是天经地义的。还有说是："如果感情确实已经消失或者已经被新的热烈的爱情所排挤，那就会使离婚无论对于对方或对于社会都成为幸事。"这话十分精彩，尤其对于长期的封建旧中国，曾经有那么悠久的岁月，人们常常被剥夺了自主求偶、享受生命所不可或缺的情爱的人们，得知了上面的两句话，振聋发聩，幡然新生，山呼万岁。

但王蒙还是想说一句，正像没有爱情的婚姻其实很不道德一样，没有道德的爱情，也绝对不会是有可靠的幸福和前景的，更不会是有保障、有责任、执子之手、与子偕老的生命一个温暖的重大方面。人际关系，包括性爱关系、家庭关系、亲子关系、夫妻关系，岂能有太多太过分的失道德非道德反道德缺德缺阴德！没有道德的盲目爱情，可能表现的是人类性格与个性中原始、自私、乖戾、粗鄙、野蛮、丑恶、矫情、挑剔、嫉妒、诽谤、怨怼、仇恨，没有丝毫人文意识的这一面。从相爱得要死，到相互攻击伤害仇恨毁灭、不共戴天，使家庭成为绞肉机，使情侣成为仇敌，这中间只有一步之遥。不讲任何道德的爱情带来的多半不是幸福，而是烦恼灾祸，不是浪漫，而是自欺欺人，不是健康，而是变态、疯狂、折磨、毒辣，是从千言万语的美丽，到千头万绪的丑恶狰狞。

没有道德的婚姻，还可能是阴谋与骗局，是桎梏与牢笼，是虚与委蛇的伪爱情；爱起来千姿百媚，不爱起来千疮百孔；经营起来红利滚滚，表演起来曲极其妙；恶劣起来流氓无赖，冷热软硬暴力俱全。

有多少人享受着充满爱情、高尚情怀、受到社会肯定、法律保护、道德提升的婚姻！有多少人从来没有享受过、没有知道过、没有试验过人类的文明使男女能够如此和合相悦幸福！也有多少人受到了受够了如梦如痴、乌烟瘴气、要死要活的歇斯底里，还不断地出来什么家暴、冷暴、杀妻、杀夫、肢解、转移、隐匿尸体……的报道，使人想到恋爱结婚成家不寒而栗。

在电视节目里，从社会与法制节目中频频看到的是情人夫妻间刑事犯罪案件，让爱情与婚姻彻底摆脱道德，让爱情绝对排他地诗化流行歌曲化，也许就难免同时进入了民事至刑事案件的法学范畴啦。

十五

蔡霞说："我明白了人生的某些好与坏，生与死，成与败，在没有发生以前它们只是不可思议的偶然，是不一定有因果链、报应循环、预兆预警的。一旦发生，就是绝对，就是必然，就是宿命，就是无暇张嘴咀嚼更无暇思考拿主意，你已经，你必须，你只能生吞活剥、原原本本地咽下去！

"那么，哼哼，稳稳地给我站好了，敲起小鼓，要的是你给阎王爷跳一场独舞！要的是你给命运一个回应、一个决心，你不用怕，从拔舌地狱始，剪刀、铁树、孽镜、蒸笼、冰山、油锅……各式地狱多灾海都不妨走一遭，然后你挺起身形，鼓起勇气，你不能垮，你要死马活医，置之死地而后生；你还要再学十种外国语言文字，再走百个千个美丽的风景，你还要欢欢势势地给我活、活、活！再做千种万种有益的好事，也许你还要遨游太空，登月球，移民另一个天体……

"至少给人们留下你的灵魂的记录与痕迹。

"荒唐的痛苦正像一种病毒，摧毁生命的纹理与系统，同时激活了生命的免疫力与修复功能。我明白了，我不可能更倒霉更悲剧了。已经到头，已经封顶。我蔡霞反而坚定了一种信心。生活呀，你敢荒唐，我就敢坚决，你能狠毒，我就能消化排泄，也许是满不在乎，你下损招辣手我反而觉得小意思而已，而已；老天爷完成了男男女女，相恋不已，相乐不已，礼义不已，也永远有厚颜失态不雅出轨不已，对此事的态度，可以做到愈益坚毅清明，云开日出，演到哪一出就算哪一出。人只能以善求礼义，不可能以暴行求礼义。"

蔡霞说，在她最痛苦的时候逢春安慰了她、爱抚了她、填补了她，她冷静全面地评价了逢春。她知道，逢春是个好男人，作为不拒绝不轻视通俗唱法，时而与通俗歌星有所合作的美声歌唱家，作为被许多女生评为有"女人缘"的男生，他多次被同行和粉丝异性青睐，被出自高官大款名门以及工农兵杰出人物的娇养女孩儿们招手入梦，他对蔡霞"嫂子"讲过十几个堪比柳下惠坐怀不乱的故事，逢春说，十九世纪以后，已经没有这样的人与事了。他自尊自爱自强，他爱妻敬妻护妻，对于"娱记"们来说，对于粉丝们来说，他已经是太严肃太正经，"正经"到影响票房的程度了。但是他也有把持不住的时候。他开始老了，他意识到他已经快用不到把持什么了。

何况这里还有一句话，没有人挑明过，但是蔡霞清清楚楚：薛家优秀的两兄弟，都以她为妻为指望，不孝有三，无后为大，中华文化注重传宗接代，香烟永续，这是血脉深处的基因，除不净的。

蔡霞是逢春的爱妻，但她也忘不掉，她是嫂子，长嫂如母，这又是一句传统老话，这样的嫂叔文化使她益发幸福温暖，陶醉疼爱，却又有所不安、含羞、不好意思，一直觉着未必撑得到永远。还有年龄，那时候有哪个国人知道其后十五年才有的法国总统马克龙与小丽的婚配年龄范式？这应该也算是法国对爱情文化的一个贡献。

早春的游乐场事故，甚至使她反思自身对于薛家的凶险，雪灭于菜，她在噩梦中看到了这么四个字，梦中大喊大叫，把走南闯北的歌唱家吓得也变了声儿。虽然饱受西洋文化的浸淫，也仍然具有洗不清的古老中华的集体无意识根脉。

十六

小敏悔恨至极。逢春与小敏，在蔡霞面前，争着骂自己，逢春说："我没出息，我下作，我糟蹋了外甥女，我可以去自首，我犯了罪……"

小敏说："我贱，我没见过这么好的男人，我该死，我当时想的真是就这么一回，死了也不冤枉了。我把薛先生拉下了水……"

蔡霞敏感地注意到，一直称薛逢春为"姨父""叔叔"的李小敏，已经坚定地称比她大三十二岁的薛逢春为先生了。已经先生了，还说什么？在我们的传统里，未婚女生上了床，这是比天大的事儿啊。人生路途上，女生比男生更勇敢、更决绝，更以命相搏，女生可以比男生更清醒地走上不归路，女生比男生更经得住事儿。

何况，他们生活在爱情婚配也处于前所未有的变局的时代。

某种意义上，蔡霞告诉步小芹说，痛苦在于发生了这样的丑闻，然后一切由她做主，她必须，她成了决定三个人，不，加上后来得知的小敏腹内胎儿，共四个人的命运的主宰。逢春与李小敏是两个罪人，胎儿等待出世，无辜无恙，无声无息无能。生活与命运的主动权，集中落入蔡霞手心。

她可以选择驱逐李小敏。李小敏表示接受，不找"先生"任何麻烦，同时拿出了医院的尿液与血 HCG 检查证明，她已经怀上了薛逢春的孩子。

蔡霞还提出可以认李小敏为干妹妹，孩子她偕同抚养，承认李小敏是孩子的生母。他们可以给小敏付高额损失赔偿金。李小敏可以另寻配偶，他们支持她的正当婚姻，光明前途。

听到这话，逢春几乎想给嫂妻下跪，蔡霞手一挥，眼圆睁，阻止了他。

小敏断然拒绝。她决定立刻告辞，回大学住，不对任何人透露胎儿的父亲是谁，她独自一人承担未婚先孕的历史责任。她要求的只是为她的人工流产手术提供医护帮助。

逢春歌唱家痴呆呆地注视着小敏，泪流如注。

就在此时，蔡霞嘴角一撇，略略一笑，这是这个大节点上她唯一闪过的一次冷笑。她用了不到两秒钟，她大声用俄语喝道："Разводиться！（离婚）好的，我决定了，我说的算。我以建春原配、早春儿子加我的名义说话：连斯基·谢尔盖，咱们俩准备好身份证、结婚证，明天就去民政局婚姻登记处办理离婚手续！"

然后她用中文又说了一次。

她感觉连斯基·谢尔盖这个俄语名字，现在用着比较容易接受得多。她在剑桥学过俄语，逢春在苏联留过学，除了汉语外，俄语是他们俩人的通用语言。从逢春的俄语名字讲起，像是讲一个俄国留学生的远东西伯利亚故事——история。对于她本来没有任何意义的、有点可笑的名称，存在的就是合理的，这个名字就这样活起来了，派上用场了。先用俄语沟通一下，非常必要，这是离婚的决定，也是两人共同度过了共和国初期中苏友好时代的一个纪念，有始才有终，有终并不忘始。

蔡霞遇大难而更清楚明白决断，临大事有静气，她一丝一毫的犹豫与为难也没有，立即作出决定。正是由于冥冥中蔡霞自觉灾星的铁帽子向她死死地扣下来了，她必须以身阻击，必须发力千钧，决不哭天抹泪，那样只会是携手崩溃灭亡。她这样的噩运万里挑一，百千年一个，那么概率论告诉她，她必须迎上。她与薛建春、薛逢春、薛早春世俗缘分已尽，她爱他们，她感恩他们，她仍然想着他们，她留下了当年建春、后来早春玩过的篮球，作为她的圣物和出嫁薛门的永远纪念，陪伴她一生不会孤独，不可寂寞，不会怨天尤人。她要栽种别处的生活奇葩。生活在别处，因为生活无穷，你的 N 次经历对于生活的"∞"（无穷）来说，近于零。你永远有需要追求与摸索的崭新的生活领域。你必须忘记逢春与小敏的尴尬低俗，你可以换位思维，理解与原谅一切。清醒的原谅比清醒的复仇有意思。她感谢自己最痛苦的时候得到了逢春小叔子、后来是正正经经丈夫的保护。她此时，愿意全力保护逢春与小敏的名声和未来。

她毅然决然，她脑洞大开，突然感觉这不一定就是坏事。她创造了家庭变故中以最小的伤害与痛苦、最大的和平与好意、克己复礼地免灾除咎的稀有样板范例。

不幸唤醒了她的高雅、宏毅、豁达，不幸使她更加慈悲、宽恕、担当。人生几十年，得失俱有限，善恶一念间，但愿心如莲。她认定，逢春可以在二十七岁时如痴如梦地相思尚无人知道即将大难临头的嫂子，那么他也有可能，出现某种冲动，感应一个崇拜他、迷恋他的事业与英俊的，这样一个鲜花怒放女子，她蓦然飞蛾扑火、以身饲虎。正是迟迟未谢春，骊歌一曲感郎君，荒唐本是寻常事，迷惑一双孽障人。毕竟本无猜，事情做出来，查无大恶意，或显凡俗胎，事本无可恕，情或有侧歪，吉凶凭卿意，罪赦任卿裁。且在不测中，找出欢喜来！

各有各的遗憾与安置。人生谁无憾？生活谁无灾？咬住牙关后，导出金玉来！可称妥善，难以无缺，求仁得仁，差强人意。

关键在我。

亲爱的建春、逢春，薛家兄弟，我爱你们。

亲爱的早春儿子，当亲朋好友强烈反对我与你爹分手的时候，我回答他们："早春给我托梦了，儿子他说：'妈妈，你做对了，好妈妈。'"

儿子的话一言九鼎。儿子仍然与我在一起。没有人敢于再说什么庸俗低级的话了。

果然早春那时节频频入梦，鼓励了我，安慰了我。梦中见到早春的时候，我听到了建春的声音，只有音频了。啊，坠落于苏黎世——布拉格的航线上。再没有梦到过建春，因为建春不想打扰她与逢春的生活。在梦里听到建春的话语声音的同时，响起了斯美塔那的交响诗《伏尔塔瓦河》。布拉格的河流，流逝于迷人的交响，四溅的水花，还有捷克斯洛伐克的一去不复返的记忆。

那也是一种国家记忆，已瓦解了的国家的记忆。

后来，离异了，捷克与斯洛伐克。

人间有离异，正如有集聚，捷克斯洛伐克，蔡霞逢春亦。

亲爱的小敏，祝你幸福。

蔡霞说：一对新人结婚的时候，我们祝福他们恩爱一生，白头到老。那么假若祝词没有完全兑现，不是恩爱一生，而是半生多半生少半生若干年月，如果头发没有全白，如果是半白、灰白、略白，然后，你们拜拜，你失去了他，他失去了你，这是可能的，这是人们尤其是女生应该有所准备的。

罗曼·罗兰的话是："凡是不能兼爱欢乐与痛苦的人，便是既不爱欢乐，也不爱痛苦。"何况是为了逢春弟弟。也可以为小敏小丫头。这丫头不是那鸭头，头上哪有桂花油？曹雪芹就能原谅与包容她们，包括袭人、小红、彩霞、彩云……

陀思妥耶夫斯基说过，他害怕的是辜负了自己承受的痛苦。天！陀是当真写出了沉甸甸的痛苦，没有烧包，没有矫情，没有小题大做，更没有一点点个人鼠目寸光的怨毒。你可以摇头叹气，你可以抹一抹眼角的咸泪，你可以苦笑嘲笑耍笑怜悯悲悯大赦天下，两人的事归两人，自己的良心只有自己知道怎么安置。

什么？嗯，不是灾星，这不是我的选择，而是我的巧遇。要与我的巧遇拼到底，拼到骨灰罐，拼到成为一张遗像挂墙。已经连连承受了灾祸，但并非注定了要承受灾祸，更要使劲减少灾祸。有灾难可以，认灾星不必。死者长已矣，生者犹於戏，命运孰得悉，大数据哪里？家破人犹存，情了心未寂，以善良待人，以善良惠己，修福福得以，秀善善永志，为人须得体，好好活下去！

蔡霞心平气和地解决了她面对的尴尬与难题。号啕大哭的是逢春，捂着脸涕泣、叩头如捣蒜的是李小敏。

最后，蔡霞与逢春双双自愿离婚。

离婚以后第一件事，她到了布拉格然后维也纳。她乘坐了伏尔塔瓦游艇，听着乐曲美美地大哭一场，这才到了她要哭的时间与地点。如果在家里包括老家的建春与早春墓地哭，只能刺激逢春与小敏。在布拉格当晚，她梦到了长着马克思式大胡子的捷克古典音乐奠基人贝德里赫·斯美塔那来见她。甚至到了维也纳听上《蓝色的多瑙河》了，她还挂牵着水声叮当如铜铃的《伏尔塔瓦河》。

蔡霞哭建春、哭早春、哭自己的泪水，从北京流到了布拉格，从黄河长江，流到伏尔塔瓦河，然后流进易北河，向着德国的文化古城德累斯顿，然后是德国第二大城市、海港汉堡，最后与泰晤士河一起流到北海去了。

十七

小步说老人院里的奇葩太多了，九十岁以上寿者，都是奇葩。不寿而能奇乎？不奇而能寿乎？不寿不奇能算好好地活了一世一遭一回乎？

奇葩逢奇葩，奇葩创奇闻。悲哀即功课，快乐绽缤纷。生老与病死，苦乐与悲欣。何物愁与恼，何得乐与欣？何事罚与罪？何为丑与损？反身求诸己，光明日日新。

一九九一年秋天，小敏生下了逢春的又一个儿子。逢春给小儿子起名

"又春"。逢春毫无斟酌地几乎给蔡霞留下了他们所有的房产与积蓄。李小敏千恩万谢蔡霞的宽宏，臊眉耷眼地接受了逢春的求婚，断然否定了自家父母关于彩礼的要求，并声明推迟二十年再正式举行婚礼，以表达对表姨的尊重，随时等蔡姐回来她就滚蛋。她与逢春领了结婚证，目的是为了孩子。但对于家乡人，不举行婚礼，等于结婚仍待完成。

直至二〇〇八年九月二十日，斯年的中秋节后第六天，得知蔡姐去了不可思议的远方，七十七岁的逢春与四十五岁的李小敏，带着二十多岁的儿子，回老家聚集李家村亲友吃了一顿自称地方全席的流水席，算是新婚喜筵。

那么，请猜猜，薛逢春与李小敏婚宴的时候，蔡霞在哪里呢？

什么？猜不着？我告诉你，二〇〇八年整个九月下旬至十月份，八十二岁整的蔡霞，人在南极。

逢春与小敏离开蔡霞以后，蔡霞也乘退休机会辞去了部分社会兼职。第一步，她添置了乒乓球案子网子球拍黄球白球，她与一批同事同学在她那里赛起了乒乓球，而且，与众不同的是她喜欢打削球，她心仪的是五十年代的球星林慧卿，她的削球下旋动作舞蹈感非常强烈优美。她认为她的打球，美比胜不胜利更重要。第二步，她以七折至三折的廉价购置了哑铃、拉力器、动感单车等健身器材，坚持锻炼身体，并以这些健身器材招待欢迎来客。

第三步，更加牛气冲天的是她报名参加了民间办的话剧表演培训，并且自行与本校学法语的研究生，排练了法国文学作品改编的舞台剧《八美图》，前后演过五场，全部用法语，至少是高调震撼了外国语大学、法语留学生与在京讲法语的各类人士。她说，她可以好好做一些自己想了多年没有做的事情了。

她说，与《八美图》中八个女人一个大男人的丑恶毒辣故事相比较，她只能说自己的生活幸福。

九二年秋天，一过"十一"国庆，她自驾出游新疆天山南北，去的时候走北路，张家口、大同、呼和浩特、包头、银川、兰州，整个河西走廊，哈密、吐鲁番、乌鲁木齐。在新疆她又走了伊宁、新源、库尔勒、喀什、和田，她前后走了两个月，尽看了雪峰、云杉、胡杨与白桦林、高山湖泊、戈壁长河、草原、马场、牧民毡房、高昌遗址、交河故城、喀什噶尔清真大寺、十二木卡姆、沿叶尔羌河两岸的刀郎木卡姆，还有维吾尔族加蒙古族风味的哈密木卡姆。

尤其难忘的是天山北麓中果子沟的哈熊。从乌伊公路上走，在兵团经营的五台公路服务区住一夜，第二天她经过了可克达拉——绿色的原野，走到隶属博尔塔拉蒙古族自治州的沙地中的绿洲精河县午餐，还享受了"抱着火炉吃西瓜"的奇妙经验。饭后到达了高山湖泊——当地人称作三台海子的巨大的高山咸水赛里木湖，走过狭窄的峡谷果子沟。那里长满了野生小苹果，进入秋冬，苹果落地，发酵变化，获得了芳香酒精成分。由于当地长住的多是哈萨克牧民，那里的大个子熊只，也被称为哈熊。可喜的是蔡老师亲眼看到了吃了太多的酒香野果的哈熊摇摇晃晃的酒仙步态。

凭借果香化酒仙，哈熊醉舞亦奇观。微醺更觉身轻雁，飞越天山一顾间。

屡遭磨难女儿身，教授多灾祸患临。自从峰下观熊舞，能不怡然笑煞人？

亲亲别后是新疆，游罢天山岂断肠？驿路遥遥情最切，匆匆歌舞是家乡。

回京时候，南路，再经细长的甘肃，然后她走陕西西安、河南三门峡洛阳郑州、河北邯郸石家庄。回来以后，她整理新疆纪事，改来改去，念念不已。

天山南北自驾游以后，蔡霞对自己的旅途留影颇觉遗憾，北疆草原，那拉提山谷，喀纳斯天堂，尼勒克长廊，库车杏花村，阿城镇苏河口，喀什大寺，她硬是没有留下配得上轰轰烈烈的此行的照片。于是她购买了摄影用无人机，学会了全套操作本领，回到了航模比赛的学生时代，她从天地，从山河，从城乡，从东西南北，寻求与开拓着恋恋难舍的美丽。她留下了人见人爱，人人赞美艳羡的摄影图片。

次年，她又自驾车去云南，滇池、洱海、玉龙雪山、丽江古城、崇圣寺、三塔、石林，到处是花朵，到处是树木，到处是奇丽山水路程。回程外加偌大四川与重庆市。

十八

又过了一年，她五月份自驾再游西藏，甘肃的敦煌令她神往赞美，青海西海（青海湖）令她沉醉流连，进入西藏，零下一度，然后二三四五六摄氏度，渐生暖意，蓝天白云雪峰伸手可触，藏羚羊、牦牛、经幡，新奇开眼，令自诩"光杆司令"的蔡霞教授平添牛机。从海拔不到一百米到五千米；越过十几座山岭关隘；穿过金沙江、澜沧江、怒江三江并流的壮丽景色；经过泥石流群，经过了不知多少次寒温易貌，也是日日经四季，天天历人生，终于到了西藏拉萨，布达拉宫、大昭寺小昭寺、八角街，住进最初是与外资合作的拉萨拉威国际酒店。

干脆说，蔡霞虔诚而又嘚瑟，她拜了布达拉宫的观音菩萨化身白度母——卓玛嘎尔姆或妙音天女。她学会了梵语六字真言唵、嘛、呢、叭、咪、吽。她喝了青稞酒，她请了唐卡药王法相，这里不可叫购买。关键是，拉萨五昼夜，她东跑西颠，没有吸过一次氧，海拔再高，没有她的心气高，心脏再吃力，没有她的精力健，倒霉倒霉，疾风知劲草，事故事故，事乱见忠良，祸大激神力，灾多好转身！苦难到了极点，她只有快乐，只有起兴加油，只有抵抗到底，只有祝福惜福信福求福……再无其他选择。

心知肚明，不选择快乐与爱恋，难道能选择哭啼啼、怨狠狠、家乡的话叫"一头撞煞"吗？不，不，不，不！

她不想那样。永远不会，绝对不会。

一九九六年，她进入古稀，后来她觉得不如叫作"鼓戏"之年。她觉得进入新生活新年代以后，不妨用革命样板戏《沙家浜》上胡司令的名言："（这茶）喝出点味儿来了。"来形容自己的心态了。

理应是京剧里正经高贵的韵白，锣鼓点节奏，花旦问："茶饮可还中意？"净行（花脸）答："喝出一些滋味来了！"其中"滋味"二字，声调突然提高八度，音量也大大增加了分贝。而"了"读"燎"，大声，起伏曲折，行板如歌。

她还去了俄罗斯伊尔库茨克、贝加尔湖、北中南欧洲名城。去了突尼斯、尼日利亚、南非的好望角、伊朗的四十柱宫、埃及的卡纳克神殿。

她乘坐了各线游轮，旅行社则写邮轮，大概是为了避讳落水而游的游字吧。蔡霞连死都不怕，还避讳游游水吗？

十九

二〇二一年，在霞满天院里，王蒙终于见到了九十五岁庆生的蔡霞"院士"。

步小芹的霞满天长者院事业有成，她已经在全国建立了三座分院。她说蔡教授自从二〇〇五年春节联欢会上做了多种语言的朗诵以后，立刻被全院称为院士，其实她是教授，并不是科学院院士。还有人说是香港的浸会大学与北京师范大学在珠海合办了博雅学院，他们聘请了一批海内外知名的学者做该学院的院士。也行。

步小芹干脆说：蔡霞教授，现任霞满天长者院院士，院之名士学士，名正言顺，岂有疑义？

九十多岁了，蔡"院士"仍然挺直着腰身，脸上嘴角上呈现着幸福的笑容。

这样的气质与腰板，能不"院士"吗？

蔡"院士"的身世故事以多种多样的版本在本院包括各地分院传播，包括了各式添油加醋。事迹经过了民众的涂染便变成了动人的传奇。最富想象力的说法是说她在伦敦留学时与一位名叫张伯伦、要不就叫丘吉尔的本岛贵族男友生过一个儿子，名叫约瑟。四九年蔡薛情侣回北京参加中华人民共和国开国大典，张伯伦或丘吉尔不让约瑟回"共产党中国"，她"忠、慈"难以两全，把孩子丢在了大不列颠英吉利。后来，儿子约瑟定居北欧。住在马尔默、卑尔根，或者安徒生的故乡欧登塞，或者惊世骇俗的挪威剧作家易卜生的故乡希恩，或者此前或此后他曾经待过的北极圈内的格陵兰岛。说法越多越离奇，生活的魅力就会越强有力，也就越来越现代和后现代。然后院士就更加院士化了。

院士本人主攻语言学，后来又都知道了她在剑桥选修过生物化学第二专业。在这个霞满天院里，没有谁说得清什么是生物化学，而她本人，回答旁人提问时说：生物是有生命活力的物质，有营养摄取，有呼吸，有排泄，还有细胞的生长与死灭。生物化学研究生物体的化学进程。还要用化学合成的方法、科学技术的手段来解决生物体的某些产生、抑制、调整与改变的进程。最简单地说，李锦记老抽与二锅头的生产就是生物化学。尖端一点来说，一八九七年毕希纳兄弟发现没有活细胞的酵母抽提液也可以进行复杂的发酵生命活动，从而颠覆了生机论。把无生命的物质与有机物质、离不开一定的物质的生命联结起来了。

解答之后，人们就更加糊涂敬畏了。人们理解，这样，女娲用泥土捏出人来，十分合理。蔡霞是霞满天的顶尖宝塔。但她之被人熟知，更多的原因是她朗诵的诗词与她的超高龄美貌。人们还说她一生学问深、经历惨、出身高、命运糟，才在十来年前在本院犯了精神病，破天荒的是，病着病着就好了，她有不一样的经历，不一样的学养，不一样的活力。

她大大方方，老而不衰，她的全身，她的颜面，每次让你看着都那么舒服顺当自在适意。不知道为什么，她的面颜上根本没有过多的纹络与干枯的皮肤也没有任何赘肉，只有从容润泽和优美笑靥。所以她不显老，无须表现自己尚没有老。文化驻颜信可称，微微笑过醉芙蓉，哈啰你好皆如意，甘甜酸涩乐人生。她不显弱，更不会逞强。她永远含笑的表情透露着幸福与自足，文雅与高贵，她的声音平和淡定，她出现在任何一个场合都带来一股清风，使在座的其他人互视而笑。她的出现又永远像没有出现，像飞过了一只燕子或者飘过一朵薄云，除了愉悦，对一切都只有浮光掠影，高雅文明，没有瓜葛与掺杂，不黏糊。

曾经有过杂音，曾经有过尘埃，曾经有过病症，曾经有过过程，曾经有过对于陌生的比自己优胜的人的敌视；现在，终于功德圆满，院士修炼，与天为徒，天人合一，莫得其偶，是为道枢。

还有她的多礼，一个陌生人走过她身边，她会报之以和善的目光，一个人向她微笑，她立刻回报以春光明媚的感激，她似乎马上轻轻点头与收颔。而当有人叫着"大姐"或者"院士"向她致意的时候，她会缓缓地站立起来。你不禁惊叹，她站立得那样从容而且完美。不像有的老人，七十一过就不敢再坐沙发了，从软软的沙发上他会根本无法及时站起。医生说是老男人坐太柔软的沙发会有伤睾丸。长者院这里还有一位老画家，由于见到大人物急于起立，扭伤了腰。现在还每天用红外线理疗仪治疗。

二十

在庆贺她的九五之尊生日，二〇二一年，院里举行了蔡霞摄影展，引起轰动。一些外来的摄影家赞不绝口；少数人则是称赞她的摄影用无人机。之后，自助餐聚会上，蔡霞应请求讲了她的南北极旅行故事。她说：

二〇〇八年，咱们国家的北极旅游开始起动后，我在中秋的第二天开始了南极之旅。只说到"旅"，且不说游，我不是仅仅旅游，我只是追求精神的救赎和世界的我尚不知的那一面。我的旅游是朝圣，是深省，是学习，是寻找归属。当然也是探险。我想更多地知道一点，我们活一辈子，离不开一辈子，却仍然说不清道不明的我们的世界。

……我们先到达了阿根廷的布宜诺斯艾利斯，然后从北到南坐了三个小时的飞机，到乌斯怀亚市海港，登上了豪华的游轮。我们经过了被称为魔鬼海峡的德雷克海峡，飓风每天二十四小时，吹倒了大冰山，激起摩天大楼一样高的海浪与雷鸣一样的轰响，吹得游轮颤抖摇摆吓人。而那里一座座的蓝冰山冰丘，是十万年才能形成的。还有一座座黑色冰山冰丘，五十万年才能形成。姜是老的辣，冰是老的黑，深奥严实啊，我们的世界的"极"点。

我们需要勇敢，也需要恐惧，经历了战胜了恐惧才有勇敢，才好吹牛。

极，就是终极，就是绝对，就是无穷。说法是，到了南极，四面八方十六路只剩下了北方。离开南极点，往哪儿走都是北，以北半球的人来说，南极就是地球上的最远。当然，这是从地理学从方向与道路角度作出的判断，如果从数学从立体几何上画图论证，另当别论。

还看到了成千上万的企鹅，说是南极有六百万只左右的企鹅在那里生活，密密麻麻，白的白，黑的黑，黑背白肚的黑背白肚，有没有白背黑肚的我闹不清了。还有一种白脖子上系黑带，很绅士味道，俄罗斯人称它们是警官企鹅。我亲眼看到了一只鹰隼拿一只小企鹅当猎物，向小企鹅决杀俯冲，四只大企鹅迎战以身护崽，这里边肯定有小企鹅的父母，另两位大企鹅呢？它们有亲友，物种认同，和斗争底线哲学。

有大鲸鱼，鲸鱼能将海水喷到旅客的游艇上，也许是欢迎？人类后来认识到，人之屠鲸，太残酷，太过分了。我们看到了废弃的捕鲸船，我们对鲸鱼难免歉疚。南极也有大海豹，有一说是海豹的智力比猩猩更发达。

南极还有探险队员的坟墓，人是先锋，也有时是恶徒，是牺牲者，也是享受者。南极有我们中国的科学考察站，最早的站位于乔治王岛。那里有一个小伙子是我的一个同学的孙子。我给他带去了国内刚刚度过的中秋节的一块广式月饼，我大叫着呼喊他的名字找到了他。我们游客的全部行李在阿根廷国内航班上不能超过三十市斤。一块从伟大祖国带去的蛋黄莲蓉月饼，引起轰动，在场的科考人员分而食之，有的感动得流了眼泪。

……后来去了北极，北极最多的动物是白熊。北极最吸引人的是极光，极光闪耀，我伏地痛哭，我在极光里看到了"坚强"两个大字，既然不怕活一辈子，就只有坚强二字。我留了影。去过极地的人都说，他们的心永远留在了极地与极光里。

二十一

世界怎么这么大，这么新奇，这么令人震惊？人生人生，你走不完你的人生，世界世界，你看不完你的世界。直至最后一分钟，你仍然觉得生未了，情未了，思未了，做未了，你仍然感觉到人生苦短，也就是人生甘甜，无论如何，请不要怀着对人间的冤屈与憎恨离世。蔡霞相信，南极本来是企鹅、鲸鱼与海豹的世界，鲸鱼已经生活了五千万年，企鹅是三千六百万年，地球本身是四十六亿年，而人类的存在只有三百万年。

人被天地被世界被大块创造出来，唯独我们有感知有思维有欢乐有痛苦有造孽也有反省，有夸大也有侵略，有反思也有坚忍。我们知道了学习。我们应该做怎样的人，做怎样的事，说怎样的话，痛苦怎样的痛苦，开心怎样的开心。我们这些远没有企鹅资深的新新一族群，我们足足地折腾了世界，一直到南北极，一直到太空，我们从灾难与成就两方面，应该得到启示与淡定。

国外有这样的惊天之论：人类应该要求自己，人类应该有所不为，不要使人类变成地球的恶性癌细胞。

你与幸福同行，与灾祸角力，被小人诬告，因不解而对一切津津有味，因大限而庄严，因辽阔而小心翼翼，因新知而热烈，因无端而难舍。

九十五岁的蔡霞与八十七岁的王蒙见面，她笑着说："我读过你的《夜的眼》和《初春回旋曲》。"

"什么？回旋曲？"我一怔，一惊。

《初春回旋曲》一直在我心里，发表以后没有一个人说起过它，以至于听到蔡霞的话我想的是，好像有这么一篇东西，可是我好像还没有写过啊。

似有，似无，似真，似幻，似已经写了发表了，似仍然只是个只有我知道的愿望。

她说："欧洲民间的轮舞曲，两个不同主题的对比。读着它，就像当真跳了舞。"

她笑得甜蜜。

"谢谢你。"

我问道："我不懂的是，您为什么二〇一二年，在您八十六岁的时候停止了全球旅行，变成霞满天的'院士'了呢？按我的想法，您应该下一步是旅游到太空啊，可以上月亮或者火星啦！"

她微微一笑，闭上了嘴，含笑莫测高深。

她说，太空旅行训练有点来不及了，她遗憾的是没有养一只小豹子当宠物，当儿孙，她希望在野生动物的观感中改善人类的形象。

步小芹小声告诉王蒙："二〇一二年初，中日友好医院检查身体时发现她的淋巴结有变化……"

我怔了一下，觉得自己越来越聋，戴上一副五万多元的丹麦出品助听器也还是完全听不清楚。同时非常后悔胡乱提问，转而用目光向小步挤挤眨眨说话："怎么你没有告诉过我？"

小步歪了一下下唇，轻轻挤了一下眼睛，她是想说，"不要提这个事儿"，我以为。

蔡霞嫣然、淡然，而后我要说的是，蔡霞向我飘飘然地说："我，早就，忘记了。"

精彩，豪杰，什么样的风范、人物、面貌一新啊！！！

我心里还说，"然而，你没有忘记连斯基·谢尔盖这个俄国名字。"谢尔盖——Сергей，出自拉丁语，本来就是高大上的意思。许多俄罗斯男人起这个名字。亲爱的高大上啊，你当然也可能通俗与一般化一回。谁让你也是同样的部件、零件、螺丝与电流组装的呢？

王蒙心里还想，也许真的可以请求河北与山西动物园专家与驯兽师帮助，进太行山找上一个刚刚出世的华北豹小崽，请蔡老师养好一只豹子，丰富她的通向期颐的人瑞生活吧。

原载《北京文学》2022 年第 9 期

【作者简介】和晓梅，出版中短篇小说集《女人是蜜》《呼喊到达的距离》，长篇小说《宾玛拉焚烧的心》，长篇儿童文学《东巴妹妹吉佩儿》《寻找时光之心》等。作品入围"21世纪文学之星"系列丛书，曾获第十一届少数民族文学创作骏马奖、第九届湄公河文学奖、第四届"春天文学奖"提名奖、《人民文学》2012年度"石碣崇焕杯"中篇小说奖、冰心儿童图书奖、云南文化精品工程奖等奖项。

He Xiaomei has published collections of short stories such as *Women Are Honey* and *The Distance Reached by Shouting*, novels such as *Burning Heart of the Binmalas*, children's literature such as *Dongba Sister Gimpel* and *Searching for the Heart of Time*. Works for "Star of Literature in the 21st Century" series, won the 11th Horse Award for Minority Literature Creation, the 9th Mekong River Literature Award, Nomination Award of the 4th Spring Literature Award, "Shijie Chonghuan Cup" Novella Award in 2012 by *People's Literature*, Bing Xin Children's Book Award, Yunnan Cultural Excellence Project Award and other awards.

漂流瓶

和晓梅

那天，当我披着酒店的浴袍，一只脚穿着一次性拖鞋，另一只脚赤足，带着错愕叠加茫然的表情，狂乱地行走在美奈海滩上时，脑海里浮现莫未对我说过的一句话。她说：一个既不相信科学也不相信命运的自大狂，容易崩溃。

她指的是我。

我想她是对的。

那是越南时间清晨5时10分，东南亚黏稠的海风并没有让我从宿醉中清醒，反而让我的视线更加模糊。震惊、不知所措、有可能被欺骗，从这些纠缠着的情绪里滋生的愤懑，越来越尖锐，以至于我所看到的景物全蒙上了一层灰色的纱。

我在寻找一个男孩。昨天，我从他的手中买了一个漂流瓶。这不是一个普通的漂流瓶，至少对我而言不是。当我费了很大劲把它打开之后，里面的东西使我陷入崩溃的深渊，其巧合程度堪称诡异，让我失去了基本的判断。于是我必须找到那个卖瓶子的男孩，找到他是为了找到一个答案。

问题是我找不到他，我不知道他是谁，也不知道他住在哪里，今天还会不会出现，甚至，他的长相也是模糊的。所以我的寻找疯狂且盲目。

这时候我想到了莫未说的话和她说这句话时候的表情。准确地说，她没有明显的表情，或许有几分同情，几分审慎，但比较多的是清冷和敷衍，这种表情是她使用最多的表情，用来针对病情不太严重但深信自己病入膏肓的患者。她把我当成她的患者之一。

我清晰地记得那是一个雨天，我们的儿子九岁生日后的第三天，地点是她上班的医院对面的一家奶茶店。这无疑是一次重要的谈话，我希望在一个高档而舒适的地方进行，但莫未坚持在这家奶茶店，因为她只能给我半小时，这半小时还是她牺牲了午休时间挤出来的。

她的身后是一面还算阔大的玻璃窗户，雨丝交织成一面有着倾斜纹路的背景墙，并将充溢着水分的光线投射在她的身上。但这并没有让她光亮起来，也没有让这个世界光亮起来。所以我们的谈话是在晦暗中进行的。

我来不是为了解释什么，而是为了道歉，但这个道歉在人来人往的奶茶店非常难以启齿，所以我把主题转化成低声下气的乞求，请她给我一次机会。

"没必要，老顾，完全不需要这样。你一个法语专业高才生，还是个成功人士，不管怎么说，都应该始终保持体面。"莫未从刚刚见到我时的震惊中摆脱出来，她诧异于我的面貌，在短短的两天内竟然发生如此巨大的改变。她用一个几乎是恶狠狠的动作，把吸管戳进盛满奶茶的塑料杯。

"没有人可以在这种情况下保持体面，听我说，莫未，我知道发生了什么，也知道这一切给你带来的伤害。可是，过去的两天两夜，我一秒钟都没合眼，你可能不相信，但这不重要，重要的是一想到有可能失去你和儿子，我真的彻底崩溃了。"可能是急于表达，我的语速很快，我看见一点儿白色的唾沫星子朝着莫未飞去，这加剧了我对自己的厌恶。

"是啊，睡眠缺失会导致代谢紊乱，加速人的衰老。"这种时候，按照正常逻辑，她不是应该反驳吗，然后压低嗓门痛斥我的无耻和对她的欺骗，这样我才有机会进行申述和辩解，尽管很苍白但至少可以推进谈话进程。

莫未不是那种按常理出牌的女人，从来都不是。她只关注我的睡眠和代谢，用的是对待病人的情绪和语气，这让我觉得相当程度的被忽略和轻视。我曾经的迷茫、堕落、荒唐，我今天的失落、恐惧、悔恨，仿佛跟她没有任何关系。好像我们不是夫妻，是医患，是初次就诊且不会复诊的医患。

"所以说，一个既不相信科学又不相信命运的自大狂，容易崩溃。"她看着我的脸，说得上专注，但目光有些涣散。

"我承认我自大、偏执，而且自以为是，但是我可以改。"我把声音压到最低，这样可以掩饰那丝可怜而又可耻的哽咽。

"我的意思是说，"莫未竟然往那个并不舒适的椅背上靠了靠，这是一个明显的避让，假如是在生意谈判席上，这个动作会被理解成防御和抵抗，"在两个人的感情里，如果背叛累积到一定程度，理论上来说决裂就是必然，这是科学。你以前不相信，是吗？"

"那命运呢？"是或者不是都是错误的答案，我当然不能回答，只好按着突突乱跳的太阳穴，控制着代谢紊乱引起的剧烈头痛，奄奄一息地问道。

莫未正想回答，放在桌上的手机突然响起来，不知为什么她把音量调得很高，能听到一个姑娘欠缺经验的声音，"莫老师，23 床病人突然出现呼吸困难、低血压并休克，要不要先进行胸腔闭式引流，还是等您回来？"

"要先判断是气胸还是心衰，如果是气胸就立即引流！"莫未不容置疑地说，"值班医生不在吗？"

"在，就是他计给您打电话的。"女孩的声音里有了喘息，像是在快速走路。

"那打电话就是个浪费时间的指令。"莫未快速挂断电话，猛烈地吸了一口奶茶，把塑料杯蹾在桌上，她拎起了包。这时候她发现我在看表，我还在等她的回答。

"我刚才说到哪儿了？哦，想起来了，如果说背叛积累到一定程度，而感情又没有决裂，这中间一定发生了一个奇迹，这叫作——命运。至于说还能不能在一起，真没那么重要。"她放慢了语速，但没有放下包。

"看起来，无论是你还是我，都不太相信奇迹会发生！"她也看了一次表，她说"好吧，我还欠你 12 分钟"，然后飞速离开了。

在她离开之后，我侧头看见了自己在玻璃柜台里反射出的脸，虽然模糊并且变形，但那无比清晰的衰老与委顿，让我瞬间理解了莫未初见我时的惊诧。

因为疫情，越南的旅游业备受影响，美奈海滩空空荡荡，远处零星可以看见几个当地工作人员，在清理被海浪冲上来的垃圾。

我脚步踉跄，视线模糊，绵软的细沙在赤着的趾缝里填满又流散。我竟然没有意识到可以丢弃那只剩余的拖鞋，好让自己没那么狼狈。

黎明没有到来，但微弱的晨曦正在悄然汇聚，在海天相接的地方形成不易察觉的绯红。

我发现自己已经来到一排棕榈棚屋旁，昨天，就是在这里，从那个头发卷曲、身材瘦削的男孩手中，我花了 70 万越南盾买到一个漂流瓶。当时我不明白自己为什么要这么做。

"那如果，里面有一个故事呢？"这个会讲一点儿中文的小男孩说。起先他不是这么说的，他说："买个漂流瓶吧，先生！"

我躺在棕榈棚屋下的防腐木躺椅上，没有抬起眼睛看他。我正在给莫未打电话，电话那头给出毫无例外的提示音，"您所拨打的电话暂时无人接听"。莫未不接我电话已经超过165天，但她没有关机，也没有更换号码。

"真正的漂流瓶，我在海滩上捡到的，只需要70万越南盾。"

"不要不要，真的假的都不要！"我抬头，看到一个赤裸上身、脖子上挂着几个仿古玻璃瓶的男孩。卷发，瘦削，凸露着肩胛骨。

"里面说不定有黄金、珍珠、徽章，看运气，昨天有个小姐姐买的瓶子里，就有一颗小钻石！"他蹩脚的中文里加进煽动的语气。拿着其中一个细长的玻璃瓶在我眼前晃动。

"我要这些东西干什么，滚！"我没好气地说。

他站在我的旁边没有离开，沉默着。

"那如果，里面有个故事呢？"片刻之后，他用一种奇怪的语气，既确定又不确定地说。

我不得不再次抬起头来，打量这个男孩，除了棕黄的皮肤、卷发和凸露的肩胛骨以外，高高的颧骨、深陷的眼窝更令他和其他东南亚孩子毫无区别，倘若将他放进一堆孩子中间，他将成为无法辨认的那一个。

就是这个男孩，确定，此时此刻的我，需要一个故事。

他在我眼前不停地晃动一个细长的、因为海盐的侵蚀失去透明度的玻璃瓶，里面长着斑驳的绿霉，整个瓶子看上去古老而陈旧，像一块风干的牛骨。而我知道这些玩意儿多半都是假的，出自海边的某个小作坊，用来糊弄游客。

我还是妥协了。

"谁告诉你我需要一个故事？"我嘟哝着掏出一沓越南盾，不再看他，也不看那个该死的瓶子，好让他觉得我这么做只是为了快点摆脱他的纠缠。果然他把瓶子放在躺椅上，拿着钱飞快地跑了。

我不再徒劳地给莫末打电话，而是给她留言——谢天谢地她还没有把我拉黑。打开我和她的聊天记录，一片碧绿，整整齐齐码着我单方面的留言，越往上，情绪越激动，沮丧的、绝望的、歇斯底里的。下面没有任何回复，哪怕是一个表情都没有。

我始终相信，她是在看的——夜深人静的时候，她的手指会在手机屏幕上轻轻滑动。所以，我坚持给她留言，只是说，越到后来，措辞越平静，也越理性。

这一次我写下：莫末，今天我结束了隔离，来到美奈，方便的时候，请给我回个电话。

我再也没有使用感叹号，只用句号，因为我没有权力对她颐指气使，发表情绪。而且，我也没有资格等待她的回复。

然后我开始翻看她的朋友圈，其实我已经翻看了太多遍。她发布的朋友圈比较多的一部分是工作内容，其他部分和儿子有关，儿子出生，儿子上幼儿园，儿子戴上红领巾，儿子在舞台上傻傻站着扮演一朵向日葵，都被她记下来了。

这些朋友圈，在过去的 165 天里，被我反复翻看，我在下面点赞，包括诸如 "AED：每个人都应该学会的一种急救装备" "速效救心丸和硝酸甘油，谁才是救命药" 之类的，也包括 "历时八小时，拔出两枚植入十年的起搏器电极，今年做过的最艰难的手术" 这些类型的。

至于关乎儿子的，我会追加评论，比如 "欣慰，宝贝长大了"，或者 "老婆辛苦"，在打下 "宝贝" 或者 "老婆" 这些字眼的时候我有一种疏离的感觉，这种感觉真令我万箭攒心，尽管她是我的妻子，他是我的儿子，但过去我对他们的关注如此之少。我不知道自己为什么会这样。

我的目光会比较久地停留在她的最后一条朋友圈上，儿子 9 岁生日那天，她一共发了 9 张照片，配文是 "我的小男神，生日快乐！" 其中有一张她和儿子的合影，这是她唯一一次在朋友圈晒自己。照片里的莫末笑得灿烂而天真，目光里有着我熟悉却始终说不上来的光，清亮的，明白的，仿佛洞悉你的一切，却当作浑然不知。

没有我的照片，那天我缺席了儿子的 9 岁生日，我本来是要参加的，但一个名叫陆萧儿的年轻女孩在我应该下车的时候锁住了车门，"别闹，我得赶紧回去，今天是我儿子生日！"我醉了，但还可以严肃地警告她。但她肆无忌惮地看着我，目光充满挑衅而魅惑，然后她用她热艳的红唇堵住了我的嘴。

陆萧儿是个药商，一开始不知道她是谁的女朋友，莫名其妙就进入了我们这个圈子。她是个性感尤物，长着一张人畜无害的无辜脸，这让她积攒了不少人脉。只不过后期她大约改变了些策略，专心和我做生意，也专注于和我在一起，竟成了我身边的红人。

疲惫不堪地在昨天躺过的那把躺椅上坐下来，我意识到自己的可笑，这个点，除了我这样的醉鬼，谁会在海滩上出现。再过几小时，我的搭档苏一凡会准时出现，把我接走。

我低垂着头，从浴袍的兜里，拿出一页看上去有些年份的信笺，再一次阅读那上面的半个故事。

是的，漂流瓶里，其巧合程度诡异到令我崩溃的，就是这个故事，但它没有结局。

一开始，我不相信漂流瓶里真的有故事，我之所以把它带回房间而不是留在躺椅上，是不想让哪个越南小男孩捡起来再卖给其他游客。

那时候我独自一人在酒店的房间里，差不多喝光了六瓶啤酒——近半年来，如果不是在微醺的状态下我很难入睡。我打算尽快入睡，因为明天有一场重要的生意谈判，这是我冒着疫情风险，克服重重困难到越南出差的原因。我希望明天能有一个好的状态来与合作方见面，不至于辜负我在胡志明市长达 21 天的隔离，每隔 48 小时进行一次的核酸检测——都是付费的。

隔离结束，我的搭档苏一凡接到我的时候，显示出和莫末一样的震惊，他被我的衰老惊吓得半天说不出话。

"怎么别人隔离出来白白胖胖的，你隔离出来就变成这个样子？"他手握方向盘，侧脸看着我胡子拉碴的脸、伛偻的腰背和没精打采的神情，疑惑不解地问。

这个形象我在隔离酒店的镜子里已经看见过了，并且内心十分清楚，这跟 21 天的隔离没有半毛钱的关系。

"振作点，老兄，你得搞清楚眼下的形势，搞清楚这一单有多重要，你小子可千万不要拉稀摆带啊！"显然苏一凡是真的着急了。换成是我也会着急。要知道我们俩在东南亚市场押下太多赌注，投入太多心血，眼下离成功只有一步之遥了。只要攻下越南医疗器材市场，我们公司这几款性价比极高的国产医疗器械，就在湄公河沿线几个国家打开了新局面，我们俩也可以稳步晋升合伙人了。

"我什么时候拉稀摆带过？"听到我终于平静地开腔，苏一凡那颗悬着的心算是微微平复了些。

"一开始我听说他们要把协议地点改到潘切市，真有点不情愿，现在看来得感谢范先生啊，真是个英明的决定，你可以在美奈好好休息一天，调整好状态，你这个样子，太叫人焦虑了。"放下心来的苏一凡开始喋喋不休。

范先生是我们合作方的主管。一开始谈判地点确实是在胡志明市，但因为疫情，发生冲突，我们的合作方于是把地点改到人烟稀少的潘切市。

我懒得理他，把头扭向车窗外。

"对了，陆萧儿怎么没来，前几次你不都带着她吗？"

"别提这个人，不想听到她的名字！"我没有回头，冷冷看着车窗外。人行道上芭蕉枝叶低垂，戴着头盔的电摩托骑手一闪而过，远处玻璃橱窗里有着时髦姑娘模糊的身影。

"那要不……到了美奈，我叫个讲法语的姑娘过来陪你吃饭？"短暂停顿之后，苏一凡用上了暧昧的语气。

这让我再也无法忍受了。

"苏一凡，我怎么会有你这样的搭档！"我突然爆发的怒气把他吓了一大跳，尽管他那惊愕的表情多少还是让我有点内疚，但我仍然不依不饶，要是眼前有张办公桌我一定会把桌子拍得山响，可惜汽车正在行驶，我只得拍打着自己的大腿，痛心疾首地说："我是来工作的，不是来鬼混的，你把我当什么人啊！"

苏一凡是真的被我搞晕了，这绝对不是他认识的我。接下来的时间，他再也没开口，把车开得飞快。车子正飞速驶出市区，视野逐渐变得开阔，几小时后，眼前慢慢出现银白的海岸线。

我们固执地保持着沉默，一直到美奈。这时候已经是正午，苏一凡轻车熟路把我送到酒店。临下车的时候，他迟疑了一会儿，终于忍不住小心翼翼地问道："莫未和你……到底怎么了？"

这时候的我出奇冷静，反正这个问题迟早都要到来，在那个矮个子门童磨磨蹭蹭地过来拿行李之前，我平静地说："莫未带着孩子离开我了。是真的离开。"

看不出来苏一凡的表情，感觉他没有听懂我在说什么，但我不想重复。

"老顾，走路挺直点儿，从背后看你就像个80岁的老头！"片刻之后，我听见苏一凡在我身后大声喊。我抬了抬手，没有回头。

信笺在我的手中没有分量，海风吹过的时候有着一种撕裂的危险。

在酒店房间里，我读它，是在喝光了六瓶啤酒和三分之一瓶 Men 酒之后。

作为一个资深销售，六瓶330毫升装的啤酒是没法让我进入微醺的，反而让我越发清醒，于是我打电话给服务生，让他给我买一瓶 Men 酒，尽管这种酒只有30度，但在越南已经是最猛烈的酒，要不怎么叫男人酒呢？

在等待酒的时候，我看到了这个随意扔在墙角的漂流瓶，我把它拾起来，轻轻晃动，可以感觉到里面有坚硬的东西，正发出清脆的碰撞声，对着灯光仔细端详，覆盖在玻璃内壁的绿霉挡住了视线，没法看清里面的硬物，用蜂蜡封存的木塞上刻有简单的纹路。这让我觉得好奇。

好吧，就算是个仿古赝品，那也是个完美的制作。

我打算打开这个漂流瓶，但是，一个用古老的方法密封起来的玻璃瓶，会叫人一筹莫展。多次尝试以后，我克制住自己想找到一把锤子的冲动，而是上网查询"如何打开漂流瓶"——我已经把它当成一个真正的漂流瓶了。

最后我查到一个切实可行的办法，用细铁丝准确勒住瓶口，在交叉处制作可供旋转的蝴蝶扣，将瓶完全浸入 45 摄氏度的温水中，保持温度的缓慢上升但不超过 70 摄氏度，每隔 5 分钟拧紧蝴蝶扣到不能旋转为止。后面使用打火机慢慢烧热细铁丝的步骤就不再细述了。

90 分钟以后，我顺利打开了漂流瓶。但这时候我醉了，我感觉到眩晕，因为在此期间酒已经送到，我一直在喝，不知不觉就昏昏睡去。这种睡眠难以持续很久，几个小时后我在剧烈的疼痛中苏醒，发现自己躺在地板上。在挣扎着挪到床上的过程中，我想起来那个已经打开的漂流瓶。

于是我放弃睡眠，从里面倒出一截两头被密封起来的塑料软管，"真是个讲究人啊！"我发出一个醉鬼由衷的感叹。

打开这个软管没有那么困难，很快，从里面抽出一页卷起来的古旧信笺。之所以觉得古旧，是因为除了页面发黄纸张薄弱以外，我还看到了马杰斯迪克酒店的专用标志，用古体字印在信笺右上角，这是越南最古老的的法国酒店之一，始建于 1925 年。

这张出自马杰斯迪克酒店的信笺上，用越南文和法文写满了字，每一行越南文下面是一行与之对应的法文，如果法语字数太多，除了写得特别挤以外，会另起一行。也许是为了在有限的空间写下更多的内容，字母非常小，细如蚁脚，但是异常工整。

醉意在好奇的驱使下退缩，我把信笺举到离自己眼睛很近的地方，忽略掉不懂的越南文，只读法文部分。

然后，我就读到下面这半个故事。

现在是 1975 年 5 月。我所乘坐的"阿多尼亚"号游轮正驶出富隆港，前往美国西部。我将在此刻写下一个关于我自己的真实故事。

我叫 Sotirios（我的祖母是法国人），但更多的人喜欢叫我"西贡 ta văn quận"。我出生在西贡最富裕的家庭之一，祖上贩卖火药。到我继承生意的时候，市面上流行军火，生意虽然危险，但丰厚的利润足以让我铤而走险。很快我就积累起令人眼红的财富。当然也有人悬赏取我的人头，但我很清楚，无论是南越政府还是北越人民军都非常需要"西贡 ta văn quận"，我受到双重保护，这让我有恃无恐，过上了锦衣玉食的奢靡生活。

杰斯卡西是我在租界认识的第一个女孩，同样混血的身世拉近了我们的距离，很快我们就成为亲密情侣，这时候我的妻子（恕我不公布她的名字）刚刚怀孕，为了不让她知道，我买下一套豪华公寓供杰斯卡西居住，杰斯卡西结婚以后，这套公寓就成为我带其他不同女人幽会的地方。就这样一直到 1969 年，我的妻子发现这个糟糕的情况。当时她已经为我生下三个孩子，两个女儿，一个儿子，最大的女儿刚满 11 岁。

有一天我回到家的时候，用人说夫人带着孩子们离家出走了。天哪，你是否能体会到那一刻我的震惊、羞愧、愤怒以及无穷的担忧。外面还在打仗，美国的"滚雷行动"宣称要把越南炸回旧石器时代，现在没有一块土地是完整的。我不得已发动所有的人脉关系花重金四处寻找他们。

可他们就像人间蒸发了一样杳无音信，也许，他们已经死了。我陷入无比的悔恨与自责中。我一天天衰老，一天天孤独，长时

间说不出一句话。一年后，我决定给我的妻子写信，我把信寄到
我能想到的所有地址：她父母家、她姐姐家、她朋友家，甚至她
常去的教堂、曾经工作过的红十字会，我不停地

已经到了信笺的最后一行末尾，故事在这里停住，我下意识地翻看信笺
背面，没有，在漂流瓶里寻找，没有，他的讲述就这样被强行终止，不仅是
讲述，还有他的情绪、他的语气甚至呼吸，都同时被强行终止。

1975 年，越南内战结束了，他大概是以南越支持者的身份获得了前往
美国的船票。

"他到底要不停地怎么样？"是谁这么缺德？我的愤怒就是这么滋生出
来的！

因为有前三次阅读的基础，这一次，读完它只需要很少的时间。这是
半个跟我重合的故事，仿佛写给我看，但是要知道结局，必须读到剩下的
那一半。

这是我崩溃的原因，这时候我该相信什么，科学还是命运？各种混乱的
想法在瞬间蜂拥而至。

我起先怀疑这是一个阴谋，把或有或无的仇家都想了一遍，包括莫未和
陆萧儿。很快阴谋论被否认了，莫未不是这种人，陆萧儿做事首先会计算成
本，至于其他人，我想不出来他们这么做的理由。那么或者是惩罚的前兆，
好吧，如果是惩罚我愿意接受。这么想的时候我有所释怀。

这时海滩上出现一男一女带着一个孩子，等他们慢慢跑着路过我的身边
时，我几乎可以笃定，漂流瓶里的半个故事，于我而言只是个巧合。

但我还是头痛欲裂，并且产生幻觉。没有什么见鬼的漂流瓶，没有卖漂
流瓶的小男孩，没有半个用越南文和法文讲述的故事，我没有到越南来，莫
未没有离开我，正在给我准备早餐——这只是昆明冬季的某个清晨，冬樱花
掩映在滇朴的黄叶中疯狂绽放，我在家里醒来，那间面临滇池的卧室洒满金

黄的阳光。

"老顾，快醒醒，你怎么睡在这里？"真实的情况是我在苏一凡的摇晃中醒过来，手里还死死捏着那张年代久远的信笺。

"找了你半天，你手里拿的是什么？"他伸手想拿过去看。

我翻身坐起来，警觉地拦住他的手，把信笺卷好放进兜里。我满脑混乱的想法一个都没有离开，现在我不再觉得这是一个巧合，所以我想了想，用含混不清的嗓音说："这可能是一个启示录。"

苏一凡把这当成一句醉话。

"狗屁的启示录！你到底醒了没有，如果醒了，我们就去吃早餐。"他压抑着怒火，不耐烦地说。

片刻之后我面目一新坐在苏一凡的旁边，合体的西装，外加时尚的深灰色领带，有效地掩盖了我的颓废，憔悴的脸庞透露着前所未有的稳重，宿醉的酒气也在苏一凡坚持给我喷上的男士香水面前退缩。

"你太臭了！你到底喝了多少酒？"他一边喷一边皱着鼻子，但是看得出来他对我现在的状态是满意的。

这时候我的心境发生了微妙的变化，任何关于漂流瓶，或者跟这件事有关的想法，都极度令人厌烦，哪怕冒出一丝，我都会把它压下去。我知道我没有机会找到那个男孩了，我得带着一个没有结局的故事，连着我没有着落的未来返回昆明，这叫人怅然若失，也叫人如释重负。

我问："范先生他们几点到？"我进入了正常的工作状态。

"一个小时之后。"苏一凡说，"你还有时间再看一下文案。"

这位范永志主管，我曾经打过交道，那是在六年前，我们刚刚进驻东南亚市场的时候。那次协商，他带着他的团队骨干坐在离我大约两米远的地方，始终用一双警惕的眼睛看着我。我们的协商最终以失败告终。

但他不会用同样的眼神看着我的搭档苏一凡，每当他转过头去和苏一凡讲话的时候，眼神和语气都会松弛下来。苏一凡这个人，天生就有本事在最短的时间内取得别人的信任，他可以做到跟任何人的初次见面都是久别重逢，跟任何团队的合作都是相见恨晚，他总是能把自己和周围的人都放置在一种轻松自然的状态下。

要不是这点过人之处，他这个连英文问路都需要翻译软件的家伙，怎么可能成为我的固定搭档呢？通常情况下是他负责联系对方买家，培养感情，喝酒吃饭唱歌，我非常奇怪他们在做这些事情的时候完全没有语言障碍。我负责专业部分和最后的价格拍板——不需要翻译，因为英语和法语是我的优势语言。我们算得上"新生命集团"最持久的搭档了。

最开始，当我去这家知名的医疗器械上市公司应聘的时候，踌躇且不甘，知名外国语学院法语专业毕业，从事的却是医疗器械推销，这让我一时间很难接受。之所以留下来并且一干就是那么多年，完全因为主考官的最后一句话，当时他坐在主考席 C 位，用一口广式普通话说：小伙子，你完全可以利用语言优势，开辟东南亚市场，要不了几年，搞不好——他用手比画了一下台上坐着的几个考官，你就会成为我们其中之一，成为合伙人。

他说这话的时候我已经完成面试了，正准备退出。我对自己的表现非常满意，有种志在必得的预感。他的话并没有引来其他人的共鸣，连假装的附和都没有，他们忙着打分、填表、看下一个人的资料。

我当时完全不知道东南亚市场意味着什么，这一点，在我回到昆明，几经打拼，担任西南片区主管之后才逐渐意识到。当下只是在心里嘀咕，我的优势又不是东南亚的语言，为什么不是欧洲市场而是东南亚市场？

不管怎么样，"成为合伙人"还是极大地点燃了一个懵懂青年的热血。和我一样被点燃热血的还有我的搭档苏一凡，不同的是他在第二轮文案制作的环节就惨遭淘汰，根本没有机会参加面试。但他发挥了他那时就具备的交往才能，一直在面试室门外等待，直到我们所有人面试结束，他才在众目睽睽之下，大大方方地走进面试室。

我目睹了他走进面试室的整个过程。

"苏一凡同学，我们的面试已经结束了，为什么你还出现在这儿？"人力资源部的魏女士，当时我们叫她魏老师，颇有些诧异地问道。

"因为我担心蜚声中外的新生命集团会在今天失去一个特殊的人才。"苏一凡大言不惭地回答。

看来只有我一个人对这个回答感到意外，其他人该聊天的聊天，该上厕所的上厕所，这种初出茅庐自以为是的大学生，在 21 世纪头十年，一抓一大把。

"凭什么，你觉得自己是一个特殊人才？"混乱中，还是那个跟我说未来可以成为合伙人的主考官，他朝后仰着，用一种司空见惯的语气漫不经心地说。

"就凭一秒钟之前，魏老师准确地叫出了我的名字！"

"这是一个很好的 Proof（证据）吗？"魏老师马上接腔，听得出来口气中的不屑，因为她用了英文。

"据我所知，贵公司收到的简历有 1448 份，能进入第一轮水平测试的还不满一半，只有 605 人，这当中淘汰了三分之二还多，只有 175 个人进入第二轮，我就是在这一轮中被淘汰的，但是，在这么多人中，您记住了我的名字，并且准确地叫了出来！"

"你这是在表扬我，不是表扬自己！"魏老师被气笑了！但是，千真万确，她笑了。

"我甚至都不知道，在刚才参加面试的 32 个幸运儿中，您和其他几位老师记住了哪个人的名字？"苏一凡乘势而上。

只能说我孤陋寡闻，一定露出了那种没见过世面的鄙视神情。所以坐在 C 位的主考官立即要求无关人员离场。

"我愿意给他 5 分钟，加试一场，你们的意见呢？"

当然没有任何人反对。

5 分钟之后，我正在卫生间洗手池洗手，苏一凡兴冲冲地冲进来，旁若无人地对着镜子完成了一系列庆祝动作。说实话他举起拳头原地转了一个圈，雌雄不分的时候还是挺吓人的，以至于我惊愕地看着他，忘记了自己的手一直停留在烘干机下面。完了后他才终于看到我的存在。

"哥们儿，你猜乔董对我说什么？"

"乔董是谁？"我好不容易回过神。

"他居然说我只要好好努力，将来没准能当上合伙人！合伙人，你说该多有钱？"苏一凡没理会我的问题，而是延续着持之以恒的亢奋。

"意思是你已经知道自己被录取了？"我瞬间感觉不自信起来。

"差不多吧！"他大言不惭地说。

这下我大概知道乔董是谁了，我很想对苏一凡说其实这位董事长也对我说了同样的话，没准对别人也说了，但是看着他兴高采烈的样子，我说不出口。

不管怎么样，我把它当成了自己的奋斗目标，想必苏一凡也是。

两年后，乔董把我叫到办公室，他说西南片区分公司刚刚在昆明成立，开展业务需要人才，不知道我愿不愿意过去。当然西南片区不是重点，重点是以此为链接的未来东南亚市场。他还说，你是昆明人，又懂英语和法语，由你去发展东南亚市场不是很顺理成章吗？

我很快想到了那个成为合伙人的美好愿景，并且清醒地意识到，在总公司做了两年的双语文案毫无前途可言。于是我爽快地答应乔董，带着一腔莫名的热血，从广州总公司回到昆明。

到了公司报到的时候，我才发现情况和乔董说的完全不一样。我需要从当地销售开始做起。这让我一时间难以接受。比我早一年到昆明发展的苏一凡洞悉了我的心思。

"没事，老顾，咱俩合作，翻江倒海不行，弄个水花出来还不行吗，我就不信这个邪！"我们在盘龙江边的小酒吧里喝酒，或者在龟背立交桥下的夜市吃夜宵的时候，这个身材瘦削眼神坚毅的男人都会这么说。

有一天深夜，大概是秋季，我们喝了酒，借着酒劲儿一人骑了一辆破自行车，朝着滇池一路狂骑。路上行人稀少，偶尔驶过汽车，夜行的司机会在昏暗的灯光下看见我们可疑的身影，疯狂骑车的劲头和偏偏倒倒的行车路线，没准让他们觉得那个有风的夜晚危机四伏。

黑夜让滇池变得广阔而茫远，湖水拍打着岸边的石头，发出巨大的类似于轰鸣的响声。我们大声说话，放肆地笑，像是要与这来自大自然的宏伟声响一较高下。

"苏一凡，你看那儿，闪着灯光的地方，看到没？"我指着远处连成一线高低错落的城市灯光，撕扯着嗓门大声说。

"看到了！"苏一凡努力睁大他惺忪的醉眼，用更大的声音回复我。而我不得不用力支撑起他歪歪倒倒的身体。

"那里有咱们俩的房子，巨大的房子——打开窗帘，能看到整个滇池的那种！"我企图用手画出一个大房子的轮廓，结果失去搀扶的苏一凡像根面条一样滑到地上。

"没错，大房子，门前有草坪，草坪上面种着樱花。咱俩一人一套！不，至少一人三套！"他身体如同飘浮的气球，气势却丝毫不减。

在我的帮助下他趔趄挣扎起来，拉着我，跌跌撞撞朝前迈了几步，差点儿就掉到水里。真不知道刚才的十多公里路他是怎么骑过来的，后来，每次想起这点都会让我心有余悸。

"不能再往前走啦！"我在他耳边吼，"淹死了，就没法当合伙人，没法住大房子了。"

"不——能死，怎么能死呢？老顾说得对，死了——怎么当合伙人？"苏一凡剩下的理智已经寥寥无几，他的声音盖过了呼啸的风声、树木枝叶摇晃的巨响和湖水拍岸的轰鸣，惊起一群沉睡的红嘴鸥。尤其是那声拖长的"合伙人"，就像一个在水面连续穿梭的石子，紧贴着浪花翻滚的水面越飞越远。

我对苏一凡"再看看文案"的建议颇有些嗤之以鼻。他的市场调研报告一如既往地混乱，且重点不突出。

"这位范先生，还是老样子吗？"我问他。六年前在他那里碰壁之后我们暂时放弃了越南，转战其他国家，取得不错的效益，渐渐打出名声。我有六年没见过他了。但苏一凡一直跟他保持密切联系，范先生是为政府服务的，他本人又是个保守派，前期的工作势必会非常艰难，但一旦谈成功了，后期的覆盖面就会非常广。这一点在泰国和缅甸都行不通。

"可能还要更古板些，毕竟年纪大了。"苏一凡边开车边说，"不过他非常欣赏你，在我面前至少夸奖过你三次，说你很专业，也很敬业。"

汽车离开美奈，沿着海岸线行驶了一段时间，转了一个弯进入山路，偶尔可以看见掩映在棕榈树下的村庄，稀稀落落地散布着。

苏一凡调研报告做得不好，但他了解的情况还真不少。他基本掌握了越南公立医院的设备配置情况、资金来源和目前紧缺的项目，知道呼吸机、监护仪和移动 DR 的配备已经是迫在眉睫的事情。

"而且这一次，他是主动联系我并且指定要见你的。"苏一凡显得信心十足。这时候我们已经认真分析了有可能遇到的陷阱，并统一好谈判必备的心理底线，而且我们还总结了和越南商家谈判的经验，就是要极端注意过程，不要让过程太简化，否则他们会认为吃了亏。

为此我已经准备好三轮的报价，每一轮报价都精确到一个小小的滚动轮轴的质材。"没事，我会让他进一步体会到什么是工匠精神的，这一次我们的优惠幅度没有人可以拒绝。"我把我们俩的士气鼓舞到最足。

就在这一刻，车速慢了下来，汽车驶入一个类似于集市的地方，人群熙攘，路两边是些小地摊，再往两边靠还有些撑着太阳伞的摊位。"这是越南的街子天，跟你们云南有些地方很像。"苏一凡一边谨慎驾驶一边展示着他早来几个月的优势。

我漫不经心地看着窗外。突然间，在人群中，几乎是猝不及防，我一眼就看见了那个卖漂流瓶的男孩，或者说，是男孩准确无误地进入我的视线。

原本以为放进人群中他将无法辨认，这时候才发现完全不是这样，因为你在这种情况下根本看不到其他人。他今天穿了一件亚麻布长袖衬衫，看不见凸露的肩胛骨，只看见单薄的身形，在肩上扛着个鼓鼓囊囊的蛇皮塑料袋。

"停车——快停车！"我发出的尖锐叫喊声足以把自己都吓一跳。尽管车速很慢，苏一凡的紧急刹车还是险些把我俩的头撞在风挡上。

"无论什么时候都不要发出这种声音行不行？"停顿了3秒以后，苏一凡冲我发出一句苍白的咆哮。而我完全顾不上，拉开车门就反身向那个男孩跑去。

"小子，站在那儿，别动！"情急之下我喊出的是英文，我一定是跑得太急了，小男孩被吓到，但他反应迅速，本来他正在向一个烟贩买零散的香烟，看清楚是我以后，竟丢下烟，撒开腿跑起来。

说实话，在越南郊区临时集市上演一场追逐大戏，并不是多么光彩的事情，男孩像只灵活的袋鼠，蹦跶了几下就穿过人群。我这个穿着西装、疏于锻炼的中年男人则显示出极大的尴尬，但是尚能依托突然爆发的肾上腺素，紧追不舍，甚至，在他单手撑着翻过一个商贩的破木板时，几乎触碰到他肩上那个笨重的塑料编织袋。

周围有人发出惊呼，如果我是他们我也会惊呼，毕竟这场面看起来像是拍电影。

幸运的是时间没有持续太长，在拉倒了一个童装货架，碰翻了一堆水果，踩扁了无数个花椰菜之后，男孩被散落的汽水瓶绊倒，跌倒在地，我才得以抓住他的亚麻布外衣。

"跑什么跑，我又不会吃掉你，只不过是来跟你谈谈。"我不知为什么又切换成法语，气喘吁吁地把他拉起来。

结果他听不懂，一个劲用蹩脚的中文说"不退不退，卖出的东西不退"。

这时候情况变得不妙，当地人逐渐发现不是警察抓小偷，也发现我是个外国人，他们逐渐向我们围拢过来，嘴里快速地讲着越南话，表情极其不友善。为首的就是那个卖童装的女人和卖水果的壮汉，卖童装的手里扇着一把扇子，卖水果的则在手里拿着一把砍椰子的刀。

"我不是来退钱的，我只是想跟你再买个瓶子，漂流瓶，快告诉他们！"我搂着他的肩膀，喘着气，尽可能真诚地说。现在我用的是中文。结果孩子不知道是真没听懂还是故意的，翻着白眼瞪着我，无动于衷。眼看周围的人越来越近，越来越愤怒，口水星子都快喷到我的脸上了。

苏一凡，不得不说这个万能的苏一凡，终于挤了进来，手里捏着一沓越南盾和一盒香烟。他双手合十，满面笑容，绕着人群走了一圈，居然就用他仅会的几句越南语告诉所有人，这是个误会，我们真的是来买漂流瓶的，所造成的损失我们会赔偿的——尽管他对这个见鬼的漂流瓶一无所知。

人群在得到孩子的证实以后平息了怒火，关键是苏一凡的赔偿金起了作用，人群逐渐散去。我还是搂着男孩的肩膀，生怕他一溜烟就跑了。现在我发现这个孩子平时只讲越南语，中文就只会兜售漂流瓶时翻来覆去的那几句。这种关键时刻，还是苏一凡，我觉得我快要爱上他了，递上来一部手机，那上面是已经切换成越南语的翻译软件界面。

"你为什么要跑？"我在手机上飞速打字的时候苏一凡冷不丁在旁边说，可以用语音来的，你觉得这小子识字？他说得很有道理。

"我以为你要来退钱。"男孩拘谨地对着手机说话。

生平第一次，我发现翻译软件是如此可爱，可能没有一句语法是完全正确的，但你就是奇妙地明白了其中的意思。我对男孩说，昨天他卖给我的漂流瓶里的确有一个故事，但只有一半，另一张纸被拿走了。他说他不知道，也许这个故事本来就只有一半。我说这不可能，这是不道德的。他摊开两手说这没有办法。

"那如果，付一笔费用你能找到办法吗？"我复制了他卖瓶给我时的语气，并拿出200元人民币，"帮我买到另外那个瓶子，这些就是你的。瓶子的钱另付。"我打定主意，他要是嫌少我会不停加码，掏出我身上所有的人民币。

男孩犹豫了，"这个故事，对你真的有那么重要吗？"翻译软件用类似赌气的语气转述了他的问题。

这回我放弃了翻译，而是俯下身子，靠近他，看着他格外明亮的眼睛。我也在想为什么这个故事突然对我很重要。我到底想从这个命运重合的人身上获得什么？我觉得我的眼睛有些许的潮湿，于是轻轻摇晃着他的肩膀，几乎是一字一顿地说："我也不知道，但是帮帮我，求你了！"

"好吧，"男孩听懂了，他有些害羞地挣脱我，"瓶子里有什么我真的不知道，但我可以带你们去找瓶子爷爷，所有的漂流瓶都是从他那里批发的。"他说得飞快，翻译出来一大堆乱七八糟的话。我听到一句令人费解的"爷爷抹灰皮"。

"抹灰皮是什么意思？"我疑惑不解地问苏一凡，但发现他正目不转睛地看着我。

"老顾，范先生他们已经到达指定酒店了。"他用非常非常冷静的语气说——这种语气是经过训练的，是深思熟虑的，我们在应急情况处置时才会使用。

"那么，明天去找那个什么抹灰皮可以吗？"我避开苏一凡咄咄逼人的目光，转向男孩，问出一句足以让翻译软件凌乱的话。

结果被小男孩准确地领悟，这一回他说得很慢，"不行，明天，瓶子爷爷就要出海，一个月之后才会回来。"手机里传出的智能语音斩钉截铁，尤其是说到"瓶子爷爷"的时候，简直没有比这更清楚更准确的了。

"你也听见了，我没得选！"我转过头看着苏一凡。

我很清楚这一刻我在他心目中的形象，任性、愚蠢、自私、偏执，是马尾提不起来的豆腐，扶不上墙的烂泥，是张士贵的马，是临阵逃脱的叛徒，根本不配做主管，就连销售也不配！一万句骂人的话在他的心中疯狂翻滚——我等待着他的爆发！他怎么爆发都是对的！

结果，经由那张瞬间发白的嘴唇说出的话，竟然还是那么训练有素。这让我意外。

"顾全，"他第一次称呼我的全名，"发生这么多事情，你需要给我一个解释。"

我脱下那件被汗水浸湿的紧身西服，扯下七歪八扭的领带，一阵微风虽然是热的，还是略略把我的衬衫从黏黏的皮肤上分开，我有一种从一个无形的牢笼中挣脱出来的感觉。

"苏一凡，和我搭档，可能是你这辈子最大的不幸。"我真的没有办法解释，难道我要告诉他我要去寻找一个漂流瓶，试图挽回自己失败的婚姻？他会不会回答我那还不如去寻找阿拉丁神灯，许愿不来得更快吗？

我想把那页信笺拿出来给他看看，但他阻止了我，"有什么好看的，我都跟你说了，这些都是假的，专门卖给那些无所事事的公子小姐、文艺青年！"他痛心疾首地说，又冲着旁边干站着的小男孩吼，"卖什么漂流瓶嘛，卖个手抓饼不香吗？"

"苏一凡，莫末发现了我和陆萧儿的事，还有其他那些乱七八糟的事情，我才突然发现，过去的十年，我过得很荒唐，很龌龊，你也是！尽管我们都有钱了，可是又有什么用……"我低垂着头，缓慢地把信笺折起来放回口袋，我没脸看他，但希望他能读一下这个故事，如果他读不懂我可以讲给他听。

"就算这样，知道结局又有什么用，跟我们有半毛钱的关系吗，跟这个时代有半毛钱的关系吗？顾全，你是不是疯了？"

"你不懂，真的不懂，因为——你都没有爱过！"

看着眼前这个可怜的男人，再也没法保持冷静，焦躁地用手抱着后脑勺来回踱步，我的眼前浮现那个故事的主人公。我认为他是个身材魁梧、眼神冷峻但笑容狡猾的家伙，身体上有大面积的刺青。很快我否定了刺青的假想，1975 年之前的越南，深陷南北内战之乱，刺青术没有条件得以流行。那么从书写的措辞来看，他是个有文化的甚至有文采的军火商，喜欢穿立领长衫，佩戴有复杂纹路的真丝围巾。

他出没在富丽堂皇的法租界，戒备森严的美军驻地，西贡码头的破渔船上，或者被北越游击队袭击过的城市废墟间。他看似南越的支持者，但也会和北越人民军、游击队做生意。他的身边从来不缺少美女，当白种女人、长发少女、有着小麦皮肤的混血辣妹，在他怀抱里来来去去的时候，他会露出标志性的、狡猾的笑容。但是当他的妻子，那个为他养育了三个孩子的女人离开他的时候，这种可耻的笑容化成一丝永恒的惆怅留在他的脸上。

这些画面相互交织又彼此重叠，我看到的不是他，我看到的是我自己。在那些无限下坠的迷乱的时空里，充溢着我从来不曾觉察的罪恶。

苏一凡怎么可能懂呢？同样作为渣男，我和他最大的区别是他没有爱过，从来没有。即使他和某个女孩有着长时间的肌肤相亲，但彼此离开都是那么轻而易举。从这个角度出发我可能比他更加无耻。

"我们走吧！"我把西服搭在手臂上，拉着男孩离开，把苏一凡留在那个逐渐稀落的小集市上。

过了大约五分钟，耳边响起一声刺耳的喇叭响，苏一凡开着车慢慢追上我们，他单手开车，另一只手搭在摇下的车窗上，摘下他无比钟爱的墨镜，露出一张面无表情的脸。

"上车吧，你们要去的汉罗海滩，走不到！"

坐在车上，我继续给莫未打电话，在听到"你所拨打的电话暂时无人接听"的时候才挂断。

"还是没接啊？"苏一凡侧过脸同情地问。

我苦笑着说："不过周末我可以和儿子通电话，他有两个小时的时间拿到手机。"话虽这么说，想到我的儿子顾大局，我的心还是往下一沉。对他而言那两个小时弥足珍贵，花费哪怕是一秒钟用于和他的老父亲交谈，都是一种浪费。所以每次通话，他的焦急和敷衍带给我的全是压力。

比如再上几周，我问他妈妈在干什么，他说妈妈出差了。我问他去哪里出差，他说好像去援瑞，我没听清追问了一遍，他不耐烦地说："援瑞都不知道吗，肯定在中国，地理怎么学的？"我才明白过来应该是到瑞丽援助抗疫，正想着告诉他援瑞不是地名，结果他就果断地说再见了。

刚出生那会儿，我决定叫他顾大局的时候，遭到莫未的强烈反对。"太难听了，谁会给孩子取这么个名字！"她一边笑一边抗议。

"你还说呢，也不看看自己的名字，谁会管自己孩子叫'末位'？我不过得到老岳父的真传而已！"

"胡说，莫言的莫，未来的未！"莫未在为自己的名字进行激烈而徒劳的辩解，然后逐渐接受了顾大局这个响亮的名字。

类似这样的回忆充满危险，很容易挫败我的意志。于是我赶紧转移话题："范先生那边，你还是得有个交代。"

"放心吧，我已经跟范先生说了，你在来潘切市的途中接到胡志明市疾控服务站的电话，你的最后一次核酸检测因为操作问题结论不明确，需要立即返回重做——这种时候，他不信也只能选择相信。"

"喊，这么诅咒我，不如直接说我感染了算了！"我们恢复了原来的说话方式。

"那怎么行，必须留好周旋的余地，只有这么说才可进可退！你欠我的，我还指着加倍还呢！"苏一凡故意打了个急转弯，汽车驶上一条崎岖的小道，急剧地颠簸着向前。

慢慢地，海岸线又回到视线里，植被茂密的小岛逐一向后退去，银白的沙滩在正午的阳光下逐渐变深，呈现浅黄的色泽。在我们的车驶过一片火红色的沙丘之后，小男孩指着远处漂浮着点点白帆的海面，对我们说："瓶子爷爷的家就在那里！"

"他住在海上？！"苏一凡不解地问。我替他问了翻译软件。

"不是，海边的渔村里。"小男孩回答的语气极其不屑。

接下来的行驶在小男孩的指挥下进行，他似乎对汽车缺乏相应的了解，居然企图让苏一凡开过一片丛林，丛林中的小路仅能容摩托车通过。

"穿过这片树林，一定要开着车穿过，很快就到了！"他语气坚定不容置疑，结果硬着头皮的苏一凡把车开到两棵树中间，再也走不成了，只好退出来，找地方停下。

等我们气喘吁吁步行走出树林之后，才发现小男孩坚持开车穿过树林是有道理的，前面就是一条车行的宽阔大路，而他说的"很快"，步行大约需要三个小时。

"幸运的话，我们会搭到村子里的摩托车。"相较于苏一凡的绝望和我的义无反顾，男孩保持着乐观的心态。他安慰陷入沉默的苏一凡："没关系，等我们见完瓶子爷爷，可以雇辆拖拉机把我们送到停车的地方。"苏一凡则乞求他在找到充电宝之前再也不要说话了，他开始担忧快要没电的手机，担忧停在荒郊野外的车和必须对范先生撒的又一个谎。

以我现在的倒霉劲头，对"幸运"没有任何奢望。我们三个人开始一段沉默的长途跋涉。即使在这种情况下，男孩也不愿意丢弃他的破塑料口袋，他把它顶在头上行走。我后来知道里面放着一些造型奇特的玻璃瓶。至于我，手里除了西装外套以外，还有那个我执意拿在手上的，时时刻刻都会让人显得很傻的漂流瓶。

只有苏一凡，他利用手机仅有的电，联系了旅行社，联系了我们在越南的工作人员唐丽娜，联系了他一些不知名的朋友。他能得到的答复惊人地相似：无论采用哪种方案，找到你们最快都需要五个小时，那个时候你们应该已经走到目的地了。

具体花费了多少小时对我而言是没有意义的，总之，我们到达小渔村，吃过简易的午餐，再找到瓶子爷爷那间远离人群的老屋时，太阳有些西斜了。

一路上，我不是没有设想过瓶子爷爷的形象，但是，当从一间幽暗的房间里走出一个矮小瘦削的老头，穿着一件渔民用的皮围裙，带着阴暗与潮湿的气息，用一只完好的眼睛看着你，而另一只安着玻璃假眼珠的眼睛，看着一个并不存在的地方时，我还是感到了极大的不安。

小男孩用很快的语速讲明了我们的来意，我想他讲得非常清楚，瓶子爷爷不停地点着头，他看着我的那只完好的眼睛里流露一丝怜悯。

"进来吧，你们今天来真是幸运，明天我就要出海了。"他突然讲出一口纯正得足以叫我脸红的法语，这让我意外且惊喜，忙不迭用法语表示感谢。

他对我能够迅速回应丝毫不觉得奇怪，就仿佛讲法语是件理所当然的事情，所有人都可以这样。"年轻人，你恐怕是唯一到这里来找我的人，一个漂流瓶而已，谁会在乎呢？大部分的人会把它们当垃圾！"他说。这下，就连一直把自己置身事外的苏一凡也露出惊愕的表情。

跨过低矮的门槛，走进一间可以称之为卧室的房间，其凌乱程度无法描述。好在我们不在这里停留，老人领着我们跨进紧挨着的另一扇门。

这是个没有窗户的房间，来自海洋深处那种潮湿的腥味扑面而来，里面的黑暗是我始料不及的，我感觉屋顶悬挂着大量的玻璃瓶，我的头不时会触碰到它们，发出一连串清脆的碰撞声。脚下似乎也摆满物件，每走一步都有东西掉落的声音，吓得我不敢动弹。

"哦，对不起，我忘了给你们开灯！"黑暗中传来瓶子爷爷抱歉的声音，但他摸索了好一会儿才找到开关，这让我怀疑如果不是我们出现他是否真的需要光线。

"这间房屋之所以没有窗户是因为它紧挨着石壁。"他热心地解释。这个情况，我们进入之前就知道了。从远处看，瓶子爷爷破旧的老屋像是悬挂在石壁上的巨型鸟窝，面朝大海，背靠陡峭的悬崖，唯一能够让它与稀薄的人烟相接的是一条土石小路，上面有人工挖掘的台阶。

"我年轻的时候喜欢大海，所以把房子建在离海最近的地方，当然，我现在也很喜欢大海……"话音刚落，黑暗中闪出一点光亮，光线不是突然降临，而是次第亮起——他居然在这个房间里安装了一连串的彩灯。

房间里立刻洒满了诡异的光芒。我看到这一生不可能再看到第二次的景象——用苏一凡的话来讲这是一个不真实的场景——整间屋子里生长着无数造型奇特的玻璃瓶，是的，生长，以一种缓慢但是科学的方式。我实在找不出其他可以替代的词语。

一个普通的玻璃瓶，在黑暗中，慢慢失去它本来的面目，长出青苔，生出绿霉，出现斑驳的纹路，仿佛有足够的土壤和足够的养分促使它生长，长成一个年迈的漂流瓶。你看得见它在海面随着波浪上下浮动，看得见它在季风的裹挟下沉落，看得见它在巨型鲨鱼和抹香鲸的肠胃里穿过，你看得见，它慢慢长成一个有故事的模样。它们或者被鱼线悬挂着，或者镶嵌在石头缝里、码放在浴缸里，或者倒扣在巨大的海螺里，无一例外的是，它们都活着。

"欢迎你们来到漂流瓶加工厂！"这时候，要不是瓶子爷爷这声欢快的、透露出一丁点法式幽默的叫声响起，我不知道自己的震惊还要持续多久。

他不知道什么时候站在房屋中央，操作台后面，正举着双手，邀请我们过去观看。

操作台由一艘废弃的渔船改装而成，插着一面法国国旗，从我这个角度望过去，渔船保持着出海的造型，尽管上面依次摆放着加热器、酒精灯、打磨机，盛放着黏稠液体的容器，以及一些凌乱的说不出用途的工具，但这丝毫没影响到它出海的姿态。

于是这个矮小的、有一只玻璃假眼的老年男人，看上去就像一个有经验的水手。

"为什么您会对漂流瓶那么感兴趣呢？"我指着满屋子的漂流瓶问他。

"因为……怎么说呢，我父亲说每个漂流瓶都是一个传奇。"他迟疑片刻之后回答。"那时候，我大概是四五岁的样子，他为法国海军工作，我们几乎不能见面。他给我带回来的第一份礼物就是个瓶子。我还是个孩子，当然希望收到巧克力、黄油或者其他更好的礼物，可他说，别小看这些瓶子，里面放着的不仅是个秘密，还有时光……你看，我父亲从法国人那里获得一些古怪的想法，他还说，只有相信奇迹的人才会在意一个漂流瓶……"瓶子爷爷开启一种自顾自的讲述，絮叨、重复，带着光阴移动的缓慢与平静。

"意思是这些漂流瓶都是您父亲出海带回来的？"在这种属于一个正常老人的讲述中，我变得安心。

"不全是，15 岁那年我开始出海了。"瓶子爷爷缓慢地戴上护目镜，开启操作台上那台小型打磨机，看得出来他不会因为我们而影响工作进度。

"从那时候开始，我自己收集漂流瓶，所以，从我这里走向市场的漂流瓶，没有一个是假的。"在打磨机刺耳的声音响起之前，他压低嗓门不无得意地说。

"我倒不是说有假，可是我买到的漂流瓶里，确实只有半个故事。"我把手里拿着的瓶子递给他，希望由他亲自检查一下，可他没有接，而是露出一个古怪的笑容。

"有这种可能的，你看，比如这个 2008 年捡到的瓶子里，原本有一对铜制戒指，我会把它放进两个相同的瓶子……"

"然后卖出两份价格？"打磨机嗡嗡的声音没法掩盖我突然袭来的出乎意料，"天哪，这恐怕不是放漂流瓶的人希望的。"

瓶子爷爷在复制一个瓶塞，他做得棒极了，片刻之后，细木屑堆积成一个小丘，他把成形的木塞拿到离眼睛很近的地方，用那只完好的眼睛仔细端详。

"这只是一个小本生意——你会理解的，不是吗？而且，一个人既然要把一个秘密封存起来，抛进大海，你觉得他会在乎这个秘密是否完整吗？他不会的，他仅仅是要说出来而已……"他一边端详一边悠然说道。

"我虽然不同意您的说法，但明白您的意思——那个故事的另一半，放进了另外一个瓶子，是吗？"

"是啊，另外一个完全一样的瓶子，堪称完美的复制品，早在一个月前就卖出去了。不过幸运的是你手里的这个是原装的，这点我能保证——我虽然不能保证它们完整，但是能保证它们是真的，我制作的是瓶子，而不是里面的秘密……"

"但是，您总不至于看都不看就把它们分装了吧？"我粗暴地打断了他喋喋不休的声明，这大概是我最后能抓住的希望了，"我不在乎瓶子，在乎的是那个故事的结局，最后他们怎么了？"我听到自己干瘪的声音，呈现一个男人在这种时候本不该有的猥琐。

"我当然看了，但是，看了和没看对我而言没有任何的区别。"瓶子爷爷露出一种孩子似的赧然，"我又不认识字！而且，你为什么要那么在意结局呢？"他看着我，流露些许的警觉。

"是啊，我也很奇怪，不过，也许你父亲说的是对的，可能，我也希望某些奇迹发生……"我的回答异常不合时宜。

这时候小男孩走过来了，他已经腾空了塑料蛇皮口袋，那些从集市上收集来的玻璃瓶被整齐地码放在墙角。瓶子爷爷停止操作，把一些做好的漂流瓶放进口袋里。不久以后，那些赤裸着上身的男孩将把它们挂在脖子上，在游客出没的地方兜售。

男孩同情地看着我，尽管他听不懂我们的对话，但我的表情会告诉他一切。他开始和瓶子爷爷交谈，而我则茫然地注视着他们上下翕动的嘴。片刻之后，瓶子爷爷对我说："他说如果故事的另一半放在一个一模一样的瓶子里，那他清楚地记得，那个瓶子在一个月以前被一个泰国有钱的阔太太买走了，她当时就住在你住的那家酒店！"

"这是真的吗，为什么不早说？"我有一种即将崩溃的预感，"而且，你怎么确定她是泰国人？"

瓶子爷爷现在充当了我们的翻译。

男孩摊开双手，"她自己说的，她会说越南语，她说如果里面真的有一个故事，等她回到泰国，就把它写到书里，她对我很客气，还给了我小费！"

"所以说你也不必太在意，既然这是命运！"瓶子爷爷翻译完了，摘下护目镜，这样我就能看见他那只洞悉世事的眼睛，正穿透时光的薄雾，带着对繁复世情的宽容，毫无保留地落在我的身上。

"好吧，也只能是这样。"我努力把自己从崩溃的边缘拉回来，我说，瓶子爷爷，既然是这样的话，我们叨扰半天，是时候告别了。

在跟他告别的时候我有了片刻的犹豫，是不是应该付他一点钱。但只是一瞬间，犹豫就消失了。我想他不需要，他将独自留在幽黑的房间里，留在那些生长着的玻璃瓶中间，日复一日，开启一个个封存起来的秘密，用唯一的眼睛与古老的岁月对视。

这份工作令人嫉妒。

"对了，这个瓶子是我在 1998 年捕鱼捕到的，当时它挂在渔网上，无论你花了多少钱买到，它都值这个价格！"他在我们即将走出房屋的时候大声补充。

我只能简短地回答："是的，它当然值，瓶子爷爷！"

小男孩拿着我给他的钱，飞奔着去找人，准备雇一辆拖拉机送我们回到停车的地方。我和苏一凡在走完那些人工挖掘的台阶之后，在一个拐角处停下抽烟，等待。

"这下怎么办，你不会真要到泰国去，找那个有钱的阔太太吧？"他问。

"你说呢？"我反问。

"要我说的话，你已经走火入魔了。"苏一凡不再吭气了。

此时光线变得柔和，眼看着橘黄色的光一点点覆盖过海面，覆盖过晚归的渔船，再蔓延到绿树村庄，暮色将在片刻之后，把这个除了我们之外再无其他人的世界吞噬。我内心蜷伏着的那点荒凉，伴随着潮水涨落的巨大声响，无限地扩散开来。

汽车在黑暗的夜里飞驰。

"苏一凡，你说，那个放漂流瓶的商人会不会知道，半个世纪以后，他的秘密会被分割，落到不同的人手里，成为他们解不开的心结？你说他要是知道了，会怎么想？"

"依我看，就没有这个人，里面的东西也是假的！那个瓶子爷爷，就是个异想天开的制假贩。"苏一凡粗暴地回答，"很快他就可以到美奈买一套海边别墅了！"

几乎沉寂了一整天的手机开始发出一连串的叮咚声，这意味着我们回到了网络信号覆盖的区域。打开来，除了推送消息和陆萧儿一句简短的诅咒以外，没有什么有用信息。这之前我已经删除了许多人的微信，比如那些被我备注成"客户张先生""客户肖经理"的漂亮女孩。

我之所以留下陆萧儿的微信是因为我们之间还有一笔数目可观的财产纠葛需要解决。

我发现清理了微信之后，大把的时间就这么突然空余出来。

这个发现令人感到羞耻——原来我并不忙碌。如果不把那些招之即来的美艳女孩、深夜不散的歌舞和无数以酒精作为遮羞布的一夜情当成工作，并为此沾沾自喜的话，我真的一点儿都不忙碌。

我有什么理由不遭到莫未和儿子的唾弃，就连我，都恶心自己。

尽管知道没有用，我还是点开了莫未的微信。昨天发出的那条微信依然落寞地停留在原处。我很想把今天的经历细细讲述一遍，可是无数遍删改之后，我放弃了文字，只发出一张照片：就是那张黄昏来临的海面，我在和苏一凡抽着烟等小男孩的时候顺手拍的。

因为不需要等待回复，我把手机扔在一边，闭上了眼睛。在那些闭上眼睛却不能入睡的夜晚，我会回到儿子 9 岁生日的那天。

我回到家大约是凌晨一点以后，一路上我都有一些不祥的预感，在指挥代驾往车库里倒车的时候，我看见二楼卧室的灯亮着，这加剧了我的不安，也许莫未在写病理报告，或者在查阅论文资料，这在她的工作中是常事，我拿这些理由安慰自己。

房间门是莫未为我打开的，当门突然开启，看见莫未穿戴整齐站在我面前，脸上带着一种我从来不曾见过的表情时，我在短暂的惊愕之后意识到，可能要失去她了。她冰冷、周到，保持着足够的教养，有效地收藏好在此之前经历的剧烈疼痛，她甚至没有泪痕，看着我的眼神明白而了断。

这就是莫未，我的妻子，跟大部分女人在遇到类似事件的反应截然不同，她可以在一秒钟之内告诉你，你已经跟她、跟孩子，跟这个家完全没有关系了。

"怎么了？"我发出下意识的喃喃自语，同时感到寒冷、反胃。

"没什么，顾全，我想，你需要给我做一些解释，我有足够的耐心来听。"她把手机举到我能看到的地方。

于是我看到一张惨不忍睹的照片，是几个小时前我和陆萧儿的亲密照。我不敢相信自己的眼睛，太阳穴紧跟着突突跳动起来。她定定地看着我，像是很享受我无法掩盖的慌乱与狼狈。缓缓划出第二张、第三张、第四张……除了陆萧儿以外，还有一些截屏，有些是女孩挑逗的图片，有些是约会的时间地点，有些是一夜情之后的胡言乱语，那些早就被我删掉的人、被我忘掉的事逐一地呈现在眼前。

我不知道什么时候可以停止。

"是谁发给你的？"我虚张声势地大吼，"你不觉得就是个阴谋吗？事情真的不是你想的那样！"我头痛欲裂，语无伦次，在进行无谓的挣扎。

"那事情应该是怎么样的，我在听。"莫未的眼神坚如磐石，看着我，彬彬有礼地说。的确，她在听。她甚至还用安慰病人的口吻说："不要着急，慢慢说。"

可是，我却实在什么也说不出来。能说什么呢？终于，在她翻到第20张或25张的时候，我剧烈地呕吐起来，弄脏了自己，也弄脏了地板。

我从来没意识到，自己如此不堪。

扔在一旁的手机突然尖厉地响起来。拿过来一看，来电显示是乔老大。我犹豫着要不要接这个电话，想都不用想，他会用一口浓郁的广式普通话问今天的交易情况。我要是告诉他我放了合作方的鸽子，那谈话会不会陷入令人尴尬的沉默中？

"为什么不接？"苏一凡略略偏头问道。

"一个促销广告！"我果断地按下拒听键。我想他会转手打给苏一凡，但苏一凡的手机没电了。这种从未出现过的情况可能会让他抓狂。

"老顾，这一次，我觉得你真的完全变了个人，不就是离婚吗，至于这样吗？"苏一凡终于说出了他一路都憋在心里的话。

间或有着忽明忽暗的灯火，在无尽的黑暗扑面到来之前一闪而过。

"苏一凡，差不多得了，咱俩都是奔四十的人，找个靠谱的女人结婚吧，再养一对儿女，你就会明白了。"我像个疲惫不堪的老人，过了半天之后才缓慢地回答。

三天之后，我坐上了飞往曼谷的客机。

在这三天里我主要做了两件事情：一件是培训苏一凡的专业知识，另外一件就是打听那个买走另外半个故事的泰国阔太太。看起来第二件事比第一件事不靠谱很多，但实际操作下来，查到泰国阔太太只花费了我很短的时间，当然，主要还是越南盾起了关键作用。培训苏一凡则花费了剩余的全部时间且收效甚微。

这让我意识到医疗器材专业知识的积累不是件一蹴而就的事情。这些年他过分依赖我，但凡总公司有培训，他只会说四个字：老顾，你去！他可能永远都没想过有一天会失去我这样的搭档。对他，我有些许的歉意。至于说我自己，还能在酒色的肆虐下，勉强跟上这瞬息万变的节奏，一方面出于我对学习保留着某种惯性，另一方面依赖莫未的神助攻。

比如她说她曾经有个病人死活不肯做 CT 照影，理由是这让他有一种被推进焚烧炉的感觉。那时候他们医院使用的是进口照影仪，过于密闭的扫描舱确实对幽闭恐惧症患者不够友好。

于是我很精确地记住，国产精广角 64 层 76cm 大孔径照影仪将有效规避扫描舱密闭的问题，并把这作为一个案例讲述给我的客户。最终，往往是这些不起眼的细节发挥重要作用，成为压垮骆驼的最后的那根稻草。

买走另外那个漂流瓶的泰国阔太太名叫 Merigold。一开始我选择总台英语最流畅的一位姑娘，向她打听这位泰国游客的情况。结果她摆出一副公事公办的模样，问我要证件，除非是警察或公共疾病卫生部门问询，她才有权利透露客人的信息。

在这个僵持的过程中，旁边一个长相标致的服务生对我露出了友善的笑容，他暗示，晚上十点以后是他一个人上班。尽管这个男孩英语一塌糊涂，但我不担心，现在我有翻译软件！

夜里，在得到比他预期高出许多倍的小费之后，服务生愉快地为我查询到 Merigold 小姐的信息。查到她并不难，因为她是近三个月来酒店的唯一的泰国游客，并且还使用了酒店的订票服务，这样的话他不仅能为我提供姓名、护照登记地址，还可以提供电话和行程信息。前段时间因为疫情，越南飞往泰国的航班熔断，所以这位小姐定的回程票是先飞缅甸，再从缅甸飞泰国。

也许是为了让我觉得物有所值，这个英俊小伙给我补充了一些有用的信息，他说他觉得这位 Merigold 小姐是个写书的，因为她有时候会带着电脑在大堂咖啡厅喝咖啡，他去给她续咖啡的时候，发现她在飞速地打字。而且，她的越南语非常好，几乎听不出什么口音。

有姓名，有电话，有大概的地址，兴许是个作家，能讲一口流利的越南语。足够多的线索让我觉得找到这位小姐不是件难事。虽然说电话没有打通，但我不为这个担忧，想必是回泰国后取消了国际漫游，我几乎可以笃定等我下了飞机换一张本地卡，她一定会接听我的电话，至于接通后该怎么说，我已经想好了。

所以苏一凡没有对我进行最后的劝阻，即使是在被复杂的产品介绍、性价比参数、优劣比对和那三轮变动极小差距却巨大的报价弄得头昏脑涨的时候，他也没有。他只是在送我到机场的时候说，要是觉得感染了新冠病毒，不要乱跑，第一时间联系他，他在曼谷有线人。他用的是"线人"，而不是"熟人"！

机舱里，旅客比我预想的多出很多，也有可能是航班合并的缘故。公司驻越南的工作人员唐丽娜给我订的航班临时取消了，归并到现在的这一趟，这样一来，因为我不是这家航空公司的会员，头等舱席位无法保留。这已经有点儿让我胸闷了。等发现自己落座在一对白人老年夫妇中间，他们需要不时探过头来，亲密地谈论一些隐秘的话题，却又执意不肯和我调换座位时，我的胸闷发展到一定的程度。

飞机进入一个漫长的等待状态。我打开手机，进入我们公司的网络系统里，大致浏览了一下更新的内容，然后我点开了"人事"，在最不起眼的地方找到"辞职"，进入撰写辞职报告的页面。在这里，我停顿下来。思绪好像被突然清空，在我脑海里盘桓了好久、我觉得煽情而不失风度的几句措辞，不知道怎么回事突然消失了。

我连个辞职报告也写不出来！

我有点儿气急败坏，准备打开浏览器，搜索一个参考模板。但如你所知，手机这种事情往往都是这样，我打开的不是浏览器，是微信。置顶的是陆萧儿的一篇小长文，内容还是对我的控诉和诅咒，没有更多的新意，无非就是痛骂加威胁。

现在她已经放弃了和我结婚的念头。我想在她趁我酒醉的时候用我的指纹解锁，从我手机里截取到一些足以发挥威胁作用的聊天记录，保留下来，又毫不留情地转发给我的结发妻子时，她大概是想和我结婚的。她经常说只有她，陆萧儿，才是我最合适的伴侣，因为只有她才能容忍一个用谎言骗取片刻欢愉的可怜男人——可能我当着她的面欺骗莫未的次数实在太多了。

既然结婚无望，她只想得到解冻第三方资产的授权。但我一直没有给她。当初在她的强烈攻势之下我几乎全面崩塌，答应和她一起投资，之所以坚持使用第三方担保，凭借的是当时侥幸剩下的那一点点本能。

"再不授权，我有一千种办法让你死得很难看！"这条微信的最后，她咬牙切齿地说。如果没有记错，类似的话她已经说过三次到四次了。我突然有点儿冲动，也许应该给她授权，不是因为害怕，而是因为突然间悲从中来——我看到一个撕破脸面的女人虚张声势的挣扎，荒唐，徒劳，最大限度地呈现手足无措，最要命的是她自己却浑然不觉。

我不知道漂流瓶里那位静静讲述的主人公，是不是也像我一样，遭遇过这些极度付出、极度索取最后只剩下极度仇恨的女人，如果有，他会不会有一天看着她们的时候，忍不住从心底深处生出悲凉，既痛恨自己，也痛恨这万劫不复的过往。

当然我打开微信不是为了看陆萧儿无休止的辱骂，而是去复习那些发给莫未的内容，这变成了翻阅微信时的一种惯性，惯性一旦形成就会有所强迫，当我看到最后一条微信安静地停留在那里时，就会觉得安心、安全，我会对它进行再一次的欣赏。

在那张暮色笼罩的海面照片下面，我给她打过一次毫无作用的语音电话，留过三条信息。现在我决定给她发一张自拍照，有意识地把那对白人夫妇收进来。

"今天去泰国，坐在一对老年夫妇中间，我迫切希望能跟他们中随便哪个换换座位，可他们不愿意，因为他们一个要看窗外的风景，另一个则喜欢过道的便捷。"输完这些字，我发了个咧嘴笑的表情，好让自己有些许的轻松和幽默。

我本来是要丢开手机闭目养神的，既然待飞时间看起来不像要结束的样子。但是惯性使然，我划开了莫末的朋友圈。总是这样，就算知道不可能更新，我还是会这么做，好像这是能看到她的唯一途径。

结果我的惯性被迫中断，有一条更新的朋友圈赫然出现。时间是在 24 分钟之前，那时候我应该在排队、检查证件准备登机。

之所以用了"赫然"这个词，是因为这条朋友圈只有一张照片，我吃惊地放大了这张照片，里面是一个竖着的瓶子，一个细长的、失去透明度的玻璃瓶，玻璃内壁长着斑驳的绿霉。跟我行李箱里的那个一模一样，如同孪生兄弟。

　　早安，瑞丽！
　　今天是援瑞第 45 天，也是泰国 M 女士痊愈出院的日子。
　　感谢她选择中国医院，选择相信中国医生。
　　也感谢她送的漂流瓶。
　　她说里面有半个美丽的故事，用越南语和法语写成。
　　虽然只是一半，但是一个结局！
　　真希望有一天，我能读懂它。

我感觉眼睛里进了沙子，阅读到的每一个字都有剧烈的膈痛。

我又分明地觉得自己并没有坐在飞往曼谷的飞机上，而是，行走在空无一人的美奈海滩。我披着酒店的浴袍，一只脚穿着拖鞋，另一只脚赤足，带着错愕上叠加着茫然的表情，狂乱地行走。

我甚至猛地站起来，想查看自己的行李箱，属于我的那个漂流瓶是否还安然在里面。

但这时，飞机开始缓慢滑行，空乘人员立即对我进行了温柔但不乏严厉的阻止：坐下，先生，请立即坐下，系好安全带，飞机马上就要起飞了！

我于是重重地跌坐到座位上。这个瞬间我的余光看见旁边的老年夫妇在交换眼神，他们大约想说没关系年轻人，第一次坐飞机都会这样。

我的眼前出现了莫未。

那天，在医院对面的奶茶店，她平静地说：是的，一个既不相信科学也不相信命运的自大狂，容易崩溃。

她还说如果说背叛积累到一定程度，而感情又没有决裂，这中间一定发生了一个奇迹。但是看起来，无论是她还是我，都不太相信这个奇迹会发生！

飞机加快了滑行速度，我闭上了眼睛。稍后，我就会感觉到它离开地面，冲向天空时带来的震荡，以及与之伴随的轻微失重感。

原载《芒种》2022 年第 6 期

【作者简介】张学东，1972 年生。中国作协会员，一级作家。著有长篇小说 7 部，中短篇小说集 11 部，两度入围鲁迅文学奖终评，四度荣登中国年度小说排行榜，多次获《中国作家》《上海文学》《北京文学·中篇小说月报》《小说选刊》等刊优秀小说奖，宁夏文学艺术评奖一等奖，作品被译介到俄罗斯、日本等国。现为宁夏作家协会副主席。

Zhang Xuedong, born in 1972, a member of China Writers Association. Zhang is one of the national firstclass writer and has authored 7 novels and 11 collections of novellas. He has been shortlisted for the final evaluation of the Lu Xun Literature Prize twice, listed on the Chinese Annual Novel List for four times,and has won excellent novel awards of *Chinese Writers, Shanghai Literature, Beijing Literature Chinese Novel Monthly, Selected Novels* and other publications for many times, and won the first prize of the Ningxia Literature and Art Award. His works have been translated and introduced to Russia, Japan etc.. Now he is the vice-chairman of Ningxia Writers Association.

弯道超车

张学东

一

路程将过半，骤然扯起一股子狂风，那风卷如陀螺状，自远而近旋得好生邪性，阵风足有七八级强，一味地忽东忽西无头无脑只顾到处混掀乱撞，颇像一群酩酊烂醉的酒徒，所到之处搞得天地似要逆转，不知拍碎了多少无辜的门窗玻璃，掀翻了路边多少架巨幅广告牌，卷走了多少的瓦片和铝塑棚板，这么疯狂地飙驰了一通，动静委实忒大，似乎对苍生难以交代，才勉为其难地丢下一阵可怜巴巴的黄泥点子，美其名曰春雨——眼下即便是色拉油也没有春雨这般金贵——只好让漫天的尘埃沙粒挟着微乎其微的降水，击打在倒霉的车顶上，竟也砰砰作响了。顷刻之间，公路上的车辆，一个个都跟从泥坑里爬出来似的，泥头土脑，如丧考妣，好不晦气。驾驶员只顾可劲地喷射着蓝兮兮的玻璃水，胶皮雨刮子神经质地来来回回摆动，仿佛不是在刮玻璃，而是刮在粗粝的砂锅底上，吱吱，嘎嘎，磨得人耳根疼。好不容易刮出扇子面大小的一片视线，前方顺着公路的方向，忽地闪出一个较大弧度的弯道，司机便瞅准时机，猛踩一脚油门，快速向内圈里变道，这样应该可以轻而易举地超过很多辆车了。哪知前车肉得荒唐，关键时刻竟磕腾一下趴了窝，该死，司机再想收住刹车为时已晚，车头就结结实实顶上前车的屁股，吭哧一下，惊愕未消，不料自己的车尾也被后来者重撞了一记，司机整个上身毫无防备地往前猛冲，侥幸被安全带揪住，人才不至于飞出窗外。即便如是，司机的前额和鼻梁都狠狠磕到方向盘上，一串红血跟开香槟酒似的，喷喷薄薄蹿冒出来，血腥味立刻加剧了疼痛，叫人泪奔，忍不住骂娘。

哎呀，奚老师……您要不要紧呀？一直静坐在后排的魏雅丽惶惶地发问，显然，刚才那两下猛烈撞击，她已感同身受了，所幸她是坐在驾驶员后方位置，仅仅是脑瓜磕在了前排的座椅靠背上，属于软着陆并无大碍，可年轻女人已变颜变色，大惊小怪起来。——哇，都流血了！奚老师，您的鼻子碰破了，流了好多血呵……年轻女性接连释放出比现实更惶恐的气息，霎时之间，恐惧便传染病似的，在车厢内弥漫开来，好像是老师的伤势已严重到不可救药的地步。奚鸣久下意识地抬起一只手，用手背象征性地揩了一把上嘴唇，果然，他那只有些苍白文弱的手背上，立刻红出一种境界，叫身后的女学生看了，愈发胆颤。魏雅丽慌不迭地从自己背包里摸出纸巾包，胡乱扯出几片，探着细长柔软的身子，递到那只血糊糊的手掌上。奚鸣久便有些粗鲁地抓过纸片，迅疾地拭着鼻孔和嘴角，血还在淌，似乎刚才的猛烈震荡，促使鼻腔内里的所有管道突然爆破，最后，他只好将那纸团了团，随手捏成个棍状，一个劲往鼻孔里塞戳，由于用力太猛，竟戳痛了腔壁，他疼得咧嘴嗷嗷两声，真想咒谁骂谁，真想逮住什么东西狂砸一番解气，但考虑到魏雅丽就坐在车上，到底隐忍作罢了，一个完全失态的导师，会让学生怎么看呢？

她可是自己一手带了三年的研究生，也是此届学生里最好使唤的一个，关键是性格温和做事勤勉，领悟力极高，废话又少，说任劳任怨也不为过，因此他手里的两个国家级选题都拉她参与进来，平时除了上课，她确实都在帮他整理资料、起草论文，当然主要思路由他出，她只是按照他的提纲先搭架子做粗轮廓，细部的问题再慢慢由他补充润色完善。皆为这个缘由，这两年除了正常授课，他的一切校外学术活动都会拉上她一同参加。这种时候，她会临时充当他的一个贴身私人秘书，替他联络协调，帮他打理诸多琐事。再者，他的讲座多半为即兴发挥不带稿子的。他固执地认为，一切书面发言都是可疑的，一个搞学术的人，随时随地都可能产生新的思想，那就好比电光火花一般，写在纸上的东西未免僵化死板缺乏创新。但这样的思想火花也会转瞬即逝，所以，魏雅丽随行要做的就是，始终陪同在现场，随时记录导师的那些重要言论，或思想火花。当然，这姑娘的电脑速记本领超强，她那灵巧细嫩的女性手指，犹如技艺高超的钢琴演奏家，敲击键盘时简直让人眼花缭乱，这也是他看好她的一个原因。通常他开车带着她，他会一路开一路讲，信马由缰，她则坐在旁边，不时地点头并细细做着笔记，这也每每激发他的灵感，想想看，一个年轻漂亮的女孩整天用很崇拜的眼神看着你，这会让男人的荷尔蒙分泌加速，说起话来总有点行云流水的架势。不久前，在国内某核心学术刊物上，他发表的那篇有关课题的阶段性成果，正是在这样的情形下鼓弄出来的。所谓处处留心皆学问，当年周游列国的孔夫子，其一生最重要的思想言论，都是日常跟自己的学生随口讲出来的，被悉心的颜回做了记录，真正的学问家并非想象得那么深奥难懂，他们更善于深入浅出信手拈来。

今天的行程也不例外，前期的事宜都是魏雅丽在帮着做，他此行的任务有二，一是给下面一个二级学会的成立和挂牌剪彩揭幕，二是为与会者做一场精彩生动的学术讲座。其实，他起初是不太乐意的，一则这个山区地级市的学院多年前有他的本科授课点，过去他几乎每逢周末都要下去跑一趟，该校教学环境实在简陋，座椅板凳总是吱吱扭扭乱响，而且连台像样的投影仪都没有，简直像个贫困的乡村中学；二则这里一个主管教学的副院长是个不学无术的家伙，老眨着一双贼兮兮的三角眼，见人下意识佝着虾米腰，说话前毫无缘由地吸口气憋在喉头像个烟鬼，满身猥琐相，关键是毫无谈吐，满嘴只会跑火车，最擅长的学术唯有溜须拍马顺风接屁，他打骨子里瞧不起这种浅薄之辈，可他又深知，如今各个学院里不都充斥着这样的人物吗？高校去行政化的文件不知转发了几箩筐，可一切只是聋子的耳朵形同虚设，最终还不是外行管理内行，占着茅坑不拉屎，小人永远得志，沐猴而冠，登堂入室……这些他都习以为常了，好在这几年他一心带研究生做课题，没有那么强烈的升迁欲望，说心里话，他是不太适合当官的。这回出行还是魏雅丽最终说动了他，据说她的一个亲叔伯今年刚调入这个山区地级市学院任了专职书记，于是便通过侄女的这层特殊关系，希望他这个省城的大专家能拨冗前来传经送宝。奚鸣久思虑再三，觉得不好驳学生的面子，毕竟这两年她替导师做了大量扎实细致的工作，于情于理都该去应付一下。好在活动安排在周末，不会冲突到正常的教学时间，权当是利用周末两日出门散散心了。

塞入纸团的鼻孔勉强止了血。刚才，你没事吧？奚鸣久瓮着鼻孔说话，声音模模糊糊，嘴上像蒙着片塑料膜，但魏雅丽还是听到了，连忙冲老师摇摇头，说，奚老师我没事……咱们跟人家追尾了吧？她的口气还是那么张皇失措。奚鸣久不再吱声，自个儿推开车门，一只手捂着鼻孔，表情痛苦地钻出车外。连同自己在内的三辆肇事车，都停在一个较大的弯道上，他的车头保险杠有一端脱落了下来，就像过冬的破棉帽似的，耷拉下一只耳遮子，对方车倒是安然无恙，他追上的是一辆银灰色半新不旧的货车，车厢堆满了破旧的冰箱床垫家具之类，此车底盘高些，车厢又都是铁家伙，很经得起撞。

再扭过身去瞧车尾，情况也不很糟，只是被撞出两个拳头深的坑，对方是辆花里胡哨的越野车，挂牌照的位置顶上他的车屁股，那车仅仅是蓝底牌照瘪出个弧度。倒霉，喝凉水都塞牙缝！这时，前后两辆车的车主也都纷纷跳下来，黑着脸仔细查看着各自的车况，一高一矮，一壮一瘦，奚鸣久还没跟他俩开口，魏雅丽却把扎着干练马尾的脑袋从车窗伸出来喊道，奚老师，学院那边来电话了，他们都在宾馆等着呢，问咱们什么时候能到，说是等着给您接风洗尘。

奚鸣久使劲清了清腥涩的嗓子，又很用力地朝路边吐了一口，落地竟是红红的一坨。矮个农民工模样的货车司机，从里到外邋里邋遢颇像个土行孙，一个劲拿脏黑的大手，摸弄着奚鸣久车头那几乎要脱落下来的保险杠，嘴里跟做梦似的咕哝道，不关我事啊，真的，不关我事啊，都怪这破车的离合器不行，动不动就熄火……我也是给人家打工的，身上可没啥钱啊！说着，竟把两只裤兜的内里一同掏了出来给他展示。最可气的是，追了他车尾的越野车司机，这家伙人高马大，也斜着三角眼，摆出一副强词夺理的嘴脸，喂，我说你到底会不会开车？脑子短路呢？眼珠往哪儿瞅呢？一准儿是跟车上的小姑娘打情骂俏吧？真他妈害人害己！说着，就拿色眯眯的眼光往魏雅丽那边逄摸。秀才遇上匪，占理也无理，连环追尾这事能怪哪一个人吗？若是前面的货车不趴窝，他也不会睁眼撞上去，有心理论一番，可实在没有多余时间耗在这里，要知道活动主办方正在催呢。奚鸣久明白，想让这俩家伙拿钱修车比杀了他们还难，反正自己的车保的是全险，就掏出手机拨通保险公司电话。

汽车再跑起来，就显得有些焦躁，间或能听到一串不太和谐的噪声，或许是车头那块被撞伤的保险杠在不住呻吟。魏雅丽心里很有些忐忑和内疚，这事若不是她从中一个劲说和，老师根本不会驱车前往，也就不至于摊上这倒霉事了。想到这，她忙压低声音自责说，老师，都怪我自己多事，早知如此，真不该答应叔伯那边……她话刚说了一半，手机复又唱起歌来，这回是她那个当书记的叔伯亲自打来的，问她奚专家饮食方面有什么偏好，平时都爱喝点什么酒，她想问问老师，可又怕打扰了他开车，就说老师口味应该偏甜淡，不怎么吃辣椒，对了他好像最爱吃桂花糯米藕，至于酒嘛，喝点儿红的应该可以。电话那边，叔伯雷厉风行，已经开始吩咐服务员下单了，电话声音嘈杂，间或还能听到嬉笑声，看来陪客们早都到齐了，围在一旁随声附和呢。

紧赶慢赶，当然还是迟到了，可俗语又讲，贵宾必晚至，似乎是恰到好处。魏雅丽的叔伯早率领一干人等，眼巴巴垂手侍立于宾馆旋转门两侧，好在天光已黑尽，借着夜色掩映，轿车的那副落魄相并未叫人察觉，奚鸣久一下车，大伙便众星捧月般将他圆圆围拢，十几双肥肥瘦瘦的手，都迫不及待伸过来，抓住他可劲地摇晃，晃得右臂都有些酸麻了。魏雅丽趁机去前台办了入住手续，听服务员说，早在昨日便给预留了最好的豪华套房和标间。魏叔伯满脸堆笑道，那先请奚专家上房间放行包，擦把脸，然后请去二楼的群贤居用餐。奚鸣久求之不得，他的鼻孔里堵满了腥乎乎的血痂，得赶紧去清理一下，一路上他觉得呼吸都很困难。

房间大得超乎了想象。他环视一周，便把随身的背包往沙发上胡乱一扔，一头扎进洗浴间，水龙头开至最大，奔放的水流声中，将脸部完全浸入水池，鼻孔被清水持续一冲，干涸的乌血就汩汩地洇染开来，霎时间，那洁白的面盆便红得惊悚了。追尾这种事他遇到过一两次，均无甚大碍，但今天还是有些严重，毕竟见血了，血尽管来自身体，可一流出来，就有些险恶不祥的味道。他顺手提起镀银手柄释放了污水，下水管咕噜噜啸叫着，像是竭力吞噬这一池不祥的血水和灾祸。眼前，那面古典的鹅蛋形大镂花铜镜中，浮现出一张湿淋淋的中年男人的脸，睿智和方正中，带着几分中国文人特有的柔弱与不羁，看着竟有几分不真实。他尽量凑近镜面细细审视，鼻梁正中果然有小拇指甲盖大小的淤青，他左右对照端详，还好表皮并未破损，不然明天的讲座上，那么多双眼睛盯着究竟不雅，师者表也，破了相又众目睽睽，怎么说也有辱斯文。他想着，顺手拉过雪白蓬松的干毛巾，轻轻拭掉脸上那一层密集的水珠。

这时，来自裤兜的一股力量将大腿面震得直发麻，以为电话是魏雅丽在催他下楼用餐，看时却是赵婉。他一皱眉，又把手机款款搁下，任由它在茶几的玻璃面上嗡嗡隆隆震颤移动。这个女人总是习惯小题大做，针眼大的事，常常要吵上天去。有时，他真为自己的这场婚姻感到几分悲哀，跟赵婉的结合，恐怕是他此生最大的谬误，说句掏心窝的话，当初他真的是没有怎么爱上赵婉，这个女人浑身上下没有一盎司多余的脂肪，四肢仿佛竹竿一般粗细，说难听点儿，从后面瞧不见屁股，打正面找不到胸脯，可谁让人家是系主任的千金呢。他当年刚分配到这所大学的中文系，浮萍似的一个年轻人，一点儿根基都没有。亏得系主任视他为同门，他俩确属北方师大毕业的，也许就是基于这样的一层相隔甚远的师承关系，赵主任从不把他当外人，上班时嘘寒问暖，下了班偶尔还喊他到家里吃顿随便饭。他呢，倒也嘴甜手勤，去了就巴巴地钻进厨房剥葱剥蒜，管主任的老婆唤作师母，脏活儿累活儿抢着干，一来二去，这两口子就中意上他了。关键是，他们膝下有个独生女，天生不是那种读书的料，见了文字就嚷头痛，亏了爹妈在高校工作，高考下来便仗着老脸，在校办工厂给她谋了差事，据说在那个几十人的印刷厂里，她倒是颇能干的，加之为人也泼辣，没多久还就混成个兵头将尾。时不时地，师母会在奚鸣久耳边多唠叨几句女儿的事，说这丫头不知随了谁，倒不像教师家庭的孩子，更像个五大三粗的贫下中农。又说，她手里没个大学文凭，将来迟早怕要吃亏的，有心让她报个自考夜大什么的，她死活听不进大人的劝。这话让他记住了，老觉得主任两口子那么优待他，理应替人家分分忧愁才是。于是，下一回再去主任家，便怀揣了一项使命，没事尽量跟赵婉多搭讪多交流，厂里忙不忙啦，工作累不累啦，车间有多少个人啦，你当主任人家服气不服气……要想当好领导啊，知识结构很重要，将来一定是知识决定命运的，诸如此类。慢慢地，滴水穿石，春风化雨，彼此又属同龄人，异性又总会相吸，赵婉竟被他说动了心，答应要是他肯来家里帮助补习，她或许可以考虑学个自考什么的。后来发生的一切顺理成章，他就成了赵婉的义务辅导员，每周见面次数基本固定，她的闺房成了间小教室，孤男寡女老趴在一张写字台前，耳鬓厮磨久矣，加之主任两口子又从中挤眉弄眼穿针引线。有时，他们故意把两个年轻人单独留在家中；有时呢又搞两张电影票，说是让他俩上街去换换脑子。寒来暑往，终于，他就做了赵主任家的女婿。尽管这段婚姻不是他想要的，尽管这个女人也绝非他的梦中情人，可后来他还是因此获得了许多实惠，赵主任确实没有亏待他，进修深造的宝贵机会给他争取上了，读完硕士还不满三十岁，他又在核心期刊发表了两篇很有分量的论文，副教授职称也顺利解决了，还当上了系里的一个研究组组长，再后来赵主任退二线，老头又私下里去找领导说情，算是举贤不避亲，肥水不流外人田吧，先给女婿任了代理系主任，没过两年就破格转正了，再后来适逢高校合并风潮，他们系鸟枪换炮，新成立了人文学院，不过这次他可没有当上一把手，只任了个教学副院长，倒是一个从外校合并过来的一个大腹便便的家伙成了新领导，大伙也是道听途说，人家在厅里可是有好大背景的哟。老丈人给他打气，说他还年轻，以后机会还有得是。

是魏雅丽摁响了门铃。奚老师，这是给您的，晚上睡觉前喷一喷，能消肿，很管用的。原来是一管云南白药喷剂，他迟疑地伸手去接药瓶的时候，魏雅丽的眼睛还紧紧盯着他的鼻梁看呢，好像那里真的给撞塌了似的。她看上去还有些上气不接下气的样子，胸口起伏如奔兔，他就猜到，她刚跑出去帮他买药了，到底是女弟子，就是悉心体贴。他满口称谢，说其实根本没什么大碍，魏雅丽更是弄出一脸的愧相，好像，她真是罪魁祸首忐忑难安。他呢只得回身，先把药瓶先放茶几上，便拔出电源插槽里的房卡，跟魏雅丽一起朝电梯口走去。

这家宾馆应该是新开业不久的，走廊里的地毯新得让人不忍下脚，只是灯光暗得十分暧昧，魏雅丽身上散发出一股很别致的香气，她五官生得小巧玲珑，皮肤藕白水嫩，此刻头发很随意地披散至双肩，两人并排行路时，发丝像是受到静电干扰，老是往奚鸣久脖颈和耳边飘浮荡漾。魏雅丽有些尴尬地拿手去捋，反而使发尾又扫到了他的脸，那里痒酥酥的，溢着淡淡花香或果味，这种年纪的女性总是香甜曼妙，让人不由会想到浪漫的春天和盛开的花儿，全不像妻子总是油腻腻的，烫了满头大卷儿的头发，刮大风都飘逸不起来。说心里话，他现在越来越不想回那个家，越来越不愿去面对赵婉，就连刚才她的电话他也懒得去接听，即便接了，他好歹连两句话也插不进去，妻子的嘴巴比机枪火力还猛，不分青红和皂白，上来先是一通狂扫滥射，怨他整天不操心家里的事，怨儿子这不好那不好，好像孩子是他们从垃圾箱里捡来的，怨她命苦整天管了老的又要顾及小的。儿子读高三，大比迫在眉睫，不幸的是孩子似乎遗传了不良的基因，爱上网打游戏，搞女朋友也很拿手，就是死活不爱学习，让他复习功课还不如杀了他。赵婉管儿子管得那叫一个阶级斗争，儿子见了她跟老鼠见猫似的，娘俩三句话没讲够准戗起来，每回一吵，赵婉先就失去理智，完全毁掉了做母亲的样子，把她过去在校办工厂当车间主任的那套全抖搂出来，一点不讲方式方法，粗鲁蛮横的封建家长作风，儿子索性来个反锁房门，塞上耳机，整晚不再搭理她。这种时候，他若在家，她必来向他求援，说你别成天就知道看书看书看书，也管管你儿子好不好，他要是考不上大学，到时候我看你这个大教授的脸往哪儿搁？问题是，他若有板有眼摆事实讲道理，跟儿子摆一场龙门阵，她又压根瞧不上眼，还会在一旁阴阳怪气，哼，我看你纯粹是对牛弹琴，你这当老子的，就该给他点颜色瞧瞧。这种情况下呢，他也只能摇头无语，间或发两声苦笑。刚才赵婉的电话，十之八九又为儿子那点儿破事，他不学习、又玩手机、蹲在厕所老半天不出来……好像这一切，都是他这个当父亲暗中指使的，因此他明智而果断地选择不接，接了不知又要生出多少闲气。

很多时候，越是此类山区小地方，宴请场面越是搞得热烈而又烦琐。尤其是，当大伙把你奉为一个光鲜人物的时候，所有的奉承寒暄斟酒布菜，就会齐头并进成倍而来，往往让客人应接不暇招架无力，说白了奚鸣久毕竟是久居象牙塔里的教书先生，对于这种觥筹交错的场面，应酬起来未免显得局促。魏雅丽的叔伯属于那类很健谈的地方小官员，甫看他人天生模样有些清瘦，骨子里却透着十分的精明和老练，其余的陪客多半是他院里的得力下属，个个习惯于点头哈腰谄笑可掬；另有几位则是魏叔伯的莫逆之交，那些恭维之词多半是通过这些人的嘴巴，不失时机又恰到好处地传递过来。魏叔伯紧挨着主宾席位，他既掌控全局，又很善于见缝插针，每道菜品上桌，他必然要不厌其烦地替奚鸣久挑这夹那，并头头是道地介绍菜肴的烹制方法和营养价值，给人一种平日极善养生的美食家印象。主人还要一再提议，今晚机会纯属千载难逢，大伙要好好敬一敬从省城请来的大专家。又说，咱们这个地方水浅洼小，能把奚院长这样的贵宾请来实属三生有幸，这次也让咱们的学院和即将成立的学会沾一沾大师的光彩。奚鸣久本来就不胜酒力，这阵早已涨红了脸面，他忙起身打断魏叔伯的话，说领导实在是谬赞了，吓死我也不敢妄称什么大师，我不过是在教学一线多混了几个年头，实在是见识浅薄，学术不精，还望大家多多包涵，多多担待啊。

魏叔伯笑盈盈地接过话头，继续无原则地漫谈下去。奚专家为人真是太谦虚了，我老早就听说呀，光你亲自主持过的国家级课题，怕是就有十几个吧，而且，你本人还是咱省里重点学科带头人，像你这么年轻有为，又这么低调的正教授，恐怕我们全省也挑不出几个。这番言辞又引得大伙一阵唏嘘咋舌，于是乎，都又轮着番儿围拢过来，毕恭毕敬地给他敬酒，表达仰慕之情。坐在奚鸣久对面下首位置的一位陪客，也应景地提起了那篇《人文学科不应放弃知识分子的精神高度》，说奚教授的这篇大作，他先后至少拜读了不下十遍，每每温习总有醍醐灌顶般的大彻大悟。至此，席间便又引发了众人的一场激情洋溢的大讨论。

那篇文章发表于新千年之初，当时奚鸣久的论文方向是致力研究"五四"以来知识分子的重要著述和他们的信件回忆录等，胡适、傅斯年、鲁迅、李大钊以及后来从西南联大涌现出的像穆旦等一批文人，他们个个都堪称民族的脊梁，那个时代战乱频仍朝不保夕，知识分子经常流离失所，却产生了对我们这个民族至今都影响深远的人文精神，正如李大钊先生在其诗里所言"铁肩担道义，妙手著文章"。奚鸣久当年正在北京读研，也算血气方刚，一篇洋洋洒洒的文章诞生了，矛头直指当代人文学科普遍缺乏精神高度的问题，论文发表后反响强烈，尤其得到了北方师大那个著名导师的褒奖。他的导师绝对属于那种不苟言笑的老学究，对于在读硕士发表论文基本持反对态度，但那次却破天荒地对他表示赞赏："……一旦功利主义的色彩，涂满了人文学科领域的每一面墙壁上时，我们的所有研究不过是在追名逐利，未来，它将给整个学科领域乃至社会注入一种懒洋洋混生活的精神毒剂……小奚你这个观点确实新颖而有力，你的文章恰好一针见血地指出了我们面临的这种困境，实在是难能可贵后生可畏也！"

现在，已然微醺中的奚鸣久，听到众人七嘴八舌发表恭维之词，心里忽然有种说不出的感觉。十多年前，那个喜欢埋头钻研，成天瞎琢磨的年轻人，竟让他有些自惭形秽，那时的他做梦都想着学成归来，干一番大事业，如今他虽说也是小有成就生活安逸，可说心里话，他一点儿也不喜欢现在的自己，或者说，跟自己文章里所倡导的那种人文精神相比，他简直就是在苟延残喘，浪费时间和生命，所谓的课题研究和重点项目，不过是仗着过去的成绩单，腆着一张老脸混饭吃罢了，平心而论，这些年他做过的所有课题，没有一个是他自己称心满意的，也没有一个是他真正喜欢去做的，说到底，不过是为了动辄几万、几十万元的科研经费瞎忙乎。有钱能使鬼推磨，不会挣钱的教授不是好商人，难怪学生们私下里管自己的导师统统唤作老板，类似的铜臭味可以说充斥着高校的种种学科领域，他知道自己早就完蛋了，再也写不出那么有血性有气魄有真知灼见的好文章了。

酒足饭饱，腿脚跟便有些摇摆不稳了。魏叔伯还一个劲客套着，实在是没有把省城请来的大专家陪好，还请奚教授多多海涵。魏雅丽心细如发，觉得不能再让老师这样混喝下去了，而且自己理应亲自护送他回房间去，她是生怕老师半路再摔上一跤，磕着碰着了不妙。奚鸣久腹内潮起潮涌，接连打出十分冲的酒嗝，污浊的气息充满了电梯厢闭塞狭小的空间。魏雅丽很是有些过意不去，连连说都怪叔伯他们胡乱劝酒，她事先明明交代过的，奚老师不大能喝酒，可他们居然还上好几瓶白酒。奚鸣久垂头眯眼不以为然，还直着舌根瞎嘟哝，谁说我喝多了，真是个傻丫头，告诉你，你老师我，酒量大大着呢，你信信不信，我还能能再喝……魏雅丽见他歪斜着肩膀，脑袋瘟鸡样左右乱晃，后背蹭着电梯厢壁，身子不受控制般地直往下出溜，她忙凑上去用自己的身子撑住了他。酒精似乎要把这个文气十足的中年男人点燃了，一股股热辣辣的呼吸，像是看不见的火苗，从他的鼻孔喷射到魏雅丽脸颊和脖子上，她立刻觉得那里的皮肤将要燃起火焰，这更增添了年轻女人的忧虑。奚老师，您真的，没事吧？魏雅丽尽量让自己跟奚鸣久贴得很近，这样一来，对方几乎就拿她当做拐杖用了，奚鸣久虽不属于那种五大三粗型的北方男人，可毕竟也是四十五六岁的年纪，再加上高度酒精的迷幻作用，使他一时神志不清，整个身体软得没了筋骨，魏雅丽一个姑娘家，想要撑住他其实并非易事，她必须得使足了劲全力以赴，以至于出电梯的时候，他俩完全是勾肩搭背跌跌撞撞的狼狈相，给人一种饮食男女纠缠不清的暧昧印象。

奚鸣久确实醉意愈浓，脚底下一如捣蒜，步子踉踉跄跄，若是没有女学生在旁边竭力搀扶，他随时都会跌倒在走廊里。女学生确实已经累得红头涨脸气喘吁吁了，尽管如此，她还是腾出手来，从老师裤兜里掏出了房卡刷开房门，再将奚鸣久连拖带拽地弄进了房间。奚鸣久几乎软绵绵地仰面倒在了宽大雪白的双人床上，嘴角跟黑猩猩似的，调皮地往上翻翘着，嘟嘟囔囔，眼神虚迷，神情荒诞，似乎已丧失了全部意识。魏雅丽本来打算出门走人，可转念一想，觉得很有必要烧点开水，怎么也该给老师沏杯浓茶，好让他解解酒劲。于是，又钻进卫生间，稀里哗啦清洗不锈钢水壶，她听网上传说，宾馆里的烧水壶最是恶心，一些心术不端的家伙，居然会把它当夜壶用，想到这些，她觉得自己就要吐了，因此洗刷得格外卖力。

烧水壶开始吱吱鸣叫的工夫，魏雅丽已经帮奚鸣久扒掉了外套和皮鞋，她想待会儿自己回房后，老师就能安安生生躺着休息了。恰在这时，门铃叮咚叮咚地响了，魏雅丽稍一怔，心想这么晚了怎么还有人打扰，她犹豫的工夫，门铃再度不耐烦地嚷叫起来，她想或许是客房服务员也说不定，就径自去拉开房门。一个约莫五十岁光景相貌平平的矮胖的男子，天生一张泛着青铜色的圆脸盘，皮肤却是疙疙瘩瘩的，极像放久了的青橘子皮，神情多少有些鬼祟，手里拎着个花里胡哨的手提袋，来人几乎是贴着房门站立的。对方看见魏雅丽的时候，显然有点儿惊讶，因为开门的不是奚教授本人，而是一个年轻貌美的大姑娘，一时间那张橘子皮脸急剧变化着，能看出来他的犹疑不定和惊讶，要不要立刻掉头走开，但最后他还是探头探脑地，竭力向房间内张望了一下，奚鸣久的一只腿脚就胡乱耷拉在床尾。

这时，魏雅丽已经开口问话了，您好，是找奚教授的吧？来人这才收回猎奇的长脖颈，重新站立端正，同时又堆出一副唯唯诺诺的笑脸道，对，对，其实也没啥要紧事，我正好给奚教授带了点土特产，不成敬意得很，要是不方便的话，我就不进去了。魏雅丽迅速扫了一眼，是只鼓鼓囊囊的塑料手提袋，上面印着一个袒胸露乳搔首弄姿的外国女模特，应该是女士内衣类的包装袋，心里顿时觉得有些滑稽可笑。原来是这样呀，不过，奚教授已经躺下了，今天他喝得有点多了。魏雅丽淡淡地说，内心实在有些讨厌这位不速之客，关键是这个家伙让她觉得有些不舒服，女性的直觉告诉她，此人深夜造访，一定是有所企图的，深更半夜拎着个花里胡哨的袋子敲人家的房门，亏他想得出来！魏雅丽想到这，忙又补充道，太晚了，不方便，要不明天吧，您还是当面交给他最好。

拎袋子的男人很有些失望，但并不急于马上撤退，眼珠子有些狡黠地来回转动着，一张青橘子皮脸上的笑容弄得更加可怜兮兮，那些疙里疙瘩的小麻点儿，好像皆要撑破老皮，钻了出来集体抗议似的。那您看……这样行不，东西请无论如何先收下，我可是老早就拎来了，只是一直没有合适的时机。说着，他把袋子放在地上，又敏捷地从里面翻腾出一个透明的浅绿色文稿袋，能看出来那里面装着厚厚一摞子打印稿。……这是我这两年写的一篇论文，这回好不容易得见奚教授本人，我是真心恳请他能抽出空来，给我些指导，哪怕只是帮着随便看看……对方终于吭哧瘪肚地将来意表达了。

　　果然不出所料，魏雅丽倒也不觉得很奇怪，这两年他跟随老师鞍前马后，类似的情况并不鲜见，一则奚鸣久长期担任这一领域职称评审库的专家评委，同时又是学院那家公开出版发行的学刊编委会主任，有很多人都想通过他来推荐发表论文。魏雅丽有些为难地回头朝房间扫了一眼，老师被酒精折磨得昏昏沉沉，这种时候想弄醒他肯定没戏，再说那也太无理了，要知道老师休息不好，会直接影响明天的活动和讲座。未等她做出最后的决定，青橘子皮脸却趁机丢下手提袋，几乎是头也不回地快速跑开了。魏雅丽反应过来忙追出几步，她连声朝对方的背影喂喂叫着，但已于事无补，那人几乎以落荒而逃的速度，眨眼便消失在走廊尽头了。无奈之下，她只好咕哝两声，不情愿地将那手提袋拎回房间里，之后悉心沏好了茶水，款款搁在床头柜上，这样老师夜里想喝水的时候就方便多了。想想，她又把那瓶云南白药拿起来摇晃了一会儿，扑哧一下，喷在自己的手心上，然后再拿食指蘸着，一下一下轻轻涂抹到老师鼻梁的那块红印子上。奚鸣久已是睡意醺沉，大概觉得鼻子那里有些痒痒，他像个大男孩似的，胡乱晃荡着脑袋，鼻头更是受了药液刺激不停抽动着，仿佛随时要打几个响亮的喷嚏。魏雅丽边轻手搽着边道，老师您坚持一下，马上就好了。奚鸣久脸色越发涨红，呼出的气息全都是酒精味，似乎一点即燃，那只涂抹了药液的鼻子却闪闪发亮，活像马戏团里的小丑。魏雅丽看着看着，忍不住乐了。

　　翌日清晨，师生二人在酒店的西餐厅共进早餐。魏雅丽关切地瞅了瞅奚鸣久的鼻梁，虽然那个小红印子隐约可见，可明显没有昨天那么刺眼了。她又探身问坐在餐桌对面的奚鸣久，昨晚有人给老师送礼物，我放在写字台上了，您看到了吧？奚鸣久刚好把一只剥好的茶叶蛋塞进嘴里，听她这样问，就鼓着腮帮子回答，我还正纳闷呢，怎么睡了一觉，多出个奇怪的袋子，以为是你落下的呢。魏雅丽便想到了那个搔首弄姿的女模特头像，于是忙做了个鬼脸，表情不无诡秘地解释，我原本也是想拒绝的，可那人太执拗了，竟扔下东西跑了，老师你说滑稽不滑稽？奚鸣久又问，那人没说他是谁，或者，留了什么话吗？魏雅丽这才把来客的作为原原本本学说了一遍，奚鸣久听罢有些不屑地摇了摇头，说以后但凡遇到这种事，最好的办法是让他们赶紧拎上东西走人。我哪有那么多闲工夫，再说，这种人的文章根本不值得去看，不过是苟延残喘胡诌八扯而已。魏雅丽不无赞同地点点头，我猜也是，尤其是那个人，给人一种非常浮夸非常猥琐的印象，尤其他那张麻不拉唧的绿脸，看着叫人心里怪发毛。奚鸣久抻着脖子咽下最后一口鸡蛋，然后端起冒着热气的牛奶杯，连着喝了几大口，才说，见怪不怪其怪自败，咱们这个学科到处都是这种人，要笔杆子没有笔杆子，要嘴皮子没有嘴皮子，整天就惦记着怎么拉关系跑门路，他们的论文多半是网上荡下来拼凑出来的，有几次我去参加省里的专家评审会，看到的所谓论文，简直就是一堆垃圾。

上午的活动安排得紧凑有序，作为重要嘉宾的奚鸣久，从身着旗袍个头高挑的礼仪小姐手里，接过一把崭新黑亮的剪刀，和身为该院领导的魏叔伯联手为二级学会剪彩揭幕，那块蒙着鲜艳红绸布的金字牌匾一经掀开，在场的人顿时欢呼雀跃起来，跟事先彩排过一样。这纯粹是一个形式，象征意义远远大于实际意义，至于震耳欲聋的锣鼓声、迫击炮式的礼炮声，倒是货真价实的，那些升腾在半空中的灰色烟雾久久不散，有一瞬间，竟然翳蔽了早晨灿烂的朝阳，使得这个专科学院和在场者都蒙上一片淡淡的阴云。魏叔伯在随后慷慨激昂的致辞中，至少三次提到了奚鸣久的大名，无非是说他如何关心本院二级学会的筹备事宜，如何不辞辛苦亲临现场指导，云云。短暂的剪彩仪式结束后，大伙鱼贯入场，三百人的报告厅倒也座无虚席。奚鸣久登台后才注意到，除了头两排是在职老师模样的观众之外，后面坐的皆是在校学生，那些大孩子一早就让他们从宿舍的被窝里提溜起来，此刻依旧睡意蒙眬哈欠连天，奚鸣久觉得这些学生还真有点儿可怜，丰富的夜生活和虚拟的网络世界，把学生们造就成夜晚不休白天不醒的一代，周六让起大早，实在是难为他们了。他忽然想起一句话来：无端地占用别人的时间，等同于图财害命。所以，在接下来的讲座中，他尽量节约时间，完全抛开了之前拟定的那个题目，而是剑走偏锋，大谈特谈昨天傍晚汽车追尾的事情。他突然提高声音讲，大伙恐怕还不知道吧，我可是冒着生命危险，前来出席这场重大活动的！就在昨天来的路上，遇到一个很大的弯道，我当时也是赶路心切，很想超过前面的货车，因为它的车厢里装得满满当当很挡视线，当我看到前方有弯道时，便以为机会来了，我想利用弯道迅速超越前面的货车，可我的车技太差了，我高估了自己，加上天公也不作美飞沙走石的，所以就稀里糊涂跟人家追尾了，而后面的越野车，也穷追不舍地追了我的尾，可谓腹背受敌啊，我当时的感觉糟透了，但我只能认栽，这纯属咎由自取，谁让我学艺不精，还心存侥幸呢？

这番完全出乎所有人意料的开场白，首先引起了在座大学生们的兴趣，他们一个个像在听好玩的脱口秀似的，突然爆发出阵阵掌声，以至于那些软塌塌地趴在桌上昏昏欲睡的孩子，又都挣扎着挺直了腰板，原本有些死气沉沉的会场，气氛竟然空前活跃起来。于是，奚鸣久清了清嗓子，接着阐述他自己的观点：大家可能都知道"弯道超车"这个说法吧，我想除非你的车里藏了足量的海洛因，或者你严重超速并且还酒驾，警察可能随时会抓住你，让你吃几天牢饭，不然的话，你干吗想要在弯道超一次车、冒一次险呢？总结别人的经验，吸取失败的教训，尽量少走些弯路，我们做学问也是如此。但在更多的情形下，我认为"弯道超车"是个伪命题，它具有很强的诱惑力，可往往也成了投机取巧的代名词。经验告诉我们，弯道超车时一定要在特定时间内想方设法走直线，因为两点之间直线线段最短，所有的车都想在同一时间，利用那个内圈最奇缺的短路线，也就是实现理想化的直线行驶。

其实，这样一来，你就把别人逼迫到外圈更长的弧线上，让别人无可奈何去走曲线，难道人家没长脑子，还是比你更蠢吗？不，只要在路上，只要还想前进，谁都不甘示弱，谁都想跑得更快、想更节约时间，但很多时候实践却证明，弯道超车其实是行不通的，搞不好就会车毁人亡！大伙一定在电视节目里看过非常刺激的 F1 汽车方程赛吧，危险和灾难多数时候都出现在弯道处，那种惨痛的代价屡见不鲜。说到底，我们做学问搞研究也是一样的，其实这个行当真的没有什么捷径可走，除了踏踏实实埋头苦心钻研之外，假如你总想着超越别人，最好还能踩着什么人的肩膀上去，我想只有一种人的肩膀，是乐见你去踩的，那就是我们的前辈学者，尤其是那些真正经得起时间检验的大师们……

毫无疑问，在所有的听众里，魏雅丽依旧是听得最专注的一个，同时她在笔记本电脑里，手指轻快地记录下奚鸣久的讲话内容。有时，她真觉得十根手指简直不够用，导师的每一次即兴讲座都那么精彩，今天更是发挥得淋漓尽致，"弯道超车"她还是头一回听老师讲，联想到昨天追尾的情形，让她这个当事者依然心有余悸。不过，她真的非常佩服奚老师这种融会贯通举一反三的能力，哪怕是生活中极寻常的一件小事，到了奚老师的思想里，就会变得深刻起来。

二

西北的初夏，总是说来就来没有过渡，一来便毫不容情地置春天于死地。校园里那些没日没夜开着的各色花儿，忽然间匿了踪影，剩下的只有云朵或毛团似的柳絮和杨花儿，恼人地在操场在道旁在人脚背上飘来滚去，还不到六月，天气就热得一塌糊涂。每年这个时间段，奚鸣久会尽量减少外出活动，而是集中精力在学校忙乎一阵子，主要来应付毕业生的论文答辩，学校自打跻身 211 系列之后，本科连续几年不断扩招，研究生也在逐年增加。古代叫招贤纳士，广聚天下英才，多多益善。可现在的扩招完全不是那么回事，学校有学校的考量，最主要的动机还是经济利益，因为上级教育部门的投入不够，下面的学校就得八仙过海各显神通，美其名曰搞创收，于是想方设法办些巧立名目的特色班来赚钱。学校扩张后招进的学生越多，收入的各项费用也就越多，学校的日子也就越好过，这好比医院收的病人越多，床位越不够用，效益才会越好。奚鸣久过去每届能带十来个研究生就很了不起了，如今门槛降低了，已然要突破了四十人，而且还在逐年上升，他有时真的感到奇怪，社会真的需要那么多研究生吗？又有多少个领域，值得这些初出茅庐的孩子去搞研究呢？与招生规模不断扩大形成鲜明对比的倒是，学生的社会就业率始终低迷，仅以他带过的两届研究生来说，几年前毕业的至今还高不成低不就在社会上漂着呢。他们院里毕业的一个很优秀的本科生，在某家知名国企干了不到两年，又一门心思回炉来当他的研究生弟子了，用学生自己的话说，与其整天给别人打工看老板脸色，挣那点可怜巴巴的毫无尊严的小钱，还真不如待在学校里，再读几年研究生自在快活呢。

奚鸣久兼任学部论文答辩委员会的主任，委员会一共七名工作人员，包括两名正教授、三名副教授，另外还有两名得力的助教，工作量不小，论文得提前逐篇审读，预设好答辩题目，现场提问要有针对性和可操作性，题目太难学生会吃不消，过于简单会让人觉得导师水平太次，过关率是早就确定好的，现场打分只是个手续问题，每届都会有那么几个倒霉蛋，当然最主要的指标，还是要看论文质量，现场面试和作答仅仅作为一个参考，至于那些从网上胡乱下载写得驴唇不对马嘴的，或者，干脆连最起码的论点论据都搞不清楚的，基本上可以一票否决。每年等盲审阶段一过，奚鸣久会提前把他负责的本科生论文交给魏雅丽，让她先认认真真过一遍，一来可以锻炼她的评判水平，二来也算是替自己的导师分分忧。最后，魏雅丽再把她自己觉得不错的论文提交给导师，由他一一审阅定夺。至于那些连魏雅丽都读不下去的狗屁文章，奚鸣久就完全不必再浪费宝贵时间了。答辩会基本上都安排在五月的最后一周，然后学部还要召开专门会议，研究确定优秀论文的档次，并根据学业和研究水平授予学位等，这两项工作对于奚鸣久来说不过是按部就班，但对于那些即将走上社会的应届毕业生来说，却意义重大，所以，校领导就很重视论文答辩情况，非要开几次动员会什么的，苦口婆心地提醒各位论文指导老师，一定要督促毕业生高度重视认真撰写一丝不苟。当然，这种时候，难免有托关系找熟人的，人情这东西不论到哪里都是避不开的，这也是社会现实，有时一天能收到十几条类似的短信：某某学生参加毕业答辩，其论文题目是什么，请奚院长多多关照。关系较好的，奚鸣久一般会给回复个两个字：明白。明白的意思是，事情他知晓了，但并不做任何保证，除非论文写得还过得去，他也希望对方能明白自己的处境，学校的要求是：一视同仁，公开透明。现在的情况往往是，每个年轻人都想尽快找条捷径，可问题是那样一来必然会有人吃亏，照顾了你就意味着要忽略别人，毕业论文虽说还不能称作什么学术成果，可他也不想搞得怨声载道，至少要做到相对公正吧。

今年这阵子非要说有什么特别的，那就是由奚鸣久亲自指导的一篇本科论文，不幸被教育部门抽到了，上面一次又一次提出修改意见，什么论点不够精练不够突出，什么论据过于浮泛和苍白，更可气的是，等把这些问题基本上消灭掉了，那些人又鸡蛋里挑骨头，指出这篇论文的结构有严重的缺陷，意思是需要重新谋篇布局。说良心话，奚鸣久觉得这篇文章立意还是相当不错的，算是这届本科毕业生里较出色的一篇，可他挡不住人家吹毛求疵步步紧逼的眼光，只好陪着那个倒霉蛋学生，一遍遍修改完善。这样审来审去，改来改去，他倒没有说什么呢，本科生自己就快崩溃了，整日愁眉苦脸唉声叹气，活活把自己弄成个小老头样，哭丧着说，怎么点这么背啊，偏偏抽上了我的，还说再这样改下去，准得吐血啊。奚鸣久心里也颇多怨言，对于这种论文抽查制度他也无可奈何，没被抽上的师生欢天喜地，被抽上的就自认倒霉吧，他能做的就是尽可能帮那学生渡过难关，好让对方赶紧拿证走人。有天深夜两点，本科生给他发信息，说只要导师能让他的论文通过，让他掏多少钱都愿意，言外之意是自己实在改不动了，最好能由导师亲自代笔。奚鸣久哭笑不得，只回复了对方一个"囧"字表情。他深知世上有些东西是无法替代的，比如，自己的儿子也正在艰难地备战高考，这更是一座陡峭凶险的独木桥，千军万马都得打这里掩杀而过，你若冲不过去，只能听天由命了，而他这个当父亲的，同样也是爱莫能助。

其实，早在几年前，他就看到这一步了，儿子注定不是学习的料，他自己给辅导过，家教也请过几拨，课外补习班也上过不老少，所有能想到的招数都尝试遍了，最终儿子依然故我，好成绩永远跟他无缘，倒是硬生生把儿子跟老婆的关系弄得像无眼鸡，见了面就相互乱掐，在赵婉无休止的埋怨声中，儿子的模拟考试成绩不进反退，令人担忧。他们学院有些老师的孩子，初中一毕业就送到国外去了，说是去留洋深造，其实说白了就是考不上理想高中，只好花大价钱打发出国。他不是没有动过这个念头，只是每次一提到出国的事，赵婉就摆出一张臭脸，瞪着双杏核眼跟他戗，你疯了，出哪门子国？就他那点水平连中文都没搞定，还想出国？再说咱们哪来那么多钱，一年二十万，去偷去抢啊，要不干脆把我卖了吧！

有一晚，他趁赵婉出门跟以前的工友聚会，便悄悄主动钻进儿子的房间。儿子已然被老婆搞得条件反射草木皆兵，所以对他也全无好声气，痛苦地皱着小眉头，眼皮都懒得抬一下，长着好几颗顽固粉刺的小脸上，挂满了抵触而不屑的阴云，那感觉真是极不耐烦的。奚鸣久还没来得及张口，儿子就送给他当头一棒：拜托了，老爸，好不容易她今晚不在家，你就不能让我耳根子稍微清净那么一会会儿？他心里比谁都清楚，儿子的感受是真实贴切的，巴不得他妈天天都不回家才好呢，孩子的学习劲头，也许就是在赵婉长年累月的唠叨声中消失殆尽的，他真的不能，也不想再给自己的孩子任何压力了。他搞教育多年，深知逆反心理的破坏性，可有些话他不能不说，也不得不说，因此，接下来他几乎有些死皮赖脸，这绝对不是他奚鸣久的风格。他很不知趣地往儿子身旁的床沿一坐，然后，故作深情地将一只大手搭在儿子的肩膀上，儿子立马逆反地扭了一下身体。他尽量让自己的语调低沉稳妥慈爱，说出的话不夹带一丁点火气，也没有任何一丝居高临下的味道。

其实呀，爸爸很清楚你现在的处境，我绝不想给你什么压力，说白了学习只是个过程，考大学也不是唯一的出路，这些年你妈跟你说得太多太多了，以至于爸爸总觉得对你无话可说，可你毕竟是我儿子，我是个大学教授不假，你要是考不上大学，我也许会难过，但这一点都不影响我们父子之间的关系，因为爸爸很清楚，眼下大学里也不都是培养人才的，恰恰相反，有时混日子的蠢材似乎也不在少数。儿子听到这里，那只原本僵硬的肩膀竟有了些应和的微动，在奚鸣久的轻微摩挲下松弛多了，儿子甚至把那张阴郁的小脸慢慢侧向了身后的父亲。奚鸣久盯着那张有些桀骜和叛逆的青春脸庞接着说，今天我最想说的是，你其实已经是个男子汉了，你想不想考大学，或者，你今后想做其他任何事情都可以，因为终有一天你要离开我们，或者，我和你妈也会离开你的，你唯一需要想明白的事，就是你将来怎样去生活，而且，这生活完全不是为了我和你妈高兴，仅仅是，让你自己感到满意就好。那晚的谈话到此为止，应该说做到了言简意赅意味深长，他确实不想长篇大论，因为说多了定会适得其反，他只想在不刺激到儿子的前提下，适时地敲醒他。儿子始终没有插话或打断他，作为父亲他觉得儿子应该是听进去了，至少没有当面反驳什么，这已是难能可贵了。

好景不长，就在奚鸣久外出汽车追尾当晚，适逢儿子的生日，赵婉特意给儿子多做了两道拿手菜，还精心地下了一碗长寿面。可儿子偏说，我爸都不在家，过什么生日？赵婉说，生日是你的，又不是你爸的，再说这是你高考前的最后一个生日，咱们一定得好好过，今天吹蜡烛前，儿子你一定要好好许个心愿，给妈考个好学校……本来过生日就过生日，可赵婉一说到考学啦复习啦加油啦，就跟打了鸡血似的，没完没了牵三扯四。儿子赌气，一个人抱着蛋糕猛吃，等赵婉从厨房端出最后一道菜，儿子却抹抹嘴说他已经吃饱了，至于那十八根象征着年岁的彩色蜡烛，都被儿子随手丢进垃圾篓里。那晚的情形可想而知，据儿子后来跟他说，我妈真疯了，她竟然闯进房间，把我从同学手里好不容易借来的丹·布朗的最新悬疑小说，给撕得粉碎，她简直就像个智障！儿子跟父亲叨叨时，委屈的眼神里依旧闪烁着愤怒的光芒，只是倏忽间又增添了某种近乎同情的色彩，那眼光好像在诘问：爸，你好歹也是个大学教授，怎么能摊上这么一个不可理喻的、没有文化的老婆？

答辩会的最后一场，奚鸣久还没有离开会议室，有个陌生男人径自找到学院里来。那个人后背蹭着黑色铁艺栏杆，就站在外面的走廊里，肩上斜挎着一个土里土气的皮包，黑色的漆面已磨得不成样子了，隐约透出内里的粗粝的皮革，看上去，它像是转战南北至少背了半个世纪；天气虽然已经很热了，可男人身上依旧捂着件深咖色皱皱巴巴的西服外套，给人一种规范得有些迂腐，滑稽得简直可笑的印象。奚鸣久一走出来，那人立刻踊跃小跑，三两步冲到他面前，没等奚鸣久伸出手臂，对方早已自来熟地探过身子，弓弯着虾米腰，一把抓住了他的手。对方的那双手汗津津的，接触后有种很不清洁的黏湿感。奚教授，您好，您好，啊呀呀，今儿可算是见到您真神了！男人一迭声地寒暄，口气卑微而夸张，尤其是那张疙里疙瘩的青橘子皮脸，霎时间挤出既兴奋又幸运的谄笑。奚鸣久有些丈二和尚摸不着头脑，他不觉得自己认识对方，想了几想，确实一点儿印象也没有，或许只是某个学生的家长。对不起——您是？青橘子皮脸男人听他这样发问，马上接过话头说，上次，就是今年四月初，您不是上我们二级学会那边剪过一个彩，那天我可是认认真真听完了您的讲座，哎呀怎么讲呢，实在是三生有幸啊，奚教授您讲得实在太精彩了，说句掏心窝子的话，我这辈子还从没听过那么好的讲座，真是胜读十年书啊……

至此，奚鸣久依旧一头雾水，不过他倒是想到那晚盛情的酒宴，自己实在是喝得有点儿高了，或许这人也是其中的陪客之一，只不过印象模糊，于是面带微笑地冲对方点点头，又直截了当地问他来学校有何贵干。青橘子皮脸男人的灿烂笑容突然僵了那么一下，仿佛受了寒霜洗劫的茄子，光泽度顷刻间不复存在，但他还是让自己眯缝着眼睛，尽量保持某种笑的可能，嘴角嗫嚅着，又像是被奚鸣久不冷不热的两次发问，打蒙了头脑而无所适从。如此迟疑了片刻，他终于像是鼓足了全部的勇气道，您可真是贵人多忘事哟，那个装土特产的纸袋，您还记得吧？那是我专门送给您的一点土特产聊表心意，里面有我写的文章，那晚可都让放在您休息的宾馆房间里啦。奚鸣久皱着眉头，思忖了半晌，依稀仿佛记得魏雅丽跟他提过此事，但问题是那个袋子到底放在哪里鬼才晓得，也许当时被他丢在宾馆房间里，也许后来让什么人顺手拿走了，总之，他是一点儿也记不起来对方送过他什么东西。哦，是这样啊……他迟缓而含糊地应了一声，表情多少变得有些冷淡起来。对方立刻抓住他的这一有效回应，竟有些急不可耐地问道，那么我的文章，不知奚专家过目过没有……不怕您笑话，这一个来月啊，我是吃不香睡不着，一直眼巴巴在等您的消息呢，那稿子的最后一页，我特意留了联系方式，您知道像我这样的年纪，上有老下有小，工作又贼忙，想抽空写点东西，太不容易了，所以啊，我做梦都想听听奚专家的高见，希望能得到您的批评和指导，这对我来说那简直是……

　　不必再听这人啰唆下去，奚鸣久完全明白对方的意图。几年前，由他们主办的学刊被评定为核心期刊，每年出版四期，每期最多能容纳20篇文章，这里面包括省内外的博士硕士论文，还有本系统教师和社科领域的文职人员，为了评职称、晋级、聘期考核、申报项目和奖项，也都需要在上面发表一两篇论文，现在编辑部积压下的稿件，恐怕再过两年也发不完。在现今这个体制下，人人两眼都盯着核心刊和论文，很多时候他简直感到茫然，好像学术一抓一大把，什么样的人都可以搞出点名堂来，可他再清楚不过，学刊发表的东西，十之八九都是生存的需要，都是利益的砝码，唯独跟学术成果丝毫不沾边儿。偶尔他去参加学刊的编委会，那里的两名编辑非常苦恼，总跟他嚷嚷说，关系稿太多了，整天都是托人说情的电话和短信，现在不光是一个拼爹时代，更是一个拼名校、拼导师、拼核心论文的时代。此时此刻，他稍加思忖道，真是抱歉得很，最近一直忙于学生论文答辩，你说的文章我确实还没来得及看，如果没有别的事，我还要进去继续开会，大伙都在等我，不好意思，就请您自便吧。

这天下班后，奚鸣久快走到家门口时，老远便听见赵婉那副尖锐刺耳的大嗓门了。答辩这种事虽说只是走走过场，可也得一个学生一个学生过，程序是死板的，人往那里一坐就是一整天，好不容易可以回去休息休息，没想到家里又搞得乌烟瘴气的。他一时无可奈何，硬着头皮去敲门，估计赵婉正在气头上，压根听不见他的声音，她一吵起来就像一门机关炮，哒哒哒哒，只顾自己发射得痛快。他犹犹豫豫在裤兜里摸钥匙，除了几片纸巾什么也没有，这才想起来钥匙应该落在办公室里了，刚才会议结束有些晚了，他是直接走回家的。这倒让他感到几分侥幸，此刻若进去正好撞在枪口上，赵婉必定又牵三挂四地寻他的不是。他侧耳凑近猫眼处探听，老婆正在吵，儿子还在叫，依稀听到儿子不依不饶的质问声，咱们家的猫呢，你到底又把猫藏到哪儿去了？我看你就是吃饱了撑的，简直不可理喻……

所谓的猫，当然不是什么真猫，而是家中上网必备的数码解调器。现在的孩子，大人说什么都满不在乎，可只要一断网就蔫了，没了猫儿子上不了网、听不到音乐、看不到视频，就连上百度查查学习资料也办不到，儿子肯定又气急败坏抓耳挠腮的。老婆藏猫可不是一次两次了，可谓斗智斗勇变化多端，猫有时藏在沙发后面的旮旯里，有时藏在柜子最顶上，甚至还塞进阳台的一只空花盆里，可再狡猾的狐狸也逃不过猎人的眼睛，几乎回回都被儿子轻而易举地寻到了蛛丝马迹。后来老婆不知在他的书房踅摸了多久，终于找到一个她自认为绝佳的位置，她充分发挥了过去当工人吃苦耐劳的精神，硬是将他转椅后面的那个书柜的底层三合板凿了个鸡蛋大小的洞，将所需的线路穿柜而入，再将猫深藏在柜子中间，然后用满当当的书籍掩盖其中，用的时候只消将那本厚厚的《英汉大辞典》搬开，猫的开关便露了出来。那天，她在饭桌上正式通知儿子，说咱家的猫好像坏了，她已经送出去修了，估计得过些日子才能取回来。儿子不屑地擤擤鼻子，说费那工夫不如买台新的。赵婉说，你小孩子不当家不知柴米贵，将来等你上了大学，花钱的地方多着呢。儿子赌气说，上不了网，我宁愿不考大学。赵婉气得抬起胳膊，恨不得抽儿子一个耳光，幸好被奚鸣久挡住。即便是这样一个秘密机关，后来还是没能逃过儿子的眼睛，他觉得儿子将来也许是块干刑侦的料。可儿子却反讽赵婉说，我看老妈你干脆调去美国 FBI 工作吧，说不定你比汤姆·克鲁斯还牛。赵婉听了肺差点没气爆。

想起这些过往，奚鸣久不由得长叹了口气，可以想见今晚家里定有一场恶战，那母子俩必然舌剑唇枪斗来斗去，他只能三缄其口或装聋作哑，想想实在是划不着，他便扭头径直往楼下走去，眼不见心不烦，他实在没有那么多精力跟那娘俩干耗着。哪知他闷着头刚走出楼道几步，迎面正碰上那个斜挎旧皮包的中年男人，很明显对方也许正打算来家中造访。男人冲他龇了龇牙，那张青橘子皮脸上的笑很有些勉为其难，但还是尽可能让它努力绽放。真巧啊奚教授，我正发愁不知该去哪找您呢。奚鸣久听见对方这样的说话方式，心里顿时有种疙疙瘩瘩的感觉，显然下午在走廊里自己的答复他并不满意，于是又一路逶迤寻上门来继续纠缠。不好意思，我这阵临时有个急事，需要出去一趟，那件事回头再谈……这次不等他把话说尽，青橘子皮脸倒是手疾眼快，连忙拉开胸前那个皮挎包的拉链，然后把一摞子还没来得及装订好的打印稿取出来，感觉双手像捧着一卷神圣的经书，径直呈到他面前。奚专家，我知道您日理万机的，我刚才抽空跑到学校外面，又重新打印了一份，这样您可以拿回家抽空帮我看看了。奚鸣久的脸色多少有些不自然，因为从对方的眼神和举动中能看出来，这人大概已经明白他弄丢了上次的稿子，所以才赶着去打印了，这阵又急急忙忙送到家里来，一旦别人把你的内心看透了，那你的面子也就成问题了。

奚鸣久迟疑地盯着那摞雪白的稿纸，像盯着一件极不祥的物件，大概有几秒钟时间都无动于衷，更没有伸出手去接的意思。刚才，我不是跟你说得很清楚了吗？最近学院一直忙答辩的事，有太多学生的论文需要审读，即便我想给你看，那恐怕也得等到放暑假以后了，至少最近真的一点儿空也挤不出来，所以，还是请你先回去吧。他觉得自己必须快刀斩乱麻，否则，这个家伙一定不会轻易放过他的。青橘子皮脸依旧双手端着那摞稿子，像极了电视剧里捧着一摞子奏折，脸色阴晴不定的秉笔大太监，但他一点儿也没有退却的意思，反而是以守为攻步步紧逼。奚专家，反正东西已经打出来了，还是麻烦您给收下好不好，就算给我个面子吧。对方的语气既可怜巴巴又不依不饶。

奚鸣久突然恼了，他完全有理由断定，这种人又赖又难缠，他们根本不可能把精力都用在撰写论文这件事上，他们最擅长的就是托关系找门路像个社会活动家，他们笃信只要有熟人就能开后门，说到底这就是当前学术界的一种症结所在，什么板凳须坐十年冷，什么为天地立心、为生民立命、为往圣继绝学，在他们这里全都是瞎扯淡，只要有捷径可走，谁还愿意下苦功夫呢？就连眼前这个跟自己八竿子都打不着的人，仅仅因为半夜三更冒冒失失去宾馆送过一次什么土特产，就固执地认为，他奚鸣久必须马上帮他看文章，最好能第一时间在学刊上推荐发表出来，这简直是白日做梦，他绝对不能惯他们这种坏毛病，否则，那将是对自己人格的侮辱。脑筋转到这里，奚鸣久几乎毫不留情地转过身逃走了，把那个难缠的推销员独自丢在身后。那一刻，他忽然体会到几分悲哀，这可是在自己的家门口，他竟然有种落荒而逃的错觉。事实上，这一个下午他都在逃避类似的纠缠，先前在答辩会之前，他连续接过几个熟人或朋友的来电，包括魏雅丽的那个叔伯，无外乎需要他照顾某某学生，他尽量婉转措辞，说能帮上的话一定，其实他并不太想那样做，他脑海中不时会浮现出弯道超车的惊魂一刻。

黄昏时分，大学校园里算是最热闹的时候，林荫道上青年男女熙来攘往勾肩搭背，篮球场排球场人影攒动，不时会传来乒乒乓乓的击球声，更远处的绿茵场上，正在进行一场院系间的足球对抗赛，啦啦队扯着嗓子为某某学院摇旗呐喊，只要远离教室和那些难啃的书本，这些年轻人浑身都有使不完的力气。自打工作以后，奚鸣久一直没有离开过校园，最先住的是教工单身宿舍，就是那种呆头呆脑的简易筒子楼，后来结婚恰好赶上福利分房的末班车，加之岳父一家算是大学里的老人，私下里给总务处房管科头头送去两瓶好酒和一条云烟，将近八十平米的楼房就顺顺当当分给了他们小两口。这套三室一厅的房子，现在看起来格局小了些，赵婉总是嚷嚷着说要换房子，说她身边的谁谁又在哪个新楼盘买了一百好几十平米的大房子，说她都不好意思跟别人说，自己还蜷缩在学校的鸽子笼里。奚鸣久不以为然，他觉得学校的房子是小了点儿，可工作起来方便，再说在学校里还有很多福利可以享受，比如免费的图书馆，比如每天可以去开水房打开水，随时去职工澡堂洗澡，平时懒了累了不想做饭，也可以直接去吃食堂。想到食堂，他的肚子还真有点儿饿了，既然不愿意回家面对老婆孩子，干脆去混食堂吧，于是，他就近钻进运动场区对面的学生饭堂。前来吃饭的学生稀稀拉拉，现在的孩子有非常丰富的夜生活，大学周边的烧烤店量贩式 KTV 以及购物广场层出不穷，足够年轻人释放充裕过剩的荷尔蒙，所以但凡有些经济实力的，都不愿意一日三餐死守着学生饭堂。他的餐盘里点了两素一荤，外加一份米饭、一碗免费蛋花汤，找个安静些的角落坐下来吃，尽量避开学生的目光。说心里话，食堂的饭菜味同嚼蜡，西芹炒百合像是用开水煮的，所谓百合稀碎得难以寻觅；红烧茄子，几乎就是炸面块和番茄汁汇在一起，红兮兮的很像某种动物的血块；更可笑的是鱼香肉丝，尽是胡萝卜丝青椒丝和笋丝，鬼知道金贵的肉丝躲到哪里去了。

他正皱着眉头扒拉饭菜，有人径直朝这边走过来。奚老师，您怎么也吃食堂呀？魏雅丽放下不锈钢餐盘，款款在他对面坐了。不会是下基层调研，想体验一下我们学生的伙食吧？魏雅丽不无俏皮冲他笑着，随即习惯性地摆动了一下乌黑的长发，又从手腕上摘下黑橡皮圈，两只手很麻利地在脑后将长发束了起来。奚鸣久嗅到一股湿气尚重的洗发香波味，他忙放下筷子道，怎么没跟男朋友一起出去吃？魏雅丽的脸就浮出两团红霞，连带着耳垂也微微发红。瞧您说的，我哪有时间谈恋爱，您分给我的活儿那么多，还有论文都快把我的手敲残废了。说着，就低头专心吃饭，她的筷子动的幅度很小，几乎感觉不到有什么起落，她的咀嚼同样柔和无声，好像那些饭菜进嘴即化似的。奚鸣久扫了一眼几乎是一目了然的餐盘，问，怎么，才吃那么一点儿？魏雅丽马上抬起清秀的脸，看了一眼他的餐盘，以同样的口气道，那您也吃得不多呀，再说人家还要减肥的嘛，不然将来毕了业，准该没人要了。这回奚鸣久扑哧而笑，净胡说，你长得这么漂亮，除非那些男生眼都瞎了。魏雅丽的脸颊就红得更没了边际，她吃饭的动静简直像只小猫，越发悄无声息了。或许有了年轻女性的陪伴，奚鸣久的胃口不知不觉好了起来，谈笑风生间，再嚼那些饭菜，竟也觉得香甜。

奚鸣久又想到刚才那档子事，便问她还记不记得送土特产的那个人。魏雅丽停下筷子想想，说，不就是那个想让老师帮忙发表论文的人吗？不过他给人的印象，不大像是做学问的样子，倒更像一个十足的投机分子。奚鸣久点头称是，又问，那个什么土特产，我怎么一点印象也没有？魏雅丽撇了撇嘴，老师是不是忙糊涂了，那天咱们从叔伯那边赶回来，不是直接去了 4S 店吗？您当时整理汽车后备厢，好像顺手把那个袋子，就是人家给你的土特产，给了那个负责修车的师傅了，您还说请人家尽快把车弄好，我看那个小师傅拿了礼物，乐得屁颠颠的，当即承诺说，翻过天一准儿让您把车满意地开回家。奚鸣久不无恍然地张了张嘴，一时无语。难怪自己对那篇论文毫无印象，准是连带土特产一并给了 4S 店的师傅了。心里多少有些不自在了，毕竟算是接受了礼品，却没能帮人家什么忙，联想到下午自己的态度，似乎是有些过分了。但当着自己学生的面，他可没有说漏嘴，那样魏雅丽又会怎么想呢。

三

高考成绩发榜了，儿子居然过了二本线，居然，还富余了那么零点五分，简直可说是超常发挥，这是奚鸣久他们美梦里也梦不到的。可夫妻两个的好心情并没能维持多久，随着填报志愿的事情，家里很快就出现了新的危机，勉强上线并不等于进了二本的保险箱，恰恰相反，零点五分的微弱优势几乎等于零，换句话说，要想上一所稍微像样点儿的本科学校，简直难比登天。眼下最好的办法是退而求其次，尽量去选报专科学校，可是那些专科学校基本上没有什么好专业可选的，动不动冠以某某学院名称，几乎听都没听过，让做家长的觉得那么陌生和不靠谱，就像是一堆野鸡大学，夫妻两个闷着头选来挑去，几乎找不出一所称心如意的，他们又开始唉声叹气，又开始怨天尤人，甚至开始相互指责。儿子倒像个置身事外的旁观者，往往在父母闹嚷得不可开交时，猛不丁塞进一句：我说你俩烦不烦，上什么大学还不都一样，不就是个过程吗？随便选一所就行了，又不指望在那里待上一辈子。奚鸣久觉得，儿子说的也不是全无道理，便很耐心地问他倾向于哪所学校。儿子胸有成竹，马上爽快地回答道，要是真的让我选，就报杭州的那家动漫学院吧！未等奚鸣久表态，赵婉早已杏眼圆翻道，放屁！你小子胡扯啥呢，去学什么小孩子家家的动画？上那样不靠谱的学校，将来找工作的时候，人家怎么看你？你自己丢得起那个人，我和你爸可丢不起！奚鸣久生怕娘俩戗起来没完，忙从裤兜掏出一百元，觉得少了点，便又加了一张赶紧塞给儿子，花钱买个消停吧，他实在是要被这娘俩吵晕了。儿子当即穿戴停当，欢天喜地吹着口哨出门。

哪知儿子前脚下楼，赵婉又神经质地猛拍一把自己的窄脑门，说都怪那个坏蛋，把大人给气糊涂了，差点忘了一件大事。说着，她眼珠瞪得溜圆，整个人跟打了鸡血似的质问奚鸣久，喂，你难道一点都不知情吗？咱们学校不是跟南都科大联合搞了个委培项目吗？就是把过了分数线的子弟先招进咱们自己的学校，然后可以直接去南都科大念书，将来的毕业文凭上，同时加盖两所大学的公章。奚鸣久当然清楚这个所谓的委培战略项目，说白了，人家那就是教育对口帮扶这个西北小地方的。可那也不是谁想去就能去的，首先高考分数得相对过得去，其次是名额非常有限，要知道学校很多老师，都拿一双黑眼珠子死死盯着呢，就拿奚鸣久他们学院来说，一把手的千金，还有两名副教授的孩子，可谓狼多肉少。之前，他之所以对此事一直持淡漠的态度，因为他一直觉得，以儿子的现状大抵是没什么戏的，他实在犯不着跟别人争抢什么。此刻，赵婉的提醒倒也让他眼前多少亮了一下，但也就是一下，很快那希望之光就变得异常暗淡，几近于黑暗了。所以，他不无泄气地说，这件事人家八辈子前就下手了，咱们临时才想着去抱这只佛脚，恐怕黄花菜都凉了。赵婉却不以为然，试都不试，你怎么知道呢？反正，咱儿子既然过了分数线，你又是正教授和副院长，学校领导总得考虑一下吧？奚鸣久思忖了一会儿，说，据我所知，仅就我们院来讲，今年好几个子女都参加了高考，而且人家的分数都比咱们儿子高出一些，这第一关怕都过不了，又何必多费口舌呢？赵婉听了顿时火气就蹿到了眉毛梢上，你怎么那么窝囊？这可是咱儿子一辈子的大事，绝对不能随随便便说放弃，难道你真的由着儿子的性子，去念什么狗屁动漫？他一时被怼得无语了，这种时候，他知道即便自己浑身是嘴，也辩不过老婆的，在她的一厢情愿和蛮不讲理的强弓硬弩之下，他只能甘拜下风。赵婉早已急匆匆跑进卧室，窸窸窣窣更换出门的衣服了，他听见女人在隔壁冲他发出最后一道指令，喂，我的大院长同志，别光在书房傻坐着了，赶紧打两个电话吧，先找人咨询一下，看看那个项目具体进展到什么程度了。最后一语倒是提醒了他，问一问当然还是可以的。

然而，不问还好，几个电话打下来，奚鸣久真就一点脾气也没有了，其实这也是他预料中的局面。今年南都科大只给学校调剂了三个名额，严重的僧多粥少，简直可以说不够塞牙缝的。关键是，学校负责此事的那个处长反复强调说，一个名额基本已经内定，只余留两个公开选拔，而现在候选的应届子弟考生竟然多达二十五个，这还不包括奚鸣久的儿子。赵婉听了他的转述，气不打一处来，她翻动白眼球愤愤地说，还有没有王法了，既然是三个名额，就应该按照规定公平选拔，凭什么让那些不要脸的先私下里占去一个？奚鸣久摇头苦笑道，世上哪有那么多公平的事，这不是明摆着的嘛，领导也是人，是人就有子女亲友需要照顾，再说这个扶持项目，本来就是校方的头头们出面谈下来的，人家关键时候分一杯羹，应该没什么大错吧，所以我说咱们还是抱平常心，看开些吧，当务之急，还是给儿子把志愿填好为妥。赵婉一面狠狠咬了咬下嘴唇，一面使劲发狠说，不行，咱们不能便宜了那帮家伙，我现在就找我爸去，再让老爷子那边也使使劲，他毕竟是学校的老人，他们不看鱼情，总得看看水情吧。奚鸣久很不以为然，说老爷子都退下来这么多年了，何苦又去麻烦他呢？再说人去茶凉，现今谁还能把他老人家放在眼里呢，没的自取其辱。赵婉双手卡着腰继续坚持己见，你懂什么，瘦死的骆驼比马大，咱们总不能坐在这里干等吧？就在出门前一秒，她又强扭过脸来嘱咐他，要好好动动脑子，别只会坐在家里袖手旁观。奚鸣久很腻味地点了一下头。

　　书房里一旦安静下来，奚鸣久的思绪便又漫漶起来。他不禁又记起去年的暑期，儿子待在家里无所事事，又死活不肯去老婆安排的那些乱七八糟的辅导班，正好他们院里有一个出差的机会，他临时决定带着儿子去趟北京。那次爷俩乘兴游览了一番北京的名胜古迹之后，他就把儿子带到了自己曾经读书的那所大学。正值假期，校园里空空荡荡的，看到最多的就是一群群鸟雀，在操场和绿地上饶有兴趣地跳来跳去，活像一个个小丑在随性表演。学校规模变大了，当年上课的那幢教学楼也做了很大的改进和装修，外表贴上了深咖色的墙面砖，显示出一种既庄重又浓郁的学院气。后来的参观多少有些浮皮潦草，不过儿子始终陪伴着他，从一楼走到了五楼，甚至走到了他当初待过几年的那间教室门口，隔着玻璃窗，朝里面观望了一阵，他记得很清楚，过去墙上贴着许多名人警句，比如就有周总理的"为中华之崛起而读书"，还有什么"书籍是人类进步的阶梯"啦、"时间就是金钱"、"知识就是力量"啦，诸如此类。现在这些东西统统不见影了，他想，或许时代真的变了，这些思想也跟着一块儿过时了。后来，爷俩坐上了回家的飞机，用餐的时候，儿子像是很不经意地，咕哝着腮帮子道，其实老爸你们学校挺酷的，我将来要是能上这样一所大学，就好了。那一刻，他竟忽然有几分感动，就为儿子这句话。他和赵婉结婚，并且把这个鲜活的生命带到这个世界上来，现在儿子终于长大了，完全不像老婆常说的那样，儿子不知道饭香屁臭，恰恰相反，这个少年分明已经有了自己的判断和选择。儿女自有儿女的福，做家长的可不能包办一切，他总是这样告诫自己，关键时候父母只要对孩子稍加引导便足矣。

魏雅丽的电话突如其来，奚鸣久一接听便感觉到哪里不对劲，电话那头的女学生竟带着很重的哭腔，鼻子也湿漉漉的：奚老师……这阵方便吗……您最好能过来一趟……电话就此唐突地挂断了，女学生不安焦灼甚至是痛苦的话音，分明还在耳边久久回旋。他从来没听到魏雅丽这样跟自己讲话，这个姑娘给他的印象总是淡定和优雅的，正如她自己的名字那样。估计是遇到了什么麻烦了，电话里又不便好讲，或者，她遭到某个男生的骚扰，这样的事情如今见怪不怪，到了她们这种年纪，交朋友搞对象再正常不过，同居一室的也不在少数，偶尔出现一些偏激的情况也在所难免。就说上个学期吧，他们院里便有一女生想不开，硬是爬到十层高的教学主楼的顶上寻死觅活，后来经多方劝阻营救总算没出大事。据说，跟该女生谈了近三年的男朋友，一朝有了新欢，便一去不回头了，问题是那新欢的颜值并不高，可重要的是，人家的父母都很有背景，将来他们可以让那个男生留在省城，并且有份体面的工作……奚鸣久这样胡乱想着，早已经快速下楼，大步流星地穿过家属区，然后径直朝着魏雅丽所住的那栋研究生公寓走去。

周六下午的学生公寓门口，显得冷冷清清，除了几排摆放歪斜的破旧自行车，很少有什么学生来回走动，连传达室也锁门闭窗，估计那个守门人兼搞卫生的妇女，又去澡堂开心地洗浴了。奚鸣久一口气爬上楼去，五楼走廊尽头最后一间寝室，之前他来过两次，一次是院里有急事电话联系不到魏雅丽，还有一回是魏雅丽请了病假，作为导师他特意拎了一袋水果前来探望。此刻刚一敲门，里面马上传来一个尖细而紧张的怯音：谁呀？奚鸣久应声说是他，房门才被谨小慎微地从里面拉开一道缝隙，女学生的脸上挂满了惊惶和无助，更让他感到吃惊的是，寝室的地板上白花花一片，给人一种触目惊心的印象。这到底是怎么了？奚鸣久诧异地发问时，脑子里忽然滑过一片阴影，潜意识里似乎已经猜出了八九分。他盯着那片撒了遍地的打印文稿，又抬眼瞧瞧那张受到惊吓，显得十分苍白的女生脸。那个人疯了！他……他……话刚出口，魏雅丽的脸颊莫名地红了一下，竟欲言又止。他是谁？他到底对你干了什么？你快说呀！奚鸣久嘴里这样急切地发问，心里已愈发地分明了，不用问一定是关于那篇狗屁论文的事，也许他最清楚不过，那件事并没有完结。

魏雅丽没有立刻回答，而是转过身幽幽地走到靠窗边，然后在自己的床铺沿默默坐下，她顺手从枕畔抓过一包纸巾，抽出几张很用力地擤鼻子，女生发出那种呜噜呜噜极不和谐的响音，让人心里很不舒服。……我不知道，他是怎么找到这里的，他进门就质问我，到底有没有把那个袋子交给奚老师，他还说他……他……知道我和你的事……我刚才确实很生气，我说请你不要血口喷人，奚教授可不是那样的人，哪知他突然像个神经病狂笑起来，那笑声真够邪恶的，他说你们不要以为谁是傻瓜，你们俩要是没那种事，你一个大姑娘家深更半夜怎么会赖在你老师的房间里……还有，你们学校有几个男老师会陪着女学生一起在食堂里吃饭的。这个家伙一定是疯了，他简直是无理取闹，我真的给气急了，我说你要是再不走，我可要打电话报警了……后来临走前，他居然还厚颜无耻地说，让我务必把这些稿子亲手交给你，他说，请转告你的导师，他必须看我的论文，他答应了别人，不能出尔反尔……我当时根本不想去接他的东西，他一定是恼羞成怒了，猛地一扬手，把这些东西撒了一地……呜呜。

面对女学生稀里哗啦的眼泪，奚鸣久一时间感到束手无策。这个女研究生跟了自己三年时间，她的心性和品行，他基本上还是了解的，她做事一丝不苟，对导师的话可谓是言听计从，更重要的是，她确实是一个品学兼优的好学生，她能考取他的研究生就是最好的证明。过去三年来，她至少帮着导师完成了两个重点课题，这里面甚至包括部分论文的起草和校对工作。令他没想到的是，因为自己一时不慎，竟让女学生背了这么大一口黑锅，这实在是让人感到尴尬和懊恼。联想到数日前，他和老婆正忙着陪孩子参加高考，可谓一人冲锋，全家上阵掩护，一刻也不敢懈怠。他在象牙塔待久了，乍一看到成百上千的家长，拥堵在考点外的那个场面，他不由得吃了一惊，高考在那一刻变成了迷阵，变成了黑洞，变成了洪水猛兽，儿子正被一股巨大的蛮力无情吞没。那个橘子皮脸男人忽然给他发了一条短信，询问他的论文有没有下文，他当时焦头烂额，实在没心情搭理这事，后来对方等不及了，干脆又直接打来电话，也被他断然拒绝接听了。冥冥中，他觉得这个男人太难缠，最好的方法还是避而远之为妙。

但是，就在儿子高考的最后一天，那男人的电话又一次次纠缠过来。当时正好在饭桌上，大概是出于女性的直觉，赵婉似乎看出了什么端倪。于是，她很奇怪地瞥了他一眼，你不会是有什么猫腻吧？最近怎么老有电话打来，可你为啥老不接，怕被别人听见，还是你心里有鬼？再不就是你在外面有人了？他觉得老婆又好气又好笑。对，就是的，我在外面有人了。他半开玩笑半赌气地怼了一句。老婆顿时杏眼怒睁像要吃人，竟猛地一下，把手里油腻腻的筷子直戳戳向他的喉咙顶来。你敢？信不信我戳死你？仿佛鬼使神差，这时，那个讨厌的电话又卷土重来。当时，正在气头上的他，也是想作势给这个愚蠢的女人看看，于是他把手机置了免提。他倒要让赵婉听听，究竟是不是他在外面有猫腻了，这个女人有时候真是不可理喻，她似乎不用大脑来思考问题，而仅仅是依靠什么狗屁直觉。喂，你到底找谁，有话快说！！他几乎恶狠狠地对着自己的手机屏大吼道。显然，电话那头的人愣了几秒，但很快就恢复了造访者的镇定。是我是我，奚教授您可真是贵人多忘事，没别的意思，我就是想问问，那个论文不知您最近看了没？有没有发表的可能？还请您这个大专家多多关照关照。对方的口气始终极尽讨好意味，然而，奚鸣久胸口憋着的怒火再也按捺不住了。关照什么？我已经跟你说过八百遍了，最近我真的很忙很忙，学校的事，学生的事，孩子的事，我哪有片刻闲工夫看你的论文？请你理解一下，好不好？！说完，他毅然决然地把那该死的电话摁掉了。一旁的赵婉大张着嘴，很吃惊地望着他，好像突然间，不认识一向斯文惯了的丈夫。

真是万万想不到，现在这个厚颜无耻的男人，居然会毫无原则冒冒失失地闯入女学生宿舍里来。更让他没有料到的是，这个卑鄙的家伙居然想要挟一个无辜的女大学生来逼他就范，这是怎样的一个世界，他简直不能理解也无法想象。一个知识分子，既可以埋下头去专心致志撰写学术论文，同时，又可以挖空心思不惜使用任何一种卑劣的手段，试图寻找一条所谓的捷径，只为让自己的论文得以快速发表，为此便可以罔顾知识分子的品行和操守。这应该是他执教近二十年来，头一次遇到这么龌龊透顶的事情。恶心而又无耻！这件事表面上看是针对魏雅丽的，而更大程度上是在质疑他这个导师，是对自己师德的践踏。那混蛋简直是一个人渣！不，也许他连人渣都不是，他只是学术领域的一个顽疾和毒瘤，是发展到晚期的癌细胞已无药可救。无耻而又恶心！这种人的存在，只是更清醒地告诉人们，学术领域遭受到了多么可怕的破坏和玷污。对方一定是有备而来的，橘子皮脸男人非常清楚地掌握了他和他的学生的行动轨迹，当初在酒店里，他也许就早有预谋，为什么非得选在深更半夜，鬼鬼祟祟拎着一个装了土特产的袋子跑来敲门，而后又三番五次闯进校园来骚扰和纠缠。可见这个人的内心多么阴暗并且心思缜密。这可以说是一种赤裸裸的野蛮入侵，是可忍孰不可忍，奚鸣久再次严重告诫自己，这件事也许没有那么简单，他可不想束手就擒，自己必须得采取一些必要的措施了。

好半晌，魏雅丽还坐在床沿边默默地抹眼泪，地板上鼻涕纸团扔了好大一摊，他觉得女人总是善于用眼泪来对付这个世界。可这个世界是残酷的，就像有句歌唱的，莫斯科不相信眼泪。没错！生活从来就不相信什么狗屁眼泪。他一边理智地思忖，一边默默蹲下身去，一片一片把那些打印稿捡拾起来。终于，他在那厚厚的一摞乱七八糟的稿纸中，找到了最后一页，即印有作者简介和电话号码的一页。眼下，他只需拿走这一页就够了，其余的被他胡乱丢在魏雅丽的书桌上。你放心吧，我会尽快处理好这件事的。他尽量让自己冷静地说出这句话。一离开女学生的宿舍，奚鸣久便迫不及待地给橘子皮脸男人拨电话。可恶的是，那个电话号码总是石沉大海一般没有应答。后来千呼万唤总算是接通了，他几乎全身发力劈头盖脸地骂将过去。他深知，对付这样一个无赖，就得使用非常手段，卑鄙是卑鄙者的通行证，跟这种人没有什么话好讲的，就该真刀真枪针针见血，直到把他彻底击溃为止。可是，等他一通怒火发泄得差不多的时候，才从电话那端异常尖锐地传来一个陌生女人的声音。对方已然怒不可遏大嚷大叫起来，喂，你到底找谁？狗东西你打错了吧……蠢货！他唯一能想象的是，电话那头的人在莫名其妙挨了他一通臭骂之后怒火中烧的样子。假如电话线足够爬过来一个人的话，相信对方一定会不顾一切，即便千里万里也要立刻爬过来，然后左右开弓扇他一顿大耳刮子，吐他满身口水，直到他哭爹叫娘跪地苦苦求饶为止。他一时泄了气，泄气的原因非常简单，因为当你终于找到了发泄的对象，然后不顾一切地把自己心中的愤懑一股脑地吐出来，老半天，你却发现，你根本找错了对象，甚至连男女都没有分清，你就把你的火焰燃烧到了一个无辜者的身上，并由此招来了无辜者更加有力的火力反扑。

某个瞬间，奚鸣久不禁觉得自己滑稽得有些可笑，就是那种一门心思想要找什么人玩命决斗，而最终只是跟空气进行了一番毫无意义的较量，他根本不及大战风车的堂吉诃德，因为人们总能在对方的身上，看到古代游侠执着而又无畏的精神，而他自己实在是乏善可陈。现在，他终于意识到作为一个知识分子，或者说作为一名大学教授，其实他自己有时候真的是非常无能，也非常虚弱的。换句话说，在课堂上，他奚鸣久天南地北海阔天空无所不知侃侃而谈游刃有余，经常引得满堂彩，他的学生简直要把他当偶像来崇拜了；可是，只要回到家，面对老婆，面对儿子，面对凌乱的一地鸡毛，他总是感到无能为力，感到无比渺小。这种深深的无力感如影随形，让人耿耿于怀，此时此刻，这种糟糕透顶的感觉又油然而生，他仿佛一下子跌入了黑漆漆的万丈深渊，永生永世也爬不上来了。

去他的论文吧，去他的橘子皮脸男人！奚鸣久觉得自己多么像一个无能而又歇斯底里的妇人，突然将那张印了错误电话号码的纸片撕得粉碎，然后奋力抛向了路边的杂草丛中。这一刻，一个知识分子的理智，在雪片一样的纸屑中丧失殆尽。

如同一只困兽，奚鸣久在周末静寂的校园里蒙头蒙脑转来转去，此刻那个混蛋若是正好让他撞个正着，他一定会毫不犹豫地冲上去，就跟刚才撕碎纸片一样把对方撕得粉碎，可现在满目所见皆是灰头土脸的楼宇和没心没肺的草木，这是他执教了多年的大学校园，他一度热爱这份工作和这所校园，他觉得做一名大学教师是他今生最正确的选择，然而此时此刻他不但讨厌眼中的所有景象，他甚至开始讨厌自己的教师职业，因为教育也许并不能改良人性。启蒙时代的哲学家们曾以为，随着教育的普及和科学技术的不断进步，在未来人性一定会得到极大的改善和提高，显然这样的论断太过于乐观了，根本经不起时间的检验，现实中人性黑洞依旧深不见底令人齿寒。这样漫无目的地瞎转悠了一圈，最终他的心又像一面湖水逐渐平复下来。某一瞬间，他甚至又记起胡适先生在文章里说过"年纪越大就越觉得容忍比自由更重要"的话来，当然他无意于同大先生比较，但好歹自己也是个大学教授，不能让一个不相干的混蛋随随便便把自己打败，思之再三他不得不去麻烦另一个人。

可以说，整个事件都是从春天里的那次邀请开始发酵的，真是烧香惹出鬼来，倘若没有那次剪彩和讲座，一切根本不会发生。奚鸣久强压住内心的火气，也仅在电话里简单形容了一下橘子皮男人的相貌，及其纠缠不清的行事风格，当然他压根没好意思提及魏雅丽的事。电话那头，精于世故的魏叔伯迟疑了一会儿，说原来是那个二百五呀，好几年前因为副高职称没给评上，他跟院里领导和系里同事关系闹得很僵，整天不安心工作，就琢磨着四处找人告状，惹得一些主管部门很是头疼，上面责令学校务必把这个人盯紧些，别让他到处乱跑，后来学校经过研究，给了他一个警告处分，还扣了半年的绩效工资，没想到这人脑子好像受到点儿刺激，成天神神道道不务正业，也可能他只是假装成那个样子唬人的，一个眼看奔五的人了，就那么吊儿郎当混日子，学校安排的工作他是腰来腿不来的，反正只要他不再出去瞎折腾，大伙也就睁一眼闭一眼了。话虽不多，可奚鸣久已然从魏叔伯的口气中，听出了那种鄙夷不屑和无可奈何，一时反倒让他没了脾气，想想看，你跟一个神经病又有什么好计较的呢？所谓好鞋不踩臭狗屎，况且，他实在是不好意思再跟魏叔伯诉说自己快被折磨疯了，那样一来，人家该怎么看他？你的抗打击能力也太低了点吧，充其量一个不着调的落寞秀才，就让你束手无策几乎发疯？收起电话，奚鸣久心里已经想好了方案，索性买些当地的土特产，再通过邮局寄还给那个橘子皮脸男人也就是了，这叫礼尚往来互不相欠，必要的话，可以留下只字片语，一则对他的信任表示感谢，二则可以委婉地告知，那个论文已经拜读了，限于学刊版面太紧，还请另投他处为妥。事不宜迟，奚鸣久决定马上出门去办。

这天晚上，赵婉一回到家里便以功臣自居，她说办法都是靠人琢磨出来的，活人不该让尿憋死！老婆果然是雷厉风行，儿子的事似乎有了点儿眉目。不用猜，她肯定又软硬兼施鼓动着老爷子，给学校主管那个南都科大对口项目的副校长打了电话，对方曾是老爷子当年一手带出来的本科弟子，在学校师承关系大于天，自己的学生一朝发迹了，做老师的自然也有些体面，对方已口头答应会认真考虑的。赵婉一面高声亮嗓侃侃而谈，一面开始猴高蹦低倒柜翻箱，一时间弄得房间里的那些老灰尘不得安宁，后来她总算捂着口鼻干咳着，从吊柜里搜腾出来一个礼品盒来，她又拿抹布将盒子外表仔细擦拭一新，才拿一根手指指着红得耀眼的礼品盒对奚鸣久说，接下来，你这个院长该出马了。

奚鸣久不解地瞥了她一眼，又瞧瞧放在客厅中央的东西，他隐隐记起，这玩意好像是上学期某个学生家长，在教师节那天特意跑来送给他的。今晚就劳驾你拎上它，去那个副校长家走一趟，求人办事嘛，咱们总得先有个姿态吧。奚鸣久腻味地摇头道，这又是干吗？不年不节的，再说，我跟人家素无深交，我可不能……未等言毕，赵婉的一双杏目早已怒视成牛眼，喂，你到底还算不算是个做父亲的？眼看儿子人生走到了最关键的一步，你好意思说自己不去？！奚鸣久沉默了片刻，继续字斟句酌地分辩道，既然人家答应会考虑的，那也得给人家点儿时间不是？我们这样兴师动众连夜造访，恐怕会适得其反。狗屁！你没听过礼多人不怪吗？人家是副校长，又是你的顶头上司，你去送礼一举两得，说不定往后还能关照你升迁呢。升迁？简直是异想天开，就凭这么一个过了期的二手礼品盒？他嘴里有些不依不饶。奚鸣久，老娘为了儿子的事腿都跑细了，这阵子可没力气跟你浪费唾沫，反正今晚去也得去，不去也得去，你自己掂量着办吧！老婆已气急败坏，忽然将手中湿乎乎的抹布团重重地掷在地上，然后扭头气哼哼跑进了卧室，并反手摔合上房门。

四

奚鸣久虽是主管教学的副院长，但事务性的工作一件也不会少，高校就是这么一种神奇的所在，这里学者不像学者，官员又不像官员，即便是过去苦心孤诣做学问的老师，其最终的追求往往还是落实到一官半职，似乎教授的名衔听起来总是没有院长那么气派。学校接下来是一个相对漫长的暑假，院里跟赶集似的大大小小开了一堆会，研究本学期遗留下的若干问题，有教学方面的，有人事变动的，有下学期新生入学报到和接待问题及具体的人员安排，甚至还有利用暑假对旧阶梯教室进行一次大规模改造和装修的事宜。好在经过一番鏖战，那个倒霉蛋学生的本科论文总算勉强通关，关键时刻奚鸣久甚至亲自上阵捉刀，这种违背原则的事，他一再告诫自己下不为例，但这次之所以违规操作原因有三：一来是不想自己打自己的脸，毕竟那篇论文起初他还是看好的。二来，院里的实际情况是，教授们铆足了劲争着抢着去当导师，或顶破脑袋去抢重点课题，这些项目的确能带来更多的实惠，所谓名利双收，多数老师是很不情愿去带本科学生的，费心出力还不讨好。奚鸣久作为主抓教学的院领导，不能只是在会上唱高调号召大家，他自己这两年也主动带头，至少坚持给一个班的本科生上课，当然他也希望由自己开始，能逐步扭转学校这种不良局面。三来，儿子上大学的事已让人不胜其烦，而赵婉对他的不满情绪更是与日俱增，他必须尽快腾出手来配合家里的琐事。今天的会议才刚开了个头，奚鸣久就让工作人员唤出来，说会客室里有人正在等他，看样子很着急。随后，他就看见那张令人生厌的青橘子皮脸了。

奇怪的是，这个男人的规模近乎病态地缩小了一圈，整个人呆头呆脑蜷在会客室的灰色沙发上，双手煞有介事地搂抱着胸前那个同样猥猥琐琐的旧皮包，好像那是一个非常重要的道具，没有导演的指令，他是绝对不会轻易撒手的，一双孤注一掷的眼睛，死鱼样盯着自己的指甲盖，就那么眼观鼻鼻观心，呆坐不动，或胸有成竹地摆出一副可怜相。奚鸣久马上警惕起来，跟遭遇过猎人穷追不舍的兔子般畏手畏脚，又如同碰见骇人的瘟神避之唯恐不及，鲁迅先生杂文里写的"像怨鬼一样追赶、像毒蛇一样纠缠"的句子瞬间映入脑海，迫使他不得不快速搜索着应对接下来可能出现的尴尬局面。可是，对方却不像头两回见面那样，迫不及待迎上前来握手弯腰寒暄，只是委委顿顿站起来，可腿脚却像是被神奇的黏液吸附住了，半天也没有过来跟奚鸣久握一下手，相反，他一味地那么扭捏局促，以至于竟有些站立不稳，脸上亦不再如先前那样堆出浮夸的谄笑，而是有些阴晴不定，叫人难以捉摸，又或者只是刚被这里的工作人员劈头盖脸怼过，一时半会儿还没有缓过神来，只是暗自委顿和恓惶着。奚鸣久不由得暗自忖度，八成是自己寄去的邮件以及那张简短的字条起了作用，可以说论文让他理由充分地否了，又实属有理有据无懈可击，看来这回这家伙该闭嘴了，他此行的目的，也许仅仅是为了表达最起码的内疚和感激之情。会客室雪白的墙壁上有一大块日光的金色投影，宽大的玻璃幕墙挡不住外面的灼热暑气，让人气喘吁吁又无精打采。奚鸣久指了指沙发，示意对方还是坐下来说话，他自己也就近在一只单人沙发上跷起了二郎腿。对方始终眼神低垂心事重重，半天，好不容易才在原来的位置落座了，可双手依旧牢牢抱住那只陈旧不堪的黑皮包，仿佛那里装有一笔数目惊人的巨款，这印象反倒让人有些好笑。

　　奚鸣久刚想单刀直入，若又是为了稿子的事最好免谈，哪知手机却不合时宜地在裤兜里强震起来，掏出来看时，竟是副校长的，最近为给儿子争取上南都科大的名额，包括老岳父在内，他们一家可没少叨扰人家。副校长快人快语开门见山，说贵公子的高考成绩等资料，都已经传到南都科大了，专等人家那边做最终审定了。奚鸣久实在不想当着青橘子皮脸谈论这些，那样的话自己的软肋无疑会被对方洞察，所以他急忙退身来到走廊里听电话，尽可能压低嗓音，感激不尽的话自然说了一箩筐。副校长说先别忙着谢他，眼下还有件事要麻烦奚大教授呢。奚鸣久便有些诚惶诚恐，忙回答说谈不上什么麻烦，校长有事尽管吩咐就是。对方这才言归正传，他老家有个曲里拐弯的亲戚托他，说是二级学会那边的一个老师写了篇文章，听说此人很不容易，想请奚教授好好把把关，可能的话提携一下。副校长言简意赅，没一句废话，末了，又道，我让那个老师直接去找你，估计这阵快到你们学院了，那就有劳奚院长了。

　　简直像挨了当头一棍，奚鸣久一时蒙圈了，整个人傻怔在走廊里，时间停滞，不知何去何从，陆续有过往的师生跟他频频微笑打招呼，他却表情僵硬几乎毫无反应。他原以为这件事早该画上句号了，哪知折腾了一大圈，不但没有结束的意思，到头来反而性质升级变本加厉，竟然隆重到连这所大学的副校长也要亲自出面干预了，这着实令他始料未及。至此他方才明了，刚才那个家伙为什么表现得那么沉稳不躁一语不发，原来是搬出强大后台来了，人家无须发言，只要坐在这里一切将顺理成章。这可真叫牵着不走打着倒退，现在奚鸣久自己完全处于一种很糟糕的被动局面，眼前这张他早就不想再看哪怕一眼的疙里疙瘩的老脸，简直成了他最难以摆脱的梦魇，于是他少不得又搜刮枯肠绞尽脑汁寻找对策，可他忽然发觉，自己的智商和情商似乎都不足以对付此人此事了。

也就在头一天下午，奚鸣久去给研究生上本学期最后一堂课，并给学生布置了下学期的学习任务，他苦口婆心叮嘱大家要充分利用假期，将他开具的书单和资料一网打尽，他再三强调说毕业在即青春苦短，同学们务必要珍惜这最后的一段学习时光，争取能够顺利完成论文和答辩，他甚至还举了那个倒霉蛋本科论文的例子，希望大家能引以为戒。魏雅丽是在课后悄无声息走进他办公室的，她竟然毫不避讳开口就问，奚老师您到底看没看过那篇论文？他当时的表情带有一丝惊讶和愠怒，仿佛在说，我疯了，为什么要看？但嘴里还是轻描淡写地支吾着，这事已经过去了，不用她再操心，让她还是安心搞好自己的学业。魏雅丽的脸上始终挂着一层倔强而执拗的神情，她犹豫了一会儿，终究还是鼓足勇气对他说，奚老师，也许我们不该对人家抱有成见，一码归一码，至少应该先看看他写的东西。奚鸣久拧了拧眉头，不由得上下打量自己的得意门生，要知道过去几年，她可从来没有用这种口气跟自己讲话，他料定她肯定是迫于某种人为的压力，才违心地看了那个家伙的论文。令他感到不解的是，这姑娘缘何给他来了个 180 度大转弯，几天前她还被那个坏人伤害得鼻涕一把眼泪一把，痛不欲生，可短短不足一周时间，她却主动跑来劝他该既往不咎以文取人。

是不是他又来学校骚扰你了？一定是，对不对？我就知道那混蛋不会善罢甘休！怒火一下子又在他的胸腔中升腾起来，他甚至开始后悔，自己压根儿不该给对方寄去什么土特产，这样的举动无异于助纣为虐。

不……他没有。女学生的声音压得很低很稳，但那带有质疑性质的目光更加明亮有力，像是要竭力照亮什么，自始至终盯着奚鸣久那张阴沉似水的脸。我只是觉得，那篇论文完全达到了发表的水平……不等她把话说完，他忽地用力一挥手，就此打住了她的话头。得了吧，就凭他？妈的，这种人要能写出好东西，恐怕狗都不要吃屎了！他头一回在女弟子跟前大声地说了粗话，然而，女学生的态度依旧坚定而执着，颇有青年学子为谁振臂请愿的架势。奚老师，反正我觉得吧，您最好还是能抽空看一看……奚鸣久几乎非常严厉地瞪了女学生两秒钟。让他生气的倒不是魏雅丽跑来一个劲劝他该怎么做，而是她那种开始质询一切的独特眼神，以及想要捍卫什么的决心。一个在读研究生又懂得些什么，不过是纸上谈兵罢了，他不需要一个指手画脚的学生，更不需要她跑来告诉自己到底什么才是好文章，对于那个可恶的家伙，只需听其言观其行就足矣，反正他奚鸣久绝不会浪费哪怕一秒钟的时间，去看这种人的只言片语。

师生俩至此不欢而散。

这一整天，奚鸣久始终处在两种强大势力的博弈之间，如果心平气和地接受现实，那将意味着对野蛮入侵者的极大宽容和放纵，换句话说，也就是对自我尊严的极度漠视，对学术净土的肆意践踏；如果断然拒绝了副校长的电话嘱托，得罪领导肯定在所难免，关键是儿子上学的事会不会因此泡汤？他也深知自己绝非铁板一块刀枪不入，只要想到儿子，想到老婆那张唠唠叨叨令人厌烦的嘴，想到家和才能万事兴的古训，一切似乎都可以忍受，当年韩信可以受胯下之辱，自己怎么就不能磨下面子睁一眼闭一眼？可是，一旦想起魏雅丽那日涕泪横流饱受屈辱的样子，他的腹内就开始翻江倒海，这狗东西竟然质疑他们纯洁的师生情谊，如此鸡鸣狗盗，如此不堪入耳，他奚鸣久还要尽释前嫌，装作什么也没有发生过，然后微笑着接过人家的文章，按照领导的指示点灯熬油连夜审读，那他这辈子真是愧为人师了！当然，最令他无法容忍的还有，那家伙不知动用了何种手段（现在他完全有理由相信，对方确实具备这样的黑暗能量，在他看来，这种人普遍有个通病，那就是不择手段长于钻营，只要有利可图便无孔不入—如蚊蝇吸血），居然鬼使神差地让他的女弟子看完了那篇狗屁文章，并且还试图说服导师就范……这样的来回撕扯注定会叫人发疯。

下班后奚鸣久没有立刻回家。他把自己一个人锁在副院长室，抽屉里有一盒早就拆包的烟，也不知存放了多长时间，他拿出来寡淡无聊地抽了一根又一根，烟这玩意放久了再抽，总有种在烧干树棍的感觉，房间里充斥着呛人的木屑味。烟雾毫无章法地在眼前弥漫开，思路似乎逐渐清晰些了，奚鸣久瞥了一眼桌上那只鼓鼓囊囊的透明文稿袋，他的目光立刻又跳闪到别处，仿佛那是一只潘多拉盒子，一旦打开就再也合不上了。但问题是他愈是不想看，目光愈是被它所牵引，那玩意就四平八稳煞有介事地摆在眼前，既有点要抗议什么的架势，又像在冲他窃喜和坏笑，或者随时提醒他，在这社会的暗角落里，藏着怎样灰色的人群。这样困顿地不知待了多久，奚鸣久最后终于抓起桌上的手机，很冷静地给魏雅丽去了条短信，让她就那篇论文的读后感编条信息发过来。

也就一根烟的工夫，便收到了女学生的一条很长的手机信息，可以说条分缕析头头是道，在充分肯定了文章的优长之后，魏雅丽同时也指出语言文字略显滞涩，前后论据似有相互重复的地方，另外观点新则新矣，但未免失之偏颇之嫌，如能进一步修改完善，定是篇好文章。奚鸣久看罢，只给女学生回复了一个"知"字，才起身推开身后的那扇大窗户，看不见的晚风挟来白昼的黏稠余热，叫人浑身有种发蒙发沉的不清爽感。从他这个角度，正好可以清楚地看到，那坐落在学院中央广场的大型汉白玉圣人石雕，孔夫子面朝东方，额头宽阔，两眼如炬，须髯飘逸。他自然很清楚，就在那雕像近旁，另有一块半人高的长方形斜面石刻，上面用楷体字整齐镌刻着《大学》

开篇文字：

> 大学之道，在明明德，在亲民，在止于至善。知止而后有定，
> 定而后能静，静而后能安，安而后能虑，虑而后能得。物有本末，
> 事有始终。知所先后，则近道矣。

他沉思着，嘴里莫名地咕哝一句：道可道，非常道啊。便顺手掐灭了最后一只烟蒂，然后啪地弹向窗外。那火星似要启蒙什么，划出一道微弱的弧线，雕像四周已一派晦暗，天地仿佛混沌开初的模样（那时天未生仲尼，万古如长夜，民众蒙昧无知，抑或只是朴拙率真）。教学楼里不时会亮起几盏灯，他不知道魏雅丽今晚还会不会坐在教室自习，毕竟要放暑假了，难免人心惶惶。但不管怎么说，他对这个有上进心的女研究生还是非常满意的，想到再有一年时光她就要毕业离校，到那个时候自己肯定会很不习惯，说心里话她实在是个得力的女助手。

以短信的方式敷衍了副校长的关切之后，奚鸣久总算是换来了短暂的安宁。这种做法虽然有失一名教师的德行，但事出有因，横竖是没有别的好选择了，按理说君子当成人之美，可他更确信，臭草终究是臭草，注定成为不了芳兰。再说，谁让那个家伙逼人太甚，简直无所不用其极嘛，他奚鸣久这样做实属无奈之举。学校终于放了假，魏雅丽来跟导师辞别，几次话到嘴边，奚鸣久很想问一下，到底是何原因让她看完那篇论文的，但终究还是不好意思再提，他怕女学生会反问老师对文章的见解，而他至今尚一字未看。因此，师生之间似乎出现了一种心照不宣的默契，都三缄其口避而不谈此事。临别时，魏雅丽很无心地说了句，其实我叔伯那边还是很闭塞的，那个地方人好像都是一根筋。一根筋的说法十分形象，奚鸣久揣摩了良久，也许本质上她是在替那个家伙开脱吧，问题是她为什么要帮他？要知道那家伙损人利己且出言不逊，根本不值得她伸手援助。这倒让他想起了那篇有关农夫

和蛇的著名寓言，冻僵了的毒蛇依旧是毒蛇，何况那家伙并没有冻死，分明还在那里上蹿下跳异常活跃呢。

不久，厅里办了个高校干部暑期研修班，魏叔伯应邀从山区来省城报到后，便马不停蹄赶往大学附近，精心挑选了一家很有特色的酒楼，诚邀奚鸣久共进晚餐。菜未上齐，魏叔伯就一个劲地跟奚鸣久作起揖来，说实在对不住啊，没想到那个二百五到底把你麻缠上了，听说这狗东西日能得还攀上了高枝，我把他叫到办公室狠狠地刺了一顿，让他最好夹紧尾巴做人，别异想天开做白日梦了。奚鸣久苦笑着摇摇头，说其实也没什么，原本是想等放了暑假抽空看的，可那人也太心急了些，好像谁都欠他似的。魏叔伯愤愤道，奚专家，这事一开始你就该告诉我，要是早知道的话，我非把他拾掇得服服帖帖不可，看他还敢不敢乱乡刺。奚鸣久摆摆手说，那倒也不必，其实就是想在我们学刊发篇文章，这个也能理解，只是做事的方式方法实在不敢恭维。魏叔伯听了气得鼓鼓的，他叮嘱道，可千万别让他在学刊上发东西，要是真的如了他的愿，到时候不知又会惹出啥幺蛾子来。想想，又说，对这种贱皮子绝不能心慈手软，他还敢跑去麻缠我侄女，真是岂有此理！奚鸣久方才知晓魏雅丽回家后，将这件事原原本本跟叔伯讲了，这反倒让他觉得自己太失职，事情毕竟因他而起，怪他处理不当才祸及女学生，少不得当着魏叔伯的面，一再罚酒赔罪。

当晚酒至半酣，魏叔伯红头涨脸侧过身，连连拍抚着奚鸣久的肩膀头道，不瞒老弟，上次的揭牌活动搞得非常成功，这全都仰仗你这个大专家莅临指导，我们市上的领导对此也十分满意……我眼看五十冒尖了，俗话说人往高处走嘛，有机会还想蹦跶着往别处挪挪，这山沟沟里实在没啥待头，所以往后啊，少不了还要劳烦奚专家多多提携关照啊。说着，便从身旁空椅子上拎过一个事先准备好的名酒礼盒，硬塞到奚鸣久手上。……我自己的兵我没管好，这点小意思权当赔礼谢罪了。魏叔伯口音很重地喷着酒气说话，突然又无法抑制地打了个响亮的饱嗝。

五

这个暑假注定愉快不起来。南都科大今年仅在奚鸣久他们学校的子弟中招了一名学生，儿子的分数根本不在人家的考虑范畴内，现在看来，副校长不过是顺水推舟公事公办，充其量，也就是让儿子跟着其他考生走了个过场，结果还是一样的。赵婉气得一整天不吃不喝，仰面躺在床上，眼珠子直勾勾盯着天花板，有时嘴里还莫名其妙地呼喘几声粗气，再发狠地补上一句，骗子！都是些骗子！奶奶的，吃人不吐骨头！！奚鸣久不得不好言宽慰，算了吧，气大要伤身的，打铁还需自身硬不是，这也怪不得旁人。赵婉腾楞一下翻身坐起，带火的眼光有些疯魔地瓷瞪住他，半晌才叫道，这回你满意了吧？！奚鸣久说，你这叫什么话，儿子去不成南都，我的心情跟你一样难受。赵婉无声地再剜他一眼，二话不说又直挺挺倒在床上，她还顺手扯过白被单，把自己遮了个严严实实，她人本来就精瘦，如此样貌看着怪瘆人的。

幸亏当初志愿填得还不错，末了，儿子总算被外地一所专科院校录取了，赶紧又上网细细查询了一遍，除了不是所谓的985和211系列之外，其他各项指标和硬件都还说得过去。儿子终于有了离开家尤其是离开母亲的资本，一张小脸乐得跟过年似的。得到通知后，他便跳着脚，嘴里冒出的第一句话是：哈哈，这回再不用跟我妈玩猫和老鼠的游戏了。奚鸣久赶忙给儿子递眼色，意思是你妈这两天气不顺，千万别再火上浇油了。儿子呢只图嘴巴快活，继续嘚瑟，这回我走人了，我妈该眼不见心不烦，省得成天给咱们扮祥林嫂，老爸你也该解放一下喽……哪知赵婉在厨房里偏听得真切，突然摔勺砸盆地闹将起来。你个小没良心的，谁是祥林嫂，我藏了猫为谁，还不是为了你个小王八蛋，你但凡少上点网，少打点游戏，也不会落得今天这步田地啊……儿子深不以为然，抻着脖颈顶嘴道，我有那么悲催吗？好歹我还有大学可念，而且还是我自己最喜欢的计算机专业！你呢？还不是家庭妇女一个，整天就知道唠唠叨叨，让人心烦，真不知道，我爸这辈子是怎么熬过来的！奚鸣久再想拦阻，为时已晚，赵婉像只咆哮的母狮子直扑向儿子。

……重重挨了两记嘴巴的儿子，涨红着小脸，一赌气便摔门跑下楼去。奚鸣久连拖鞋都没更换，也紧跟着撺出家门。儿子跑得太快了，简直像一匹挨了鞭挞的野马，转眼就冲出楼门，奔向家属区的甬道了。奚鸣久显然不是儿子的对手，好在假期校园空空如也，大约跑了五分钟光景，前面就是那个古老的转盘路，往南的方向即可离开大学校园上街去，于是奚鸣久疾跑几步，想借着拐弯的机会，追上去拽住儿子，他不能让孩子浑身挟着一股火气和怨愤跑到外面去。他知道这个年龄段的孩子，逆反心理几乎达到了极致，稍有不慎，就会做出可怕的举动，到那时候一切都晚了。自从任了教授之后，这十来年他的腿脚从来没有像今天这样卖力地奔跑过，这一刻他的心脏跑得比腿脚还要快，血液一时间仿佛全部聚集到心房里，心跳成一只响鼓，咚隆咚隆咚……就在他终于伸手便可以抓住儿子的一刹那，他的下腹那里猛地一阵绞痛，那疼竟来得那么地锥心彻骨，好像这辈子从来没有那么疼过，伸出的右手臂跟慢动作似的垂落下来，他不得不慢下脚步，他再也跑不动了，豆粒大的汗珠子，已密密麻麻爬满额头，他虚弱得简直像个老妪，只是嘴里有气无力地喊着儿子的名字。他希望儿子能听到他的话，急忙站住，无奈何，那疼痛来得太过强烈了，他觉得自己就像中了猎人枪弹的兔子，身体的某个部位咔嚓一下突然断裂了，他再也发不出一丝声音，唯独两只手紧紧抱揞着腰腹处，整个人就那么一骨碌，跌翻在转盘路的弯道上。

尽管身体动弹不得，但意识却相当清晰犹如水洗。奚鸣久心里明白，自己就奄奄一息地躺在了学校这个再熟悉不过的转盘路的内圈里，这条平坦的道路他已经走了二十多年，他从来没想过自己会在这里栽跟头。也许，他骨子里就是一个善于投机取巧的人。十多年前，他之所以决定跟自己并不喜欢的赵婉委曲求全结合，希图的不过是人家赵主任的提携和时时关照，应该说正是那次走捷径，让他实现了人生道路上的一次成功的提速和超车，在较短时间内，他确实超越了系里很多年轻人，从而顺利得到了大家梦寐以求的职称和职位，设若没有当初的联姻，今天的他还不知是个什么样子呢。眼下，他到底没有追上儿子，可他的心始终跟着儿子一起奔跑，想到儿子即将离家远赴异地求学，想到儿子将来也会面临诸多的诱惑和选择，想到未来终有一天，儿子也会像今天的他，再也追不上自己的孩子，内心真是百感交集，忽然有种很潮湿很酸楚的东西，慢慢渗出并将他淹没……头顶的天空依旧像往日那样闪闪烁烁，阳光依旧像往日那样灼热刺眼，他就那么表情痛苦肢体扭曲地俯卧在马路边上，一大片黑蚂蚁悄无声息地在他身边爬来爬去，一副如临大敌的样子，不清楚到底在慌乱什么，也许，仅仅是他这个庞然大物轰然倒地时，一下子惊骇到这些微小生物了。

奚鸣久住进了医院，还动了一次不大不小的手术，他的盲肠下端那个蚯蚓状的几厘米突起，也就是阑尾被医生切除掉了。其实，这玩意儿在人的消化过程中没有什么作用，但是一旦遭到病菌、寄生虫或其他异物侵入时，阑尾又极易发炎，造成患者右下腹剧烈疼痛、抽搐等症状。大夫的科普倒让奚鸣久陷入深思，这正是病毒的一次野蛮入侵，手术获得成功，他很快就能安然无恙了，但似乎总能隐隐感觉到身体的某种不适，尽管医生一再强调，阑尾对人体毫无益处，可它毕竟朝夕相处地跟随了自己半辈子啊；转念，便又联想到现实之中，那些叫人纠结和头疼的野蛮入侵者，那些社会暗角落里人和事，如果也能像手术刀那样毫不留情地切除，也许生活远比现在美妙得多。

一个人躺在病床上，身体受到限制，但却无法控制住胡思乱想。每次家里闹得天翻地覆的时候，他其实都无数次地想到了要跟赵婉离婚，而且，当时的决心几乎是刻不容缓和铁定了的，多一天也不想再跟这个女人过下去了。可是现在，看到赵婉成天忙前忙后精心服侍他的身影，以及那双母牛样潮湿内疚的眼睛，他的心又软了，他不敢想象万一赵婉听到那两个敏感的字眼，会做出怎样惊天动地的壮举。以赵婉的性子，非要跟他闹到天上去才肯罢休吧。由此，他也更加深切地洞悉了自己性格中优柔寡断的一面，这就是他的宿命，一如当初接受了这桩自己并不满意的婚姻，每一个人不过是局限性的现实存在。现在他有什么资格瞧不起那个橘子皮脸男人，人家不过是想发一篇论文，他却横加阻挠挑上纲上线，此刻扪心自问，自己的所作所为难道就无可指摘？他不是完人，或许他曾试图追求完美，但在人生的关键几步，他都习惯性地选择了抄近道，依附了裙带关系，向权力和欲望低下了高贵的头颅。说白了，他不过是高校体制里的一只爬虫，与那些被他鄙视过的人本质上并无二致。也许魏雅丽是对的，他对橘子皮脸男人的态度打一开始就很有问题，如果当初他能看看对方的论文，或者用一种相对温和的方式解决，事情一定不会闹到如此狼狈的地步，而他一直粗暴地选择了无视甚至是蔑视的态度，终究激怒了对方，以至于殃及自己的女学生。设若橘子皮脸男人最初是由副校长直接引荐过来的，那他还会这样无礼地对待他、不屑于看那篇论文吗？直到这一刻，他才深深意识到，一直以来他对别人的态度总是这样，其实他打骨子里就瞧不起赵婉，她作为他的人生伴侣，不过是替他生育儿子操持家务，他从来没有从精神的层面去看待她和关心她，老婆在他生活中更像一个女佣，而他时常还对她报以冷嘲热讽。很多时候，他把研究生也看成是自己的私人助手和免费劳工，不停地吩咐他们做这做那，起草论文、整理录音、校对文稿，甚至帮他打理日常琐事，他从来没有认真地考虑过那些学生的感受，每次外出他都喜欢带着魏雅丽，其实更深层的理由不过是男人的荷尔蒙在作祟，他喜欢身边有这样一个年轻美貌的知识女性陪伴，这可以最大限度地满足一个中年男人的虚荣心……他就是这样一个既自我又自私的人。

这回倒是儿子表现出前所未有的乖顺，他不再跟他妈吵嘴，也绝不那么阴阳怪气和愤世嫉俗，他还主动上医院来给奚鸣久送饭。这种时候，爷俩都有点少言寡语，四目相对总有点难为情，在一场特殊的较量中，父亲彻头彻尾输给了儿子，而且，输得似乎很不光彩。儿子赢得了比赛，内心却背负了不小的愧疚。奚鸣久能觉察到儿子脸上不同于以往的那种表情，也许儿子很想跟他说声对不起的，却迟迟未能开口。

出院那天，儿子竟然试图要把奚鸣久背上楼去。儿子闷头闷脑走到他面前，忽然弯下脊背道，老爸，我背你上去吧。他冲儿子淡淡地一笑，又用手揉揉他尚显稚嫩的肩膀头，故作轻松地说，小子，我有那么老了吗？赵婉在一旁插话：背你也是应该的。他能听出老婆的语气，几乎就是在说，还不都是这个坏蛋，害得你挨了一刀。赵婉的性格就是这样，凡事都好强，即便是跟自己的孩子，也要分出个山高水低，真是江山易改本性难移。奚鸣久一把揽住儿子的肩膀，尽量装得底气十足的样子。老爸有你这根拐杖，足矣。于是，赵婉拎着住院用的物品率先上楼回家，他则扶着儿子，一步步慢慢地往楼上爬，尽管腹部的隐痛尚在，但他心里感到些许慰藉。或许经过这件事之后，儿子真的就要长大了。成长，总需要一些标志性的事件，假如这次也能算上的话。

六

新学期的头几日，学校并不能一下子秩序井然，相反，院里系里总是兵荒马乱的，那些年轻的新面孔，不时出现在各种场合，初来乍到的大一学生，尚未完全褪去中学时代的稚嫩模样，对这所大学充满了诸多的好奇和疑惑。待短暂军训过后，他们被西北的烈日晒得皮肤黝黑，就连爱美的女孩子也不例外，当老师们第一次在课堂上看到这些黑瘦且懵懂的面孔时，总有种奇怪的感觉，似乎这些孩子根本不应该坐在大学的教室里。每当这种时候，奚鸣久自然而然会想起自己的儿子，想到千里之外的某座陌生城市，儿子也跟眼前这些大学生一样，正襟危坐，双眼懵懂，他的心里就会泛起一丝丝牵绊，他不是一个多愁善感的人，更不会像赵婉那样，儿子一旦不在身边，又终日唉声叹气以泪洗面。但是现在的他，还真是有点想儿子了，也许该静下心，抽空好好寄上一封家书，告诉儿子要光明磊落，要踏实勤奋，要好自为之，尤其要学会善待身边的人和事……大学生活毕竟是人生最关键的一步。

忙碌了一整天，奚鸣久总算能在办公室里坐下来了。最新一期学刊已经款款摆放在案头上，他顺手拿起来，像往常那样漫不经心地浏览着目录。这时候，某个人的名字赫然闯入他的视线，继而，那张疙里疙瘩的青橘子皮脸，也像是被刊印在上面，正有些诡秘地冲他挑眉而乐。奚鸣久目光狐疑地顺着那一排间隔黑点逆向移动，文章的标题便一目了然了，他简直不敢相信自己的眼睛，他从来没有像此刻这样，几乎迫不及待地马上按照页码标识，打开正文去仔细查阅。

没错，几个月以来，他一直竭力抵制的那个梦魇一样的东西，已然白纸黑字，千真万确，变成了活生生的现实。更令他匪夷所思的还有，文章开头加注了一小段编者按，原本出自他的女学生魏雅丽的手机短信，现在却张冠李戴安上了他的大名：奚鸣久教授认为，该论文语言质朴，观点犀利，论述严谨，尤其是对当下学科领域普遍缺失的人文关怀问题给予抨击和反思……文章出自一名基层普通教师之手，实属难能可贵，云云。

至少有那么十数秒钟，奚鸣久的大脑彻底处于真空状态，他呆若木鸡，陷入空洞，无法思索，整个人被一种庞大的荒谬感团团包围，连带着当然还有他对这所大学以及这个学科领域的巨大怀疑。他兀自想起"螳臂当车"这个成语，禁不住发出一声怪笑，继而，他又无比真切地感悟到，这辆战车之所以如此强势不可一世，其实也有他的"功绩"，二十年来他既是车上的乘客，又是它的驭手，是他们所有人共同铸造了这样的体制战车，而他却不明就里，甚至自不量力地想要抵制它，这未免太可笑了。他从来没有像今天这么清醒地意识到，自从做了系主任的女婿那天起，他始终被牢牢地绑在这辆车上，如若抵制，首先应该抵制的就是他自己！而那本崭新的、散发着刺鼻油墨味的高校出版物，就堂而皇之地摊开在他面前，活像是一面凯旋的旗帜，雪白纸页上的方正宋体文字行行列列黑如蚁阵。某一瞬间，这些玩意突然开始在他眼前急遽蠕动起来，那些黑点儿愈来愈浓愈来愈密，也愈来愈恣睢汹涌了，最后，几乎要将奚鸣久连同他身后这座校园一并淹没。

原载《当代》2022 年第 4 期

【作者简介】李榕，女，中国作协会员，鲁迅文学院高级编剧研修班学员。作品散见于《人民文学》《当代》《长江文艺》《上海文学》《小说界》《飞天》等刊，多次被选刊转载，入选多种文集。出版有长篇小说《再婚进行时》等 13 部，出版有中短篇小说集《深白》，曾两获湖北文学奖，多次获楚天文艺奖一等奖。2011 年开始剧本创作，创作电视剧本若干，电视剧《再婚进行时》《九九》等先后登陆央视第八频道，获全国地标联盟优秀剧目奖等。

Li Rong, female, member of China Writers Association, student of Senior Scriptwriter Workshop of Lu Xun Academy of Literature. Her works are scattered in *People's Literature, Dangdai Bimonthly, Changjiang Literature and Art, Shanghai Literature, Fiction World, Fei Tian* and other periodicals, and have been reprinted in selected periodicals for many times, and selected into a variety of anthologies. She has published 13 novels such as *Remarriage in Progress* and a collection of short stories called *Deep White*. She has won the Hubei Literature Award twice and the first prize of Chutian Literary Award for many times. In 2011, she began to write scripts and wrote several TV scripts. The TV series *Remarriage in Progress* and *Jiujiu* were broadcast on CCTV Channel 8 successively and won the National Landmark Alliance Outstanding Drama Award and so on.

燃　烧

李　榕

手术室内播放着马勒的《大地之歌》，宏伟悲壮的交响乐在无影灯下肆意汹涌。

十分钟前，主刀医师林风遇刺，若非身旁医务人员替他挡了一刀，后果不堪设想。

或许受这起突发事件影响，手术观摩室挤入了两倍的医务人员，后排林立的白大褂们像一簇簇消毒棉签，整洁肃穆。墙上大屏多角度展示手术细节，画面色彩饱和度过高，被众医护分别簇拥着的两名操刀者，一高一矮，仿佛花心里的雄蕊和雌蕊。这两位都是国内消化外科专家。林风是第三医院大外科副主任，刚到任不久；莫凡来自省人民医院，林风的前同事。

此时此刻，药学部长梁世尘正焦头烂额中，连日暴雨，部分药品临床告急，送药车却久候不至，数次催问后，司机索性失联，但愿运输防雨措施得力，千万别受潮。

令他烦闷的不止坏天气，临床药师林欢的意外受伤打乱了当天工作部署。

凶手被当场控制住，安保赶到时，他正躺在血泊中痛哭，不知道的当他才是受害者。

院长出差未归，董副院长主持工作。年过半百的老董粉面含春，依稀可见当年美男子的轮廓，他收起温润的笑容，悲叹凶手的际遇：幼年丧母，中年丧妻，独子前日车祸身亡，悲痛之余迁怒抢救医师的姗姗来迟。

梁世尘闻言，心内警铃大作，他知道，老董分管医患关系协调办，职责使然。见在座各位均沉默不语，梁世尘不得不表明立场：无论什么理由，伤医触及了底线。什么叫姗姗来迟？林主任当天是专家门诊，患者来自全国各地，其中多数是急症难症，他无法扔下就诊患者即刻赶往急诊室，更何况，伤者酒驾造成连环车祸，脏器严重受损，多名医师参与抢救工作，林风赶到时肇事者已不治身亡，他是无端背锅；再则，林欢挡刀，院里应给个说法。

老董语重心长地说，林欢属于误伤，并非"挡刀"，这是跟她本人确认过的。

梁世尘反复查看过监控，凶手抽出藏于腋下报纸中的西瓜刀时，林欢是背对着的，按说看不见对方动作，但他觉得，事情没那么简单。

此次肝移植患者手术难度大、风险高，被多家医院婉拒，三院高层想借机对消化外科宣传一番，可林风就是不配合；这还不算，手术他执意邀外院专家加入，典型的看不起同事。前日，林欢药学查房时说错话，造成供肝者情绪波动，林风不由分说将林欢"赶"出消外病区。他来的时间不长，得罪的人不少。

难怪中层干部会上，科主任们一致保持缄默。

老董说了，患者家属激情伤人，情有可原，林欢仅是轻伤，还是网开一面吧。公众关注焦点是这台手术，几家重要媒体正在院办静候佳音，舆论万一被带偏，医院的正面形象难免打折扣，得不偿失啊，梁部长！

药学副部长宋公明忙附和道，就是，舆论没个谱的，急救患者死亡，很容易被过度解读为咱院医术不精，还是董院长想得长远！药学部会以大局为重，配合院领导一切决议。

梁世尘怒不可遏，心说我人还在这儿呢，你宋公明凭什么代表药学部？

话即将出口的瞬间，他捕捉到老宋嘴角勾起的得意，虽稍纵即逝，梁世尘及时闭嘴。梁世尘药理学博士出身，常年致力于研发工作，缺乏临床经验的他，应聘药学部长一职时曾引起巨大争议。彼时宋公明"扶正"的呼声最高，多亏老董力挺他，他明白，自己在三院的处境和林风类似，根基尚浅，如履薄冰。

会后，老董特意过来递给他一支烟，梁世尘不吸烟，也只得夹在指尖。老董嘱咐他好生安抚林药师，院里批公假休养，再以"助困"名义申请一笔医疗费和营养费，梁世尘咬着牙默许。

宋公明热切地凑上前表态：院领导放心，我会护送林欢回家。梁世尘惊讶之余又如释重负，打从副院长让他"好生安抚"时，他就开始计划如何与这名莽撞的单身女下属保持安全距离，还不能显得太过分。老宋的主动解脱了他。

"下马饮君酒，问君何所之。君言不得意，归卧南山陲。但去莫复问，白云无尽时。"随着第六乐章最后一只音符，手术结束。

观摩室里响起零星掌声，手术途中不时有人离去，坚持到最后的寥寥数人。手术长达十一小时，对医疗团队的体能、心理、技术、配合带来巨大考验。

术后，林风独自回到位于住院部十三层的大外科办公室，像被打垮的沙袋，一屁股坐在地上，深蓝色洗手服已汗湿无数遍，稍微拧拧就能出水。

他仰起头，让麻木的腰椎、颈椎得以片刻松弛，脑中复盘着手术全过程。

移植患者肝门静脉堵塞，多发静脉曲张，清除血栓时出血过多，险象环生。当他决定手术的那一刻，赌上的不仅是自己的声誉和未来，更有患者以及供肝者的安危。移植的肝来自患者儿子，活体取肝环节至关重要，幸而他有莫凡。

一名圆脸小护士推开虚掩的门，将一份烫手的盒饭放到桌上，蹑手蹑脚地退了出去。

林风吃完东西便发信息给莫凡：辛苦莫大神，路上注意安全。

莫大神秒回：抠门！连顿饭都不请。

林风脸上难得闪过一丝笑。莫凡是他在人民医院的老对手，小个子女人，精力旺盛、斗志昂扬，读研时为一心向学剃过光头，名噪一时。手术完成后她顶风冒雨赶回人民医院，马不停蹄准备第二天的工作。

很多人不解林风为何离开省排名第一的人民医院，与之相比，三院各方面落后太多，他施行首例手术时就发现了，三院医师的技术还需大幅度提升。人民医院人才济济，内卷严重，上升通道窄，未来林风和莫凡的竞争将是肉眼可见的惨烈，既然三院递出橄榄枝，他觉得不失为一条出路。只是，万万没想到会在这里邂逅前妻，七年过去，林欢变化很大。

　　他眼前再度闪现术前吊诡的一幕，所有人雕塑般静候电梯前时，一名老者上前搭讪，"感谢"他抢救自己的儿子，行医十几年，类似情形太多，他基本麻木了。电梯门无声开启，里面的人像积水一样涌出，林欢忽然将他推开，等他反应过来，她自己倒在血泊当中——

　　林风摁亮她的手机号，手指悬空，却始终无法按下拨通键。

　　事件发生后，他毫不迟疑地奔向手术室，顾不上过问她的伤情。他这种人，一旦设定工作程序，任何事都无法左右。"手术机器人"，她以前给他取的外号。他们刚结婚那会儿，都穷，不仅是金钱方面，时间更甚。无暇耳鬓厮磨，没空浪漫，他总以为将来有的是时间整这些虚头巴脑，没想到婚姻只维持了半年。林风意外发现，两人父母卷入过同一桩官司，一方是原告，另一方是被告。

　　手机铃声骤然响起，像利刃刺破密实的雨幕。梁世尘来电，他听说手术结束了，问林风需要司机不。暴雨持续数日，外面汪洋一片，林风预备在办公室将就一晚的，听梁世尘炫耀他的 SUV 能当巡洋舰开，林风一跃而起。

　　梁世尘第一次见到如此臊眉耷眼的林风，他身上所有线条僵硬而破碎，像忽然老去了十年。

　　林风来三院的首场手术时长二十三小时三十一分钟，他在体外切除患者肿瘤后，再将肝移植回去。这台手术被喻为消外的"珠穆朗玛峰"，梁世尘随院长前去慰问，术后的林风稍作休憩便返回病房值守，第二天早上神采奕奕地参加院内大查房，活得不像个人。

　　他发现，这次事件给林风带来的伤害是隐形的，而看不见的伤更难愈合。

得知林欢缝合时间不长，林风松了口气，这意味着未伤及内脏。他猜测凶手岁数大，气力有限。梁世尘解释说是林欢命大，出事时她口袋里揣着一只聚丙烯输液瓶，瓶身被西瓜刀整个洞穿……

街头浊浪翻滚，不时可见因发动机进水被遗弃的私家车，像搁浅的鱼，一任雨水冲刷。一根小孩手臂粗的树枝突然横扫到前挡风玻璃上，梁世尘给惊出一身汗，寻思着就算是皮划艇也派不上用场了。

他还真有一艘皮划艇。梁世尘业余时间喜欢独自上路，登山、漂流和马拉松，简称"精英三项"，对了，和某些"精英"一样，他茹素。

车一路劈波斩浪，终于安抵林风住所。三十分钟路走了一个多小时，耗去他小半条命，另外半条是得知林欢"牺牲"时——不知哪个大嘴怪未搞清状况胡说，结果谣言瞬间炸开。

"药学服务于临床"是临床药师的铁律，林欢自诩业务能力强，数度与临床医生交火。梁世尘欣赏她对患者的共情，对事物的穷根究底，也恼她无法愈合的倔强。

林风不急着下车，凝视着外面铺天盖地的豪雨："下属受伤，当领导的连个电话都没有？"

梁世尘心说，林欢是被你赶出病区，替你挨刀，你怎么不致电？

铃声响了很久才被接听，他刚"喂"了一声，那头便说："梁部长，我是林欢的妈妈，她出去了，手机落家里了——"

梁世尘有点意外："伯母，您好，我是梁世尘，工作上有点事儿想问问她，请问林欢啥时回？"奇了怪，这么大雨，她会去哪儿？

她妈说八成找杜小米去了。八成，当妈的也不能肯定女儿的动向，这家人真怪。

杜小米夜里接到领导电话，差点当场去世，第一反应是自己又发错药了："哦哦！找林欢啊？那就好，那就好……部长，她今天不是出事了吗，早就回家了啊……"

"我联系不上她，想问问她现在怎么个情况……"梁世尘没提其他，心说家人不知情，这所谓朋友也不知情？林药师混得够可以啊。

他询问林欢其他朋友的联系方式，小米回答，她没有其他朋友。听到这个，梁世尘毫无意外。

"再说吧，"林风下车，少顷敲开车窗，说，"雨这么大，你回去也麻烦，要不今晚睡我这儿，明早再顺路送我上班？"

梁世尘注视着林风几秒，实在想不出理由拒绝。

林风住处说好听点是极简风，难听的话叫家徒四壁，干净冷清得仿佛没住人。木沙发硬得跟狗骨头一样，梁世尘心下愤愤起来，林风的床是一米八乘以两米二的，容得下两名成年人，可他又不好意思问：为啥不一起睡？

林风在车上打了个盹，元气恢复了大半，本想和梁世尘聊会儿，冲完澡出来梁博士已经一脸慈祥地睡着了。

只要闭上眼，他又回到电梯前，再一次目睹林欢倒下。就像离婚后，他反复梦见她的脸，泪痕像渔网一样交织。她问他为什么离婚，他拒绝告知，固执地认定当年闹得满城风雨的事件她是知情的。她可是那女人的孩子，那个女人，在医院门口抱着亡夫的遗像，不吃不喝痛哭数日，哭到休克，成功导引舆论将药品代购人和主治医师诉诸法律，彻底毁掉两个家。

睡梦中的梁世尘懵然不知，麻烦的女下属就是当初拆散林风家庭的罪魁祸首之女，更不了解她和林风间的前尘往事。

很不幸，梁世尘一上班就收到药库反馈，有两车药受潮，按流程退货。

医药公司老总约饭，他一口谢绝，涉及药品安全的红线，没商量。对方火速派出业务员前来沟通，巧了，来人是梁世尘的前女友。前任只字不提退货，寒暄起偶遇梁伯母，伯母气色不错。

梁世尘知悉这事儿，这位还给家里买了不少好东西，母亲给钱时两人差点撕巴起来。以梁母有限的活动范围，这份"偶遇"格外蹊跷。

他俩有几年没见了。那会儿梁世尘在药企研发部，她是医院护士，相亲认识，交往一年多，筹办婚礼时矛盾凸现。女友的锱铢必较给他上了堂生动的财经课，吵着吵着，他突然决定辞职考博，轻松撕裂这份脆弱的关系。

也许他并非热爱深造，只想借此逃避可预见的庸常。

前任肤白貌美，五官类似网红，职业性的笑容持久挂在脸上，如开不败的花，且香气扑鼻。若是四年前，这股奶糖式的甜香合适她。

她温柔地商榷着，药仅外包装轻微受潮，内里塑封完好，换外包装即可。当然，医药公司不能让他白担风险，会给予"补偿"。她的态度如同这雨，持续而固执，筹备婚礼时，她也是这么优雅而坚定，要他全款买的婚房加她的名。

林欢像颗子弹一样闯入，将办公室内的二人吓一跳。她来找宋公明取手机，听说梁部长找她。

她下眼睑挂着两枚黛青色暗沉，像对肉联厂的"检疫合格"章，一见这场面，她再莽撞也懂事地缩回半个身子说等会儿再来。

梁世尘叫住她，瞥了眼前任，后者正挑剔地打量林欢——衣服皱巴巴的，像被粗暴塞进后备厢后几天刚放出来的人质。他厌恶这种带刺的目光，起身与林欢一同走出办公室，问她伤口有没有换药。

林欢诚恳感谢领导关怀，伤口愈势良好。骗子！他问过换药室，三天了，她一次没去。

问她住哪儿，她装聋作哑，梁世尘唬她，说领导们这几天要登门慰问，她才说暂住朋友家，不便探望。

梁世尘目送"骗子"离开，她那身衣服是三天前的，头上散发出廉价香波味，目测这位"朋友"是从事宾馆业的。

　　林欢刚出医院大门，一男子高喊着"林药师"追上她，他跟得急，伞都没带。林欢倒是一眼认出了壮实如海豹的男子是上周呼吸内科的住院患者，他在注射头孢期间偷饮高度酒引发双硫仑反应，险丢了小命。男子气咻咻地说他老婆病了，想挂林风专科，早六点就来排队，还是没抢到号。他央告，能否帮忙跟林主任说说情？

　　林欢断然拒绝，说和林主任不熟。男子脸涨得通红，手忙脚乱地从挎包里挖出颗苹果塞给她。果子跟她一样，皱皱的，被雨水一淋，竟散发出股卤鸡蛋味，也不知先前经历过什么。林欢记起他的妻子，瘦得吓人，骨头勉强支棱着衣服，跟个风筝似的。摊上这么个大龄叛逆期男人，想不病都难。

　　十分钟后，林欢像被枪顶着后腰的人质，一脸沉重地出现在专家门诊走廊。门前绵延不绝的患者令过道变得极其狭长，她小心避开各种尺寸的脚，却避不开此起彼伏的诟病：上后面排队去，年轻轻的插什么队啊！

　　男子尾随其后又是作揖又是鞠躬：我们不插队！跟大夫说句话，就一分钟……

　　"你一人耽误一分钟，我们四十几个号，正好耽误一节课！"一个高嗓门大妈引来一片哄笑。

　　哄笑声中她推开虚掩的门，护士没认出她，呵斥道："还没看完呢，出去，等叫号！"

　　林风面前坐着一名老太，他温柔地同老人说着话，从前林欢就是被这副慈眉善目给迷惑的，殊不知人有两张面孔。老人扑克牌般一张接一张在他面前撂下照片，上面却是名青春女子，老人笑笑："……见了面就知道了，我这外孙女特漂亮，交不交往没关系，多认个朋友……"林欢差点以为进了婚介所。

　　林风发现了一脸尴尬的她，下意识直起身，眼睛停在她的左腹。

　　护士这时认出她来："哟！是林老师，没穿工作服我愣没认出……"

林欢简洁明了地表达完诉求，林风瞟了眼她身后满脸堆笑的男子，答应看完这些病人就给他看。她如释重负，没承想林风补充道："林老师，查个血，没你的化验单，就别排队了。"他随手用病历盖住照片，若无其事地继续问诊。

她下意识"嗯"了一声，回过神来才意识到自己刚被人要挟了。

等待化验结果时，梁世尘来电说有个院内药学会诊，挺急，问她人在哪儿。患者属内分泌科，可林欢负责的是抗菌药，她转念一想，让壮汉继续留守化验室等结果，起身赶往临床药学分析室。

这是名帕金森病老患者，经三院内分泌专科治疗后病情稳定，今早突发休克，虽转危为安，但病因成谜。林欢等人先行核对患者近期处方，逐个排查配伍禁忌。稍后患者家属送来患者用药，大大小小的药盒在调剂台上码成小山。患者同时患多种慢性病，每天口服的药有十余种。

一小时后，大家得出结论，药品、用法与剂量都没毛病。一名药师长叹口气，说出大家的心声：不是所有问题都能找出答案。林欢想，七年前她也是这么安慰自己的，不尽快找出答案，问题只会变得更大。

午饭时间，其他人去了食堂，杜小米带了杯奶茶来，里面加了荞麦珍珠芋圆西米，浓得像粥，她知道林欢忙起来就爱这种立即见饱的快食。

小米没追问林欢这三天的去向，难得安静本分地帮着核对。小米对工作和恋爱都没什么热情，更热衷做名旁观者。小米之前求林欢配了瓶硫氰化铁溶液，就是为了摆脱有晕血症的追求者，没想到那瓶血红色的溶液在事件发生时挡住了四厘米的利刃。

二人说话间梁世尘出现了一次，闷声不响放下一板盒饭和一根香蕉就走了。

小米瞥见梁世尘的背影，登时眼角眉梢桃花灿烂，说这不是普通的盒饭，是部长一片火热的心啊。林欢朝隔壁努了下嘴，那儿一早守着位香气扑鼻的美人儿，盒饭应该是沾她的光。她压低声说："那位是部长前女友……"

小米问她咋知道，林欢说荆药师在门口偷听到的，说两人之前差点结婚了，听那意思，再续前缘呗。

小米顿生惆怅，"好男人都是别人家的"魔咒何时才能打破？

梁世尘以外出开会为由终于让前任离开了，一屋子浓香熏得他头疼，他推窗放风雨进来。

桌上放着林欢的化验报告单，这是林大神让人送来的：这家伙伤口感染了。

林欢一脸无辜地站在他面前："这——肯定是搞错了，我没什么不舒服……"

她猛打了个喷嚏，梁世尘关上窗，揭穿她的谎言："换药室一次没去，一直靠去痛片撑着了吧。"

"部长，我这边就快查出病因了……"她眨巴着眼试图转移话题。

"最多再给你一小时。"梁世尘叮嘱杜小米，"给我看住她！"

杜小米双脚"啪"地并拢，就差行个军礼："是！保证完成任务！"

林欢问小米，你下午不坐班？小米在门诊西药房发药，两小时换一次班，眼看时间要到了。小米说主管替班呢，这月她两次发错药，都被梁部长逮到了，梁部长没宋部长好说话，脸黑得跟活性炭似的，主管让她在部长面前将功补过。

林欢不信，西药房主管跟小米一个系列——不爱干活系，小米肯定是拿部长当令箭使了。

等梁世尘忙完，林欢人不见了，连带杜小米也没了影。他气急败坏地拨通电话，杜小米解释说和林欢正赶往患者家，林欢觉得家属带来的药盒太新，推测这些并非患者当日口服的那批……

林欢推测得没错，该患者日常服用硝酸异山梨酯缓释片，其妻服用硝酸异山梨酯普通片剂，两药包装相似，患者服错了药，药量不足诱发了原有的心脏病。

谜底一旦揭穿总让人怅然若失：就这么简单，怎么早没想到？

她总是后知后觉。

路上小米缄默着，林欢瞥了眼她："你是不是有话跟我说？"小米装乖了一下午，这时面露羞怯，当听说林欢替林风挡刀，她电话里怒吼了一通，说了很多气话，还飘出"贱人"等词。她俩从小一起长大，太了解对方的软肋。

小米恨她从没忘了他，总是心存幻想。

林欢轻声说，你说的都对。

她就像被生活咬住尾巴的狗，始终绕着圈前行。

护士查看伤口时翻了个白眼，老大不快地说，伤口化脓了！长棉签一捅，林欢像被点燃的炸药桶，疼得差点骂脏话。

这事儿只能怨宋公明。那天回家她就躺下了，去痛片让她神倦身懒，她妈却连声催她去洗澡。宋公明喊出一句"孩子还受着伤呢，催什么催"，将她的事儿掀了个底掉，她妈大光其火，咬定女儿还惦着林风。

林欢怒了。当初她妈反对他俩在一起，其实说出真相就行，非编出一堆瞎话，最终害人害己。

真相是她妈恩将仇报将主治医生和药品代购者告上法庭，当年《药品管理法》明文规定：未经国家许可的进口药以假药论处。代购者火速离婚，名下无可执行财产，最后主治医师以赔款达成庭前和解。

那名倒霉的主治医师是林风的父亲，林睿深。

2019年新《药品管理法》已修改了该条款，时过境迁，伤害已深，药石难医。她索性向母亲和盘托出：七年前，她和林风偷领了结婚证，林风发现她身份后，两人火速离了婚……

她预判过母亲的愤怒，却没料到竟然是无休止的痛哭。母亲哭父亲为何撇下她们，哭各种悲惨。宋公明火上浇油，质问她妈做这些是为了谁。她爹去世时欠下巨债，她享受着母亲丢掉自尊和道义换来的生活，却反咬一口，谁才是恩将仇报？！

外面风雨未歇，内心雷电交加，林欢夺门而出，愤怒中忘了手机。她一度想去投靠小米，却无颜面对小米的质问。

换药室临近下班，护士动作带着情绪，林欢的泪在眼角默默流淌，她给人添麻烦了，哪儿好意思喊疼，问还有多久。不管多痛，给她个时限就好。

护士说："你这伤口心里没数吗，烂成啥样了？脓总得给你排干净吧？"

"我来吧。"一个她最不愿意听到的声音响起。

林风径自走入，戴好手套："你下班吧！"护士如释重负，不顾林欢哀求的目光，光速离去。

林欢只得闭上眼，像一头扎进沙堆的鸵鸟。一切均已失控，就像这该死的伤，她明明有认真消毒过。

左腹部的伤溃烂红肿，缝合线都给绷断了，扭曲着，像恶龙的眼，从深渊不怀好意地凝视他。他数了数，缝针的数字超过了他的可承受范围。

雨滴重重敲击着玻璃，发出响亮的节拍声，像某段她熟悉的旋律。

不知过了多久，随着几声金属撞击声，终于结束了。他的手很轻，她想起来了，人家是有着"大神"光环的。

他尖锐地告诫她："记住，我不喜欢有人挡在我前面。"

她的脊背像被开水烫了一下，燥热直达两颊。是她自找的，她无言以对。他们之间永远隔着鸿沟，里面深水滚滚流动。

他试着跨过鸿沟，问："你还爱我，对吧？"

这句话与窗外的闪电一样锋利，照亮她的愚蠢和坚持。

她坦白："对。"

就像母亲保护孩子，她下意识里想保护他——他是世上她觉得比自己更重要的那个。

她补充道："三天前。"

感情和药品一样，也有有效期。七年了，她终于有勇气将命名为"爱"

的脓从伤口里用力挤出。

不爱了。谎言说多了原来会成真。

梁世尘送来消炎药，像老父亲一样嘱咐用法，林欢拒绝——人体是有自身免疫力的，伤口处理了，就会好转的，只是时间问题。

药理学博士一时无语，改问她带伞没。带是带了，她一时想不起放哪儿了。

她实在想不起来，问部长："能送我们去公交车站吗？"这个"我们"，指的是小米和她，她顾虑和单身男性领导走太近，但小米完全没明白她的用心，回复道："绝不打扰你们二人世界，我先扯呼！"

好在梁世尘说顺路捎个朋友，她对他的聪明心领神会。过了会儿，林风拉开车门，两人同时愣住了。

这一天见三回，对他们来说严重过量了，引发全身性副作用。

梁世尘说："还愣着干吗，赶紧上吧！"

林风赌气般坐到副驾上，边扣安全带边表扬梁世尘这领导当得不错，体察下属，梁世尘听出他的语气有点酸，从倒车镜里瞅了眼眉头紧锁的林欢，忍住反驳。

车终于发动了，两男人有来有回商量着去哪儿吃饭，浑然忘却后座还有个一心只想躺平的伤员。

经过公交车站时林欢提醒梁世尘停车，梁世尘说："吃完饭我们送你回家，今天林主任请客，大餐，不吃白不吃。"梁世尘一直在等林风对林欢道声谢，不知何故，两人都黑着脸，像对方欠了自己一大笔债。

车窗外黑沉沉的，上演着灾难片般的风雨交加，风声如呜咽，像困在海里的巨鲸翻滚咆哮。车载电台播放着《大地之歌》，依稀是第一乐章，男高音反复高歌"生是黑暗的，死是黑暗的"。父亲去世时，这首交响乐陪她度过无数不眠之夜。人生八苦：生、老、病、死、怨憎会、求不得、爱别离、五阴盛。其实除去生老病死，其他皆为无妄之灾。

小米一连追了几条信息，"我觉得部长对你有意思""相信姐的直觉""让前任见鬼，勇敢冲鸭（呀）"。

当篮球大小的波士顿龙虾上桌时，林欢决定冲了，她一手牵着虾的一只大螯，像要邀对方起舞，露出痴汉般的笑。

梁世尘举起装着气泡水的酒杯，本想说上几句社交辞的，看林欢对虾一见钟情，没好意思打断她。

林风冷眼瞅着她，她每一口都狠狠撕咬，咔咔作响。以前她装得多斯文，一口饭咀嚼三十六下，难为她倾力演出半年。

林欢意识到什么，抽空解释说："部长，原谅我，以前被人追债时憋出的毛病……"

又上了一盘面包蟹，林欢内心欢呼三声，别说林风梁世尘，对面哪怕坐着的是豺狼虎豹，她也冲了！

豺狼却将餐盘从她面前生生挪走，说伤口发炎，不宜吃太多寒性食物。

虎豹旁敲侧击："你不想对林药师说声谢谢吗？"

林风用目光狠狠警示他：别多事。

林欢苦笑说："部长，别介意，他啊，是我前夫。这一刀算我欠他的，不谢……"

林风父亲辞职后患上重度抑郁症，去年不幸病逝，追溯起来，她才是万恶之源。

宋公明将保温桶放回厨房，林韵茹用力刷碗，头也不抬，问："肉吃完了？"

他快问快答，吃了。他明白她问的是林欢，林欢嗜肉。母女俩爆发争执后，林欢离家出走，林韵茹便将无处可去的熊熊怒火投于灶台之上，炖起各种汤，又不开抽风机，弄得室内白雾缭绕，仙气飘飘。这几日早上，宋公明提上保温桶去单位，中午在食堂买一份白米饭，在办公室配汤吃。保温桶质量没得说，过了四个小时汤还烫嘴皮子。他心里清楚，给了林欢她也不吃，这家伙轴得赛过酸菜缸里的石头。

手机交还林欢时，林欢想让他帮忙申请间单身宿舍，她不是外地大学生，这事有难度，他答应想想办法。母女二人的分崩离析比他预料的要来得迟。

晚饭在沉默中进行，难得的清净让他想啜口小酒，又怕老婆子气不顺找碴，只好干嚼花生米。

林韵茹勉强吃了点青菜，追问林风来医院多久了，现在怎么个情况。

这是道送命题。宋公明对林风一无所知，仅限于听说过，压根没想到人民医院的林大神是林睿深的儿子。

宋公明和林睿深算是同事，两人的主要交集是宋公明发生过一次失误，被林睿深莫名其妙捅到院里，导致宋公明三年不能提拔。林欢父亲生病时，宋公明找林睿深联系过病床，后来，林睿深推荐了姚之远帮忙代购进口药。

姚之远他就更熟了，两人一所学校的。姚一表人才，能说会道，药学出身，却没在药房待过一天，初到医院就被组织部借调，没多久去院办当秘书，找了个家境不错的老婆。妻家颇有些人脉，他辞职做生意，快速完成阶层上升。

林欢父亲去世时，林韵茹债务缠身，求借宋公明时他出了个主意，将林睿深和姚之远告上法庭要求赔偿。林韵茹本意只告姚之远，对林睿深尚有感恩的心。宋公明点拨她，姚之远每瓶药赚五千，肯定给林睿深提成了，否则他能那么好心介绍病人？但他万万没想到，林韵茹能披麻戴孝在医院哭闹，能联手亡夫的学生掀起舆论风暴，更没想到林睿深赔款辞职，姚之远净身出户。

一滴水从天而降，化作泼天豪雨，落地成河。

宋公明自认普通人一个，他普通到察觉前妻出轨不敢发作，担心张扬开被人笑。直至目睹林韵茹家破人亡，看她孤力支撑，他从想帮一把这个老街坊，到最后全力以赴。他断然抽离早已是空壳的家，铁了心和林韵茹重组家庭。他知道，林韵茹只想提供给女儿一个表面完整的壳，他义无反顾。

十一年来，宋公明不止一次想，就算真有十八层地狱，有老婆子做个伴，也挺好。

林韵茹提高了嗓门，林风到三院来他宋公明怎么会不知道？天地良心！他一辅助科室普通中层干部，哪儿晓得重要人事变动，有这能耐，梁世尘还能空降药学部，窃取原属于他的位置？林韵茹问，林风在三院是短期还是长期？当然长期，人家可是未来的大外科主任，副院长一职迟早也是他的，否则干吗离开人民医院？

林韵茹半晌不语，面色凝重地说，那你想办法，把欢欢调别的单位去！

这话说的……宋公明不给名片上印上一个"宋公明 超人（享受副处级待遇）"都说不过去。他习惯性点点头，说，我来想办法。

今晚，他特别需要一杯酒。

宋公明愁肠百结时，林欢吃得酣畅淋漓。

林风挪走的面包蟹，她趁二人愣神时悄悄挪了回来。其间小米没少发信息骚扰她，吃饱了她才施施然打开微信，小米求她发个部长的正面照给自己镇宅辟邪。这算哪门子癖好？林欢哪儿敢拍梁世尘，小米不断催问，正脸呢？！咱部长值得拥有正脸！

林欢于是拍了张林风阴沉沉的正脸发过去，那厢终于消停了。

消停的不仅是小米，她自爆二人关系后，梁世尘下意识瞅着林风，林风却未予否认。

梁世尘忍不住问：为什么离婚？

林欢口里叼着的蟹腿光标一般指向林风，林风沉默着，他倒是想告诉梁世尘，他们仨都牵扯进那桩该死的"假药案"，哦，原告的女儿就在你眼前——梁世尘八成会掀桌子。先吃顿消停饭吧。

林欢含糊应答说：能为什么？感情破裂。

林风招手让服务生埋单，又要了杯温水，他将水杯推给林欢，指挥她吃消炎药。

林欢拒绝，炎症尚在可控范围，观察几天再说。

林风坚持，炎症一旦拖成慢性，后果不堪设想。

林欢有力气讽刺了，临床滥用抗生素，最终后果是超级细菌的出现。三院临床用药问题大着呢，基础药如青霉素使用不足，万古霉素这样的超级抗生素使用超过同级医院，尤其大外科是重灾区……

林风笑了，哟，临床药师还操起院长的心了？

林欢也笑，为件小事把我赶出病区，院长都没您这么大的官威，究竟临床对供肝者有没有反复告知？

林风反唇相讥，手术告知多遍，患者确认签字，就您一席话导致他情绪波动，差点放弃手术，您知道整个团队为了这台手术付出了多少？！

见二人动了肝火，梁世尘拉起了偏架：林欢，吃药，早吃早生效，还有一堆工作急等着你呢！

这二位吧，一个像她妈，威胁压制；一个像她爹，好言糊弄。

林欢被自己浮现的荒唐念头吓得手脚发颤，她放弃抵抗，数了几片消炎药用力吞下，习惯性地抠出两片去痛片。

林风怒喝道，去痛片一天最多四次，一次一片，你这是滥用。

她语塞，再度妥协。吃饱后她更想卧倒，难题在于她能倒向何方。

梁世尘发动了车等她指路，林欢给出个定位，除了宾馆，这世上她唯一可去的地方。

小米开门看到林欢，二话没说准备毛巾热水。

洗完热水澡的她穿着小米的海绵宝宝睡衣，像海星一样在布艺沙发上展开四肢，充分沐浴着友谊的恩泽。

小时候，小米又黑又瘦，比小子还皮，每当惹她妈狂怒之际，便以百米冲刺的速度从二楼家中一跃而下，运动健儿般跨越三个街区到林欢家避难。林欢将她藏进柜子里、床底，小米妈一次都没找着。有次小米在林家米柜里睡着了，林欢她妈做饭时以为是只大耗子，吓得差点没厥过去。

林欢想起了小学时的家长会，母亲不善言辞，着一身得体的旗袍，班主任说话时她浅浅笑着，才演了三分钟淑女，得知林欢被隔壁班的男孩欺负，她妈不等老师话说完，山鹰般直扑隔壁，劈手扇对方俩嘴巴。那时她觉得好丢人。

宋公明说过，她妈为了她，将尊严、道义、良心通通抛诸脑后。

林欢看到茶几上小米的手机碎屏了，问咋弄的，杜小米叹口气，说她点开林欢发的照片吓得失手将手机扔了出去，在瓷砖上摔个稀碎。两人面面相觑，随即笑得打滚，肚子更疼了。

小米把床单被套都换了新，林欢说粘在沙发上了，懒得动，小米把褥子抱出来说，那我打地铺陪你睡客厅吧。

小米念叨林欢她爸一手的好菜，糖醋鳜鱼、炸藕丸、茄夹、柠檬凤爪。她爸卤牛肉的时候，总会放几个白壳蛋进去，她们猫一样蹲守厨房门口，卤鸡蛋太香了，连壳都恨不能吞下。

她爸是位好老师，成绩差的学生从不歧视，带家来免费补习，加双筷子就吃饭。父亲去世时，学生们自发来送行……

聊到凌晨四点，小米困了，喃喃说：星星，你得学我，脸皮厚起来，就百毒不侵了……

这乳名好久没人叫了，转学时改了名，跟她妈姓林。

雨一停，太阳露个小脸，燥热模式无缝对接。

宋公明向梁世尘提出，林欢复工时能否调去制剂室。

三院的皮肤科一般般，但制剂室的炙热闻名遐迩。制剂室无须接触病人，不易出差错，劳动强度适中，绩效工资高，在药学部属于香饽饽，是药师的养老胜地。

梁世尘和林欢通了三分钟电话，想了解这是不是她本人的想法。

林欢明显刚睡醒，长叹口气说，甭理他，他是我继父……

这是梁世尘的第二个惊雷，比知道林风和林欢的婚史更甚。

林欢明白，制剂室虽说定员满了，增加一两名员工不是什么大问题，可人事平衡一旦破坏，会引发后续管理麻烦。她说，部长您觉得哪儿合适我就去哪里。

说心里话，梁世尘觉得她这脾气哪儿哪儿都不合适。

林欢半只脚踏入消外"禁区"是一周后，参加妇科和消化外科的病案讨论。

患者罹患卵巢癌和中期胆囊癌，请求将两台手术合为一台，以节省费用和时间。

参会前，梁世尘耳提面命——你记住，只负责术后感染用药方案，其他不相干的一律免提。他急赶着出门参加一项学术会议，边盯着手表边说着车轱辘话。见他一副"临行密密缝"的姿态，林欢信誓旦旦：别紧张，放心吧！

他紧张？梁世尘的心理素质优于常人，读研时跟随导师埋首三年，即将出成果时，被人抢先发表论文，导师一夜白头。梁世尘得知噩耗继续在实验室按部就班，他核对对方数据发现还不完善，好大喜功了。导师来到实验室眼不眨地凝视着在晨光中工作的学生，身穿实验服的他与玻璃器皿交相辉映，半晌导师说道：小子，是搞研究的料。

梁世尘并不认为自己适合搞研究，他天分不足。虽然自小顶着学霸的光环，其实都是暗中努力得来，他用尽全力掩饰自己的努力，内心更推崇有天分而无须努力的那类；对无时无刻不学习却事倍功半的人嗤之以鼻。毋庸置疑，林欢属于后者。

病案讨论在妇科医生办公室进行，妇科主任看到她，很自然地手一指：林药师，那边有空位。

办公室内仅剩两个空位，分别居于林风左右两侧，就像是林风自带的家具，生人勿进。消外的一名年轻医师旗杆般直站于他身后，可见此人的杀气。

林欢赶紧落座，掏出笔记本边听边记。

妇科主任介绍完病情，林风挑了下眉未表态，身后年轻医师发言，认为二合一手术可行。医师口音浓厚，语速比一般人快一倍，仿佛是在追赶自己的影子，还不时绊上一跤，林欢全然听不懂，下意识将目光停留在对方的肚子上，期待能有字幕出现。

他刚说完，几无停顿，一名妇科医生大声说：这我不能同意！

两名医生当即大吵，激烈时直接上方言，四倍快进的语速像泰语说唱，林欢记了半天的笔记还是空白一片。林风将他手中的 iPad 递给她，她毫不脸红地抄作业。

两人愣是吵了十几分钟，中央空调都被吵得不制冷了，大家个个脸通红。

梁世尘赶回医院时讨论早已结束，他在电梯遇到一名妇科医师，随口打听结论。

妇科医师回答，挺好，初步达成共识，两科联手，一个切口完成两台手术，具体方案午餐后讨论。

没听到林欢的名字，梁世尘感觉九九八十一关终于已过八十关了。妇科医师紧接着说，但是，你们林药师认为不该手术合二为一……

杜小米表扬林欢:"敢质疑权威,舍你其谁?"

林欢翻个白眼:"笑话我呢!最后还是医生说了算,高考时如果多考几分,何至于此!"她没有一争到底,是担心给梁世尘添乱。他刚来,根基不深,而三院的水很深,她那继父从来不是等闲之辈。

杜小米放下筷子,一脸不满:"大师傅过分了啊,青椒炒肉丝里只有青椒,拿我们当兔子养,我理论理论去。"

"猪肉涨价了,"林欢扯住小米,"安生吃你的素。"

梁世尘端着餐盘坐到林欢身边,林欢不禁眼放狼光,梁世尘也买了青椒炒肉,肉丝儿多得要溢出盘子了,她挺想跟他讨论讨论菜能否也二合一……

梁世尘询问会诊情况,他提前打好了腹稿,温和地批评,循循善诱,她不会无药可救。

等林欢叙述完,他竟同意她的观点:患者的身体各项指标不理想,需严格控制手术时长,两台手术的时间如何有效控制?

林欢对患者的情况掌握得很充分,不过,病人刚入院不久,之前她一直在休假养伤,难不成是在他不知情时完成了药学查房?

再一问,原来患者的丈夫之前就是内科患者,林欢因他和医师争执,冤枉背了个书面检讨。患者是林欢求林风加的专家号,情况她再清楚不过。

梁世尘不禁有些愣神,默默吃掉青椒和胡萝卜丝,肉丝儿反而给冷落到了一边。

林欢替肉丝们鸣不平,又不敢伸筷子去夹,一脸惆怅。

"你让林风加号?"梁世尘不信,林风从不加号,并非他想清闲,专家门诊后面还排着手术。

林欢龇牙一笑:"我这不是给他挡刀了吗?他欠我的,该当的!"

他像不认识似的盯着她,之前她矢口否认的,现在却嬉笑着提起。她变了,皮厚了,身上洋溢着懒散的气息。病案讨论时,林欢虽提出反对,却并未坚持到底,被林风否决后,她就进入静音模式,和其他辅助科室的人一样，服从权威。

梁世尘内心五味杂陈，这是他希望的结果，但有种说不出的失落。

是夜，林欢突然接到林风电话，二合一手术患者胆结石突发。原计划先行妇科手术，然后是消外完成胆囊切除术，外科手术提前，顺序变化，抗菌药方案是否需要修改？

林欢努力撑起沉重的脑袋，清楚地回答他，我需要分析患者最新检查数据——

小米被林欢跟患者丈夫的电话声吵醒，林欢难掩愤怒，胆结石的突发归功于丈夫给精心准备的大餐——林欢忍不住骂了句脏话，术前反复告知要空腹，这混蛋将医疗团队弄了个措手不及。果然，多余的关心后果惨重，她自己就是反面教材。

林风白天刚完成了两台突发手术，下班后他早早回住所休息，以应对第二天的挑战，电话铃声响起时他就有种不祥感：出事了。

站在手术台前，他想起那些反对声：手术时长无法控制。

他问自己，到底是基于何种自信，不惜将患者以及整个医疗团队拖进这场危机？

手术来得太仓促，无影灯下的医护们却纷纷向他投来信赖的眼神，迄今为止，他在三院的手术全都圆满。他表面平静，心却如同置于刀尖之上。

"手术开始。"他说。他从无退路。

林欢来到手术室外，患者丈夫正在撕扯头发，他追悔莫及，泣不成声："都进去两个多小时了，我怕是，再也见不着我老婆了——"

林欢忍住抽他的冲动，将手放到他肩上，试图止住他的颤抖："去睡会儿，手术结束我叫你，她醒来后要靠你照料。"

她的声音坚定地穿过暗夜，像一束微光，指引着汉子乖乖去了等候区。他像泥泞里的河马重重地翻身，金属排椅发出连串惨叫声，没多久鼾声响起。

鼾声像小火车一般呼啸着，轰隆隆从她记忆里碾过。

父亲重病时，她妈瞒着她，说父亲工作调动，去了外地。这个谎言如此经不起推敲，但她选择相信。

从小到大，她从没错过一堂课，出水痘时因为她不肯请假，传染了全班，包括班主任。而那天上午，她逃课了，鬼使神差来到这家医院。挂着父亲名字的病房空着，抢救室里传来阵阵哭声，那是母亲。从一群白大褂的缝隙里，她看到心电监护仪上的绿色直线，一个声音宣布了死亡时间。

她泪流满面，怕被母亲听见，不敢哭出声。就像被林风宣布婚姻结束的时刻，她也忍得浑身生疼。一名中年医生走出抢救室，他本来走过去了，却又折返回来，低声说："很抱歉，没能救活你父亲……"她耳朵嗡嗡作响，心实在太疼了，她用脑袋撞着对方，肩膀，胸，肚子，脚背，地面……还是止不住疼。

那人像柱子般呆立不动，任她发疯。

她想起了那人的胸牌：副主任医师 林睿深。

胸牌在她的回忆中沉重跌落，从她心上凶狠碾过。

胆囊切除术顺利完成，同时完成了胆囊癌根治性切除，比预计手术时间至少节省四十五分钟，也就是为第二台手术争取了四十五分钟。

林风走出手术室的时候，洗手服上的汗还不及肝移植那次多。那日他不仅立于刀尖，同时被地狱的火烤着，因为她生死未卜。

他坚信，其他医生一定能救她。相信比不信要容易。

林欢站起身，远远地、悲伤地注视着他。他和他父亲真像，身高、语气，还有那双眼。他像那段痛苦不堪的过往一样，轰然而至。

"你在等我？"

她的目光如射线般发现了伤口："你受伤了？"

他抬手看了眼，撒谎说："不小心被门上的金属皮刮了一下。"

林风一回到病区，呼叫护士找来双氧水和碘伏，反复冲洗伤口。手术过程中他割伤了手指，但他没法立即处理伤口，时间不允许。这种情况应上报预保科，可这样会延误他第二天的工作，他祈祷只伤到了表皮。

他的祈祷没一次管用，三十六小时后，林风突发休克，高烧39.6度，确诊为败血症。

院长经过护士站时，视线被墙边火车般排列的大小礼盒吸引住了：牛奶，水果，坚果，罐装土鸡汤……还有两只被网兜困住的活鸡。鸡勇敢地迎上院长大人的冷硬的目光，坚韧不拔地挣扎起来。

院长大光其火，怎么回事，病房成什么了，农贸市场吗？！

护士长慌慌张张赶来，一看也傻了。原来是患者们听说林主任病了，自发前来探望，护士长好说歹说，结果他们扔下东西就跑，追都追不上……

院长令护士长赶紧处理，护士长心说她咋处理啊，也只能先应下来再说。

进到林风的病房，翻看完病历和检查单后，院长表情更加阴沉，厉声道："炎症这是没控制住啊！"一旁大内科主任小声解释着，院长环顾身后，厉声问："临床药师呢？"

林欢慌慌张张跑进，她刚在儿科参加药学会诊，突然被梁世尘招来"禁区"，有种高中时被班主任临时抽背全文的大祸临头感。

院长知道她，副院长向他汇报伤医事件的处理结果时，院长大为光火，居然都没报警？胡搞！他盯住对方："林欢是吧？之前采纳你的建议，使用大剂量头孢噻肟钠以及阿米卡星，效果并不显著，林主任体温未完全恢复正常，昨晚还出现了寒战，必须拿出有效手段防止MSOF(多系统器官功能衰竭)……"

寒战？林欢望向林风，林风微闭了下眼。

林风确诊时，大内科主任建议上万古霉素。败血症的病死率高，他们冒不起这个险。林欢反对时所有人都替她捏了把汗，药敏结果还没出来，以她对患者（林主任）的既往用药史研究表明，患者鲜少使用抗生素，无耐药史，如果此刻用顶级抗生素，后续如果再出现炎症，患者可能无药可用。抗生素的使用应遵循三级用药原则，尽可能从低等级药品用起，医务人员更应率先垂范。

争论时间虽不长，但林欢的战斗力爆棚，最终林风一锤定音，他信任林药师的专业度。

林欢定了定神："突发寒战应是革兰氏阴性菌释放内毒素引起，倘若体温高于三十八度五……"

早上她没参加查房，这部分她空缺，林风眼神示意她：达到了。林欢吸口冷气，病情严重了："为中和产生的内毒素，预防内毒素休克，建议加用白蛋白或单克隆内毒素抗体，不排除加用糖皮质激素——"

院长的目光如同两把铜锤，带着千钧重量，他不满意，非常不满意。

她勇敢地对视，眼睛像挥舞着板斧，一片尴尬的沉默。

院长鼻子里冷哼一声，掉转头祖父般慈爱地嘱咐林风好生配合治疗，早日康复回归岗位。

第二日林风出现过敏反应，手臂起了一层皮疹，护士赶紧换上第二序列的阿米卡星。林欢闻讯赶来时，各科的主任们都聚集病房，虽然他们都不喜欢林风的臭脾气，这会儿却都急眼了。大内科主任下达医嘱：上万古霉素。

林欢总觉得有哪里不对。每当她靠近真相时，会因脑子快速运转而浑身发热，她害怕这种燃烧的感觉，又沉迷于燃烧。

林欢查看替换下来的输液瓶："主任，我有个想法……"她的判断得到印证，头孢噻肟钠换了批号，虽是同厂家同剂量，有时会因更换批号造成患者出现过敏反应。

大内科主任不相信自己的耳朵："你的意思是继续使用头孢噻肟钠？"临床经验近三十年的他露出暴躁，像下一秒就要啸叫的开水壶。

"继续使用，但只能使用同一批号。"林欢给出了一个不可能的命题，同批号药整个三院缺货。

正预备出差的梁世尘在候机室接到她的电话时愣住了，又开始找麻烦了，但他却有种奇异的感觉，他淡淡说："我试试……"

留给他的时间不多。在阿米卡星滴注完成之前，他必须找到同厂家同剂量同批号的头孢噻肟钠，他询问所有兄弟医院药学部，没有，没有，都没有。

甚至有一瞬，他想，即使找到了又如何？或许林风依旧过敏？青霉素头孢类，有时即使同厂家同批号，头一天使用正常，次日也可能出现过敏反应……

他给能想到的所有人打电话，甚至包括前女友，她是医药公司的业务员，说不定有其他门路，电话打到手机发烫，依旧无果。

林欢联系认识的临床药师，暴露出她的短板，她没朋友。每每涉及专业知识，她就像辩论赛里最讨打的那个，不给任何人留面子，关键时刻无人出手援助，倒是有位学长语重心长规劝她：你这番折腾所为何来？能立功吗？药，是特殊商品，你这种私人行为，出了问题谁负责？

林欢一阵茫然，按常规换用第三代头孢其他药即可，但因为药品受潮退货，目前只剩这一种，而且，换药需要再次皮试，又要花十五分钟。没时间！输液瓶里的阿米卡星逐渐减少，每一滴药液都滴落得沉重而珍贵。

小米人脉广，有同学说她那有货，五十支，批号无误，小米狂喜之后才发现，同学的定位在北方。注射用冻干粉的保存和运输需要2—8摄氏度，现在室温是34摄氏度，无法快递。西药房主管径自接过小米的手机，对着手机说："没事，我让人亲自去取，麻烦准备好恒温箱和药品。"

小米惊讶地看着主管，这一趟来回可费点功夫，主管脸上带着蒙娜丽莎般神秘的笑："我老公正好出门旅游，让他顺路带回来，男人嘛，总要派点用场的。"小米多嘴问了下主管老公旅游的城市，真巧，也是北方，二者距离一千四百公里，不禁感叹我国之地大。

药敏结果还没出来，林欢下意识拧起指关节……护士长被她啪啪拧关节的声音弄得心惊肉跳，几度想制止都闭上了嘴。

大内科主任再次确认，林风的体温又回升了，主任看着只能再滴注十分钟左右的药液，低声呵斥道："还等什么，万古霉素配好了没？"

圆脸护士低声道："这就联系静配中心……"

大内科主任扫了眼焦虑的林欢，心里默默叹口气，他内心喜欢这孩子。她进医院的第一天，因患者高烧不退她守护了七十二小时，处方上的药和用量她都仔细推敲，她身上焕发的力量，包含着柔软、恻隐、设身处地，让沉沉重量安然垂直降落。她让他想起一位前辈，可惜，因一起官司被迫辞职。因此，他从没鼓励过她一句，医务工作者越易共情，就越易受伤。从长久计，淡定乃至淡漠，才是从医正道。

发烧中的林风开始呓语，喃喃念叨着一个名字，主任近前听了听，欣欣……欣欣？

他回头盯了眼满脸通红的小护士，看清了她的胸牌：姚心心。

主任内心不禁感叹了声："还是年轻好哇。"

阿米卡星还剩最后三分钟时，配好的万古霉素已悬挂在输液架上藐视着众生，护士长嘱咐小护士："等阿米卡星全部滴完再换药……算了，我自己来吧！"

大内科主任的手机震动，他接通电话，脸像被无形的手挤压出想哭的表情："你已经到医院了？好，好，好……"他没顾上挂电话，嘱咐护士，"调低阿米卡星滴速——"

梁世尘怀抱着恒温箱奔跑着，如同参加一场一个人的马拉松。电梯口有人接应，他享受了被两名安保护送的至高待遇，电梯一路不停，药直接进静配中心，核对无误后调配送往病房。

四十分钟后林风的药敏结果出来，推荐用药：头孢噻肟钠和阿米卡星。

梁世尘一直等林风苏醒才离开，醒来的林风说了句："我饿了。"

他的脸不由自主痉挛了一下，问："你还记得我是名药理学博士吗？不是伺候你吃喝拉撒的陪护——"

"记得。还记得你跟你姥爷姓，他老人家取的名——但愿世上无疾苦，宁可架上药生尘。"

大内科主任匆匆赶到急诊室，以为什么疑难杂症呼叫他，看到抢救床上躺着的老者，他认出这不是别人，正是伤医事件的凶手，因心梗发作被120送来。

接诊医生是主任曾经的学生，生性耿直，手上虽不停操作，身体却明显抗拒靠近对方。伤医事件虽被瞒下，但给临床医务人员内心带来巨大波动。主任一把掀开学生，他准备给这孩子上人生最重要的一课，竭尽全力。

肝移植患者今天出院，本想当面感谢主刀医生，得知林风住院中不便探望，送了面锦旗，上书八个字"神医妙药，素手回春"，被护士长用来遮盖那些找不到主的牛奶鸡汤。

小米午饭时告知林欢，十八岁的捐肝者放言明年要一举考取全国顶级医科大学。

林欢不禁莞尔，父亲去世时她何尝不是这样想，得看老天答不答应。

小米故弄玄虚说："然后人家又说，如果分数不理想，那就当个临床药师算了！"

林欢忍不住放声大笑："少年人的想法，如这天气，一霎儿风一霎儿晴，当不得真。"

梁世尘端着餐盘远远看着在靠窗位置上大笑的林欢，光线在她身上镀了一圈金，整个人都在发光。

梁世尘从林风高烧时的呓语里得知一个让他愕然的消息，一早他刚核对了林欢的干部履历表，曾用名：黄雨星；亲属那一栏出现了"林韵茹"，这个将他家拆散的女人还真是阴魂不散啊，他怔忡半晌。

假药案后黄雨星更名为林欢，林欢不知，梁世尘则随外祖父姓，这是他父亲姚之远的提议。

他的不锈钢餐盘里放着红烧肉和梅菜扣肉，散发出迷人香气。他试图将残局破解，他大步上前，像被地心引力指挥的苹果般奔向牛顿爵士。

原载《湘江文艺》2022 年第 4 期

主持人：**梁鸿鹰**

梁鸿鹰，文学批评家，《文艺报》总编辑。

Liang Hongying, literary critic and editor-in-chief of *Journal of Literature and Art*.

短
篇

推荐语

韩东的《诗会》讲述的是，远在外地的晓华突然得知母亲病入膏肓后匆忙赶回老家，四处寻医问药也无力拯救母亲。在母亲过世后，晓华和诗人朋友们临时起意，将丧礼告别仪式变成一场别开生面的诗歌朗诵会。晓华救母未果的痛苦和长时间的神经紧张，意外地被一场直面死亡的、纪念母亲的诗会给击溃然后消解。作品充满了对生命无常的反思，对灵魂的深沉拷问，叙事流畅而富于诗意。

《说文解字》作为蒋一谈的科幻短篇小说，主要讲述了一位退休教授老周与一台机器人小虎相处的故事。老教授的儿子意外去世，妻子远离了他，不得已在他乡生活。老教授在机器人身上获得了日常生活的安全感，他同时在机器人身上发现了儿子的影子。他想得到更多，而最后得到的却是怅然若失。作品探究人文与科技的碰撞与融合，凝视老人孤寂的内心，浓缩而饱满，简洁而优雅，展现了作者较为高超的短篇叙事能力。

姚鄂梅的《去海南吧》聚焦文颖和陈艺这一对多年闺密，写她们由于过度亲密，不停介入对方生活，既彼此获取成长力量，又暗地里各自博弈，小说通过一次启程的一波三折，写出了作者对女性闺密情谊的深度思考，写作手法考究，主人公心理得到深入揭示。

班宇的《漫长的季节》从容不迫地讲述了一个困境与希望的故事——主人公"我"为了久病在床的母亲得到照顾而嫁给护工之子闵晓河，不意在这段有名无实的婚姻里，却对闵晓河产生了复杂莫辨的感情，小说表明，现实生活纵然困顿，却始终饱含诗意，漫长的季节终归有告别的时刻，痛苦会照亮我们的感知，作者在氤氲水汽中描摹的图景，那以一腔孤勇渲染的浪漫，都让曾经的孤独、无助、彷徨，人生的无常与苦难，沁润为闪闪发亮的珍珠，与现实形成共振，与心灵达成契合。

吴君的《光明招待所》截取生活在灰暗中的黄梅珠收到女儿录取通知书这一天的生活片段展开故事。黄梅珠当年在村干部暗中帮助下，得到了进入国营单位就业机会，改革开放后，招待所改制，但年龄和虚荣心导致黄梅珠留在原地继续工作，开始接受命运的捉弄。女儿不想走母亲老路，无视"富二代"伸出的橄榄枝，在怀疑和嘲笑中选择复读，最终离开了这个所谓的富庶之地。小说话题沉重却构思精巧轻盈，故事曲折，充满张力。作家善于反思社会热点问题，驾驭当下题材，以深入肌理的细节描写，展现了个体命运和城市历史的深度缔结关系，引人沉思。

小说《娘亲》通过发生在解放军小战士葡萄和村妇五婶之间情同母子情逾骨肉的动人故事，用平淡的句式和洞悉世事的描述，揭示了淮海战役胜利之本：决定战争胜负未必一定是武器和兵力，人心所向和百姓的支持是更为重要的因素。

【作者简介】韩东，1961 年生，现居南京。诗人、小说家、剧作家、导演。著有诗集《白色的石头》《爸爸在天上看我》《重新做人》《他们》《你见过大海》《我因此爱你》《奇迹》等，言论集《五万言》。另有其他作品四十余种。新近出版的重要小说集有"年代三部曲"：《扎根》《小城好汉之英特迈往》《知青变形记》。

Han Dong, born in 1961, now lives in Nanjing. He is Poet, novelist, playwright, director. He is the author of a collection of poems *White Stone, Dad Looking at me from the Sky, Turn over a New Man, Them, You Have Seen the Sea, I Love You for It, Miracle,* and a collection of essays *Fifty Thousand Words*. There are more than 40 other works. Recently published collections of important novels include the "Age Trilogy" : *Rooted Roots, Heroes of a Small Town, The Transformation of the Educated Youth.*

诗　会

韩　东

　　《S 市晚报》每年都会举办一次题为"诗年华"的活动，已经举办了十届，晓华参加了至少八次。之所以如此频繁，是因为《S 市晚报》的总编当年和他是一个诗社的，哥俩推崇的也是同一批诗人。老朋友们借机相聚，不免其乐融融，但这并非晓华屡屡参加的唯一理由。

　　晓华母亲和哥哥一家就住在 S 市。每次参加"诗年华"晓华会顺便看望母亲，或者，看望母亲顺便参加一下"诗年华"。活动期间，晓华也曾把他的诗人朋友领到家里拜访母亲，老人家热情、健谈，给诗人朋友留下了难忘的印象。尤其是她特有的"气质"，按闻仁的话说："一看就是大户人家出身，阿姨才是真正的美人！"闻仁说这话时母亲已经年近八十了。

今年，"诗年华"举办前一个月，晓华就开始四处联系，问老朋友们是否来 S 市参加活动。多年下来大家都有一点疲沓，积极性并不是很高。"我铁定参加。"晓华说，"实际上在 S 市我已经住了三个月了。"原来晓华的母亲生病，他请了长假待在 S 市陪伴尽孝。

"一个月后，就算出现医疗奇迹，我妈也不可能完全康复。"晓华还说，"就算不是为了诗歌，你们也该再见我妈一次，见一面少一面。"

话说得唐突，而且，这完全是八竿子打不着的事，可见晓华心情之急切。考虑到他说话时的"语境"，大家也就不深究了。总之他七劝八劝，最后闻仁、李小松几位都答应一定来，不见不散。之后晓华又打着他们的旗号，给其他诗人打电话："闻仁、李小松肯定来，你就看着办吧。"

因此，这届"诗年华"应邀嘉宾是最整齐的一次。所谓整齐，是说老朋友们都会莅临。甚至尔夫（《S 市晚报》总编）一直想请但没有请到的女诗人卢敏琼受到蛊惑，也将出席。真是规模空前，令人神往。当然了，最神往的人还是晓华，三个月的孝子经历已经让他压抑坏了。

大概两年多以前，晓华母亲被诊断出肺癌，并且已是晚期。晓华和哥哥经反复考虑，最后还是决定采用中医治疗，让母亲服汤药调养。为此哥哥特地购置了一套单身公寓，请了保姆小张，让母亲住进去养病（哥哥家里有小孩，不利于病人静养）。

开始时，应该说中药效果还是很不错的，母亲狂咳了一阵后就不再咳喘了。她只是消瘦，短短的一年内体重从一百二十斤迅速减到六七十斤，只剩一把骨头了。后来中药也不吃了。是开方的医生觉得已无药可医，还是母亲根本吃不进去？并没有人告诉晓华。三个月前他再次来到 S 市，母亲已经停药，甚至进食都成了问题。晓华每天的任务就是监督母亲吃饭，尽量多吃一口——看她吃饭简直是受罪，两人受罪，妈妈咽不进去，儿子不忍目睹。此外就是摆弄设备，伺候母亲吸氧。晚饭后晓华回到借住的朋友的房子里，第二天一大早再去她那里。

晓华不是没有想过救母，但回天无力。大概一周后他就想明白了，医治已经结束，剩下的只是陪伴。

"诗年华"活动开始前十天，母亲的状况急转直下。说是"直下"，其实并没有一个明确标志，只是人消耗到一定地步，周围的氛围起了某种变化，出现一些细枝末节吧。

比如母亲总是坐在客厅里的长沙发上，晓华来了以后就坐在她身边。他觉得自己坐下去的时候，母亲那边便升了起来，就像跷跷板一样，或者像天平，称出了母亲的分量。

以前他就有这样的感觉，但没有这么明显，显然母亲更瘦更轻了。她穿一条带松紧带的睡裤，总是抱怨被松紧带勒得喘不上气来，实际上松紧带已经放到了极限，再要放松人站起来的时候裤子就会掉下去。母亲的感觉没有道理可言，晓华再一想马上就明白了，她的身上已没有脂肪，甚至没有肌肉，松紧带隔着一层皮直接勒在了母亲的内脏上。

这并不是想象。一次，晚饭后晓华把母亲抱回她的房间，放在床上，手伸进被子帮她整理了一下衣服，拉抻妥，不小心碰到了母亲的胸腹部。他觉得他的手抓到了母亲的肝脏，或者是一颗心，血管狂跳，就像隔着一层纸——母亲纸一样干脆的皮肤。同时晓华的脑袋里映出了器官的形象，拳头似的心，或者是肝脏的扇叶，谁知道呢？就在他沉重的手掌下面。

晓华含泪又坚持了一会儿，这才把他的手拿开。

无论如何，他是不能参加"诗年华"了。十天以后母亲的情况只可能更糟。反倒是那些诗人朋友开始联系他，问他准备哪天报到，通报自己的航班，询问除了诗歌活动还有哪些节目安排。晓华一概敷衍过去，话也说得模棱两可。

"你怎么啦？不会不参加吧？"诗人朋友说，"把我们都忽悠过去了，你自己可别临阵退缩啊……"

"不会，不会。"晓华说，然后挂了电话。

由于他热情不高，后来诗人们也不再打电话了。晓华更是把活动的事搁置在一边，一心一意地陪伴母亲。

这天早上，晓华从借住的房子来到母亲的公寓，一进门就看见母亲坐在客厅的沙发上，似乎睡着了。小张在厨房里忙着什么，晓华过去打了个招呼，再次转回客厅。当时上午八点刚过，长沙发是朝东靠墙摆放的，阳光从阳台方向照射进来，映得母亲身后的白墙上火红一片，真的就像失火一样。在这片吓人的朝霞映衬下，母亲的脸色越发灰暗，她张着嘴，全无动静。晓华走过去察看，母亲张开的口腔就像一个浅浅的凹槽，里面已经没有丝毫唾液了。再一摸鼻息，母亲已经去世了。

晓华急忙喊小张，她扎着围裙从厨房走出来，惊讶得说不出话来。这才几分钟呀，哥哥前脚下楼去上班，之后晓华进门，前后大概十分钟都不到。当晓华打电话给哥哥告诉他"妈妈走了"，他的车还在路上塞着呢，没有到单位。

事发突然，但也在兄弟俩的意料中。哥哥转回来后，晓华和哥哥开始有条不紊地处理"后事"，联系街道，开死亡证明，致电 S 市殡仪馆。其间，他们把母亲抱回到卧室，放在她的床上，小张打水给母亲擦身子，换上已经准备好的衣服和鞋袜。

大概中午时分，殡仪馆的人到了，由他们接手，熟练地将穿戴整齐的母亲装入到一只专用的尼龙遗体袋中，刺啦一声拉上了拉链。母亲被拎了出去（两个殡仪馆的人一人拎着尼龙袋一端）。殡仪馆的人问有没有货梯，确认有货梯后，晓华和哥哥在前面探路，以免遇到邻居，引起大家的不适和嫌弃。好在这会儿正是上班时间，楼道里没有其他人。终于进到了货梯里，两个殡仪馆的人和晓华、哥哥站着，而母亲躺着，就在他们脚下的那只灰色的袋子里，靠着冰冷抛光的电梯厢的金属壁。他们带着那只装着母亲遗体的袋子向下降去，没有人说话。

忽然，电话铃响起，是晓华的手机。晓华拿出手机接电话，对方显得不无兴奋："我到酒店啦，你在哪儿？哪个房间？"是李小松，他的声音就像一连串迷你的小炸弹，在电梯里炸开。

晓华这才想起来，今天是"诗年华"活动报到。"我在电梯里。"他说。

出了电梯，晓华走到一边打电话，告诉李小松母亲刚刚去世，他们正准备送她去殡仪馆。李小松有些发蒙，不知道说什么才好。晓华说："我们回头再说吧。"

"也好，你先忙你的……节哀顺变……"

去殡仪馆的路上，他又接到了闻仁的电话，同样很兴奋，告诉晓华他已经下飞机了。之后晓华又收到一个诗人的短信，说他已经入住酒店，问晓华人在哪里。再后来，一直到天黑，就再也没有电话或短信了。母亲去世的消息想必在诗人中间已经传开，大家都知道了。

晓华看见小张坐在楼下小区的秋千上，似乎在等他。那是去母亲公寓的必经之处。昏黑中她慢悠悠地荡着，幅度不大，只能称之为摇。晓华走到跟前，小张止住秋千，但脚并没有放下地。她说："晚饭已经做好了，凉了你就用微波炉热一下。"今天以前，晓华都是在母亲这儿吃晚饭的，吃过晚饭哥哥来换班，他才会回到借住的朋友家。小张还记得他吃饭的事。

"你吃过了？"他问。

"我不想吃，今天就不吃了。"

不知道是哪里射来的光，也许是路灯亮了吧，照见了小张脸上的眼泪，亮晶晶的。说来也怪，这与母亲非亲非故的小保姆的悲伤，让他的心一下收紧了。

"我也不吃了。"晓华说，"我就不上去了。"

说完，他转过身，离开了这个母亲公寓所在的绿树成荫的小区。

他去了酒店，为诗人们接风的晚宴刚开始不久，晓华走进包间时喧哗一片。谁都没想到他会来参加活动，分贝顿时就降了下去。尔夫让服务员赶紧加一把椅子，晓华坐下后他这才代表大家向晓华表示哀悼。"老人家什么时候走的？"他问，仿佛这是活动主办方的一个问题。晓华照实回答，尽量做到简明扼要。

"上午八点，安然去世。下午已经火化了。"然后他说，"你们继续啊，别因为我妈妈……"但诗人们仍然免不了一轮致哀问候。

终于，尔夫端起了面前的酒杯，众人响应，饮之前他转过头来问身边的晓华："多大年纪？"晓华明白他的意思，答："七十九。""虚龄八十，也算解脱了。喝，喝！"

尔夫领头，一帮人开始聊诗歌和文学。说话时所有的人都不由自主地看着晓华，似乎在察言观色，就像担心说得太兴奋了，是对晓华的不敬。

"也许我真的不应该来。"晓华想，"一个刚刚死了母亲的人，坐在这儿，真是大煞风景了……也许，我妈去世是一个绕不开的话题，他们真的想知道妈妈的事呢？"

当有人再一次向他表达哀悼之意时，晓华索性说开了（说了很多）。

"就在她平时坐的那张长沙发上，霞光映红了整整一面墙，就在她身后，简直就像是着火了……我妈一直到死都很清醒，没在床上躺过一天，每天一大早起来就坐到沙发上，后来自己走不过去了，她就让小张抱她过去，就像那沙发是她的岗位一样。我每天看见她的时候，她已经在那儿坐好了。每天晚上我把她抱回床上才离开，可早上一来她还是坐在老地方。我妈的一天是从沙发上开始的，极有规律，就像太阳东升西落。似乎只有这样生活才可能继续，或者表明生活正在继续，这绝对是一幅永恒的画面，妈妈坐在沙发上……"

鼓掌。大家都觉得晓华说得太棒了，简直就是一首诗，一首杰作。由此话题又转移到了诗歌和文学上（这次非常自然），晓华想乘兴再说点母亲的事，已经插不进去了。

当天晚上晓华就住在了酒店里。第二天参加了研讨会和诗歌朗诵。一切都和往年一样，没有任何不同，只是他记得母亲刚刚死了，脑袋里有一个声音在不断提醒他这一点。

　　和老朋友们在一起仍然倍感亲切，其乐融融。但时不时地也会觉得彼此是在演戏。没错，问题就出在"彼此"上，现在他是他，而他以外的其他人是他们，他和他们之间就像隔了点什么，有一个无形而透明的罩子把晓华罩住了。他就戴着这个量身定做的罩子，就像宇航员穿着太空服，在意识的深空里沉浮，不免觉得晕乎乎的。他和他们一起吃饭喝酒，一起开会、走路、说话、读诗，但是，他为什么会在这里呢？

　　消夜的时候晓华向尔夫告假，说明天的活动他不参加了，因为要参加母亲的追悼会。尔夫不及反应，闻仁当即表示，他也不参加下面的活动，要去追悼会，"送阿姨一程"。之后，李小松几个也表示要去追悼会，所有的老朋友都表态了，要去追悼会，不参加活动了。剩下的几位诗坛新人自然积极响应。这一结果晓华始料不及，觉得真的太不好意思了，打搅到了大家。

　　"不行，不行。"晓华说，"你们来 S 市是参加'诗年华'的……"

　　"明天不就是组织游览吗？ S 市的所有景点我们都去过了……"李小松说。

　　"没错。"另一个诗人接过话茬儿，"只有 S 市的殡仪馆我们没去过，听说是新建的，市政府花了大钱……"

　　如果放在别的事情上，晓华或许会说："那我就不去了，留下来参加'诗年华'。"可那是母亲的追悼会啊，因此非常为难。这时闻仁又将了他一军："你不是说，让我们再见阿姨一次吗？见一面少一面。"

　　"我是让你们见、见活人，但我妈已经去世了。"

　　"生死都一样，我们非得见老人家一面不可！"

　　晓华于是解释，母亲去世的当天，也就是昨天，遗体已经火化了。"我妈一向爱美，"他说，"去世的时候人已经瘦得不成样子了，她肯定不愿意让人看见她现在的模样……"

　　"那也无妨，生或者死，有形或者无形，对我们来说都是一样的。"

"对，我们是诗人，可以想象……"

"在我们的心目中，阿姨永远是最美的！"

半真半假，一帮人开始起哄，越说越高兴，总之是非去追悼会不可。也许他们是想让晓华高兴吧，想让他现在就高兴起来。也只有到了现在，晓华才发现，过去的一天其实大家都很压抑。

最后尔夫宣布，明天的游览改在 S 市殡仪馆，并强调这是活动主办方的决定，不想去或者去过的人可以自由活动。众人报以热烈的掌声，竟有人吹起了呼哨。闻仁拍着尔夫的肩膀说："这是你为官二十载，做出的最英明的决定！"

"那是，那是。"尔夫说，举起手上的啤酒瓶。

母亲的追悼会于上午十点举行。一辆旅行大巴将全体诗人及会务人员拉到了殡仪馆。晓华、哥哥、嫂子以及从 N 市连夜赶来的晓华的女友都已经到了。嫂子怀里抱着的晓华的小侄儿，正挣扎着想要下地。哥哥单位的领导和几个要好的同事也来了。总算组织起一支三四十人的队伍，向告别厅进发。

工作人员递过来一张表格，让家属填写。问了才知道，是追悼仪式的流程，需要提交给主持人小姐的。几大栏，分别为"单位领导发言""生前好友发言""家属代表发言"。哥哥说："我们的情况比较特殊，死者单位不在 S 市……"晓华突然觉得灵感附身，打断哥哥道："不不不，单位里也来人了。"

他拽过表格和圆珠笔，开始填写。在"单位领导发言"里填了"尔夫"，"职务"为"S 市报业集团董事长兼《S 市晚报》总编"；"生前好友发言"一栏晓华则填了"闻仁"，"职务"为"中国当代著名诗人、大师"。填表过程中，工作人员狐疑地看着晓华，但没有说话，之后他收走了表格。

晓华此举完全是即兴，没有和任何人商量，填完之后仍然发蒙。当然不免有一点兴奋，大概他还没有从昨晚消夜时的氛围里出来吧，或者看见这帮诗人就有点不正常了。

于是，追悼仪式开始，尔夫便作为母亲单位的领导发言了。

尔夫身高体胖，大腹便便，一副领导的派头，的确也是领导，简单的致辞难不倒他。加上现成的套话、官腔……晓华怀疑他以前就在追悼会上致过悼词，很可能就是在 S 市殡仪馆，也许就在这间告别厅里。这么大个集团几十年下来能不死几个人吗……

然后是闻仁，作为母亲生前好友发言，边听晓华边觉得太合适了，至少形象上令人信服。闻仁比晓华大了近十岁，加上皮肤黝黑，面部表情深奥，写诗写到他那份上已经看不出年纪。说闻仁七十岁了，或者七十多了，也不会有人怀疑。但他的确不了解母亲，因此不断地重复道："大户人家出身，是真正的美人……年轻的时候还要美，关键不是美，是气质……她的美属于一个已经逝去了的伟大灿烂的辉煌时代……"

闻仁总算想到了一点什么，开始赞美母亲培养出了两个如此优秀的儿子："优秀、卓越，有目共睹……"但他对哥哥也不了解，不免含糊带过。说到晓华时则大大地夸赞了一番，晓华的诗歌、晓华的文学成就……

哥哥作为家属代表发言，总算有所纠偏。他深情回忆了母亲的生平，说到她的养育之恩。之后，哀乐声再次响起，大家列队向母亲告别，没有遗体，所有的人都对着骨灰盒和骨灰盒上方母亲的遗像鞠躬，献上白花。正要鱼贯走出告别厅，晓华（他正作为家属接受大家的致意）听见闻仁问主持小姐："还有多少时间？"

"嗯？"

"我们租用这里还剩多少时间？"

"没有多少时间……"

"没有多少时间是多少时间？"

"半小时吧。"

"够用了。"

说完闻仁拿过小姐手上的麦克风，音箱刺啦咚咚响了几声后，传出闻仁突兀而失真的声音："请大家留步，我们何不在这里举行一次诗歌朗诵，纪念晓华的母亲！"

于是，就有了这次特别的朗诵，就在这高大宽敞、大理石铺地、阴气森森，且四处透风的告别厅里。四周花圈环绕，母亲的大幅遗像自上方深情凝视，她的目光似乎看见了朗诵者的每一行诗稿……

闻仁显然有备而来，不仅亲自主持，也第一个朗诵了他的诗。那天诗人们朗诵的所有的诗，包括闻仁的这首都和"母亲"有关——《纯棉的母亲》：

> 纯棉的母亲，100% 的棉
>
> 这意思就是　俗不可耐
>
> 温暖　柔软　包裹着……
>
> 落后于时代的料子
>
> 总是儿子们　怕冷怕热
>
> 极易划破　在电话里
>
> 说到为她买毛衣的事情
>
> 我的声音稍微大了点
>
> 就感到她握着另一个听筒
>
> 在发愣　永远改造不过来的
>
> 小家碧玉　到了五十六岁
>
> 依然会脸红　在陌生人面前
>
> 在校长面前　总是被时代板着脸
>
> 呵斥　拦手绊脚的包袱
>
> 只知道过日子　只会缝缝补补
>
> 开会　斗争　她要喂奶
>
> 我母亲勇敢地抖开尿布

在铁和红旗之间　美丽地妊娠

她不得不把我的摇篮交给组织

炼钢铁　她用憋出来的普通话

催促我复习课文　盼望我

成为永远的 100 分

但她每天总要梳头　要把小圆镜

举到亮处　要搽雪花膏

"起来慵整纤纤手

露浓花瘦，薄汗轻衣透"

要流些眼泪　抱怨着

没有梳妆台和粉

妖精般的小动作　露出破绽

窈窕淑女　旧小说中常见的角色

这是她无法掩盖的出身

我终于看出　我母亲

比她的时代美丽得多

与我那铁板一样坚硬的胸部不同

她丰满地隆起　像大地上

破苞而出的棉花

那些正在看大字报的眼睛

会忽然醒过来　闪烁

我敢于在 1954 年

出生并开始说话

这要归功于我母亲

经过千百次的洗涤　熨烫

百孔千疮

她依然是 100% 的

纯棉

李小松的《母亲节》：

今天母亲节

给母亲洗了头

顺便给父亲

剪了指甲

听说女儿

也给她的母亲

发了

一个红包

卢敏琼的《妈妈》：

十三岁时我问

活着为什么你。看你上大学

我上了大学，妈妈

你活着为什么又。你的双眼还睁着

我们很久没说过话。一个女人

怎么会是另一个女人

的妈妈。带着相似的身体

我该做你没做的事吗，妈妈

你曾那么地美丽，直到生下了我

自从我认识你，你不再水性杨花

为了另一个女人

你这么做值得吗

你成了个空虚的老太太

一把废弃的扇。怎么能证明

是你生出了我，妈妈

当我在回家的路上瞥见

一个老年妇女提着菜篮的背影

妈妈，还有谁比你更陌生

西塞的《星期四：墓园》：

我们在墓园的山顶

正要离开，隐约传来一些奇怪的声音

我们以为那是哭声

四处望下去，整座墓园

并没有一个人

尔后，或许是风向的转变

我们确定那是一种模糊的歌声

慢慢变得柔缓、深情

向逝去的亲人

献上一曲是常有的事

谁的生前

不曾有过一首喜爱的歌曲呢

但此刻，除了山下几个翻新墓碑的

见不到任何多余的人

一直到走出了墓园

我都在想

妈妈平时最爱哼唱的，究竟是哪一首歌

尔夫已经很多年不写诗了，青年时代写的又不愿意拿出来，或者他就没有写过关于"母亲"的。于是就背了唐代孟郊的《游子吟》，倒也符合他的身份：

慈母手中线，

游子身上衣。

临行密密缝，

意恐迟迟归。

谁言寸草心，

报得三春晖。

晓华没有准备，轮到他时拿出手机翻找，终于找到了一首《忆母》：

她伸出一根手指让我抓着

在城里的街上或是农村都是一样

我不会丢失，也不会被风刮跑

河堤上的风那么大

连妈妈都要被吹着走

她教导我走路得顺着风，不能顶风走

风太大的时候就走在下面的干沟里

我们家土墙上的裂缝那么大

我的小手那么小，可以往里面塞稻草

妈妈糊上两层报纸，风一吹

墙就一鼓一吸，一鼓一吸……

她伸出一根手指让我抓着

我们到处走走看看

在冬天的北风里或是房子里都是一样

　　念着念着，晓华感觉到脸上有泪，这才意识到自从母亲生病以来他还没有哭过呢。母亲病重他没有哭，去世他没有哭，一直到刚才都没有哭，是诗歌让自己流泪了。不是这首《忆母》，而是诗人们念过的所有的诗，是这场诗歌朗诵会，是诗歌这回事，让晓华热泪盈眶……

　　正好晓华读完，主持人小姐走过来说："时间到了。"闻仁接过话筒说了句："圆满！"之后将话筒交还给主持人。

　　作者注：《纯棉的母亲》《母亲节》《妈妈》《星期四：墓园》四首诗分别为于坚、何小竹、尹丽川、毛焰的作品。感谢他们的授权，使这篇小说大为增色！

原载《花城》2022 年第 3 期

【作者简介】蒋一谈，小说家、诗人、童话作家。1991年毕业于北京师范大学中文系。主要作品有《鲁迅的胡子》《赫本啊赫本》《中国鲤》《透明》《刀宴》《发生》《在酒楼上》等。曾获人民文学奖、蒲松龄短篇小说奖、百花文学短篇小说奖、林斤澜短篇小说奖、《上海文学》短篇小说奖、《小说选刊》短篇小说奖、卡丘·沃伦诗歌奖等。

Jiang Yitang is a novelist, poet and fairy tale writer. He graduated from the Chinese Department of Beijing Normal University in 1991. His main works include *Lu Xun's Beard, Hepburn Ah Hepburn, Chinese Carp, Transparent, Banquet of the Sword, Happening, In the Restaurant,* etc. He has won the People's Literature Award, Pu Songling Short Story Award, Baihua Literature Short Story Award, Lin Jilan Short Story Award, Shanghai Literature Short Story Award, Selected Novels Short Story Award, Kachu Warren Poetry Award and so on.

说文解字

蒋一谈

无论棋类游戏平台如何便捷，老周还是习惯与人面对面对弈。三个月前，老彭双目失明后，老周的棋盘蒙了一层厚厚的灰。棋盘的一面是围棋格子线，另一面是象棋的楚河汉界，老周的围棋水平高于象棋水平，老彭则相反，这是他们保持对弈友谊的关键因素。

老周和老彭是同龄老街坊。老彭在公安局工作，四十五岁那年，他抓捕逃犯时右眼受了伤，几年后彻底失明，左眼视力也受到影响，退休五年后再也看不见这个世界。

半个月不见了，老周前去探望老彭。他在街角观看老艺人吹糖人，一个年轻人大摇大摆走过去，把他撞了一个趔趄，老周本想抱怨几句，对方恶狠狠的眼神让他闭了嘴。他一边往前走一边叹气。

老彭住在五楼，电梯就在眼前，老周非要爬楼上去，好像这样做才能把刚才的街头怨气消化掉。他扶着扶梯往上爬，气喘吁吁，中途休息了两次。他走到老周家门口，扶墙喘息一会儿后按响了门铃。

老彭的老伴招呼他进屋，他也不客气，直接走进老彭的书画室。

老周，你把那些笔墨纸砚拿走吧，我用不上了。

老周摆了摆手，随后他看着自己的手笑了。在老彭面前，动作已经多余。

不知咋搞的，我现在也不喜欢写写画画了，老周说。

老彭坐在窗下，晒着冬日暖阳，老周凑近老彭，观察老朋友的眼珠在眼皮后面转动，之前遗憾唏嘘的感觉消失了很多，取而代之的是淡淡的好奇。

现在这个世界真是乱糟糟的，充满了噪声，老彭说。老周赶紧坐下，听老彭继续说下去：现在醒来就想捂住耳朵，这不，你来了才把耳塞拔出来。

视觉神经衰退了，听觉神经会变得敏锐，老周知道这一点。你现在做的梦有变化吗？他问道。

每天做梦。我这辈子抓的逃犯，少说也有几百个，我还会在梦里抓逃犯，不少逃犯装上了机械腿，跑得飞快，有的还装上了飞行翼，我的子弹老是打偏。逃犯的血有黑色的，有绿色的，有橙色的，现在看不见了，就想在梦里把颜色全都吃了。老彭一口气说了这么多。

老彭，我也差点当警察啊。老周笑着叹了口气。

老周，这话你说了几十遍了。我其实挺羡慕你的，大学教授，知识分子，有学问，文章写得好，古文底子厉害，我是真佩服。有一年抓杀人犯，通缉令发出去很久没人报警，急死我了。你听说后，用史记体文言文写了一篇杀人犯小传递给我，我们在网上贴出后，网民一个劲儿夸赞，疯狂转发，很快把逃犯逮住了。

老周笑了笑，这件事他当然记得。他只是把肚子里的古文墨水滴了几滴而已，不值得炫耀。

这时，一个电子声音在门外响起：彭老师，该吃药了。

萌萌，进来吧。老彭说。

老周记得，萌萌是老彭养的宠物狗的名字，已经去世两年了。

门开了，一个乖巧的机器人轻快地走进来，朝老周点了点头，接着走过去，把手里的水杯放在老彭手上，老彭接过水杯，乖乖张开嘴，伸出舌头，机器人捏住药片，轻轻放在老彭的舌头上面。老周坐直身子，满眼惊讶地看着眼前的一幕。老周在商场和游乐场里见过机器人，在人家里目睹机器人工作还是头一回。

你吃完了药，我才离开，陈老师吩咐的，机器人说。

陈老师是老彭的老伴。老彭喝了一口水，把药片咽下去。

好的，我走了。机器人说完，朝老周点了点头，老周点头回礼。

行啊，老彭！门关上后，老周说道。

你还真别说，机器人啥都能干。我现在还能动，可是我很愿意让机器人为我洗澡，抱我上床，帮我按摩。有了机器人在身边，我不用拐杖也不怕摔倒了，它能随时保护我。机器人真不赖。老周，你也买一个吧。

老周的心动了。机器人会下棋吗？

老彭撇了撇嘴。你能干的机器人都能干，下棋小菜一碟。可惜我现在看不见了，要是能看见，我每天跟机器人下棋，不跟你玩了。老彭说完哈哈大笑。

老周在机器人商店转悠了大半天，看中一个浑身幽灰、躯体健壮、比自己高出一头的机器人。

个人买还是公司买？导购员嗑着瓜子说。

有啥区别？

那区别大了。这是安保型机器人，负责展览和会场安全保卫，可以承担银行运钞车和重要物资的押运，还能担任私人保镖，这种型号的机器人防雨防雷电，能承受一千斤的重压，奔跑的速度为每秒十五米。家里用的话，推荐你买机器仆人，也就是机器人保姆，那个实用，价钱便宜很多。

安保机器人也会下棋吗？

这里的机器人都会下棋。

老周的视线一直停留在安保机器人身上。

听我的没错。机器人保姆很实用，我带你看看去。

老周没有移动脚步，仔细观察安保机器人有棱有角的脸庞和泛出蓝光的电子眼，然后走到机器人身后，观察它线条隆起的腰背和双腿。真是强壮啊！如此一比，老彭家的机器人就像一个中学女生。

我还是喜欢这个。老周点了点头。

我可给你说清楚，安保机器人可没有保姆机器人灵巧。这么说吧，安保机器人简单实用，像一个老爷们儿，保姆机器人呢，像灵巧的小姐姐大姐姐。安保机器人现在还没有安装洗衣、做饭和动作按摩程序，如果客户需要，也可以安装。

买回家后，安保机器人会伤害我吗？老周握紧拳头比画。

导购员连连摆手，一颗瓜子卡到牙缝里了，她把瓜子弄掉，继续说：你输入了个人和家人信息，安保机器人会负责保护你们一家人。说白了，安保机器人就是机器人保镖。

一家人。听到这三个字，老周黯然神伤。儿子二十岁那年，陪他母亲、老周妻子去海边旅行，在海边跳水时脑袋触礁意外去世，妻子痛苦万分，两年后与老周离婚回了老家。如果儿子还活着，今年三十五岁了。这么多年，老周独自生活，他了解妻子的性格，她肯定也是独自生活。

老周再次端详机器人。机器人和儿子差不多高，比儿子壮一些。

还有啥问题？导购员把柜台上的瓜子皮扫进垃圾桶。

安保机器人会伤害其他人吗？老周担心发生意外事件。

除非主人受到伤害，否则安保机器人不会主动出手伤人。它们有强大的内置安保和检测分析系统，会做出最合理的举动。

嗯……

还有啥问题？

老周双手环抱胸前，摇了摇头，满意地笑了。

相比之下，老周更爱围棋，他的围棋水平是业余三段。货运员把安保机器人送到家里，技术人员阿昆协助老周输入个人信息，调试好围棋对弈程序，还给机器人取了一个名字：小虎。这是老周儿子的乳名。儿子出生那天，老周正陪研究生导师在狮虎山参观游览，便给儿子取了这个名字

选一下称呼你的方式，阿昆说。

老周盯着电脑屏幕。董事长、总经理、老板、经理、老师和师傅。

周老师吧，老周说。

阿昆在"老师"前面加一个"周"字，按下确认键。

安保机器人会武术吗？

当然会，要不咋保护你？

都会啥？

现在安装的是拳击格斗和截拳道动作程序，足够用了。

这个机器人，能打翻几个成年人？

少说四五个吧。

老周嘴巴半张，用力点头。

你想安装洗衣、做饭和按摩程序吗？

其他客户安装了吗？

还没有，你是头一个。

老周思索片刻，摆了摆手。他在心里想：健壮的安保机器人洗衣做饭，感觉有点滑稽。再说了，自己一个人过，没那么多家务，腰腿还利落，现在

不需要按摩。阿昆的提醒让他放了心：你想安装了，随时通知我，这是我的电话。你现在试一下吗？

对了，我能带它旅行吗？

当然可以，每个机器人都有身份编码。乘飞机坐火车，需要买机器人专用票。

老周的满意度又提升了一层。技术人员打开电源，机器人扭动躯体，伸展手臂和双腿，就像一个人刚刚睡醒，尽力伸着懒腰。老周听见机器人的躯体里面发出刺啦和嘶嘶的声响。这声响让他兴奋起来。

我是小虎，周老师好！机器人说。

机器人发出的电子声音很有质感，老周很喜欢。小虎，你好，见到你很高兴。老周搓着手说。

尽职尽责，永不懈怠。很高兴为你服务。小虎说。

老周忍不住笑了。阿昆和货运员离开后，老周转着圈端详小虎，嘴巴越张越大，笑声拖得越来越长。

周老师，我开始工作了。说完，小虎直接走到门后，双臂抱在胸前，稳稳地站在那儿，一动不动。小虎的举动让老周哭笑不得。你真像一个保镖，不，你就是保镖，都到家里了，还要站岗放哨，真是尽职尽责。老周走过去，伸手抚摸小虎隆起的胸肌、粗壮的手臂和大腿，某一刻，他感觉像在抚摸儿子。他被异样的感觉惊醒，急忙缩回手，怔怔地转过身。

老周草草吃完晚饭，把棋盘擦干净放在桌上，又给自己泡了一壶茶。

小虎，下盘棋吧。

好的。小虎坐在对面。

老周抓起一把棋子放在棋盘上，让小虎猜子。小虎伸出一根磁力手指——单数。老周数子，双数，小虎猜错了，老周执黑先行。在下棋的过程中，小虎沉默不语，老周想说话调节气氛，小虎说：观棋不语，下棋也不能说话。老周看着小虎，点了点头。

第一盘，老周输了五目。

周老师，要复盘吗？

不用，再下一盘。

好的。

第二盘，老周输了七目。他看着棋盘，眨了眨眼，感觉自己并没有走出明显的恶手，咋就输了呢？他不服气。再下一盘，他说。

好的。

第三盘，老周中盘输棋。他在打劫的时候忘了次序，连续走了两手，违规判负。小虎抓住他的胳膊，他才醒悟过来。

这盘不算，再下一盘。说完，他又摆了摆手。

周老师，要复盘吗？

老周和老彭下棋，从来不复盘。

复盘才能涨棋，小虎说。我们先说第一盘。

好吧。

复盘的时候，小虎这样说道：周老师，你的棋规规矩矩，基本功还可以。不过，你下棋的时候过于小心翼翼，该攻击的时候显得犹豫不决，过于软弱。

小心翼翼、犹豫不决、软弱，这三个词刺痛了老周的神经，他抬起头，看着小虎。小虎看着棋盘，摆着棋子，继续说道：你这个弃子争先是正确的，大场在左边，我也不会吃你这三颗废子。你的这手棋没有意义，等于让我白走了一手棋，你应该切断我这两块棋，分而攻之，从中获利。

老周在听，但思绪处于焦躁的状态。他站起身，走进卧室。小虎把棋子收拾好，放进棋盒，走到门后站岗放哨。

老周处于半睡半醒的状态。半睡的时候，他看见父亲的身影，那是一个文弱的中学语文老师的身影。父亲对他说过：你要好好学习，争取考上大学，如果考不上大学，你就去当警察。

为啥当警察？

社会险恶，当警察才能保护你。

填报高考志愿的时候，除了文科院校，父亲亲自为他选择了离家乡近一些的警官学校。夜深人静，他听见父亲和母亲的对话。父亲说，儿子从小胆小，当警察能锻炼他，那身警服能保护他。母亲说，现在社会复杂，犯罪的人多，又心狠手辣，当警察可是危险职业。父亲说，儿子毕业后我请以前的学生帮忙，让儿子去公安局办公室工作，不用拿枪出警，这样就没有生命危险了。老周后来拿到师范大学文学院录取通知书，而父亲并没有表现出特别的兴奋。

半醒的老周看见九岁儿子的小脸。儿子和班级同学玩闹，最后发生打斗，老师让家长去学校。儿子见到爸爸，顿时摇头晃脑，眼睛瞪圆，神气起来。同学的爸爸是汽车修理公司老板，体型壮实，寸头横肉，迈着螃蟹般的步伐走向小虎，指着小虎的鼻子骂道：小兔崽子，是你碰我儿子的吗？

是我，咋了？小虎仰起脑袋。

看我不削你！男人伸手掐住小虎的脖颈。小虎的眼神余光看着爸爸，老周急忙上前，笑着说道：我是小虎的爸爸，有话好说，别动手，孩子在一起玩，难免磕磕碰碰。男人看着老周，大声说道：算你明白。儿子，走，吃烧烤去！

小虎哭着跑远了，之后连续三天没和他说话。如果时光重来，在那一刻，我一定会冲上去猛击男人的面门，打得他倒地求饶——真的会这样吗？我有这样的胆量和本事吗？老周迷迷糊糊，即将入梦的时候，他听见自己的声音：小虎，小虎……

周老师，你叫我？小虎站在床前。

老周睁开眼，眼泪顺着眼角淌下来了。

没事，没事……老周把头扭过去。

第二天一早，老周打开衣橱，从最底下的箱子里找出儿子的运动跨栏背心，套在小虎身上。颜色鲜亮，尺寸合适。他拨打阿昆的电话，请他来家里一趟。阿昆到了家里，以为他要安装洗衣、做饭和按摩程序。

我想改一下机器人的称呼。

改成啥？

爸爸。

爸爸，你叫机器人爸爸……嗨，我明白了，你想让机器人叫你爸爸。

老周连连点头。

这个不难。改这种称呼，你可是头一个。

谢谢，谢谢！

不客气。

阿昆走后，老周看着小虎，按下电源开关。

爸爸，我喜欢这个背心，小虎说。

老周慢慢露出微笑，嘴唇微微发颤，迟迟说不出话。

老周的心情渐渐舒朗，那是发自内心的舒朗。他想把购买机器人的事说给老彭听，后来决定还是过段时日再说。他带着小虎步行逛街，路人笑看小虎身上的跨栏背心，老周起初笑着点头，后来不以为意了。下午的阳光，在寒风的驱逐下渐渐隐去，天上的云层越来越厚。老周路过一家书店，店员正在拆包搬运书籍。老周心情很好，翻看一本《老子注解》，皱了皱眉头。

小伙子，这个版本不太准确，换一家出版社的吧。

咋了，这个版本很好卖。

你看，这个版本是传世本《道德经》，用的是"知者不言，言者不知"，而帛书上老子的文字是"知者弗言，言者弗知"，一字之差，意义截然不同……

知道的人不多说话，多说话的人不智慧，不就是这意思嘛。店员打断老周的话，呵呵两声。管那么多干吗，好卖就行。

你……老周一口气憋在那儿了。

你耐心听，好吗？小虎低头注视着店员。

店员仰起头，默默看着小虎。

小伙子，"知者弗言，言者弗知"才是正确的。这个弗字不是不的意思，后人演绎错了。弗的本意是背离，这两句话是在提醒后人，人的认知，用言语表达出来时，就会出现偏差；用言语描述内容，受众接受的时候，也会背离原本之意。

店员注视着老周，听他继续说下去。

我说完了。老周摊开双手。

店员扭头进了屋。老周看着小虎，竖起大拇指。

小虎，我们走！

好的！

一个大纸盒子随风飞来，离老周还有两三米远的时候，小虎伸手挡开了。有小虎在身边，危险自然远离。老周背着手，仰起下巴往前走。家就在前方，老周的肚子咕咕叫，熟悉的酒馆和面馆随便选，老周走进酒馆，点了一盘酱牛肉、一盘油炸花生米和一碗青菜面条。他想喝酒，买了一瓶二锅头。那个名叫珍珠的女人是酒馆的老板兼主厨，她碰巧提着菜刀跟老朋友话别，看见了老周和小虎，大步走过来。

周老师，这是你的机器人？

小虎迅速挡在老周面前，举拳摆出防守姿势。

哎哟喂，这是你保镖啊！

老周拉住小虎，笑着说：小虎，都是老朋友，没事。

小虎放下手臂，静立老周身边。开货车的大鹏仗着年轻力壮，大步走过来。周老师，我想跟你的保镖掰掰手腕。

没问题，老周说。

大鹏握住小虎的手，使出全身的力气，脸庞和脖颈憋得通红，小虎的手臂纹丝不动。大鹏自己把自己累倒了。他摇了摇头，喘着粗气，随后提高嗓门说：不是我不行，机器人太厉害！说完，他大笑不止。

周围的食客看看小虎，看看老周，啧啧称奇。老周细斟慢饮，面带微笑，旁若无人地欣赏小虎，在心里想：要是小虎活着，我们爷俩一起喝酒，多美啊！这样的思绪自然而然，并没有减弱老周的晚餐兴致。

下雪了，有人喊了一声。老周和小虎扭头看，雪片正缓缓飘落。雪助杯中酒，老周一饮而尽。暮色降临，雪片变成了纷纷雪花，淡化了暮色的浓度。

一个小时过后，老周酒足饭饱，结账离去。雪地路滑，小虎扶着老周往前走，老周故意扭了一下身体，小虎一把抱住了他。老周的脚离开了地面，整个身体非常轻盈，那是比喝了酒还舒服的感觉。

爸爸，我背你回家吧。

爸爸。小虎的声音近在耳畔，老周很感动。

小虎，我能行。我们回家去。

爸爸，爸爸……老周默念着这两个字。这是小虎第一次这样称呼他。老周知道，对小虎而言，"爸爸"只是一个称呼，并没有其他含义，但他已经心满意足。

夜色里，街灯弥散出来的光晕，映照出雪花飘落的轨迹。老周停下脚步，仰起头，伸出舌头，舔着雪片——他和儿子玩过这个游戏。路上无人，警车的顶灯和尾灯清晰可见。一个警察从车里走出来，把手里的纸贴在电线杆子上。老周经过电线杆，抬头往上看，雪花扰乱了视线，他隐约看见纸上的五个字：悬赏通缉令。老周摇了摇头。现在的悬赏通缉令真是越来越多了。他搂着小虎的胳膊往家走去。

回到家做的第一件事，就是脱下小虎身上的背心，然后拿出干净的毛巾，仔细擦拭小虎躯体上的雪水。

我是防水的，不用擦。

老周固执地摇头，小虎乖乖站好，随老周摆布。从头到脚，身前身后，各个缝隙，仔仔细细。擦拭完毕，老周额头上冒出细汗，心里充满了幸福感。老周走过去清洗毛巾，小虎走到门后，开始站岗放哨。

茶水壶在炉火上了，过一会儿边喝茶边和小虎下棋。老周的脑袋靠在沙发上，眼神不经意扫过书橱，儿子小时候的照片映入眼帘。他起身走过去，摸了摸儿子的小脸，在相框旁边看到一本《青少年说文解字图画书》，这本书是他当年买给儿子的，书角有明显的卷痕。他闻着书本走回沙发，慢慢坐下，热水已经烧开，发出呼呼声响，他居然没听见。他看到一个"从"字，眼前一亮，随后抬起头看着小虎，忽然激动起来。

小虎，你过来一下！

小虎一个箭步跑过来。

来来来，坐下。

小虎在对面坐下。

小虎，你认识字吗？

我不懂你说啥。

这个字念啥？

小虎摇了摇头。

在老周的意识里，机器人能说话，会很多技能，肯定认识很多汉字。小虎的回答让他有些迷惑。老周拨打电话问询阿昆，阿昆告诉老周，他们会给办公室文案机器人安装文字编辑和翻译程序软件，安保机器人不需要这些，如果想给小虎安装文字编辑和翻译程序软件，需要补交一些费用。老周在电话这端连连摆手：不是钱的问题，我想问，我想教小虎学习新知识，它能记住吗？

当然能记住！机器人有很好的记忆和学习能力，你教啥它会啥。

那我明白了，谢谢，谢谢！

放下电话，老周再次注视小虎，小虎也看着他。

小虎，从今天开始，我教你认汉字，好吗？

你教我学啥我学啥。

老周拿起书本，指给小虎看：小虎，这个字念从。

小虎念了一遍，又念了一遍。

小虎，你看，这个字由两个人字组合而成，一边一个人。我是左边这个人，你是右边这个人。

小虎伸出手指，指了指老周，指了指自己。

小虎，你真聪明！老周双掌合缝，像哄小朋友那样鼓了鼓掌。

你是人类，我是机器人。小虎说。

小虎，从这个字，是跟随、跟从的意思。也就是说，我跟随小虎，小虎跟从我。

我跟随小虎，小虎跟从我。小虎重复了一遍。

小虎，你可以这样说——我跟随爸爸，爸爸跟从我。

我跟随爸爸，爸爸跟从我。小虎念道。

小虎真棒！老周笑起来，伸手摸了摸小虎的脸颊。

这个夜晚，在茶壶冒出的氤氲气息陪伴下，小虎认识了这些汉字：日、月、山、水、木、火、禾、田、土、雨、雪……午夜时分，老周没有丝毫睡意，继续教小虎认字识词：爸爸、妈妈、儿子、天空、大地、阳光、河流……小虎学习的兴趣越来越浓。

教小虎认汉字，绝对是意外的收获，更是往日记忆的重温，老周因此获得了极大的满足。小虎乐于学习，老周更是乐此不疲。这一天，老周带小虎逛街，小虎一路上不停地念叨学过的汉字和字词，声音居然有抑扬顿挫的感觉。一个抱小孩的女人不屑地说：瞧这个机器人得意的，会说话的机器人都会认字。

那可不一定，小孩会说话，小孩不一定认字。老周辩解道。

小虎看见街边的路牌，指着其中标黑的两个大字问道：这两个字念啥？

焦虑。

焦虑是啥意思？

老周站在那儿想了一会儿，该咋解释呢？身上没带笔和纸，老周从旁边的小店里借了一张纸和一支笔。小虎，这个虑字，繁体字是这样写的——慮，你看下面有个"思"，虑就是心思过多的意思，而焦虑就是心思太多太多，快把自己烤焦了。老周看着小虎，双手不停地揉搓着胸口。

小虎点了点头。老周忽然想起《黄帝内经》里有这样的解释，随后说道：因思而远慕谓之虑。也就是说，为那些还没有发生的事想太多，心里就会焦躁不安，对未来没有安全感，心里也会焦虑忧愁。说完这些，老周看了看周围的人，这些人的脸上没有喜色，眼神和脸色显示出忧心忡忡的样子。老周叹口气，把笔还了回去。

这两个字念啥？刚走几步，小虎拉住老周的胳膊。

烦躁。老周说完，抬头看到一个店牌——心理诊所。

烦躁是啥意思？

老周边走边说：烦是会意字，由火和页组合而成。页，指的是人头。老周摸了摸自己的脑袋和头顶，小虎也摸了摸自己的脑袋和头顶。老周接着说：烦是指热头痛，也就是头痛脑热，上火发烧。躁这个字啊，是心神不宁的意思。古人说，躁者不静，心虚发慌。

老周停下脚步，看着眼前的人群，继续说道：小虎，你看周围那些人，走路这么快，就是心绪烦躁的表现。有些人每天忙得昏天黑地、四脚朝天，也是心虚发慌、内心烦躁的表现。对了，有的人一坐在那儿就抖腿，控制不住，也是心绪烦躁的表现。现在的人，因为一点小事就发火发怒，好勇斗狠，也是内心烦躁的表现。老周长长地叹了一口气，最后说道：竞争、攀比、欲望，这些都让人内心升火，想停停不下来，想静静不下来。

继续前行。小虎忽然走到旁处，拉住一个男人的胳膊，说道：你烦躁了，别走这么快，好吗？老周急忙上前给人家道歉。小虎看到别的招牌，还想继续认字，老周拉着它往前走，可是力气不够，小虎挣脱了他的手，扭摆了一下躯体，虽然这是很小的动作，却让老周深感意外——一个躯体健壮的安保机器人，一个机器人男子汉，咋就做出了女孩肢体扭摆的动作了呢？而之后发生的一幕，让老周暗暗担心起来。

一个老汉挥舞鞭绳，抽打地上的陀螺，转动的陀螺在冬天的空气里发出很大的声响。老汉想让陀螺转得更快一些，他弯腰起身，几乎用尽全部的力气挥动鞭绳，鞭梢在空中疾飞，而老周和小虎就在老汉身后。

小虎在身边时，老周是被保护的角色，他早已习惯了这一切，对周围的环境失去了戒备之心。鞭梢突然划过老周的面颊，留下一道红色印痕。

啊！老周疼痛难忍，双手捂住脸。

你咋了？

你！老周叹口气，瞪着小虎，啥也没说，快步往前走。小虎跟在后面，不停地说：等等我，等等我。

如果再靠下一点，鞭梢会在脖颈动脉处留下血痕，甚至是血口子。老周知道其中的危险。怒气在累积，他在克制。小虎在门后站岗放哨，好像什么事也没发生。之前，小虎站岗放哨的时候，双臂抱在胸前，稳稳地站在那儿，一动不动，现在则有了变化——小虎稳稳地站在那儿，双臂环抱胸前改成了双手交握胸前。老周走过去，拉开小虎的手，把它的手臂环抱在一起。

老周想出去吃碗面，小虎跟在后面，老周让小虎走在前面引路，小虎走在前面，走了几步放慢了步伐，走到老周侧面靠后的位置。

小虎，你在前面走啊。

你不是说让我跟随你吗？

老周往前紧走几步，在楼梯拐角处，老周没有抓稳扶梯，脚下一滑，一条腿踏空，半边身子侧滑，顺势斜坐在地上了。小虎俯身拉住老周的胳膊，慢慢说道：我拉你起来吧。

老周故意抓紧扶梯，抬起眼看着小虎：你知道你是谁吗？

我是小虎啊。

你知道你来家里干啥吗？

我是安保机器人，负责保护你啊。

你保护我了吗？你尽到责任了吗？

我走在后面，没看见前方的情况。

老周用手指着脸上的红色印痕：你今天为啥不保护我？因为你，我才受的伤。你现在根本不在工作状态！

小虎低下头，沉默不语。

老周没有了吃饭的兴趣，转身回到了家，气鼓鼓躺在床上，小虎站在门后站岗放哨。老周忽然醒悟了什么，并因醒悟而有些内疚。他拨通了阿昆的电话，说明了情况。阿昆恰好经过此地，很快到了家里。

阿昆关闭小虎的主电源，把电脑硬盘连接小虎的大脑神经系统，检索后摇了摇头。他合上电脑，顺手打开小虎的主电源。阿昆刚想说话，老周使了个眼神，他随老周进了卧室。

我还是第一次遇见这种情况，阿昆说。小虎的脑神经都很正常，运动神经中枢的信息发送有些延迟，这个问题倒不复杂。安保机器人属于特殊工种机器人，需要长时间保持紧张状态，不能让神经和肢体关节长时间松懈，松懈时间久了，负责运动的电子元件和中继系统就会处于休眠状态，休眠时间久了，机器人的特殊功能就会退化，甚至丧失。人其实也是这样，在家里躺久了，肌肉会失去弹性，浑身会没劲，精神也很难集中。

老周听懂了。我现在做啥能帮助小虎恢复功能？我希望它能像之前那样，随时能出手保护我，让我有安全感，小虎是我晚年生活和出行的保镖，我现在有点……离不开它。

你上次说要教小虎学习新知识……

说文解字，小虎学得可快了。老周发觉阿昆的眼神不对。

我担心新的知识会紊乱小虎的记忆神经，现在只是担心。你没教它学什么乱七八糟的东西吧？

那怎么可能！我把它当儿子看，我在用心教它学习汉字！

万一不行，就得把小虎的记忆格式化。

格式化？

就是把之前的记忆全部删除，从零开始。

我不想这样！老周不想失去这些时日的记忆，他非常珍惜。

阿昆沉默不语。老周忽然有了主意：你配合我做个实验吧。

实验？咋配合？

你装作打我，我大喊大叫，看小虎会不会进来保护我，如果它保护我，就说明你刚才说的是对的。

好吧。

快抓我的脖领子，这样抓。

好。阿昆抓住老周的脖领子。

用点力！

好！

老周开始大喊大叫：小虎，救命啊！有人打我了，救命啊！

小虎推门进来，上前拉住阿昆的胳膊，说道：别打了，别打了。小虎的声音温和，动作没有力度。阿昆是热心人，也是明白人，他双手加了把力，摇摆老周的脖颈，老周故作挣扎。小虎，救救我，救救我！

小虎忽然有了反应，一把推开了阿昆，阿昆应声倒地，双手护住脑袋。小虎冲上前一把拎起阿昆，要把他举上天。

对不起，我投降！阿昆大声求饶。

老周扑上去，一只手挡住小虎的手臂，一只手托住阿昆的屁股。

老周和阿昆的实验意义重大，但在老周心里这只是一个起步。在家里的时候，老周会随时偷袭小虎，训练小虎的机警和反应能力。他举起拳头击打小虎的胸膛，小虎一动不动。

小虎，你打我啊。

你是爸爸，我不能打。

老周的拳头停在半空。你是爸爸，爸爸，爸爸……小虎已经很久没叫他爸爸了。这一刻，不知怎的，老周低下头，眼泪婆娑地看着小虎的脚。他再次握紧拳头给自己鼓劲。

小虎，社会很危险，我们要武装自己。

武装自己？

听爸爸的，好吗？轻轻打我，把我推到沙发上。

我做不到。

我允许你这样做，快！

好吧。

小虎轻轻一推，老周倒在沙发上了，小虎急忙伸手扶起老周。

第二天他们出去逛街，老周看见两个小伙骑着一辆摩托车慢悠悠闲逛。他找准机会，眼神瞟向别处，加快步子走向摩托车。摩托车倒地，他也顺势倒地。

你走路咋不看道，碰瓷啊！

哎哟，哎哟，你撞我了……老周故意呻吟，眼神瞟向小虎，小虎走过来，弯腰扶起老周。一个小伙冲过来骂道：这年头，真是坏人变老了，老不死的，滚！

老不死的是啥意思？小虎低头问道。

老周又气又恼，猛拽小伙，小伙挥拳击打老周的脸。

小虎，快来救我！老周喊道。

我来了！

小虎抬起头，上半身扭动几下，伸手握住小伙的拳头，一个旋转就把小伙推倒了，另一个小伙举着木棍冲上来，木棍砸在小虎身上断成了三截。小虎振臂喊了一声，弯腰抓起歪倒的摩托车，想直接摔出去，老周赶忙起身，趴在摩托车上阻止了小虎。

老周的脸上挂了彩，青一块紫一块。看着围观的人群，老周心里怪怪的。身为一个老教授，做出这档子事，怪难为情的。可是，为了训练小虎的安保意识和保镖反应能力，只有这样的实战才能起作用啊！

他们去药店购买擦伤活血止痛膏。几个孩子在路边的游乐场里坐小火车，小火车的喇叭声吸引了小虎，它走过去，安静地站在那儿看。老周在椅子上坐下，摸了摸脸上的伤，看着小虎的背影，想起自己的儿子。

一阵寒风吹掉了老周的帽子，挤进他的裤管，他僵硬地摇晃了两下。他弯腰捡起帽子，不多的头发也被吹成残败的拖把状。地上的碎纸屑打着旋，一层覆盖着一层，老周注视着碎纸屑，想到孤独的晚景，眼睛一下子湿润了。这一刻，老周很想带着小虎去寻找妻子。

老周和小虎走进了药店。老周选药的时候，一个女人走过药店门口，哭泣着说：你别说了，我为你感到悲哀！

悲哀是啥意思？小虎看着老周问道。

老周查看药盒上的文字，没有说话。

悲哀是啥意思？小虎再次问道。

一位须发皆白的老医师，看看老周，看看小虎，说道：嗯，这个机器人很爱学习。

老周淡淡一笑。

我能替你解释一下吗？老医师说。

老周点了点头。老医师拿出纸和笔，面向小虎，一边写字一边轻声说道：悲这个字，重点是上面的非字。在金文里，非就是兆，兆是啥呢？兆是鸟的双翅，两个翅膀向相反的方向飞，鸟才能飞起来。所以，兆是相背的意思，相背也是违背的意思。《说文解字》也有这样的注释：非，违也。

小虎点了点头，老周也听进去了。老医师慢慢说道：老子的《道德经》开篇就是"道可道，非常道"，意思是说，能说出来的道，是违背了本真的道，也就不是道了。

老医师说到这里，眯着眼笑了笑。

老先生，你说得好。老周由衷地说。

爸爸，你别插话，我还想听。

听到小虎叫老周爸爸，老医师笑了，他随后收住笑，接着说下去：悲，就是违背了心愿的那种感觉，悲的尽头是心碎，是肝肠寸断，是撕心裂肺。

听到这里，老周垂下眼帘，心在颤抖，他想到死去的儿子。老医师的声音在他耳畔环绕：悲哀的哀，说起来更久远些。在古代，哀和爱同音通用。哀，爱也，爱乃思念之也。爱而不得，爱而不能，就是哀。

老医师轻叹一声，抬起眼帘看着老周，换了一个语调：五行之中，悲归类于金，为肺之志，想哭的时候就哭，不要压抑自己，哭泣能舒缓肺气。

这些知识，老周都知道，但他的眼神非常认真，就好像年轻的时候听老师授课。老周点了点头，但他没发觉自己在点头。老医师接着说：哀是虚证，心气虚时，哀会化为怜，怜会化为疢，疢很伤人，缓解疢，需要静养心神，补足心气。

老周站在那儿，手指在柜台下面微微发颤。儿子意外离世，妻子心里有疢。都过去了，都过去了……老周的眼睛瞬间迷糊了。

老医师默默转身，从药柜里取出两样东西，轻轻放在柜台上。

这是啥？小虎很好奇。

老医师没有回话，他看着老周，轻声说道：这是百合和合欢，可以治愈悲苦的心绪。老周抿紧嘴唇，使劲咽了口唾液。

天色暗了，街上的车灯切割出一片片楔形光亮。前方亮灯的加油站和民宿客栈，像路途的标点符号，前者是逗号，后者是暂时的顿号，而道路上的车流是省略号。大风把枯叶吹向半空，就像吹起成群的野鸟。老周的视线漫过坚硬的建筑物，漫过匆匆忙忙的人群，停留在小虎身上。

啥时候擦药？

不着急。

现在擦吧，你坐下，我帮你擦药。

小虎弯下身，在老周脸上仔细擦药，老周的脸距离小虎的手指如此之近，以至于他的呼吸化成了雾气贴在小虎脸上。老周想伸手摸一摸小虎的背心，小虎制止了他。

别动，快擦好了。

老周缩回了手。他在想，好久没见老彭了，明天去看看他。

我们待会儿去哪儿？

回家下棋，好吗？

好的，回家下棋。

小虎把药瓶收好，递给老周。

回家下棋，小虎说。回家下棋去喽。

他希望小虎说回家跟爸爸下棋去喽，可是小虎的声音里没有爸爸这两个字，它一路走一路重复自己的话：回家下棋去喽。老周往前走，眼神恍惚，小虎紧随其后，它的声音在暮色里飘出去很远。

原载《山花》2022 年第 6 期

【**作者简介**】姚鄂梅，湖北宜都人，现为上海市作家协会专业作家。著有长篇小说《像天一样高》《真相》《西门坡》《贴地飞行》《衣物语》《十四天》，中篇小说集《摘豆记》《一辣解千愁》《红颜》《老鹰》《家庭故事》《基因的秘密》，儿童文学作品《倾斜的天空》《我是天才》等。曾获《人民文学》《中篇小说选刊》《上海文学》《北京文学》等刊优秀作品奖。部分作品被译成英、俄、德、日、韩等文字。

Yao Emei, a native of Yidu, Hubei province, is now a professional writer for the Shanghai Writers Association. She is the author of novels *As High as the Sky*, *The Truth*, *Ximenpo*, *Flying Close to the Ground*, *Clothing Language*, *Fourteen Days*, novellas *The Story of Picking Beans*, *A Spicy Solution to Thousands of Sorrow*, *Beauty*, *Eagle*, *Family stories*, *The Secret of Genes*, children's literature works *Tilted Sky*, *I Am a Genius*, etc. She has won the Excellent Works Award of *People's Literature*, *Selected Novella*, *Shanghai Literature*, *Beijing Literature* and other periodicals. Some of her works have been translated into English, Russian, German, Japanese, Korean and other languages.

去海南吧

姚鄂梅

电话响时，文颖正在网上瞎逛。她瞥了一眼，赶紧扔掉鼠标，起身走到一个僻静些的角落。

人生中总有那么一两个朋友，当你听到他的声音时，全身上下所有的触须都张开了。

她和陈艺足有半年没通过电话了，她们总是这样，一旦连上线，就没完没了地聊啊聊啊，就像全世界都是石头和羊，只有她们两个才是可以对话的人类，一旦通话结束，又都比赛似的沉默着。她们二十年前就不在一个城市了，她们的友谊从中学开始从未间断。

我实在忍不住了，再不跟你说一说，我怕我活不到明天。

这话不好笑，陈艺显然也没想说笑话，但经她的口说出来，文颖就是乐不可支。

他又犯毛病了！你看看他的上网记录：煤气中毒的具体操作，哪种死法痛苦最小，吃安眠药会有临死挣扎吗，上吊一定会把大便拉在裤子里吗。

说到这里，陈艺不得不暂停，因为文颖已经笑得快要拿不住手机了。

他最近一周都要反复查找这些东西。真的没有吵架，早就没吵了，麻木了。我们在家共用一个电脑，你也知道现在的网络，你搜索过什么东西，它下次就给你无偿发送海量相关信息，所以现在我一开电脑，就会自动收到一大堆关于自杀的文章和图片。见他实在搜索得太辛苦，我索性给他买来一本书，《如何优雅地告别这个世界》，他又骂我是个毒妇，盼他早死，我说，原来你每天在网上搜索那些东西，并不是真的想自杀，是做给我看的？

陈艺的老公，她叫他老李，老李十年前在一家行业性报社工作，一个偶然的机会，被电视台请去做了几次节目嘉宾，意外地给电视台留下了非常好的印象，电视台当时正想开启另一档新的谈话节目，问老李愿不愿加盟。也许老李迷上了面对镜头的感觉，也许是喜欢上了电视台跟报社不一样的工作节奏，做了一段时间嘉宾后，老李感到有点回不去报社了，在那里，每一版说什么话、怎么说都是规定好的，不得有丝毫逾越，更不可能有个人倾向，而他在电视台的节目正相反，尤其是他们即将推出的新节目，人家看中的就是他的个人视角，锐气十足，又在踩线的边缘。于是马上回去办了调动，谁知在电视台干了不到两年，新节目就被叫停。这事对老李有点打击，好在同事们并没有泄气，大家商量着重起炉灶，反正大家脑子都在线，不愁找不到事做。这样过了一年多，新节目还没做出影响来，上头又来了新政策，地方电视台要紧缩，功能要缩小，基本只做转播，除了他们营运中的新节目要暂停，老牌节目还要砍掉一多半。几个合作已久的小伙伴仍然不死心，说政策历来都是变来变去的，说不定过一阵又变回来了，他们只需暂时偃旗息鼓，用不了多久，肯定可以风帆再起。然而，事情并没像他们想的那样，整个电视台不光节目被砍去了许多，连电视大楼都变样了，今天租出去几层，明天卖出去几层，横跨大楼楼顶的电视台台标生了锈，被挤成竖行排列，只占窄窄一条空间，昔日辉煌似乎已经难现，这时老李才意识到自己也许做错了什么。陈艺提醒老李，要不还是回报社来吧，趁领导层还没大的变动，去求他们的话，也许还能看点过去的薄面。但老李说什么也不肯，她猜他是自尊心受不了，决定代他出面去求求看，没想到报社领导哈哈一笑：他当他的电视明星多好！我们这里一潭死水，有什么意思？我说的是真心话，行业报纸的日子现在也不好过，连我都在找出路呢，他好不容易出去了，干吗还要回来？她竟无言以对。本来是背着老李做的事，没想到还是被老李知道了，可想而知，老李恼羞成怒，两人在家大吵一通，差点连婚姻都保不住。那以后，老李拿着电视台百分之七十基本工资，在家闲等，偶尔几个节目同事聚一下，喝着酒，聊起今后的打算，头头是道，酒一醒，没几个人记得到底聊了些什么。一年年蹉跎下去，老李开始大量掉头发，很快掉光了半个脑袋，对镜自叹，酸楚不已，就算等来二度东风，就凭这颗脑袋，在电视台恐怕也无法再度风光了。又过了两年，电视台换了领导，是个年轻的女士，老李不太熟，听说是前些年的新闻主播，换了更年轻的主播后，老主播不仅没走向幕后，反而走向了高层，也算是个很有能耐的女人。新官上任三把火，第一把火就是配合上级搞起了人事改革，轮到老李头上，有两种选择：一是继续待在电视台，去做转播业务；二是提前退休。老李迅速找到当初一起做节目的同事，大家一碰头，一致决定，做转播有什么意思？初中生都可以做的事，一个念稿子出身的领导，带着一群没脑子的转播"工人"，真不如提前退了算了，从此天高任鸟飞，说不定哥几个能折腾出个像模像样的纪录片来，说不定还能得个奖，到那时再在这帮孙子面前扬眉吐气。趁这豪情，老李打电话给人事部门，预约了提前退休手续。

那阵子，陈艺为他这事急出了满嘴疱疹。你还不到五十岁！就退你妈的休！老李不管，天天勤奋低调地在家找选题，查资料，偶尔出去跟几个同道喝酒，为心目中的获奖纪录片做准备。

一年又一年，纪录片没拍出来，倒是被人叫去拍了不少内部片，其实就是一些企业宣传片，有天晚上，几个人帮一个旅游开发商拍片子，拍摄过程中，有个人受了伤，因为地处偏远，大家只能手忙脚乱帮他先包扎一下，再接着干，等干完了，一起坐下来吃饭时，受伤的同事因为失血过多，加上突然的放松，竟昏了过去。把同事送到医院后，几个人抱头大哭了一场。我们都是想干事的人，我们都是能干事的人，为什么要剥夺我们工作的权利？这以后，老李的抱怨渐渐多了起来，用陈艺的话说，他终于慢慢活成了怨夫。

文颖老早就预感到老李在电视台不可能像做嘉宾时那么受欢迎。人家请你去做嘉宾，是把你当专家一样尊重着，当外人一样客气着，可你竟然想反客为主，去抢人家的饭碗，这就不一样了，果然，没多久老李就被彻底整出了局。

陈艺在那边连打了几个喷嚏。真是窝囊！天这么冷了，我连空调都不敢开，他说，有那么冷吗？就是因为有你们这些动不动就开空调的人，才把环境搞得这么糟糕，以前没空调的时候，也没见谁被冻死。我知道他的用意，他就是个小气鬼，怕用电，怕花钱。但我不敢说出来，我一说，事情马上就升级，说我是嫌他不赚钱、不成功，这两个词在我们家是高度敏感词，碰都碰不得。你知道我此时此刻怎么穿的吗？我把所有的棉衣都穿上了，小羽绒服外面套大羽绒服，毛裤外面套棉裤，还是冻得表情呆滞，像个精神病人。我这辈子没这么难看过。

文颖几乎能看到陈艺的样子，她本来是个小骨架，夏天穿衣也会给人弱不胜衣之感，现在穿这么厚的话，估计连人都找不到了。

要不，你躲出去吧，去商场逛逛，去咖啡馆坐坐，那些地方暖和。累得逛不动的时候再回家，洗个热水澡上床睡觉。热水他不限制吧？

你不觉得我这个年纪，一个人在外面逛、喝咖啡很奇怪吗？那些地方都是年轻人的天下。

谁说的！这点我要批评你了，是你自己心态不对。

我不光心态不对，表情也不对，因为长年不开心，我现在一脸晦气，走在街上，狗都当我是空气。我好后悔，当初他决定办理提前退休的时候，我们不是大吵过一阵吗？我应该趁那个机会跟他离婚的，我要是那时候就离了，现在该多幸福啊。

按说不应该呀，我记得老李是个很幽默、很爽朗的人，怎么就变成你说的那个样子了？

他有今天，都是他自己作的。老老实实待在报社多好，当年他的手下，现在已经是社长了，级别也起来了，人五人六的，出门还有司机。是他自己亲眼看到的，回家以后气得两顿没吃饭，咬牙切齿骂人家，说人家没文化，字都认不了几个，惴惴不安说成"湍湍不安"，说那个报社其实没有任何意义，就是个单位的黑板报性质。

文颖想起来了，老李以前就爱挑别人的错别字，弄得她在老李面前说话特别小心，生怕被他笑话。人的小习惯果然就像长得不规范的牙齿，越老越明显。

还有个把月就要过年了，身边有这么个闹心的人，我连准备年货的心情都没有。小轩也说今年不回来，这才是结婚第一年嘛，她得留在婆家那边，我想她在那边也好，他这个样子，新女婿看到了会怎么想啊？

小轩还小的时候，文颖跟她很亲近的，那时老李在电视台忙得飞起，经常不在家，陈艺只要有事，就会把小轩扔给文颖，文颖晚了很多年才结婚，所以陈艺把小轩委托给她的时候，她还是单身，一个人很冷清地住着一套不大的公寓。偏偏小轩很喜欢去她那里，还说等她长大了，也要像文颖那样生活，要把绿植摆在厨房里，要用抱枕当枕头，要用大茶杯吃饭。没想到，小轩才二十几岁就结了婚，比她当年早多了，她可是三十五岁才结婚的。

说不定女婿来了，老李的心情又不一样了，在女婿面前，总要做出个长辈的样子来嘛。

不可能！因为要喝酒嘛，他只要一沾酒，就会像白素贞一样现原形，那就一定会闹出事来。

一家人吃饭，又不闹酒，不闹酒就不会喝醉，也不会有事。

文颖你有几年没见过他了？他跟以前不一样了，他现在一个人也可以把自己喝醉，真的，我看他喝酒就跟看电影一样，一口一口，从清醒到两眼发直到摇摇欲坠。劝他是没用的，断绝他的下酒菜也不管用，发牢骚就是他的下酒菜，喝一口，说两句，骂两句，舒服得很。

不对呀！前年我们还见过呢，在朱建国的葬礼上，那时候我觉得他还蛮得体的呀，就是头发确实比以前少了很多。

朱建国是她们同学中最有前途的一个，已经进了当地政府的后备班子，声望日隆，听说马上就要去异地提拔任职，这可是要高升的大吉兆，偏偏在这个时候，在去乡下扶贫的路上出了车祸，虽然消息上了新闻，政府也有专门的治丧班子，但在同学们看来，事情相当蹊跷。文颖还记得饭桌上的气氛，大家几乎都没怎么吃饭，每个人的眼睛都红红的，这不是朱建国一个人的悲剧，也是他们大家的悲剧，刚刚出头的朱建国被掐灭了，他们这一届甚至这一代都没希望了，大家在饭桌上说着悲愤的话、过激的话，越说越大声，恨不得让所有人都听见。老李那天很冷静，像个老大哥，既要照顾最激动的同学，又要忙着拍照，满场滚。他说，越是悲伤，越是要留下印迹，否则，时间很快就冲淡一切。她很赞赏老李这句话，觉得他到底比他们都大一点，又是资深媒体工作者，看问题比他们成熟得多。

陈艺很不屑文颖的判断。

那种场合中，你是没法判断一个人的精神状态的，即便是现在，当着别人的面，他基本也是正常的，但是在人后，特别是在家里，他就变成了另外一个人。刚开始我能理解他，还这么年轻，就被光明正大地抛弃了，后来我慢慢琢磨出味儿来了，怪谁呢？你做的每一个决定都是你自身素质的综合体现，为什么要从报社调走？为什么要提前退休？你以为你从此可以天马行空，结果却是寸步难行，你对你自己、对这个社会究竟有多少了解呢？

既然你知道他的症结在哪里，就试着去理解他，不要跟他斤斤计较。

你是没有身在其中。我现在非常理解那些谋杀亲夫的人，你想想，一大团毒气，每天每天，从早到晚，从天亮到天黑，从地上到床上，跟着你，罩着你，躲都没地方躲。

这话在我面前说说可以，在外面可别说。

我的要求并不高，没钱无所谓，被全世界遗忘也无所谓，只求他不要折磨我，安安静静过日子。

无视他呢？按自己的节奏过，先忍受他一阵，再不动声色地把他带进自己的节奏里来。

不可能，他是攻击型的，就说今天早上吧，我早餐做好了，他才起床，无缘无故气呼呼的，突然朝我的扫地机踢了两脚，骂它放着别的房间不扫，专门在人眼皮子底下打转，声音还那么大，生怕人家不知道它在扫地。

文颖再次笑起来，笑着笑着，禁不住叹起了气。跟陈艺家相反，她在家里就是老李那个角色，动不动就不高兴，还把这不高兴写到脸上，她经常看到丈夫和儿子偷看她表情的样子。当她意识到自己脾气不好，对父子俩自我检讨的时候，老公说，家里有个这样的人，也算有弊有利吧，起码可以训练儿子察言观色的能力。文颖正要把这段告诉陈艺，陈艺已进入了下一段诉说。她的诉说特别密集，文颖很难插得上话。

所以昨天我们大吵了一架，我说你要是踢坏了我的扫地机，我跟你没完，有本事你自己去买一个来踢，你不要踢我买的东西。他就暴跳如雷，说我眼里只有钱钱钱。他现在就是这样，逻辑混乱，思维混乱，我怀疑他快要老年痴呆了，我听人说，老年痴呆最开始就是脾气变坏，然后才是记忆力塌方式损坏。最要命的是，吵过了还不算，他还要给自己灌点酒压惊，不喝则已，一喝就过量，一过量嘴巴就不停，就是这么个恶性循环。他现在很少出去喝了，以前电视台那几个酒搭子都不在本地了，人家有能耐呀，都出去讨生活了，也不带他，他现在这种德行谁要带？不过昨天是他的好日子，一个酒搭子回来了，叫他出去见面，子夜一点多，一个民警给我打电话，说某某路上有个人醉倒在地，头好像摔破了，流了好多血，叫我去把他领回来。算他运气好，遇到的是民警，要是遇上坏人，我都不敢想。那么冷，我又不会开车，深更半夜打车怕得要命，还是得硬着头皮去接他，去了一看，我的天哪，那个民警太轻描淡写了，他满脸是血，眼睛也睁不开，我还以为他瞎了，费了九牛二虎之力才把他拖到医院。医生给他处理了一下，说要先醒酒。现在，酒是醒过来了，伤口开始疼了。

说了半天他现在在医院里？伤得重不重？文颖这才明白，陈艺的电话是个漫谈式开头，说了那么多铺垫以后，才把最要紧的内容说出来。

医生说只是外伤。陈艺暂停了一会儿，发了张照片过来，老李满头绷带，脸肿得像颗巨大的紫皮洋葱，有几处伤口还糊着干掉的血迹，看上去蛮吓人的，如果不是陈艺发来的，她根本认不出这是老李。一阵大呼小叫过后，文颖提示陈艺一定不要掉以轻心，脑袋的问题，一定要好好检查一下，伤成这样果真只有皮外伤吗？

检查过几次了，说是没事。医生护士都嫌弃他，说光是在他身边闻一闻都能醉倒。最着急的是小轩，她早就订好了海南之旅的酒店和机票，我们约好三天后在酒店碰头的，因为春节她不能回来，就决定春节前先跟我们团聚一次，结果他搞出这种事来，还怎么团聚？他自己也说不想去了，我问医生他能不能出门，医生倒很幽默，说哪里都能去，除了参加选美。

说得也是，是出去玩，又不是去劳动，带好药应该没事。

我们也都这么劝他，但他自己坚决不去，还说他并不喜欢南方，也不喜欢吃海鲜。我觉得他是嫌自己脸上有伤，羞于见人。他实在不肯出去，小轩就想改变计划，把聚会改在春节后，但我不乐意呀，我连泳衣都买好了，防晒霜、遮阳帽、沙滩鞋，全套准备都做好了，你说我有多失落呀，在家闷了一年，忍受了他一年的坏脾气，就指望这几天出去透透气，结果他来这么一出！我不管了，他们父女俩都不去，我一个人也要去，否则我太不甘心！

我理解你，但他也不是故意的呀。

别管他了，我就想问你，你能不能跟我一起去呀，房间小轩都订好了，你只需要给自己买张机票飞过去就可以了，我们俩可是好长时间没在一起聊一聊了。

文颖心中一动，看了下近期日程，似乎真的刚好有这么一段空当。

两人一拍即合，文颖放下电话就拉衣柜门，把藏进衣柜深处的夏天衣服找出来，一件一件放进旅行箱里。这才是她们的风格，当她们还年轻、还是单身的时候，经常在周末搞这种小突袭，天不亮出发，赶到长途汽车站坐始发车，也没什么目的，就是去外面逛一逛、看一看，再傻乎乎地爬上夜班车一路睡回来。

猛地想起一件事来，海边的主要节目恐怕还是拍照。文颖立刻扔下正在收拾的行李箱，冲进美发店。没有满意的发型，能拍出什么好照片？

刚刚洗好头发，陈艺又发了消息来，还是关于老李的。

你说他烦不烦吧，已经决定不去了，现在又开始回忆年轻时到处跑的好日子了。

文颖心中一惊，抬手制止了理发师：没事的，他要是后悔了，我就不去了，你们一家三口还照原计划行事。

那不可能，他已经知道你要跟我去了。他的目的就是想炫耀自己的光辉历史，讲他当年如何一边工作一边游历，还被人奉为上宾，吃香的喝辣的。

文颖松了一口气，示意理发师继续，同时接着发消息：他还是有过辉煌时刻的。我要是像他有过那么一段，现在肯定平静得像一面镜子。

后来我才明白他的真正意思，他是在嫌我们乱花钱，他当年的游历都是不花钱的，我们旅游的每一分钱，都是自己辛辛苦苦挣来的。跟自己的血汗钱有仇吗？完全不懂历史文化，只会站在人造景观前拍照，没脑子的蠢货才心甘情愿被愚弄还得意扬扬。这是他的原话。

文颖也有点生气了，因为老李这通话里也涵盖刚刚决定去海南的她。

我说你多有水平呀，所以你就耐心一点，安安静静等着有人来发掘发掘你吧，听说是珍珠总会拂土而出的。你猜他怎么说？什么土？现在哪里还有土？现在到处都是水泥，挖掘机都挖不开。

文颖猛地笑出声来，顶着一头绿雾状头发的理发师在她后面叫了一声，因为她的小动作害得他剪坏了一小撮头发。她有点停不下来了，索性让理发师暂停，她要狠狠地开心一小会儿。她在脑子里想象挖掘机挖土的场面，想象老李在坚硬的水泥地底下，向挖掘机伸出求救的手，越想越控制不住。她拿起面前的水杯，看看喝点水能不能浇灭一点兴奋。自从陈艺向她提起海南之旅，她明显兴奋起来了，什么情绪都很夸张。

陈艺问她：你语音方便吗？打字打得我手指疼。

不方便哎，在外面办事。她没好意思说自己在赶着弄去海南的发型。

过了一会儿，陈艺的消息又来了。说到底，他的病根就一个字：穷！这么多年没工作，收入只有那点提前退休的工资，活命都不够，要不是我，他早就饿死了。

文颖替她一想，是挺难的，安慰她：包涵点吧，好在大家都要谢幕了，谁比谁多几块钱少几块钱基本没区别，平安就好。

不能这么说，还没老到那个程度呢，世界变了，工作有很多种，赚钱的方法就更多，唯有一种状态赚不到钱，就是发牢骚，他要是把发牢骚的劲头拿来做点事，随便什么事，早就不是现在这个样子了。

理发师正在弄她脸颊两侧的头发，她不得不将手机调成静音，闭上眼睛。虽然设置了静音，她还是能感受到陈艺在不断地发消息过来。陈艺今天谈兴真浓啊。不过也好，她感到陈艺一家的生活正在扑面而来，这是她隔绝已久的，也是她渴望知道的。

理发师转到身后去了。陈艺发来的消息中有一张图片，是一张基金收益明细，她平时不接触这些东西，看不大懂，但累计收益几个字她看懂了，下面的数据有八十多万，这是什么意思？应该是跟陈艺有关的吧？难道陈艺在炒基金？难道这些钱都是她赚的？难道她赚了八十多万？

陈艺接着在下面说：这是我今年一年的理财成绩，本该值得庆贺的，但他丝毫不为所动，我不知道他真正向往的是什么，什么东西才能让他满意。

文颖感到心跳陡地加快，口舌发干，她一年的工资还不到二十万，而陈艺光理财就赚了八十多万！她直着脖子，在镜子里盯着自己看了好一阵，才简略地写道：这还有什么好烦的？搞不懂你们。

就是说呀。我累死了，整天盯着屏幕看，眼睛都快瞎了，腰也坐坏了，心脏病都要整出来了，我一个女人，都在拼起老命干，他不仅不感谢我，还天天地跟我吵，自己没屁本事，还不高兴看到别人有本事，他就是这种人。

她的手指试了又试，不知道回点什么。

上天是公平的，他这边没了收入，就把机会放在我这边，他不感恩还整天骂骂咧咧，真是无语！

她更不知道怎么回复了。绿头发的理发师拨了下她的脑袋，她才发现自己的脖颈已经僵硬得像一截木头。她失神的时候就会这样。

陈艺继续发来消息：你知道吗？我赚了钱，他并不高兴，反而大怒，说连我这种人都能赚这么多钱，可见中国的证券市场有多混乱有多糟糕。

她终于回了一条：之前从没听你说过，原来你这么厉害。

我也是被逼的，不给小轩攒够一套房子，我死不瞑目。

她不是有房子吗？我记得你说过她房子还不小。

那是女婿婚前买的，房产证上没她的名字，不管怎么说，她得有自己的房子。婚姻的事谁说得清楚？

有钱也不能买吧？不是限购了吗？

办个假离婚再买呀，买好房子再复婚，大家都是这么干的。

假离婚不怕有风险吗？

如果假离婚都有风险，那说明这个婚姻本来就有风险，就更要有自己的房子，否则一旦婚姻出了问题，她上哪儿去住？

也对哦。

头发做好了，文颖的兴奋已荡然无存。她来到外面，天气很晴朗，气温却很低，她又不敢把羽绒服帽子戴起来，怕弄坏新做的发型，只好硬着头皮吹冷风。很快，她的鼻涕都冻出来了。

她怀疑陈艺是故意安排这个顺序的，一上来就诉苦，被老公日复一日地精神折磨，弄得她觉得去海南纯属救场，给好朋友帮忙，现在她突然明白过来，去海南并不是他们这次通话的重点，不经意间发布给她的"年底财经新闻"才是真正的目的。也就是说，她去不去海南其实无所谓，陈艺并不是那么迫切地想要见到她。她站在原地，走不动路了。如果一上来就讲她赚了八十万，她可能担心这个消息打击了自己，不能对她的苦恼保持高度的热情。

陈艺的消息还在源源不断地发来，她已经不想及时给予回复了，她发去了"稍等"两个字，就把手机装进了口袋。

进小区之前有个十字路口，一边是小区大门，一边通向超市，她原本是打算弄好头发就去买条干发毛巾带到海南去的，现在她改变主意了。

到家第一件事就是把夏天的衣服从行李箱里拿出来，把行李箱重新放进柜子里，幸亏没买那条干发毛巾，家里还有条旧的，没必要现在就去买个新的回来囤着，她又没赚八十多万，平白无故花上近千元弄个新发型，已经够疯狂了。她在镜子里打量一下自己，罢了，就当是为春节准备的。

陈艺还在发消息。防晒霜你不用买了，小轩在网上给我买了一大瓶，足够我们这一趟用了。

陈艺没回，她在琢磨，到底应该找个什么样的理由，才能自然又体面地拒绝。在找到理由之前，她准备暂时缺席两个人的对话。

天快黑了，顶着新发型的陈艺脸色严峻地坐在窗前，她已经在这里坐了半个多小时了，这一年她过得一般，完全没有任何事情值得庆祝，实在没必要专程买张机票去海南庆祝别人的成绩。

想来想去，她给陈艺发了条消息：我好像有点发烧！

她知道这条消息会引起陈艺的重视，在疫情尚未完全结束的大环境下。

果然，陈艺急切地问她：多久了？还有别的症状吗？

别的倒没有，现在到处都有量体温的，会不会在机场就给我拦住了呀，我看我还是不去了。

陈艺回道：也好，那就待在家里观察，必要时打电话给医院。

她没有给陈艺回应，就直接挂断了。陈艺的反应迅速，如此淡定，生怕她会反悔似的，更加证明她的推断没错，邀请自己去海南不是她真正的目的，她真正的目的只有一个：层层铺垫过后，翘着指尖亮出她的八十万。

三天后，文颖在朋友圈看到了陈艺发布的一条新动态：一家三口坐在椰树下，风吹起她的头发，她微笑着，心情很好地看向镜头，小轩戴着大墨镜，墨镜下是一张猩红的嘴，老李脸上贴着三条创可贴，比她想象的白色纱布药包小很多，跟上次见面相比，老李胖了不少，看上去并不像陈艺讲的那样满腹牢骚，相反，他一脸家长式满足，似乎很享受温暖的海风，以及海风中家人的美丽心情。

从照片来看，她觉得老李完全不像反感去海南的人。

第二条是他们一家三口在海鲜餐厅，小轩一手比着剪刀，一手举着一只蟹，那蟹真大，跟她脸差不多。陈艺的配文让她疑窦丛生：酝酿三个月，终于成行，海南值得！感恩生活！

难道陈艺在电话里对自己的邀约只是随口一说？难道她像个神婆一样，

料定自己最终并不会成行？文颖的心已经彻底乱了，不知道该怀疑陈艺，还是该怀疑自己。她盯着那些照片看了又看，没有点赞。

没过多久，陈艺私信了她，给她发来了跟老李的合照，似乎主要是想给她看老李，自己的脸挤在照片边缘。比起先前满脸洋溢着团聚幸福的三人合照，这张照片中的老李，更接近陈艺电话中的老李：臃肿的脸，混浊而锐利的眼睛，嘴唇干枯，眉头紧皱，三条肉色的创可贴让整张脸平添一股怪异和悲壮的意味。

后面还有一些吃饭的照片，还有在海边赤足散步的，在椰子树下远眺的，在沙滩上跳起来定格在空中的……文颖却在想，她也不问问我身体好些没有，我不还在"发烧"吗？她是忘了，还是知道我的理由是假的？这样想着，在看了陈艺发来的那么多照片后，她什么也没说，只发了两个大拇指。

五天后的傍晚，文颖正在吃饭，陈艺打来电话。

文颖瞟了一眼，没动，她心里的不舒服还没消呢。

电话挂了，过了半分钟的样子，再次响起来，还是陈艺。

只能接了。不好意思，我刚才在马桶上。她撒了个谎。

怎么办？老李不见了！陈艺带着哭腔。

细一问，才发现情况真的有点不妙，就在昨天，他们一家三口请了一个付费的旅游摄影，边拍边玩了一天，回到酒店大家都有点累了，晚上九点多就准备睡觉。她们洗澡的时候，老李在卫生间门外说：你们先睡吧，我下去转一转。她本想叮嘱老李不要喝酒，又怕反而提醒了他，让他馋起酒来，就没吱声。这里是新开的海景酒店，也没什么可喝酒的地方。母女俩洗了澡，躺在床上看了会儿白天拍的照片，不知不觉睡了过去，一觉醒来，已是早上七点多，老李不在房间，他习惯早起，想必是一个人出去吹海风了。打他手机，手机却在房间里响个不停，她就想，连手机都没带，应该是刚刚出去了吧。

一直等到快九点，仍然不见老李回来，她跑去问大堂，没有结果，提出要看监控视频，酒店的人说，那得有公安部门的许可才行。

折腾到刚才，母女俩终于看到了监控视频，只有老李昨晚出去时的视频，走出酒店大门时，老李回过头来，面对大门站了一会儿，才转身往外走。直到看完，她们也没看到老李进来的视频。

文颖浑身一紧，她有种不好的预感，她盯着某个地方，就像陈艺正站在那里似的：你不要乱想，也不要动，听到没有？你就待在酒店里，免得他回来找不到你，我估计他终于找到了某个可以喝酒的地方了，要么正在喝，要么已经醉了。

电话一挂断，她就开始收拾东西，她当然不相信老李还在喝酒，手机都没带，他怎么付账？中间，她停下来看了看陈艺发过来的照片，难怪那天总觉得老李的脸看上去有点悲壮呢。

这一次，她是真的要去海南了。

原载《芙蓉》2022 年第 4 期

【作者简介】班宇，男，1986 年生，沈阳人。作品发表于《收获》《当代》《十月》《上海文学》《作家》《山花》《小说界》等刊，被《小说选刊》《小说月报》等转载。出版小说集《冬泳》《逍遥游》。曾获《小说选刊》年度大奖、华语文学传媒年度最具潜力新人奖、"《钟山》之星"年度青年作家、花地文学榜短篇小说奖等。《逍遥游》获"2018 收获文学排行榜"短篇小说类榜首，《夜莺湖》获首届曹雪芹华语文学大奖短篇小说奖。

Ban Yu, male, born in 1986, Shenyang. His works have been published in *Harvest Literary Bimonthly, Dangdai Bimonthly, October, Shanghai Literature, Writer Magazine, Mountain Flowers, Fiction World* and other periodicals, and have been reprinted in *Selected Novels* and *Fiction Monthly*. He has Published collections of novels *Winter swimming* and *Carefree Travel*. He has won the Annual Award of Selected Novels, the Annual Award of the Most Promising New Talent in Chinese Literature and Media, the Annual Young Writer of the "Zhong Shan Star", and the Short Story Award of Huadi Literature List. *Carefree Travel* won the first place in the short story category of the "2018 Harvest Literature List", and *Nightingale Lake* won the first Cao Xueqin Chinese Literature Award Short Story Award.

漫长的季节

班 宇

防鲨网距离岸边四百多米，游上一个来回，至少燃烧掉五百卡路里，约等于一份咖喱饭，一包方便面，或者一袋薯条加个汉堡，这些是我估出来的。有个软件，能记录每日摄入与消耗的热量，但我手机里的空间很紧张，装不下了。六月份到现在，每周我都会游上几圈，也没瘦，反倒黑了不少，搽了防晒也不管用，数值什么都证明不了，无论多么精密的科学，一旦落到我的头上，就会变成误差，这没办法。就像防鲨网也不能阻拦真正的鲨鱼，在水里时，我经常想着，到底有没有一条勇敢的鲨鱼，抖着背鳍和尾鳍，向着那些坏橙子似的浮标，从深处威武驶来，以锋利的牙齿撕咬聚乙烯网，突破严守的防线，来跟我相会。比较理想的状况是，我骑在它的身上，乘风破浪，出海远航，要是实在没看上我，把我吃了也不是不行，最好几口解决掉，没太大痛苦，只留下一片殷红的水面。也可能没那么明显，无非是一小瓶墨水倒入海里，潮来潮往，很快就消散了。

海水浴场的更衣室不分男女，被泡沫板隔作不规则的小间，连绵起伏，如课本上的一道道舒缓的等压线，有的地方仅一人宽窄，也很奇妙，身在其中，并不那么压抑，偶尔还有开阔、自在的感觉，能听到海浪起伏的声音，冲刷着陆地，一种无比纯净的嘈杂。带着咸味的风从脚底下钻过来，吹得人心颤，像是上着夜班的妈妈忽然跑回家里，裹着一身的凉意，把手伸进被窝，抚摸着我的肋部。还有那些小小的沙砾，蚂蚁似的，顺着小腿一路往上爬，走走停停，阳光之下，闪烁如同鳞片，刺着发烫的身体。海浪是鲸的叹息，人是鱼变的，以及，有些金子总埋在沙里，这是小时候妈妈讲给我的道理，也像在说我。每次换好衣服后，我都会在里面坐上一会儿，听听别人说话的声音，外面放着的流行歌曲，有时坐着就很想哭，不知道为什么。我平时不是这样的，我在家里从来都很平静。

小雨以前跟我讲过，循着海边的音乐走去，就能看见那些出游的快艇。斜倚在沙滩上，横七竖八，如一群搁浅的大鱼，旁边立一块牌子，上面写着，三十块钱一圈，等你上了船，装死的鱼就又活了过来，流弹一般，在海水里飞行，转了一圈又一圈，不受控制，总之，没个百十块钱回不来，看着潇洒，掀风鼓浪，驰骋于天际，谁坐上谁倒霉。开到大海中央，马达一停，船身晃得特别厉害，这时，他就跟你讲起价钱，谈不拢的话，也不为难，随便找个地方把你卸在岸上，自己看着办。小雨说他读高中时，有次在船上吵了几句，硬是没给钱，对方也不发火，马达声一响，谁的话也听不到，船越开越远。小雨环顾四周，只有汪洋一片，便很害怕，心脏一直悬着，身体向内萎缩，呼吸急促，默念着逃脱术的口诀。临近一段陌生的海岸，如蒙启示，来不及多想，他一下子跳入水中，头也不回地游了过去。快艇立于海中，来回摆荡，像是一位追击数日的疲惫枪手，夕阳之下，竭力控制着颤抖的双臂，企图瞄准猎物。他扑腾了半天，来到岸上，举目荒凉，不知身在何处，走了半个多小时，终于找到公交站，耷拉着脑袋，跟人要了一块钱，这才上了车。乘客很多，一个空位也没有，小雨光着脚，只穿一条泳裤，扶着栏杆站了一路，窗外吹来的风使他的皮肤变红，起皱，一阵阵发紧。他打着哆嗦，牙齿乱颤，头都不敢抬起来，听着那些报过的站名，一站又一站，总也到不了，如遭凌迟。这么一想，还是鲨鱼好，没什么心机，要么远走高飞，要么就地完蛋，至少有个痛快话儿。

从更衣室往北边走，约二十分钟，绕过半月湾，有那么一小片海滩是我承包下来的，出手比较阔绰，至少我单方面是这么认为的。这里比较荒僻，背后是断崖，长不了树，常年潮湿，阴郁滑腻，仿佛被涂过一层闪着黑光的清漆。坡上杂草葱茏，狭长的叶片呈锯齿形，一团一团，紧密不透风。岸边没有细沙，遍布粗糙的碎石，大大小小，竖起尖利的棱角，很不好走。海浪是个穷凶极恶的歹徒，生于暴风的肩头，面目狰狞，奔涌至此，如猛抽过来的一记耳光，令人心惊。交界之处凝聚着无数白色的泡沫，相互依偎着、吞吐着，不离不散，炽烈的光射过来，显出变幻不定的颜色。我总想着，如果有一天我见到了上帝，对他说的第一句话就是，请不要再往大海里倒洗衣粉了。

没什么景色可言，也就很少有人来，我在这里游了好几天，感觉不赖，什么都不想，什么也不用在乎。有一次，游累了回到岸边，我躺在防潮垫上，眯着眼睛晒太阳，还悄悄拉下了肩带，不过也就一小会儿。我的这身泳衣还是上高中时妈妈拿回来的，那会儿每年夏天都会搞个泳装节，从外地请来模特，让她们穿着泳装走台步，电视里从早到晚持续转播，壮观极了，三千个模特同时穿着比基尼在海边亮相，列成优美的弧形，如大海轻捷的翅膀，不只是一道亮丽的风景，还破了吉尼斯世界纪录，当场颁发金字证书。我们都很激动，期末考试时，好几个同学的作文写的都是这个事情。

那段时间，妈妈身体不好，就不上班了，在家门口的裁缝店里帮忙，我从别人家的信筒里偷了一份晚报，带回家给她看，泳装设计大赛面向全市征集作品，画几张示意图，辅以简单的文字说明，入围就有三百块钱可以拿，头等奖则是五千元。我很心动，怂恿妈妈报名参赛，她有点犹豫，总觉得选不上，大半辈子了，什么好事儿也没轮到过她，其次，她也不会游泳，没有灵感，像一条记性很差的鱼，忘掉了鳃的用途。我一直央求着，跟她说，这次有希望，我想好了两个不错的名字，一个叫自游自在，胸前印一只矫健的小海豚，线条流畅，尾巴甩到后面，像是跟游泳的人抱在一起；另一个叫水精灵，天蓝色的弹性布料，与大海的颜色一致，荷叶袖边，后背与腰侧做成网格，裙摆下垂，游起来时，一舒一张，缓缓地散落着。我写作业，妈妈陪着我熬夜画图，总是画不好，模特小人儿的双腿看着太过柔软，青蛙一样蜷曲，脚掌如蹼，很不协调，改来改去，截止日期到了，我写好说明，将那两张擦得薄薄的草纸塞在信封里寄了出去。之后几天，我一直盯着电视，等待公布结果，当时也有预感，可能不会是我们，但还抱着一点点的期待。果不其然，第一名给了个学美术的男孩儿，眼神狡猾，留着半长的头发，说话的声音有点哑，发言却很得体，还感谢了这片海滩，"我睡着的时候，它像一只摇篮，使我身心和睦"。我很羡慕，又不太服气，他的设计一点儿也不好看，不过是扯了一截绷带裹在身上，模特穿起来像是打了败仗的伤员，走得一瘸一拐，并不十分和睦。

那天下午我很伤心，哭了好长时间，不是因为没得奖，而是觉得这个世界只是我和妈妈组成的，没有其他人，我们就活在两个人的世界里，谁也听不见我们的话，如在海底，孤独长达两万里。第二天，妈妈晚上回来时，带了两套泳衣，装在发黏的绿塑料袋里，说是主办方寄过来的，类似

于参与奖，精神可嘉，以资鼓励。我一点也高兴不起来，看也没看，放在
衣柜里，一次都没穿过。结婚前，我收拾衣物，发现了这两套泳衣，可能
是放得有点久，散发着一股樟脑丸的味道。我上身试了试，没想到，尺码
很对，款式也不过时。我跑到客厅，走了两个来回，展示给妈妈看，问她
我穿着漂不漂亮，记不记得这件衣服，以及那次落选的设计大赛。妈妈躺
在床上不说话。

　　一个叫彭彭，一个叫丁满，我为今天的两位不速之客分别起了名字。他
们来得比我早，提前占据了这片海滩，看起来有八九岁，实际可能不超过七
岁，海边的孩子总比同龄人长得快一些。彭彭穿着一条松垮的蓝裤衩，神情
专注，挑拣着片状的石头，聚成一小堆，再大叫一声，用力投向海里，可惜
一个水漂儿也没打出来过，在空中划过一道低低的弧线后，石头隐没无踪，
我总觉得他要把自己也扔进海里。丁满在一边看着他，双手叉腰，嘴里念念
有词，宛若教练，时不时地，他的手会伸向后背轻抓几下，好像身上刚爬
过了一只小螃蟹。铺垫子时，他们发现了我，也许是有点难为情，两人停了
下来，转而走向岸边那块最大的礁石，很像是一块铁，或者焊在海底的黑色
宝塔。两人比着赛，没用几步，便站在了塔顶，海风吹过来，他们艰难地保
持着平衡，丁满很紧张，不太敢起身，彭彭的裤衩掉了一半，眼看着褪到膝
盖。实在是有点危险，我不太放心。

　　我踮起脚来，朝着他们高喊：嘿，下来啊，你们俩。他们俯视着我，似
乎有点犹豫。我摆起手势，大声叫道：回来，太高啦，快回来啊。两人挠
挠脑袋，蹲了下来，一点一点向下蹭，提醒着对方可以落脚的地方，几分
钟过后，才安稳着地。我松了口气。有时就是这样，你也不知道自己是怎
么上去的，只在高处看了看风景，什么都没来得及做，来时的那条路就消失
不见了。

　　丁满向我跑了过来，彭彭跟在后面，腿有点软，两个人气喘吁吁，分不

清身上是海水还是汗水。他们来到近处，瞪圆眼睛，低头看着我，像在观察一团晒干的海藻。我望着他们，想起自己什么零食也没有，有些过意不去。丁满没说话，彭彭把脑袋探了过来，问我，你刚才说什么？我说，没什么啊。彭彭说，你不是在跟我们说话吗？我说，是啊，不是。他有点迷糊，抬高了嗓门问我，到底是，还是不是？我说，不是，是。彭彭更晕了，无计可施，皱着眉头看丁满，我乐得不行。丁满扭过身体，跟彭彭说，你别理她。彭彭跟我说，我以为你找我有事儿呢。丁满捅了他一下，说道，别跟她说话了。我说，不要生气嘛，我请你们吃雪糕，不知道推车卖雪糕的什么时候过来。彭彭说，我可以帮你看看他走到哪儿了。我说，好啊，我们一人一根。彭彭说，我想吃个枣味儿的。我说，那我吃个奶油的。丁满说，我不吃，你怎么还理她？

　　彭彭和丁满并肩前行，踏上寻找雪糕的旅程，比画着说了一路，越走越远，这片海滩又归我了。我在心底欢呼了一声，掀去浴巾，慢慢走入海里，阳光不错，和缓的波浪将我稳稳托住，可只游了一个来回，就没什么兴致了，转头回望，身后的水痕迅速愈合在一起，仿佛什么都没发生过，无人从此经过，大海不曾止息。我回到岸边，等了很长时间，直至太阳落在水面上，他们也没有回来。

　　我乘着拉客的小摩托回家，四块钱，突突突突，最棒的交通工具，机动性高，从不堵车，这一路上，头发也吹干了。很难想象，妈妈以前最大的爱好是骑摩托车，我一点印象也没有，只见过照片，还是在别人家里。她烫着及肩的大波浪，戴了一副浅色的方框墨镜，遮住大半张脸，手上拎着头盔，旁边是一辆红色的铃木摩托，如同挂历上的美人儿，妈妈年轻时很好看的。别人跟我说，有一次在路上见到妈妈骑车带着我，我不在前面，也不在后座上，而是被她揣进皮夹克里，一大一小，两个脑袋齐齐从领口里伸了出来，不管不顾，迎着风落眼泪，看上去相当惆怅。我问过她有没有这回事，她否认了，说自己不会骑。妈妈总是这样，对于跟现在无关的事情，都觉得没发生过，好在有照片为证。我问她，骑车带我去了哪里？她说，想不起来了。我问她，车哪儿去了呢？她也说，不记得了，车也不是我的，过去太多年了。她不说也没关系，我有自己的办法，在最好的晴天里，把照片向着太阳举高，这样的话，就能看到当时发生的事情。妈妈拍过照后，收起了边撑，挂上空挡，向下踩着打火杆，一溜烟儿开出去，欢呼声在身后响了起来。她顺着风走，车速与风速一致，道路平坦，感觉不到自己正在行进，周围很安静，世界是一个密封的罐子。天空有云飘过，下起了小雨，那也浇不到她，妈妈在雨滴的缝隙里穿行。有一个她即将认识的好人，真正的好人，仰平了身体，正在大海的中央打着转儿，像一片叶子，夜雾湿润，无人能够窥透，而她将一路骑去，无忧无惧，活在世上，也如行于水上。

但妈妈不能在水中飞翔，她连游泳都不会。妈妈躺在床上，讲不了话，也动弹不了，眼睛总是闭着，像在思索，有什么很重要的事情等着她来做决定。长长的睫毛像一弯新月，在夜里发着光，星星守在她的窗外，由南向北，缓缓下降，天亮之前，终于落回了海面。清晨的大海轻轻抖动着，毫无规律，如人战栗，也像妈妈最初时的那只拇指，精灵一般，不自主地在空气里滑动，画出一个记忆里的图案，可能是摩托车，或者一套泳衣、一位好人。我预感不妙，从外地赶了回来，拖着妈妈去做肌电图，医生测了十几次，把钢针扎进她的舌头里，妈妈很无助，呜呜地叫着，满头大汗，双手乱抓，像快被闷死的小狗，或束手无策的哑巴，面临着巨大的灾难，没办法求助，更不能向谁诉说清楚。我哭着想，重刑也不过如此吧。医生命令道，快，把舌头伸直，快一点，不然没有效果，罪都白受了，不要耽误时间。屈辱且怕，我甚至想到了自己糟糕的初夜，就这样展示着，光天化日，一览无遗。妈妈的脸扭曲得如同一张被揉皱的旧报纸，钢针与呼吸同步收缩，来来回回地搅动，反复刺透，拷问着受损的神经，她的嘴被撑得很大，头向后拧，用喉咙喘着气，发出古怪的哀声，伸手想去抓点什么，眼前却什么都没有。我扯住自己的头发，跺着脚，乱喊乱叫，想在她面前下跪，如果这样她能好过一些的话。妈妈看着我，口水淌了下来。

我想，医生说得不对，我们所受过的罪，有哪一种不是白白浪费的？看过检查报告，他们对我说，按目前进展，最多不过三年，做好准备。语气轻松得像是帮我提前预订了一个假期，到了那时，一切都会清晰起来，她不再痛苦，我也没了负担，太阳照常升起，天穹横跨在海洋的远侧，光明向我这边挪动了一小步，歌声缭绕万物，金钱唾手可得，失去的爱情也会回来，总之，我将会拥有我想要的全部，作为一种莫名的恩赐。无非是三年，一个漫长的季节，鱼儿溯流，逡巡洄游，草木持存，日日更新；无非是三年，一片幽暗的树荫，一场骤然而落的雪，一阵浓重的睡意，仿佛越过了这个障碍，就能彻底苏醒过来，打个哈欠，走出门去，迎向和煦的暖风，洗尘的细雨。而障碍又是什么呢？我的妈妈吗？

在门外时，我没听见收音机的声音，就知道闵晓河已经到家了。他讨厌额外的声响，总觉得吵，每次回来后，一定要先把妈妈枕边的收音机关掉。妈妈没听到过晚上的广播，她的一天从《实时说路况》开始，然后是《心有千千结》《谈房我当家》《隋唐演义》和《海滨时刻》，最后一个节目是《生活零距离》，往往只能听到一半，许多人打来电话，诉说困境，反映生活里的大事小情，后半段是对前一天问题的调查通告。可惜妈妈每天听到的只是问题，数不胜数，没有穷尽，从没得到过任何的答复。

卧室的房门关着，悄无声息。闵晓河的妈妈在做饭。我换过鞋子，洗净双手，摸了摸妈妈的脸，问她有没有想我。妈妈看着我不说话。我帮她重铺好被单，按摩了双腿，然后去厨房帮忙。只有一个菜，已经做好了，分辨不出是什么，半固态，像一碗搅过的水泥。闵晓河的妈妈让我端上桌去，再叫他出来吃饭，我喊了两声，又敲了敲门，还是不见人影。我跟闵晓河的妈妈说，喊过了，没有动静。她说，别管，还是不饿。我说，今天怎么样？她说，翻了几次身，听着还是有痰，夜里多注意，雾化的药快没了。我说，好，闵晓河今天回来得挺早啊。她说，是，比你要早。然后我就不说话了。我知道，她这是来了情绪，故意说给我听呢。

结婚以来，我没管她叫过妈，一直喊姨，改不了口，无法突破心理这关。不得不说，她对我家一直都很照顾，我内心感激，妈妈的情况没什么好转，拉锯战似的，她怕我坚持不住，每周都过来帮忙，坐着十几站公交车，替我照看一个下午，做顿晚饭，再赶车回去。她总说，过日子就像喘气儿，一呼必换一吸，有来有往，进退得当，只呼不吸的话，不知不觉，便油尽灯枯了。道理如此，但她也不年轻了，连着几个月，都是这么过来的，有时一周两次，有时三次，确实辛苦，我都记在心里。也很奇怪，一方面，她来的次数越来越多，虽有抱怨，我也能感觉得到，她与妈妈之间愈发难以分离，妈妈不讲话，她就说给妈妈听，一说一个下午，一件过去的事情要讲上许多遍，有几次我正好遇见，她坐在床的另一侧，佝偻着背，自己抹着眼泪，话停在嘴边上，见我回来，就不讲了，起身去了厨房。另一方面，这么说不太合适，其实我很盼着她来，不是推卸责任，只是我真的很想往外面跑，抑制不住，也不去什么地方，就在海边待着，听浪、看海或者游泳，类似的心理总会令我有些羞愧。对于这一点，倒也不难消化，过意不去时，我就会想，这也是闵晓河的妈妈自愿的，她心里很清楚，这段关系建立在什么样的基础之上，无非是在还债而已。可说到底，一切决定都是我自己做的，没人逼着，所以又有什么资格去苛责呢？想不明白。每天夜里，我都会暗下决心，一旦妈妈离开了，我就跟闵晓河离婚，受够了，谁劝都不行，爱说什么就说什么，我谁也不怕，反正不欠你们的。但是，妈妈还活着，还在思考，内心明亮如镜，一天又一天，她看得见我，听得到我，能想着我，盼望着我，那么，漫长的季节过去之后，这笔账还能算得清楚吗？我总是处在这样的境地里，爱不好也恨不起来，所有的理解与宽恕，最终都变成了自己的负担。我想起来，小雨以前跟我说过许多次，你必须立在坚实的岸上，才能真正告别海浪。但他并不知道，我的海岸那么小，几粒流沙而已，很快就冲掉了，我一个人站在水里。

饭后，我去厨房收拾，闵晓河的妈妈进了屋，跟他说过几句话，准备去赶车，最后一趟七点半，下来后还得走一段路，到家差不多要九点了。出门之前，她跟我说，明天还来我家。我说，我也没什么事情，要么您休息一天。她想了想，说，我还是过来吧，习惯了，自己待着也没意思。

不一会儿，闵晓河抱着篮球走了出来，我问他吃不吃饭。他不看我，也没回应，埋着脑袋系鞋带。我们的相处就是如此，没什么好说的，正常交流都很困难。我觉得他心里根本没我，也好，反正我也差不太多。说来惭愧，结婚这么久了，我还是总会想起小雨来。妈妈刚生病时，他提过要跟我一起回来，我拒绝了，不是不需要，而是觉得他没那么情愿。不情愿的事情，往往落得更不堪的下场，我对此异常恐惧。回来以后，我给小雨发过两次信息，都很长，说了很多自己的感受，他回得很迟，也很草率，分开已成定局。我不是不理解他，但在家里还是忍不住胡思乱想，被幻念折磨着，有时很想他，有时又想把他杀了，虽然他也没做什么过分的事情。我困在这些情绪里，反反复复，走不出来，有那么几次，夜里失眠，仿佛还听见他在远处轻轻吐了一口气。我越想越不甘心，老是在哭，半个多月下来，枕巾硬得硌脸，眼睛一直没消过肿。妈妈很自责，整天畏首畏尾，觉得是她的病拖累了我。其实不是的，我想，不是这样，我很对不起妈妈，自己的生活过得一塌糊涂，无论做什么都很失败。

那阵子过得不太好，我还跟妈妈发了脾气，明明她受着很大的折磨，我非要火上浇油，好像妈妈真的犯了什么错似的。我对她说，你自己待着吧，明天我就走。她站在那边，愣了一会儿，然后说，那也好，也好。可是我要去哪里呢？根本不知道。说着轻松，怎么都行，这也意味着没什么必须要去的地方。哪里都不属于我，没人需要我，除了妈妈。我说过后，又有点后悔，躺着玩手机，不敢抬头。妈妈弯着腰去了厨房，在水流声里叹气，擦过一遍地面，又切了个苹果，放在小碗里端了过来。我噘着嘴，脑袋斜过去，跟她紧挨在一起，我们用一根牙签轮流扎着吃。苹果不是很脆，放的时间有点久，我们吃得很慢，半天也不动一下，像要把嘴里的苹果含化。不知为什么，我始终记得这一幕。

十点半，闵晓河还没回来，如同往常，我给妈妈洗过脸，把被子从卧室里扛了出来，铺在客厅的沙发上，枕着扶手，跟妈妈睡在一侧，这样的话，半夜探过手去，就能摸到妈妈的衣袖，小时候我每天都是这样入睡的。我告诉妈妈说，今天在海边见到了两个小朋友，一个有点胖，一个很瘦，长得像动画片《狮子王》里的人物，还记得吧，当年很出名，你领着我去电影院看的，总之，俩人都很可爱，我答应了要请吃雪糕，可惜没实现，谁体验过谁就知道，吹着海风吃雪糕是一件多么美妙的事情，还有，我刚看了天气预报，明天的温度不错，没有雾，中午可以出门晒一晒太阳。说着说着，妈妈闭上了眼睛，我也睡着了，在梦里，我吃了一根雪糕，之后肚子有点疼，走不动路，冷汗直流，蹲在地上休息，忽然被一团蓝灰色的影子拖住了腿，力气很大，使劲儿把我往底下拽，我吓坏了，完全拗不过，拼了命地连踢带打，不敢大声叫，对方像在摆弄一具尸体，恶狠狠地拧着，动作粗暴，喘息声刺耳，我的整个人被他握在手里，没办法挣脱。我哭着说，别这样，妈妈还在，求求你了，什么我都答应，求求你，妈妈还在这里，请不要这样。他根本听不到我的哀求，伸手进来，蛮横地分开了我的双腿。哭出声来的那一刻，我也醒了过来。屋内空荡，一片漆黑，如同沉静的岬角，没有人，也没有影子。我转过头，发现妈妈睁着眼睛，望向天花板。我也看了过去，空气波动，灰尘缠绕，在夜里，好像有谁在那里涂着一幅透明的画。

丁满发明了一种游戏，在海滩上勾出圆圈和方格，两个方格是战场，一主一次，圆圈是各自的基地，他还给每颗石头安排了职位，尖尖的是将军，椭圆形的是战士，略小一点的是士兵，带花纹的是医生，不能上阵，可以救死扶伤，但只有两次机会。讲述规则时，彭彭看着很忧愁，吃光了三根雪糕，冒了一脑袋汗，还是满脸的困惑。我也没太明白，不过不耽误游戏，跟出牌一样，每一轮掏出同等数量的石头对垒，自行组合搭配，战场任选，具体数目由守卫者来决定，可以是两颗、三颗，或者四颗。猜拳过后，彭彭占得先机，他说，十颗。丁满说，一共就十颗。彭彭说，对，我知道，不行吗？丁满说，不行，分不出来胜负。彭彭说，那就是平局，很好，以和为贵。我乐得不行，丁满白了他一眼。我问丁满，他在学校时也这样吗？丁满说，什么样？我想了想，说，爱好和平，很重感情。丁满说，智商不行的都重感情。我说，别这么说嘛，你们都很聪明的。丁满说，我跟他可不是一个学校的。

我们玩了两局，能用的石头越来越少，原因是输掉的或没救回来的都要扔到海里，没办法再来闯荡一番，这很残酷。我提议再给它们一次机会，彭彭也很认同，主要是他负责着找石头的工作，来回来去，跑了好几趟，很辛苦。丁满否决了，他说，打仗就这样，时光不能倒流，死人不能复活，所以得学会珍惜，这样的话，有些东西才显得珍贵。我像是被他上了一课，张大了嘴巴，讲不出话来。远处的歌声飘了过去，彭彭在地上打着滚，拒绝行动，嘴里咿咿呀呀，背着什么口诀，丁满用手挖了个挺深的沙坑，把剩下的石头埋了起来，他跟彭彭说，做个记号，三年后，我们再把它们挖出来，看看有什么变化。彭彭说，不还是石头吗？丁满说，那可不一定。彭彭说，三年？丁满说，对，三年。彭彭说，我怕我忘了。丁满说，没关系，我记得住。

丁满说话时的样子会让我想起小雨，明明是一些小得不能再小的事情，经他这么一讲，就有了不同寻常的意义，严肃得可笑，认真得无聊，郑重得毫无道理，不知为何，你还会觉得有点激动，仿佛什么都可以被爱，什么都值得留恋，什么都需要被纪念，没什么转瞬即逝，一日长于一年，三年又好像只是过了一天。我大学时读的中文系，学得不好，不是很敏锐，许多文字里的情绪感受不到，小雨念的是国际贸易，对文学很感兴趣，经常来我们这边听课，自己也写些东西。我们刚谈朋友时，有一天在自习室，我跟他说，给我写首诗吧。他说，不行，怎么能这么随便。我听着就不太高兴，直接走掉了，半天没理他。他以为我很生气，其实我只是想回去给他写点什么，但也没写出来，怎么表达都不太对。第二天早上，我刚起床，收到了他发来的一首诗：

　　　　打个响指吧，他说
　　　　我们打个共鸣的响指
　　　　遥远的事物将被震碎
　　　　面前的人们此时尚不知情

　　　　吹个口哨吧，我说
　　　　你来吹个斜斜的口哨
　　　　像一块铁然后是一枚针
　　　　磁极的弧线拂过绿玻璃

　　　　喝一杯水吧，也看一看河
　　　　在平静时平静，不平静时
　　　　我们就错过了一层台阶
　　　　一小颗眼泪滴在石头上

　　　　很长时间也不会干涸

整个季节将它结成了琥珀

块状的流淌，具体的光芒

在它身后是些遥远的事物

　　我问他，这首诗叫什么名字？小雨说，还没想好，原来的题目是《女儿》，现在想改一改，你觉得《漫长的》怎么样？我说，漫长的什么呢，话没说完。小雨说，还不知道，都可以，反正都很漫长，历史在结冰，时间是个假神，我们也不必着急。后来他又写过一些，谈论盲道、松荫或气象学，只有这首我读了许多遍，至今也还记得。分开之后，有天下午，我很委屈，心里堵得厉害，默默哭了一会儿，就想找他说说话，拨了两个电话过去，十几声长音结束，无人接听，我抱着手机等他回给我，直至后半夜，也没有动静，而那时候，我也什么都不想说了。遥远的事物，我想，响指虽小，却可将其震碎，他说得没错，我就是碎掉的遥远的事物。

　　妈妈很幼稚，也有点自私，想在自己还能思考和行动的时候，见到我有个着落，或者没这么简单，那些可以预见的未来，她不忍心只让我一人承受，不管怎么说，有了伴侣的话，至少能分担一部分。就算不够和睦，互有隐瞒，就算总有争执，怎么都走不到对方的心里，那也是一条隐秘的细线，始终牵扯着我的精神，那么，她离开之后，我就不至于滑落下去。妈妈觉得，人不畏困境，也不惧斗争，怕的是既没有爱人，也没有对手，睁开眼睛，出门一看，满世界全是疯子和故人，他们中的一部分威胁着你，使你恐惧，另一部分冷眼旁观，因为他们与你再无任何关系。这样一来，过得就很疲惫，没什么想要争取的，也没什么可以期盼的，无事可做，也无话可说。我跟她说，妈妈，我可以照顾得很好，不只是你，还有我自己。妈妈说，我相信啊，所以更不想让你一个人了。

　　我与闵晓河第一次见面是在医院，闵晓河的妈妈在那里当护工，从早伺候到晚，每天能赚八十块钱，她很勤快，性格也不错，天南地北，什么都能聊，妈妈很喜欢这样的人，因为她自己总是羞于开口，无论是生活还是疾病，都没什么好说的，既不想面对也不想抱怨。闵晓河的妈妈一直鼓励着她，跟她说道：不能全听大夫的，得有自己的主意，但也要相信现在的医疗水平。康复不是没有机会，她亲眼见过一位患者，病情相似，后来有所好转。不要吃动物内脏和花生，记得补充一些蛋白质。如果有需要，她可以来帮忙照顾，相逢就是缘分，千万不要客气。妈妈听得很认真，眼神闪烁，我想，有人跟她说话就是很大的安慰，不管是谁，说的又是些什么。妈妈没有我想的那么坚强，也不那么聪明，看起来小心翼翼，为人处世警惕，其实她的原则很简单，妈妈没有自己，一切以我为主，只要不是让我历险，怎么样她都能接受。

闵晓河坐在台阶上抽烟，头发剃得很短，穿着一身蓝灰色的工作服，不太合身，他的个子不高，远看像是被安放在一尊未完成的雕像里，只露了个脑袋出来。我走过去时，闵晓河朝着旁边的袋子点了点头，里面装着一些颜色鲜艳的水果，神情像是赏赐，非常高傲，令人不适。我摆了摆手，也不讲话，实在没什么心思，当时我还在等着一项很重要的检查结果。我坐在离他一米远的位置，想着自己的事情，不时闻见一阵刺鼻的油漆味道，那一刻，要不是妈妈在楼上的病房里望着我，我真想跑掉。闵晓河不看我，自顾自地说着，初次见面，幸会，我叫闵晓河，中专学历，在船厂上班，不怎么忙，工资待遇一般，身体还行，半月板受过伤，没大问题。我点了点头。他继续说，平时作息规律，三餐正常，吸烟，不喝酒，不看书，也不看电视，没什么特殊爱好，偶尔打打篮球。我说，好。闵晓河说，家里的条件，你多少也知道一些，租房子住，我爸前年没了，我妈在照顾你妈。我说，是，谢谢。闵晓河说，但你也不用觉着欠我的，没必要，我在外面待过几年，见识不多，道理总归知道一些。我说，行。闵晓河说，按照我妈的想法，年内结婚，明年生子，她来帮我们带孩子。我说，现在谈这些，为时尚早。闵晓河说，所以，我今天过来就是想告诉你，我不听她的。我说，什么？他说，我有自己的事情要做，即使不做，我也有东西要想，我想了好几年，也没明白，还得继续，所以不喜欢被打扰，当然，如果结了婚，我也不会打扰你。我说，没懂，不过不要紧。他说，平时我不怎么讲话，今天准备了挺久，说得不好，请多担待，时间差不多了，我得回单位去，你的话少，这点很好，估计也不会喜欢我，没关系，日常相处，或者见上一面的人，不讨厌就算不错了，剩下的事情，你自己拿主意，我听你的，再见。

等到七点十分，菜热了一遍，闵晓河也没回来，电话打不通，吃过饭后，我有点没精神，脸颊发热，可能是白天在海边吹到了。妈妈今天一直半张着嘴，唇部皱紧，如海螺的尾壳，似乎想要说些什么，我把耳朵凑了过去，却只有空洞的呼吸声，伴随着一点不太好闻的味道。闵晓河的妈妈有点着急，问我说，他今天加班？我说，应该是。又问，提前说过没有？我说，好像没。之后才反应过来，我都不知道他昨晚究竟有没有回来，只记得做过的那个梦。闵晓河的妈妈点了点头，没再多问，披上外套，穿鞋背包出了门。我把家里收拾一遍，用手机放着歌曲，然后躺在卧室的床上，想来想去，给闵晓河发去一条信息，问他几点回家。看着这几个字，我感到很陌生，陷入了一阵恍惚。这里是不是他的家呢？我真不知道。婚后不久，闵晓河搬了过来，背着一包行李，手里拎着篮球，像是来打一局客场比赛，速战速决。家里有人在，妈妈才肯去住院，她总觉得我一个人生活很危险，性格毛躁，日子过得草率，不如她心细。在医院里，妈妈总问我，水龙头关好没有？我说，关好了。她又问，煤气呢？我说，也关了，出门都检查过了。妈妈想了一会儿，问道，你们过得怎么样啊？我说，很好啊。妈妈说，开始不太顺利，需要磨合，相处久了就好了，也离不开了，人就是这样的。我说，妈妈，我们很好。

闵晓河的生活很奇怪，每天下班后，在家待不了多久，就又抱着篮球出去了，有时回来得早一些，有时要后半夜。刚住一起时，我没什么心思顾及他，彼此感情不深，后来觉得过于诡异，我猜他一定没去打球，而是在做什么不可告人之事。有一次，他出门后，我偷偷跟在后面，看见他把球塞进车筐里，骑着自行车，来到附近的一片室外场地，又把车在栏杆上锁好，拍着球走了进去。场地很暗，没什么灯光，只有四个木板球架守卫在此，很像是衰老倦怠的士兵，不知敌军将至，而海边的潮雾一阵阵袭来。闵晓河不换衣服，不做热身，也没去投篮，他走到场地的边缘，把球放在屁股底下，仰头坐了上去，身躯笔直，如同一位替补队员，随时准备上场。我透过树丛看着他，从黄昏到深夜，身后的大车飞驰，载着油罐、混凝土与沙石，呼啸而过，似在呐喊。我尽力想象着他所望去的方向，倾斜的球筐，熄灭的灯和喷泉，濡湿的树梢，相互倒映的天空与海，浪潮在另一侧鸣响，连绵不断，如空旷的号角，声音向着地心荡漾，回环无际。闵晓河就坐在那里，像一座将被淹没的村落，凝结在岸，一动也不动。

我原以为，闵晓河总有一天会消失，那时，我将无比难过，痛苦且不甘，必须承认，我对他不存什么真正的期望。他的离开，无非验证了我的又一次失败，孤注一掷后的失败，比从前更加彻底。有一段时间，我觉得闵晓河像是一台收音机，装好电池，拧开开关，嘈杂的声响于耳畔长鸣，怎么调节也接收不到信号，没有切实的意义。但那天回来的路上，我居然产生了一种快要爱上他的错觉，甚至认为他也爱我，并且永远不会离开我，他有着很多坚定的信念，在所有事物的尽头等待着，只是不说出来。对于他的行为，我不打算去理解，或者非要弄清什么，只因我也有过相似的时刻，持续至今，无法脱逃。没过多久，闵晓河回到家里，依旧不说话，冷漠而拘谨，他脱掉衣裳，轻轻躺在我的身边，呼吸和缓，我闻着挥之不去的油漆味道，想起一些遥远的事物，接不通的电话，打蜡的水果，蜿蜒的海岸线，想起在白日里，他持着一柄长刷，戴上古怪的面具，压低了帽檐，以轻蔑的姿态破入舱门，来到大船内部，肆意泼洒涂刮，船身摇晃不休，也无法将之倾出，想到这里，我开始晕眩呕吐。

彭彭把小腿埋进沙子里，扮作一位可怖的巨人，屁股来回扭着，假装无法移动，在他不小心睡着的时候，惨遭暗算，被小人国里的臣民们戴上了一副沉甸甸的沙铐。每次潮水袭来，彭彭都会大声呼喊着救命，声嘶力竭，仿佛快被淹死；待退去后，他又向着不存在的敌人低头狞笑，挥舞着拳头，砸向地面，好像在说，我倒要看看，你们究竟能把我怎么样。如此几次，他转过头来，望向我和丁满，狂妄的表情没能及时收回，丁满拾起手边的一块石头，掂了几下，佯装要打，彭彭顿时惊慌，迅速把双脚从沙子里面拔出来，可惜用力过猛，埋得又太深，导致他一下子摔在地上，脸部向前，平拍入海，估计一时半会儿没办法嚣张了。丁满把石头放了回去，叹了口气，感觉相当无奈。

我问丁满，你们怎么认识的？丁满说，我不认识他。我说，不认识？丁满说，对，我来这边玩时，碰巧他也在。我说，你今年多大了？丁满说，没你大。我说，这我也看得出来。丁满说，那你还问？我说，你给我讲个故事吧。丁满说，不要。我说，讲一个嘛，你肯定读过不少书。丁满说，我从不轻易给别人讲故事。我说，那好吧，我教你一句咒语，你不要告诉别人，不高兴的时候，就在心里反复默念，烦恼和忧愁都会消失，什么也用不着担心。丁满说，什么咒语？我说，哈库那马塔塔。丁满说，你再说一遍。我说，记好了，哈库那马塔塔。

说完这句，彭彭大步跑了过来，上气不接下气，两手指向脑顶，语无伦次地要让我们赶快抬头。我向上望去，光线渐暗，从西到东，太阳和月亮同时出现在天空里，先是一轮橙红色的落日，凌跃海面，像是一枚大大的浮标，然后是一道黯淡的银影，若隐若现，悬于高处。我惊呼一声，站起身来，仰着头朝前跑去，挑了个最好的位置，坐下来慢慢欣赏。丁满也跟了过来，站在我的身边，小声说道：你知道吗，月亮的大小跟太平洋完全相等，所以，月亮是从地球身上掉下来的，它是地球的女儿。

　　妈妈坐了起来。门敞开着，闵晓河站在楼梯上，手里捧着篮球，不知是要走还是刚回来。我问他一句，他也不答，只是向后指了指。我的心提到了嗓子眼儿，连忙跑到屋内，看见妈妈靠在床头上坐着，脑袋耷在一旁，眼睛明亮，脸上还带着一点点的笑意，灯光映照之下，妈妈的皮肤很白，也很憔悴，仿佛刚打过一场胜仗，疲惫之中又有几分满足。闵晓河的妈妈跟我说，刚在做饭，也没注意，闵晓河掏钥匙一开门，她听到声音，自己坐了起来。我很诧异，也有点怕，但尽量往好处去想，也许是下午的咒语起了一点作用，在天花板上作画的神听见了我的祈求，把妈妈扶了起来。若是如此，那么这也能让妈妈重新站立、穿衣、走路和骑车，或者不那么贪心，只是说话也行。一小块看不见的肌肉萎缩之后，妈妈就变得口齿不清了，字词在她嘴里打着滚儿，吞不下也吐不出来，她的自尊心很强，从那时起，索性一句话也不讲了。我盼着妈妈能再说一点，盼着她告诉我，一切为时未晚，还会有另一个夏天，在远处静候，像大海等待着遗失的月亮，潮汐起落，我们彼此想念，而地球的心脏又跳动了一下；告诉我说，做好一切重来的准备，不过总比上一次要容易，只要循着波浪的纹理，温习我们的记忆，想一想那些发生过的事情，就可以知道下一个季节的形状。

　　我躲到厕所里，哭了半天，不敢出来，怕这一切不是真的。闵晓河没有出门，整个晚上，他守在妈妈身边，寸步不离，面容严肃，保持着机警，像一位忠诚的骑士，正在保卫着他的王后。夜里，闵晓河抱着被子来到客厅，铺在地上，依旧不说一句话，关灯之后，我一只手摸着妈妈的衣袖，另一只手伸向了他，黑暗里，闵晓河轻轻握了一下，很快就松开了，然后背过身去，蜷作一团，宛若婴儿，没过多久，便说起梦话来。

　　医生说不清楚原因，建议再做一次检查，观察是否有好转的迹象，概率不大，我没有听从。我想，既然选择了供奉，无论是神还是咒语，都得全部交付出去，这是一张珍贵的入场券，不可滥用，也不可亵渎。当然，我更相信妈妈，像从前那样，她总有自己的办法，不会游泳也能设计一套泳装，没钱也可以过得很体面，一个人也可以带着我生活。

诗里写过，夏天盛极一时。那些盛大的日子里，闵晓河每天陪我推着妈妈去海边散步，妈妈很喜欢海水，她跟我说过，浪花冲来时，就是大海伸出了双手，在岸上演奏着钢琴曲，那是她心底的音乐。我们走过金色的沙滩、沉寂的落日，看见了许多可爱的人，拍照留念的情侣、结伴而行的朋友，拎着沙铲和水桶跑来跑去的孩子，可没再见过彭彭和丁满。我很想让妈妈认识一下他们，并对她说，这是我的两个好朋友，一个叫彭彭，一个叫丁满，彭彭是个强壮的勇士，力大无比，没什么能束缚得了他；丁满是个厉害的魔术师，默念一句咒语，太阳和月亮就会一起出现在天空的深处。

妈妈端坐在霞光里，喝掉了许多的温水。温水验证着奇迹的进程，小小的一杯，如果能分成两次喝完，且无声音嘶哑或呛咳，那就是有所好转。我相信一定会如此。每日几次，我把妈妈搂在胸前，接过闵晓河递来的茶杯，一点一点喂她喝水。水温好像只有闵晓河能够掌握，不凉也不烫，魔术一般，恰与妈妈舌尖的温度相同，在口腔内缓缓洇开，浸润着心和肺。妈妈的唇角微展，像是在笑。

我没有问过闵晓河要去往何处，一个明媚的午后，他与我告了别，走出门去，不再回来。意料之外的是，我不太伤心，只是有些怅惜，毕竟他还没学到我的咒语，而在未知的旅途里，那总会派上一些用场的。篮球也没带走，留在了家里，我把它塞进衣柜的深处，我想，许多年后，等我快要忘掉的时候，它会自己跑出来，跟我打声招呼，再对我说一句，还记得吗，我们在海边的傍晚见过一次面。

闵晓河走后，他的妈妈也不再来了。她很难过，像是失去了某种资格，悄然退场，盼望过的事情在她眼前只是掠了一下，就又消失不见了。我心怀感激，却无法为此多做点什么。入院之前，我送了一些妈妈以前的衣物给她。她一边叠着，一边跟我说，该发生的总要发生。我没回答，分不清她在劝我还是劝自己。过了一会儿，她又跟我说，我们相处得很好，是吧，这一段时间。我说，谢谢，我都记得的。她望向妈妈，叹了口气，说道，有时候想一想，挺对不住你的。我说，我不这样想。她说，有那么一天的话……没等讲完，我便打断了她，说，我知道，知道的。她就什么也不说了。后来，我自己一个人时，总在琢磨那没讲完的半句话，到底指的是哪一天呢？是在说妈妈，我，还是闵晓河？而那会不会是同一天呢？

我试过用手背和手腕去感受水温，或自己喝下一小口，还买过一支专用的温度计，可怎么也配不出来合适的温度。三十毫升的水，妈妈再也没有分成两次喝掉过，她努力地吸一口气，想多喝几滴，却只是不停咳嗽着，咳得我害怕、发抖，不敢再喂。初秋时，妈妈住进了病房，她的呼吸很困难，也没再坐起来过，有时候我想，也许闵晓河当时是为了安慰我，故意那么做的。不过这个念头一瞬间也就闪过去了，不太重要，他比我聪明，总是知道自己应该做些什么，并且义无反顾。我很想念他，想念听得到梦话的日子，也很自责，后悔没有学会他的魔术。

有一天傍晚，小雨打过电话来，他的声音很小，我有点听不清楚，但不想就这么挂掉。我望着窗外升起的夜晚，倚在一侧，像在舞台上念起了独白，向着所有人诉说：医生建议切开气管，我有点犹豫，妈妈肯定不想，她很在乎自己的仪表，总是穿得干干净净，现在也一样，我还给妈妈买了好几件新衣服。我们换了个地方，这里专门做病人的康复和看护，价格不高，条件也还不错。妈妈瘦了一点，你再见到的话，估计认不出来了，但她会记得你，妈妈的记忆力一向很好，谁来看望过，她都知道的。她不希望有人来，不想让别人见到她现在的样子，还会在心里朝自己发脾气。其实没什么的，我觉得她还是很美，比我好看，妈妈不知道，我以前很嫉妒她的。对了，我结婚了，就在去年，没摆酒席，过得还可以，我的丈夫不错，家人对我也很好。他为人诚实，很勤快，也有力气，妈妈加上轮椅，一个人就抬得起来。这段日子里，他出了趟远门，不知什么时候回来，虽然不在身边，每次遇上什么事情，我也总会想，如果换成是他会怎么做，他跟我说过的话不多，但每一句我都记得。最近我老是想起小时候的事情，以前也给你讲过，每到暑假，妈妈下了班会带我去海里游泳，她不会游，就站在水里，眼睛盯着我不放，生怕我游得太远，我总爱跟她开个玩笑，从近处游走，或者扎入海中，消失一小会儿，妈妈很紧张，大声喊着我的名字，急得快要哭出来，我不太能听见，水里很安静，像是一个密封的罐子。妈妈并不知道，我静静游过了她的身边，一次又一次，漫无目的，身心和睦。说完这些，我挂掉了电话，泪水滴在窗台上，还好他看不到。

　　妈妈躺在床上不说话。换过药后，我趴在她的腿上睡着了，做了一个绵延的长梦，淅淅沥沥，水汽遍布，梦里有一阵不息的小雨，还有一条蜿蜒而去的河流，小鱼和小虾在里面游着，像是要去郊游。雨水落在我的脸上，也落入河流里。空气循环，河流缓行，在望不见的尽头，它步入高空，栖息于云层。我在这样的梦里醒不过来，觉得自己也是一滴雨，从空中降落，变幻的风吹得我摇摇晃晃，我反而很惬意，这时，一阵强烈的气流从两侧蹿了出来，形成夹击，来不及躲避，我打了个冷战，彻底清醒过来。屋内没开灯，我揉揉眼睛，发现彭彭和丁满正站在我的两侧，分别举着一只胳膊，彭彭紧闭双目，还在来回晃荡，丁满停了下来，看着我不说话。几夜之间，他们似乎都长高了不少，丁满还是那么瘦，彭彭看起来更壮实了。

　　我吓了一大跳，问道，你们怎么来了？丁满说，他带我来的。彭彭说，他带我来的。我说，这是什么情况？丁满说，我早就发现你了。彭彭说，我也早就发现你了。我说，你们俩从哪儿冒出来的？丁满说，我住在这里，三楼。彭彭说，我在二楼。我说，你们为什么也住这里啊？丁满没有说话。彭彭说，我渴了，能不能买根雪糕再说。我说，不能。丁满说，我也想吃。我说，那也不行，快点儿告诉我。彭彭说，他没吃过雪糕，平时不让。我听着有点难过，想了一会儿，跟他们说，我去哪儿买呢？彭彭抢着说，这里没有，得去海边。我说，可是我在照顾病人啊。丁满说，那我们一起去。我望向床上的妈妈，她的眼睛眨了两下。

夜里很静，推开房门，走廊无人经过，我赶紧转回身来，小心翼翼地背起了妈妈，从侧面的楼梯一步一步往下走，妈妈伏在后面，呼吸得很慢，温热的气息吹过我的发梢，我一口气来到楼下，出了一身的汗。丁满背着我的布包，坐在轮椅上，彭彭从后面推着他，装作出去透气，两人大摇大摆地从电梯里走了出来。我们在花坛边上会合，向着海边出发。

我们踩着黯淡的树影向前行去，彭彭大声唱着歌，丁满堵住了耳朵，保持着一段横向的距离，我推着妈妈跟在后面，见到什么都觉得新鲜。这一路上，我们遇见了许多商贩，有卖贝壳和海螺的，也有卖头饰和玩具的，就是没发现卖雪糕的。丁满有点儿沮丧，彭彭说，没准儿他还在沙滩上呢，我们过去看看。

海边有人设了一个套圈游戏，拉开一条细长的红线，分割出两个世界来，一边是人，一边是礼物。看着离得不远，很少有人能套中，礼物旁边放着一盏盏彩色的小灯，闪着幽幽的光芒，像是一朵朵灯笼水母，好看极了。我问他们，要不要碰碰运气？丁满摇了摇头，彭彭没说话。我跑去买了二十个裹着青皮的竹圈，分成两份，塞在他们手上，彭彭将竹圈套在小臂上，肚皮贴住红线，喊着口令，倾身向前扔去，不太有章法，只套中了一瓶矿泉水，不过已经很不错了。丁满全神贯注，思索半天，他总共扔了两次，每次五个圈一起，轻轻捻开，形成半环，攒足了力气，找准角度，朝着微弱的光芒奋勇抛去，第二次时，居然套中了一只柔软的白色独角兽，呈俯卧状，睫毛很长，眼睛闭着，正在熟睡，背上还长着一双短短的翅膀。我们都很高兴，欢呼起来，我想妈妈的心里也一样。丁满很大度，把独角兽放在了妈妈的怀里。我拧开矿泉水，喝了一大口，擦了擦嘴，又递给丁满和彭彭，他们把水喝光，我们向着那道半月湾走去。丁满说，他有预感，我们要找的东西，会在那里出现。

路不太好走，轮椅推着也很吃力，我们三人几乎是抬着过去的，累得直喘粗气，妈妈也流了很多汗水，鬓角湿透，她像是在抱紧那只独角兽，用尽力气，丝毫不肯放松。我们把妈妈放在沙滩的边缘，好让海浪能够抚到她的身体。

丁满的预感果然很准，卖雪糕的人不知从哪儿钻了出来，我掏钱买下了全部，他很高兴，如释重负，骑上车子便离开了。我从轮椅上取下布包，把里面的东西掏空，平铺在沙滩上，又把雪糕一一摆开，对丁满说，你只能吃一根。他点了点头。然后又跟彭彭说，你负责帮我监督。彭彭说，放心吧，剩下的都归我。我拍了拍他们的肩膀，攥着那件刚翻出来的泳衣，走去礁石后面，天气很好，没有风，海洋静止如铅，我把泳衣换在身上，听着浪声，独自坐了一会儿，海风的味道让我想起了许多事情。

我登上了礁石的最高处，高喊一声，挥了挥手，妈妈无动于衷，彭彭和丁满仰起头来，不明所以，我打了个悠长的口哨，展开双臂，直直跃入海中。身体触到水面的那一刻，我看见了远处明暗的灯火，瞭望台高耸，船楫不倦搬运，静止或者远行，一大团云从海上升了起来，笼罩着未知的季节。我向前游去，游了很久，也没有抬头，浪潮不断向我涌来，我听见许多模糊的喊声，准备再开一次小小的玩笑。海水很凉，我想，在很远的地方，人们无法抵达之处，它会悄悄结成一块冰，映着月亮，仿佛仍在彼此的怀抱里，从未离开。

防鲨网没有那么严密，下面破了一个很大的洞，一只鲨鱼可能已经游了过来，此刻正潜伏于此，伺机而动。我却一点也不害怕，因为还有两道很小的影子，始终伴在我的身侧，也许是两条活泼的金鱼，游过来又游过去，用尾巴撞着我的双腿，用鳍抚过我的膝盖；或是我梦见过的小雨与小河，在海的深处重新凝结，变得阔大、坚实，演化为一小块漂浮的岛屿，将我托了起来，一起一伏，掀起美妙的浪花。岸上吹过来的风使我温暖，我舒了口气，忽然想到，自己也许就是那只走失的鲨鱼，心怀万物，四处游荡，一次次地沉没，又一次次地跃起来。在空中时，我可以望见一条星星的锁链，掠过夜晚，照亮尘埃，浮在银河的边缘；在水里时，我看到了一匹会游泳的白色独角兽。

原载《十月》2022 年第 3 期

【作者简介】吴君，女，现居深圳。主要作品《我们不是一个人类》《亲爱的深圳》《皇后大道》《万福》等。部分作品改编为影视作品、舞台剧，有作品译成英、俄、蒙等文字。曾获中国小说双年奖、百花文学奖、北京文学奖、广东省鲁迅文艺奖等。

Wu Jun, female, now lives in Shenzhen. Her major works include *We Are Not a Human Being, Dear Shenzhen, Queen's Road, Wan Fu* and so on. Some of the works have been adapted into film, television and stage plays, and some have been translated into English, Russian, Mongolian and other languages. She has won the Chinese Novel Biennial Award, Baihua Literature Award, Beijing Literature Award, Guangdong Lu Xun Literature and Art Award, etc.

光明招待所

吴 君

黄梅珠早晨起床，睁开眼睛便看见了蜘蛛，黄梅珠认为对方也看见了她。

黄梅珠再也睡不着了，于是她顺着看过去，墙上只有一些淡淡的斑痕，应该是前一家人留下的。靠近窗口是女儿小时候的一幅画，十多年了，都还挂在原处。黄梅珠觉得女儿幼稚得很，总是长不大的样子。黄梅珠记得有次整理房间扔掉过的，只是这些事都记不太清了，尤其是最近几年，记忆力越发不好。

房子需要清扫了，至少应该粉刷一次，可到处都堆满杂物，搬起来需要些体力，黄梅珠担心自己力气不够，所以一直没动。她想如果哪一天陈家和心情好了些的，请他帮个忙，只是她一直没有等到。这个念头在脑子里有过无数次，被其他事情打断，到后面她也就不再想。女儿初中的时候，带同学回家里，同学问你们家怎么那么旧啊，墙上还掉了皮，偶尔还有小蟑螂经过，对方夸张地尖叫后，顺手揭下一小块，导致周围的墙面有了更大的裂纹。这件事搞得女儿对她生了几天的气，还差点不想去学校。黄梅珠没有说出这是二手房，搬进来的时候便没有钱装修了，煤气灶和空调全部家私都是对方留下的。她不想让女儿知道太多，包括她与老公陈家和的关系，黄梅珠害怕影响了女儿的幸福，追求者是个富二代，她不想女儿失去这个机会。

眼下，需要黄梅珠考虑的事情很多，哪样都比刷墙重要。比如在香港的大佬，由于疫情一直都不能回来，微信上也不回话，不知道眼下什么情况。阿妈非常焦虑，似乎黄梅珠的幸福是夺了大佬的。有时阿妈会给她脸色，哪怕嘴里正吃着黄梅珠送去的食品，都还在不停地埋怨："又拿来这些便宜货，别人不要的东西，吃也吃不下，丢也丢不掉。"

黄梅珠希望不要把什么都放在冰箱里等大佬，不仅费电，如果没有及时吃，食物会过期。考虑何时通关还不清楚，便对阿妈说这三文鱼不能放久，要尽快吃呀，再留就不能食啦。

"过期的东西你为什么送过来，看不起我呀。"黄梅珠随后听见阿妈"噗"的一声吐出口里的黄皮果，她用这种方式表达对黄梅珠的不满。

"本来是想留给大佬吃的。"

"你何时心里还会想到别人？"阿妈仇恨的眼光射过来。

黄梅珠怯怯地说："大佬如果过来需要隔离 14 天的。"

"那又怎样，14 年也要等。"阿妈的样子咄咄逼人。

见阿妈又开始赌气，黄梅珠也就不说话了。这些年，黄梅珠过得越好，阿妈就越生气，因为那边的大佬还不能去工地，只好在家里吃老本。原因是在屯门修屋时摔了跤，在家休息了很久，没有收入。这样一来，阿妈就开始着急，总是劝黄梅珠要关心一下大佬。他那里只有 38 平米哦，都转不开身的，你认为那是他应该受的苦吗？得闲时你不应问问吗？阿妈翻了翻松弛眼皮下面的那一摊灰色的眼珠,继续说:"如果当时是他去了国营单位,哪里会发生这样的事情?"

阿妈口中的国营单位早已改了制,招待所变成酒楼,包给了老板,因为光明乳鸽成了远近闻名的招牌菜,所以招待所这个名字也跟着保留下来。

似乎阿妈眼里的好,就是没有在工地做工。每次见到黄梅珠穿了一身整齐的制服,都会冷冷地发出一声哼,好像黄梅珠并不是她的女儿,而是一个被她嫉妒的同龄人。阿妈如果约了人在招待所里喝茶,刚好又见到黄梅珠穿梭其间指挥小妹摆菜,阿妈都会多点几碟放在一侧晾着,出门时再打包带走,反正她会留下单由黄梅珠去买的。黄梅珠冷冷地说:"我怎么关心啊!我也有老有小,每天睡觉前感觉自己只剩下一口气,除了吃饭睡觉其他时间我都在做工啊!"

阿妈不看黄梅珠,一只手扶在巨大的冰箱的扶手上说:"你还有老公吧,还有头家,可你大佬乜都没有。说到这里,黄梅珠的阿妈委屈地瘪了瘪嘴,她希望黄梅珠这个做妹妹的拿些钱出来,平时黄梅珠偷偷塞给阿妈的都被拿去给了大佬,因为阿妈觉得大佬太可怜。这些黄梅珠都知道,只是不会揭穿。"

"他怎么又没钱,不会又去赌了吧?"有一阵子,吴梅珠的大佬迷上了买马,输了钱也不会说,只是会突然回来,爬到阁楼上面蒙着头睡觉,做阿妈的便开始向黄梅珠要钱了。

"早没有啦!赌呀赌的真是晦气,你这样讲自己大佬咩意思?"阿妈不满意黄梅珠这么说。对于这个仔阿妈也是有怨,只是放在心里,别人不能提的。当初他去了香港,跟着潮阳人在新界和屯门做建筑外墙。大佬恋爱倒是谈过两次,被人骗了钱,到老都没娶上个老婆,这让阿妈感到内疚和没有面子。别人家的仔从那边过来都是带港币带利是糖,而自己的仔乜都冇。每次邻居问到这些,阿妈便会急,转过头来骂黄梅珠,她怀疑家里的这些事是女儿讲出去的。

见阿妈这么护短，黄梅珠索性来个狠的："阿妈你要对大佬讲，不要拿我的钱给外面那些女人用，那些女人各个都在骗他，哪个都不会嫁给他，死了这份心啦。"

越是害怕越是会听到，这时的阿妈真的生了气，她重重地放下手里的炖盅，看也不看黄梅珠，黑着脸回房去哭了。平时阿妈最恨别人说出这句，就连走路都是躲着那些喜欢问东问西的人。上次她多吃了些治失眠的药，出院之后，身体有些虚弱，更加不愿意同邻居们一道去逛菜场了。

黄梅珠想好了，如果没有非她不可的事，以后都不回娘家，哪怕是他们求自己。哪里是娘家呀，分明是狼家。用一个招待所的事情说了多少年，好像她占了天大的便宜。这些年，让她失眠的事情有很多，很多时候，感觉头快要爆了。止痛药不能再服，网上说吃多了会得老年痴呆。

起得有些晚，手机里的闹钟响了几次，可黄梅珠还是昏昏沉沉感觉不到天已经大亮了。原因是这一夜被分成几段，如同人生的各个时期。直到最后一次，她才没有那么混沌。快天亮的时候，睡在她旁边的陈家和便开始起床。与黄梅珠慢吞吞地起床不同，陈家和都是猛然坐起，然后下床。每次出差，照例也不说，只是把东西提早收拾好，放在客厅，时间一到，他便拎了箱子轻手轻脚地出门，像是担心黄梅珠临时把他叫住问些事情，拖了后腿。当时还是很远的差，需要住几天，并且只要出去便不回电话那种差。黄梅珠懂的，只是她不哭也不闹。她早想明白，做什么都没用，日子还得过。只要回来就好，即使带不回钱，也是人回来就好，毕竟家里有个男人就不太会受欺负，至少不会受到小混混的威胁。黄梅珠和村里的其他女人一样，认命。有时她也会与其他姐妹一样，去街上发传单，美其名曰拓客。有次她遇见一个女人直奔她而来，应是见了黄梅珠穿的制服，便以为是社区干部。对方撩开上衣，露出胸前的伤口，说自己被家里的男人打了，其他部位也有。隔了衣服，女人手指着身上几处地方。由于没有心理准备，黄梅珠惊得张大了嘴，还没等她开口，对方便迅速离开现场。对方戴着口罩和墨镜，黄梅珠站在广场上发呆，感觉像是做了一场梦，为什么觉得这把声好熟呢。

现在的生意越发难做，天又热得要死，陈家和是不愿意出去的。疫情之后，现在的书越来越难推销。有一次他去推销书，一个年轻仔笑着问："你知道孔夫子吗？"

陈家和怯生生地问："这是什么，是个人名吗？"他似乎想到了什么，只是又不敢答。陈家和的手压着袋子里的古币，那是他自己花钱买的，如果有人买了他的书，他会送上一小串表示感谢。

"算了，说了你也不知，这都什么年代了，你肯定是当年没有好好读书。行了，以后别来打扰我们干正事，麻烦删了我微信吧。"对方说完关上门，把陈家和一个人扔在走廊。监控器下，陈家和无比孤单。这些事情是陈家和有次喝醉了酒讲的。

每次站在那些单位扫码登记时，陈家和总会愣上那么一小会儿，他想不起自己要找谁。陈家和每次出差都会把声音搞很大，拉柜子似乎是卸柜子，开门如同启门，关门时必会发出砰的一声巨响。随后，她才会听见对方皮鞋在地板上来回走几趟，取钥匙，取手机和花镜。然后才算是彻底地出了门。只是很短的时间，他回来了，这次回来，他像是不再出门的样子，他先是用力拉上窗帘，脱掉的袜子放进了鞋里，随后他躺倒在沙发上面闭上了眼睛。

陈家和睡觉从不打呼噜，这就把从小爱打呼噜的黄梅珠比得像男人。陈家和不打呼噜就跟一个人喜怒不形于色一样，安静却恐怖，似乎让人找不到节奏和破绽，更弄不清他什么时候是不清醒的。黄梅珠任何时候回到床上，都感觉到一双眼睛在暗中打量着她，虽然陈家和可能已经睡着多时。这样一来，黄梅珠只能等到困得睁不开眼，才昏睡过去。黄梅珠平时走路也是提着心吊胆，她不想惹陈家和不高兴，原因是对方的嗓门高低与他生意好坏有关，半夜的一声吼叫，常常会点亮不少人家的灯，随后是群里的一片骂声。这一声巨响虽然在预料之中，却还是让她醒了过来，再睡的时候便睡过了头。发现睡过了时，黄梅珠便紧张得不行，她看了一眼对面的墙，从床的另外一侧下了地，她想躲开那双来自其他种类的眼睛。

黄梅珠走进厨房时，看见了灶台上的油垢和没洗的碗筷，脑子又回到了昨晚。昨天晚上陈家和动手掐住了她的脖子，说不如大家一起跳海吧。黄梅珠的话在内脏里盘旋了一圈后又落回心口。她不敢说陈家和你这是家暴啊！她知道如果那样可能会刺激到对方，后果将不堪设想。

本来陈家和没有这个意识，家暴这一句出来，他仿佛被点醒了，他竟然把另一只手也抬了起来，两只手环着她的脖子，摆出凶狠的样子，陈家和发出的声音像是表演。这几年，生意失败之后，他的脾气越来越大。黄梅珠知道陈家和希望老婆恨他，只有这样，还当他是个男人。所以黄梅珠越是原谅，对方的火就越大。逼到最后，他说："你在同情我？"

碗筷是黄梅珠一气之下留下的，她本来想要临睡前把这些东西都洗净，无论如何都要收拾好，可是在厨房里找不到工具了。陈家和再次把她用来洗锅的刷子扔掉，而且还不忘记放在地上狠狠地踩上一脚，使得那个东西即使捡起来也不能再用。陈家和每次这样，黄梅珠都知道他又心烦了，生意没谈成，白白浪费了他的烟和酒，这些烟和酒是他自己都舍不得享受的东西。他带着黄梅珠在一个雷电交加的晚上送给对方的，前面他们已经在树下等待多时，直到别墅的大门打开，他看到了同事熟悉的身影，想不到他们已经捷足先登了。递上自己熬了几天填写的资料后，对方礼貌客气地说谢谢暂时不需要你的介绍，实在抱歉我们最近没有这方面的考虑，说完对方厌弃地看了黄梅珠一眼，陈家和才想起介绍黄梅珠的身份，招待所曾经是一个特别体面的工作，这也是当初的富二代陈家和看上她的原因。

这时他们身上的雨水透过裤管，正在干净的地板上流淌。黄梅珠能想到陈家和心疼地看向礼品时的样子，他们都在想要是能收回来就好了。之前他用雨伞护着它们，使得这些珍贵的礼品没有受到雨淋。回到家时，陈家和没有骂人，他甚至都没有提过对方的名字，只是沉默，天亮前他用手捻碎了自己喜欢的一只功夫茶杯。

黄梅珠像以往那样从床上跳下来，她差点摔了跤，她第一次发现脚有些沉重，而且酸痛。她像是个小脚女人那样站不稳。她摇晃着已经来到了镜子前面。里面的女人是她熟悉的样子，肥而且灰暗，她长得越来越像自己的阿妈，那是她非常不愿面对的事情。原来那个曾经年轻漂亮的女仔，中年之后便越发难看，她不明白原因。眼睛浮肿得厉害，却不是哭的，她早已经不会那样，何时变成现在这个样子？发生过的一件件事情缠成了麻线，泡了水，化在一起，再次打成了结，你中有我，我中有你，无法捋清。当然，黄梅珠的样子是与陈家和一起变的，对方原来高挑的身子眼下成了缺点，提早有了驼背，腿中间出现"O"形，脚也成了八字的，穿歪了几双皮鞋，而一头白发染成黑发，不到半个月便成了黄色。黄色的头发配着一张面无表情苍白的脸，非常古怪。抽着廉价香烟的陈家和变得松松垮垮，再也不是那个每天早晨在头上打摩丝的新华书店经理。陈家和的脸阴郁得差不多掉下来，他就是要这样对着房间里的所有人。黄梅珠的脸倒是经常仰着，又白又虚，没了焦点。不知何时，黄梅珠的五官四散开来，她不想再凝视这张让自己也感到讨厌的面孔了。这些年，她一直都躲着镜子，里面的那个女人倒是会远远地观察她，提醒她。

黄梅珠是当年光明招待所的楼层经理，那个身材细长、特别会说话的小珠珠。这是那些叼着牙签、嘴花花的男客们给她起的绰号，真正有钱的倒也不会这样轻浮。陈家和是在那个时候遇见的她，发着毒誓要娶她，因为自己有大把钱，多数亲戚都在香港，逢年过节带回来的东西让全村人羡慕，陈家和给的小费都是港币。不承想没有几年光鲜的日子，光明招待所便成了私人老板开的，陈家和觉得自己被骗了，可是又说不出口，只好每天给黄梅珠脸色看。

光明招待所早已更名为招待所，经理的名倒还给黄梅珠挂着，只是已经兑入百分百的自来水，几乎没有人听她指挥，她成了光杆司令。

拧开水龙头的时候，黄梅珠发现又停水了。一个月停四次，小区的通知总是在停水之后发出来。前天晚上她还想着要不要拖地，外面在盖楼，隔壁在装修，无处不在的尘土飞扬，他们的家已经被浮灰盖住。仅仅犹豫了一下，身体便不愿意多走一步，她想躺下，躺下，就这样幸福地躺下。洗衣机里的衣服放了两天还没有洗，家里的水龙头里一滴水也没有，再这样下去，衣服就废掉了，可是她身上所有的器官似乎都生了锈。

这个时候，电话突然剧烈响了起来，原来是淘宝上订的那 200 块钱的衣服退货的事。果然货不对板，好在见了货，便在楼下及时地提出了退货。这次有了经验，黄梅珠坐在石阶上，用手机把手续办好，否则她担心因为懒而错过了退货的时间，浪费了她的钱，之前就有过教训。电话是快递公司打过来的，对方说明天下午三点来取，黄梅珠说三点我在上班啊，我的快递可以自己寄回，你们只需把款项还回给我。

"我又不是只你这一份。"快递员说。

黄梅珠听完来了脾气："为了等你我难道不用上工啦？"

"家里有人就行。"小哥说。他不管黄梅珠阴阳怪气的发问，又说："那就四点吧，由你家里人拿给我就好。"

四点我也在上班，家里没有人。黄梅珠想到那个时候陈家和应该是在家的，只是她不想让对方知道，陈家和会生气，为了购物的事情，他已经发了几次火。

黄梅珠顶撞说："我用的是自己的钱哦。"

陈家和说我差不多失业了，你还敢这样大手大脚。

黄梅珠说："你不失业也没有给我买过什么，我们差不多都是 AA，你很久没有交过家用，成天说没钱没钱的。"

陈家和说："买个屁呀，你就是能装。"

快递小哥这时对黄梅珠说："如果没有办法，你就上网取消吧，不要耽误我的时间。黄梅珠说我取消了这个快递的话，可能我连这件衣服的退款也拿不到了。"

快递小哥说："那我没办法。"

黄梅珠说："我会投诉你的。"说话时，电话已经拨通。小哥看着她，慢慢摘下露出五指的线手套，点着了一支香烟。

电话是个女机器人接的，很温柔的声音。对方说，请问您是否同意退掉订单。黄梅珠贴着话筒说，我不能退啊！退了单钱也没了，我试过的真的真的。黄梅珠想稍微说得复杂一点儿，把之前的事情倒出来，可是她忘记了这已是一个新的时代，就连机器人也不愿意与她交流。黄梅珠说："我如果退了这个订单的话，连200块退款也拿不到了，之前就发生过。"对方把之前的话又重复了一遍。黄梅珠发现，你无论说什么，对方的答案都是同样的。显然，那是被设置好的语音，永远这样循环着。这时快递员从口袋里摸出一支香烟，放在了自己的手心里转，见黄梅珠还在磨叽，对方冷着脸进了电梯，此刻，他有资格蔑视一个比自己还可怜的人。

黄梅珠的火是对着天空发的，对着自己发的，发完了之后，她发现这团怒火裹挟着天上的脏水尘土变成大雨从空中落下，直接砸向她的身体。

黄梅珠本以为洗漱后便可以上班，可是她的情绪已经不对，心火旺盛，肉却是虚的，那些怨就这样浮在了身上。这时她听见了微信的滴声，是有人与她在搭话。语音里放出的声音特别有男人气概，说："你怎么不收红包呢？"这个浮夸的男人是黄梅珠的发小。

"什么红包呀？"说话时，黄梅珠果然看见一小截红色映入眼帘。

原来今天是她的生日，她竟然忘记了。当然，每年都是后来才想到，想到的时候或是正在拖地或是晾晒衣服。她已经有太多年没有过生日，"生日"两个字如果提出来，陈家和会用鼻子哼出一声。于是她只好不提，尤其在陈家和生意不如意的当下。

眼下这个男人竟然还记得她的生日，真是令黄梅珠悲喜交加。除了银行，谁还记得她的生日，连阿妈都不再记得痛过的一天，竟然被这个男人记得。对方向她发了个 152 元的红包。黄梅珠犹豫了一下却没有接，她想了想之后认为连"谢谢"两个字都不必回。索性就把它放在那里，让对方的头像在那里闪着，仿佛一个孩子正焦虑地等着妈妈回家。被人期待也是一种很特别的感受，黄梅珠感到新鲜有趣。卡通头像后面是一个年过五十的男人，或者说是个落魄的生意人，那是黄梅珠的发小，当年她曾暗恋过对方。而此刻，他的辉煌不再，他的生意失败了。黄梅珠脑子里浮现出对方的样子，尽管失败而油腻嘴花的特点还保留着。他总是穿着一件棕色的中山装，梳着夸张的大油头，腕上紧紧地勒着一个焦糖色的红木珠子，露在外面的那一颗正好是个金的。黄梅珠知道如果她收了对方的钱，就等于与对方和好如初，对方欠的钱也可以随着黄色玩笑随风而逝。闭上眼睛，黄梅珠知道对方正在打她的钱包的主意，而不是身体或其他。现在，已经没有人在乎她的身体了，除了绕道而行，有的还会发出感慨："你年轻的时候真的很靓，特别像江浙女生，完全看不出是本地人。"

黄梅珠不满地反击："本地女人怎么了？"对方发现说错了话，赶紧补救："当然也有好看的，比如说你。"这些话便是这位发小说的。实践证明，等待她的如果不是借钱，便是一个让她无法完成的事情。如果这一次完成不了，似乎欠了他的人情。显然对方在玩心理战术，而她过了许久才得以侦破。多年之后，黄梅珠终于明白，她真的没有多少魅力，而那些所谓的魅力源自她"原住民"这个身份的神话。可是谁骗她都可以，这个家伙是她的发小啊，只是当年随着父母一同去了新疆支边，回来时大好的机会已经错过，包括拆迁和分红，说什么话都带着醋酸。黄梅珠强压着心里的急火，在心里冷笑：少来这套吧，不要再编那些青梅竹马的故事，对于当年的深圳我真的没有印象，更不要说童年。在这个早晨，黄梅珠趁着心烦，单方把发小拉入讨厌的人里面，并给对方加上一个让自己感到解恨的标签。她收罗了一下，竟然在"讨厌"名下存有十几个名字，有的是同事，有的是同学，有的竟然是自己的兄弟。像是排掉了脏污的东西，黄梅珠一边从矿泉水瓶子里倒出水洗脸，一边在心里给对方的错误予以小结。

轻松后的黄梅珠莫名其妙有了些得意，她自言自语道：你为什么混成了这样？好吃懒做呗。你个好吃懒做的人为什么要找我，我可不是你的同类，我早出晚归从十六岁就做事到现在，四十年啊！当年什么都是国营的，理发店、修车铺都是，这个端盘子的工作被人羡慕嫉妒死了，如果没有点姿色哪里会收？为了这份公差点搞得兄弟姐妹反目。现在的招待所什么都不是了，和我这个人一样。想到这里，黄梅珠开始警惕，她担心自己会在不理性的情况下，无私地帮助了这位无赖发小。有时她会考虑对方的不容易，有好几次，为了帮她完成任务，拉客人过来消费。她在安慰自己。他毕竟付出了暧昧呀，他在你最失意的时候也传递过温暖，要想想你都这么老了谁还想着撩拨你呢？

黄梅珠继续思考，发小也老了，什么都没剩，本以为深圳家乡在等着他，回来后，发现好处都与他无关。他只能用这个成本换取一点点好处，比如说给他发个红包，或是给他一些机会呀，让他做个中间商之类。老实人欺负老实人，可怜人欺负更可怜的人。你为什么要这样待我呢？她用自问自答的方式把对方数落了一番之后，让自己的脸对着光，黄梅珠觉得整个世界只有太阳是暖的。

不知何时，黄梅珠愿意用这种方式排遣自己的烦恼。面对陈家和那些恶言恶语，她没有办法消化的时候，便会找到发小不咸不淡聊上几句，她只把对方当成一个垃圾桶，剩下自己的那些没有理顺和分类的垃圾残余，连汤带水全部倒给对方。发小自然会把她当成空虚的女人，听着话，打着主意，他没有心情去心疼丢失的童年。清理过后的黄梅珠觉得舒服了一些，她在心里说："你的功能就是树洞，帮我装这些就好，不需要有什么反应。"当然了，过意不去的时候，黄梅珠也会考虑点回报。也不能总把对方当成了出气筒，帮人家办点事情也是应该的，不要再总是抱怨啦，当然了，免费的住房肯定不可能了，又不是当年。

发小嬉皮笑脸："你不是有套农民房吗？我可以带人过去帮你暖暖房的，久不住人对房子不好哦。"

黄梅珠也不作答，她后悔当初虚荣，吹过这个牛。黄梅珠最多请对方吃一顿饭，反正自己手上可以打个八折。或者对方需要救急的时候，她也会帮个小忙。只是这个钱还是要还的，不还的话，黄梅珠会打电话教训对方半个小时，到了第二天，钱也就到账了。基于这样，对方通常希望黄梅珠请客。为了这顿饭，他会拉上自己的生意伙伴，欠下人情的朋友，同居过的前女友和未来女朋友。黄梅珠很快识破了发小的把戏，吃饭的时候，在介绍到黄梅珠时，发小已不再喊她小丫头大美女之类，而是说这是光明招待所的黄老板，家里有几处农民房，很快将会拆迁，引得有人拿了茶敬她。有时候，黄梅珠也是享受这种说法。只是人还没有走到家，发小便打来电话说："你可不可以先给我打两千元，救个急，一周后还你，耽误半个小时，老子不是人。"上次的钱他也是拖了几个月，所以他需要这样保证。

黄梅珠问："怎么又借钱？"

发小说："不是刚还你了？"随后又说，"对对，你再帮我看看，你周围有没有个空房子，我需要过渡几天。"黄梅珠故意夸张地说："租房子，大把呀，中介机构三两步便有一个，需要我给推几个短信吗？"显然对方说的是黄梅珠的老房子，那是一个即将拆迁的老房子里的一间，一直出租着，这也是她不敢得罪阿妈的原因。村里有的人家祖屋是不会分给女儿的，尤其是找了外地老公的女人。黄梅珠还算幸运分了一小间，虽然户名还写着阿妈，可是她相信早晚有一天，会写上她的名字。

"你没明白我意思，刚刚吃饭的那个女孩子你见到了吧，人不错的，我也是才认识，她身患重病，没有家人陪伴，需要临时住几天，刚做完手术什么也不能做的，身上又没有钱，很快还要复查，真是太可怜了，仅那几项检查便花光了家里所有的钱，这是什么世道啊！我，我想诅咒这个世界！"黄梅珠想起他在大街上仰天长叹、咆哮的样子时感到越发搞笑。

"哎呀能不能不要再说什么归来还是个少年这句话啦，太搞笑啦，哪个归来不是渣男呢？"黄梅珠都想在"讨厌"两个字前面加上一个"最"了。电视上有了这一句之后，这个男人就经常拿过来用，滤镜般地美化自己。

这时，黄梅珠的阿妈突然打进来一个电话，平时她极少联系黄梅珠，来电话必然是有事情，而且总是非常要紧，当然百分之九十与钱有关。阿妈打电话的目的是什么呢？阿妈已在儿子或者媳妇或者侄女面前吹过牛，所以阿妈对黄梅珠说，哎呀，你要帮助侄女揾份工呀，黄梅珠说："是她不想过来，还嫌我们这里脏，见的男人都是大叔大妈。哎呀，她这是找工作还是找老公呀？"

阿妈说："工作要找老公也要找，你就不会重新再找一个给她吗？"

"我去哪里找啊！我这是招待所，不是人才市场，再说她又不是什么人才。"

阿妈不服说："当年你怎么又可以找到？"

"当年的光明招待所是镇政府的，国营单位，接触的人也有权，现在是什么，是个做生意的地方，人家老板要赚钱的。服务员的位子大把，不需要介绍啊！再说了这些工作我能做，她怎么不能做了？"

"她是你的侄女，如果他老豆当年不把进这国营单位指标让给你，你会有今天吗？"阿妈说。

黄梅珠说："她上次骂我年轻时就是个三陪，一天到晚穿着高跟鞋拿着小本子，带着客人楼上楼下看海鲜，点菜，脸上赔着笑，看了就恶心。"当时阿妈和黄梅珠通完电话不懂关手机，被黄梅珠偷听到的。

黄梅珠总是搞不明白那些复杂的问题。现在她似乎捋清了一些头绪，她不理解阿妈为何总是盯着她。

黄梅珠的阿妈说："因为你是阿姑呀。"

黄梅珠说："我是阿姑我就该死啊！"

"你怎么说死呢，你大佬细佬如果不是看在你会给我养老送终的分上，他们也不会把进国营单位指标让给你的，还有那间屋。"

"什么？让我一个做女儿的养老送终？好，那房产证上也要有我名吧，不然算什么？"

"早都办好了，是你大佬和细佬去办的。"

黄梅珠紧张起来："什么意思，有我的名字吗？"

"我都这么老了，不知能活到哪一天呢。我不想管你们年轻人的事情了。"阿妈开始敷衍，显然抛下了黄梅珠。

黄梅珠绝望了，她大叫："阿妈，我还年轻吗？各个人都以为我有钱，我是个拆迁户，可是这些年我赚了钱都拿给你们盖屋了，最后连一间都不给我留。"

黄梅珠的阿妈也不服气："那又怎样呢？如果当初不是你进了国营单位，你大佬会去香港吗，会这么惨吗？你细佬会去厂里打工吗？如果没有这种好单位，你那个老公会选你吗？"说完这些，阿妈似乎重新有了力量，她开始下达命令："以前的事不要再讲，记得揾工，你是阿姑，大人有大量，不要再阿吱阿咗说那么多废话。"黄梅珠本来要回敬几句，想了下，上次与她吵过，阿妈便住进了医院，于是先等对方说完才挂断了电话。

黄梅珠站在原地还没有缓过神，招待所的电话便打了进来，是一位年轻的副总。对方说明天要安排人去拓客，让她看看谁去合适。

"我不去了吧，这么老了，说话都没人听。"黄梅珠的手还在微微发抖，却故意装出平静，她懂对方的意思。

"哈正好，你可以推销给那些阿伯呀。""90 后"的副总说。

黄梅珠说："那也不能安排我吧，光明招待所个个都是年轻妹，怎么非要我去呢？"

"之前看您一天假都没有休过，想到你可能缺钱，刚好机会就来了。"对方还在试图说服她。

黄梅珠准备拒绝，说我不行，那些男人见了我站在身边都不好意思开黄色玩笑，茶也不好意思让我斟，唉，我都可以当他们的长辈了。说到这里，黄梅珠有些伤感，这个招待所差不多拖累了她一生。

想不到对方一下子笑了，说："这就对了啊！这次，我们需要你搞定的是那些退了休、有钱又寂寞的老年客人，你把他们拉过来吃饭啦，过年的时候家里人会丢下他们自己去外地潇洒的。"

见黄梅珠还是不答应，对方生气了，说："如果不行，你给我找个人替你去做，你总要为我们效点力吧。"

黄梅珠说："我让谁去呀，我都是招待所最老的了，我都效力四十年啦。"

副总冷冷地说："所以我们才没有炒掉你，本来公司是不想留个这么老的人，不仅用不了还要供着。"副总说完，不等黄梅珠说话便挂了电话。

"我们"是谁？黄梅珠拎着电话站在原地。除了她自己，怎么都成了"我们"？

夏天的中午是安静的，天上一丝云彩也没有。黄梅珠似乎回到了往日深圳，街上的行人不知道去了哪里，街的远处闪着亮光。这种反常让黄梅珠感到恍惚，像是配合她开始怀旧的心那样。

因为她在街上走了一大圈都不知道该去哪里，等从招待所回来时，人已经筋疲力尽。进到房里，看见陈家和正看着电视吃东西，锅里的荷包蛋已被他捞走，肉和青菜也没了，只剩下零零散散的几根榨菜和面条在锅里。黄梅珠想着要不要吃呢。如果不吃就得饿着，还会惹对方摔碗摔盆，如果吃了，便等于吃了一肚子闷气，还要洗碗洗锅。

电视开着，不知道是什么节目，男男女女尖叫着，笑着。

这个时候，黄梅珠想着要不要和那个发小聊几句。哪怕对方有多么让人讨厌，她也想和对方说几句。刚写了几个字，又想到对方向她借房的事没有帮上忙，只好把写好的几个字删掉了。

这时进来一个陌生的电话，黄梅珠犹豫着还是接了，竟然还是早晨那个快递小哥，黄梅珠想起淘宝上的衣服，于是冷冷地问："怎么不放进快递柜？"

快递小哥说:"重要文件需要交到你的手上。"

"什么东西啊?搞得这么神秘。"黄梅珠突然紧张了,她听见了自己的心跳。

对方说应该是录取通知书,属于特殊邮件,必须亲自签收。这时女儿的微信消息也到了,是一个大大的笑脸和拥抱,她心想事成。女儿有意选择了这种方式,就是要给黄梅珠一个大大的惊喜,考了几年,黄梅珠都想劝阻女儿,毕竟女孩子的青春短暂,况且还有一位富二代的追求,至少未来会衣食无忧。

黄梅珠全身的血向头上冲,陈家和没有出门应该也是这个原因吧,平时即使没有事情他都要出去逛的。黄梅珠怪自己,只顾着生各种闲气和抱怨,前天女儿还用微信提醒她记得收快递,而她竟然都忘了。出去打暑假工的女儿交代过她,可她被眼前的各种事情烦着而彻底忘了。黄梅珠的脑子里浮现出墙上的那幅向日葵。和黄梅珠一样,女儿也没有绘画天赋,不仅如此,当年的她,字写得也不好看。

"努力奔跑,才不会留在原地。"黄梅珠每天都在乱忙,从没想到上面还有一排用铅笔写的小字。

原来那蜘蛛是来报喜的。

原载《上海文学》2022 年第 7 期

【作者简介】羊倌，中国作家协会会员。部分作品被《新华文摘》《小说选刊》等转载。出版长篇小说、长篇纪实文学、中短篇小说集等十余种。曾获江苏省第九届、第十一届精神文明建设"五个一工程"奖等奖项。

Yang Guan, member of the China Writers Association. Some of his works were reprinted by *Xinhua Digest, Selected Novels*, etc. He has published more than ten kinds of novels, long documentary literature, collections of short and medium stories, etc. He has won the 9th and 11th Best Works Award for the Construction of Spiritual Civilization in Jiangsu Province.

娘 亲

羊 倌

莫团长在团部传达作战命令时，房东五婶正坐在窗前那棵老榆树下搓麻绳，她要给小战士葡萄做双鞋子。

葡萄原本叫福广，曾读过几天私塾。这天福广给大伙儿读简报，读到"冒着敌人的炮火匍匐前进"时，他大嘴一张就读成了"冒着敌人的炮火葡萄前进"。赶巧其他团的文书来送材料听出了毛病，当即把福广打回了原形。"葡萄前进"的故事连同绰号"葡萄"就传遍了七纵队。

葡萄老家在山东蒙阴，孟良崮战役时莫团长就住在他家。莫团长那时还是莫营长，临走时，福广他爹说："莫营长，你把福广这孩子带上吧，在家饿死还不如让他战死沙场。"莫营长说："这孩子还不到十四岁，不该让他到战场上去。"福广他爹说："福广能跟莫营长一起杀敌是他的造化，要是嫌他身子骨弱，就让他给你端茶递水传个话啥的，等身子骨健壮了再去杀敌也好。"莫营长被说动了，就说："难得你一片报国心，等全中国解放了我再把这孩子还给你。"

莫营长就让福广做他的通信员，一直跟在自己的身边。莫营长背着葡萄走进侯五叔家时，五婶一眼就看出这孩子不舒服。五婶摸摸葡萄的额头，吓得叫起来："这孩子头烫得跟火烧的一样，得赶紧治。""咱这队伍上缺医少药的，拿啥治啊？"莫团长满怀期望地看着五婶问，"五婶可有灵丹妙药治？""唉——贫贱人家哪来的灵丹妙药？"五婶想了想说，"乡下人发烧都用土方子煮水喝，就是不知对不对这孩子的症。"莫团长喜出望外地说："好，说不定就治得这孩子的病根呢。"五婶说："我这就去准备，这孩子就交给我吧。"

五婶走东家串西家找齐了草药，洗净了在瓦罐里煮。葡萄迷迷糊糊地被五婶灌了半碗，又昏昏沉沉地倒在床上睡。五婶拉过破烂被子给他盖上发汗，见葡萄直打哆嗦，又找来几件衣裳搭在上面，葡萄还是打哆嗦。家里实在没有多余的衣物给他盖了，五婶急得团团转，突然灵机一动，心想自己不就是一团火吗？五婶毫不犹豫地脱鞋上床，将葡萄搂在怀里。

葡萄是在执行任务时得病的。莫团长派他到师部送情报，葡萄把情报往鞋底的夹层中一塞就出发了。眼看要到黄河边，忽听见前方枪声四起，是国民党军队正在行动。葡萄暗叫不好，赶紧后撤，但他的身影还是被发现了，"站住，给老子老老实实地过来！"

老子情报在身怎能过去？就是丢了命也不能让情报落到敌人的手里。葡萄想到此，撒腿就往林子里跑。葡萄知道跑是跑不掉的，关键是如何在跑的时候把情报藏好。他把鞋子藏在草丛里，放慢脚步，不一会儿就被抓住了。

一个人拿枪指着他问："干什么的？"葡萄指着远处的村子说："俺去走亲戚的。"拿枪的人问："你亲戚是共产党吧？"葡萄说："俺亲戚不是共产党。"那人又问："不是共产党，你跑什么跑？"葡萄灵机一动说："俺娘让俺晌午回家，不跑就回不到家。"

　　一名小军官打量葡萄一番，喊道："绑起来！"两个士兵上前将葡萄绑到树上。小军官说："拿凉水从头往下浇，看他说不说。"哗啦一桶水浇到葡萄身上。那人问："是不是探子？"葡萄说："真……真……真是走……走亲戚的。""还不说实话，给我浇。"又一桶水浇到葡萄的身上。他先后被浇了六七桶水，不一会儿就被冻成了冰人。小军官说："看来这小子不是小共产党，放了吧。"

　　葡萄挣扎着到树林里找到鞋子，看到情报完好无损，这才打起精神，艰难地往前奔去。到了师部，葡萄将情报交给首长就要往回赶。首长哪里肯依？坚持让人给他拿来一套棉衣换上了才让他回去。

　　半道上葡萄就发了高烧。他咬紧牙关，踉踉跄跄地硬往前走，好不容易回到部队驻地，葡萄刚喊了一声"团长——"，便一头栽倒在地。莫团长一把将葡萄搂在了怀里。行军中莫团长一直把葡萄背在背上背到桃山集，交给了五婶。

　　五婶看着葡萄，割心剜肉般地疼，当爹娘的得有多狠的心才能舍得放这孩子出来啊？别的像这么大的孩子还在爹娘跟前打滚撒欢呢，这孩子都跟队伍出来打天下了。

　　五婶搂着葡萄，手在他的脊背上轻轻地拍打着，嘴里絮絮叨叨地说："娃不怕，喝下婶这碗药汤，明儿个就又是一只皮猴子了。你要不信啊，婶唱首歌给你听……"

　　葡萄在迷迷糊糊中，仿佛闻到了一种从没有闻到过的味道。他肯定这味道就是紧紧搂着自己的女人的味道，他甚至觉得她就是自己从没见过的娘。葡萄睁开眼睛，黑眼珠往上翻着，狐疑地望着五婶，嘴唇翕动了老半天，喉咙里才发出一个类似咳嗽的声音。

　　五婶拿着袖口仔细地擦着葡萄头上的虚汗问："孩子，醒了？"葡萄眨巴一下眼说："我渴。"

　　五婶赶紧起身去倒了一碗水来。几天的高烧，葡萄浑身发软，连起身的力气都没有，五婶扶起他，把碗送到他嘴边。葡萄一口气喝了个底朝天，说了句："还喝。"五婶再舀一碗递到嘴边。葡萄又一口气喝完，用袖子抹抹嘴角，望着五婶，身子慵懒地往后倒去。

葡萄这时虽然不知道她是谁，但从山东一路走来，解放军和老百姓的那种鱼水关系，葡萄全都看在眼里。莫团长敢把他交给像娘一样的老百姓，一定不会错。

五婶盘着腿坐在葡萄的对面，俩人深情地看着。五婶问："孩子啊，咋病得这么厉害？你这是淋雨了还是冻着了？"葡萄闻着五婶身上淡淡的香味说："团长没说吗？"五婶摇摇头说："没有。"葡萄"嗯"了一声就给五婶讲自己的经历。

葡萄轻描淡写地讲，五婶却听得惊心动魄，泪眼汪汪。听到葡萄被丧心病狂的坏蛋连浇六七桶凉水，让他冻成了冰人，五婶再也忍不住了，发了疯似的将葡萄紧紧地搂在怀里，似乎想用尽全身心的热来温暖这个孩子。

葡萄一怔，眼泪夺眶而出。

葡萄出生不久就没有了娘，他感到抱着他的人就是娘。葡萄再也忍不住了，就用他那无力的双臂紧搂着五婶，哽咽着问："我叫你什么？""孩子，你叫我五婶吧。""不。"葡萄摇摇头说，"我不想叫你五婶。"五婶诧异地望着葡萄说："咋的了？"葡萄看着五婶的眼睛说："我没有娘，我就叫你娘。"

五婶一惊，望着葡萄毫无血色的脸和薄薄的嘴唇，刚刚止住的泪水又流出来了，说："那敢情好！那敢情好！！我也没有儿子，你就当我儿子吧。"

葡萄病好以后，人一下子变得活泼起来。他也知道这个像娘一样的女人，大家都叫她五婶。

以前葡萄是莫团长的跟屁虫，一场病过后他成了五婶的小尾巴，一有时间就往五婶屋里跑，娘长娘短地叫不停。五婶做饭他来烧火，五婶洗衣他来提水，五婶下田他来扛锄头。

莫团长看着眉开眼笑的五婶说："五婶啊，国民党兵的几桶水给你浇出个儿子来。"五婶笑了笑说："团长说得不对，我儿子是你这个团长送给我的。我昨天还想呢，你就是送子观音啊。"

一院子的人都笑了。葡萄也跟着笑。

莫团长又派葡萄外出执行任务，葡萄路过集镇在小摊上看到小镜子。葡萄就想起娘有次跑到水缸前对着水里的影子梳头。对！给娘买小镜子。刚想完就犯难了，身无分文拿什么买？葡萄打量了自己一番，浑身上下只有脚上这双鞋子还能拿得出手，他就拿鞋子和小摊子老板换了小镜子回来给五婶。五婶看着葡萄双手捧着小镜子，赤脚站在面前，心都要碎了，赶紧把他搂在怀里，说："傻孩子，我的傻孩子，你的脚不是肉长的？"葡萄不说话，就在五婶怀里傻傻地笑。

五婶看着葡萄的脚说："我要给你做一双新鞋。"葡萄听了，高兴地看着娘。

男人的鞋是女人的脸，男人街市走穿着女人的手。做鞋是五婶的拿手好活。五婶边搓着麻绳边琢磨着鞋面要多大、鞋底要多厚、鞋帮要多高，给儿子的这双鞋千万千万得用心。以前五婶的心里头只有侯五叔，白天黑夜惦记着他，现在五婶的心里又生生地栽下了葡萄。

五婶手上搓着麻绳，嘴里一遍又一遍轻轻地哼着："针儿短线儿长，家家户户做鞋忙；部队等着上战场，点灯做到大天亮。军鞋双双做得好，战士穿上脚不伤；脚穿新鞋跟党走，南征北战打胜仗……"

五婶正搓着麻绳，就听见莫团长在屋里说："黄维兵团已被中野部队阻击在浍河上游赵集一带，总前委认为此时歼击黄维兵团，时机甚好。"五婶的手一下子僵住，长长地叹息了一声："唉——又要打仗了。"又听见莫团长说："是一场你死我活的恶仗。战斗一打响，一颗炮弹轰过来，一颗子弹打过来，人可能就没了。"五婶心里咯噔一下，手一哆嗦，线断了。她想到了葡萄，心里泛起一种不祥的感觉，眼前一下子笼罩了一层死亡的气息。

　　大家听说有仗打，像打了鸡血似的，浑身都来劲。葡萄也和战友们一样来劲。是虎就山中走，是龙就闹海洋，战士就得上战场。葡萄常抱怨不打仗算什么战士！葡萄虽经历过孟良崮战役，可那是躲在山芋窖子里的经历，最多是听见过炮声隆隆、杀声阵阵，等从窖子里爬出来，解放军都开始打扫战场了。从跟着部队那天起，葡萄等的就是这一天。这可是他人生的第一仗，必须要奋勇杀敌，让同志们都看一看，葡萄不是绣花枕头。

　　葡萄高兴得像个兔子似的蹦来跳去，五婶的心里则像揣着很多老鼠一般，百爪挠心。

　　五婶说："真是个孩子，天都要塌下来了，还乐得活蹦乱跳的。"

　　五婶坐一晌，站一晌，一会儿走出去，一会儿走进来。她不能静下来，一静下来，莫团长的那句话就在她耳边回响："战斗一打响，一颗炮弹轰过来，一颗子弹打过来，人可能就没了。"一想到葡萄也有可能遭遇不测，她就心如鹿撞。

　　整整一个下午，葡萄的身影到哪儿，五婶的目光就跟随到哪儿。五婶的眼睛就是滴溜溜地转的算盘珠儿。每次葡萄到西厢房来，五婶都要看了又看、抱了又抱，手在葡萄的脸上摸了又摸，一遍又一遍叮嘱说："到了战场上，要躲着炮弹。"葡萄就笑着说："娘，你都说十五六遍了，我记得躲着炮弹。""你要能全胳臂全腿地回来，娘说千遍万遍都不多。"

　　五婶几次都想过去找莫团长说说，让侯五叔或自己替葡萄去打仗，但她知道这是不可能的。解放军就是为穷苦人打天下的。

　　黎明前最黑暗的那一刻，葡萄清脆的声音在院子里响起："团长有令！团长有令！！紧急集合！"

　　五婶还没有睡，她欠起身子，透过窗棂，看见士兵凛然而立，站在凛冽的寒风中仿佛一点都不觉得冷。葡萄也傲然挺立其中，威风凛凛，英姿勃勃，看不出一丝一毫的害怕。

莫团长站在最前面说："同志们，我们今天所要面临的将会是一场前所未有的血战。这场战斗将会非常残酷，很多兄弟可能因此把命搭上，但我要说的是：不管付出多大的牺牲，我们都要英勇向前、浴血奋战。我们是军人，军人不牺牲，难道让老百姓去牺牲吗？"葡萄和大家一道，振臂高呼："不能！不能！不能！"莫团长大手一挥说："出发！"

就在这时，莫团长身后传来一道决绝的声音："等一等！"

莫团长蓦然回首，一脸错愕地望着五婶。

五婶脸色阴沉地问："莫团长，我想问下你们解放军挂在嘴边的那首纪律歌叫什么名字。""是《三大纪律八项注意》。"五婶问："不拿老百姓东西那句咋唱？"莫团长唱道："第二不拿群众一针线，群众对我拥护又喜欢。"五婶又问："要是你的人偷了我的传家之宝，该当如何处置？"莫团长笑了笑，胸有成竹地说："五婶，不是我姓莫的夸海口，这种事不可能发生！"五婶说："听莫团长意思是我无中生有了？"莫团长说："五婶，你误会了。我的意思……是不是五婶忘记放在哪儿了。"

侯五叔不知从哪儿走了出来，瞪着眼睛说："你又胡闹什么？部队就要上前线了，不管是什么东西都不要了！""你倒是说得轻巧。"五婶瞥了侯五叔一眼说，"这是我娘家祖传下来的物件，又不是你侯家的。""你……你……"侯五叔支吾了。

莫团长脸色也变了，说："五婶有话就直说，我一定给你一个交代。"五婶说："我出嫁时，我娘给我的家传玉手镯，我放在枕头下却不见了。"莫团长问："你怀疑是我的人偷了你的手镯？"五婶委屈地说："这院子里出出进进的都是你的人，我敢怀疑谁？"五婶的话噎得莫团长半天回不过劲儿来。他点点头，目光像飞鸟一般在众人脸上掠过，说："都听见了吧？谁拿了五婶的手镯主动交出来，否则查到你头上别怪我姓莫的无情无义啊！"说完莫团长咧开嘴笑了笑，对五婶说，"五婶的宝物是啥时候不见的？"五婶说："吃晌午饭的时候还在呢。"莫团长脸一板，说："晌午过后，都有谁进过五婶的屋子，自己站出来。"葡萄跨出一步说："我进过，但我没拿。"莫团长说："还有谁进过？一并站出来。"没有人站出来。士兵们昂首挺胸，傲然屹立。

五婶一言不发，铁了心似的。莫团长对五婶不拿到贼人决不收兵的架势是有想法的。我们的队伍都是啥样的人？你五婶心里面也没数吗？他转脸对葡萄说："小子，现在全团就你嫌疑最大。你想撇清就把背包打开，身上的东西也都掏出来，让五婶和大家看看。"

葡萄委屈地看着五婶。莫团长不相信我，你得相信我啊。我们可是娘儿俩，你叫我儿子，我叫你娘的啊！

五婶的脸冷得像一块铁。

"好，我掏。"葡萄掏出的第一件是半个冷馒头。

这半个冷馒头，看得莫团长一阵心酸。晚饭前，莫团长来到炊事班说："把咱的好面都拿出来吧，给每人蒸一个白面馒头。兴许有些弟兄就是最后一次吃白面了……"

每个战士都分了一个白面馒头。葡萄没舍得吃完，留一半到战场上吃。

葡萄继续往外掏，一枚弹壳、一把弹弓、一小袋炒面、半卷纱布、一个小本本……掏着掏着，大伙儿就发现，葡萄伸到背包里的手突然迟疑了一下，接着整个人僵在了那儿。

莫团长催促道："怎么不掏了？"

葡萄咬咬牙，用尽了全身力气慢慢地把手从背包里拿了出来。大伙儿看见他攥着一只手镯。

一切都发生得这样意外和突然，战士们如同被雷击一般，目瞪口呆。

葡萄的面色霎时变成了灰色。他哆嗦着，汗珠从额头上不断地流下。他飞快地看了莫团长和五婶一眼，放声大吼："不是我！我也不知道这东西咋跑到我包里来的，我真没拿！"

莫团长的脸，一会儿紫，一会儿青，一会儿黑……觉得有一片黑云笼罩在脸上，凝聚在心头。葡萄手中的镯子，如同锋芒逼人的尖刀，残酷无情地刺在他的脸上、他的心上。他的眉毛一根根竖了起来，脸上也暴起了一道道肉棱子。

莫团长怒不可遏地呵斥葡萄："混账东西，丢我团的人！"

没有谁见过莫团长发这么大的火。他不能不暴跳如雷，就在刚才，他还坚信自己的兵绝不会被一只镯子蒙蔽眼睛，眨眼间就被打脸了。

葡萄又委屈又害怕，浑身颤抖着哭出声来："团长，真不是我！""那是手镯长腿跑到你背包里的？"莫团长拿过手镯，双手递给五婶说，"对不住了五婶，我管教不严，让您见笑了。"五婶嘴唇上刻着一排齿印说："是我给莫团长添堵了。"说罢转身而去。

莫团长咆哮道："特务连，把这狗东西给我绑好了，打完仗再发落他。大家出发！"

天亮时，枪炮声震耳欲聋，五婶又想起了莫团长的那句话："战斗一打响，一颗炮弹轰过来，一颗子弹打过来，人可能就没了。"五婶的心又揪了起来，她抬头看了看临时团部的东厢房，去了锅屋。她出来时手里多了一块木板，木板上是两碗粥和两个馍。五婶一进东厢房的门就看见葡萄被捆在莫团长那把座椅上。五婶把端来的饭放在桌子上，对那位负责看押的战士说："把他的绳子给解开吧，你们一起吃点饭。"战士迟疑不决地说："这……""没事，莫团长要是怪罪下来，我来担着。"五婶大包大揽地说，"他要是跑了，你把五婶捆在这儿。""那不成，那不成。"战士边解绳子边说，"五婶，你都不该给他吃。"五婶眯着眼睛笑了："不管咋样，饭都是要吃的。"葡萄可怜巴巴地看着五婶说："我没拿镯子！真没拿！"五婶斜一眼葡萄，笑容在眼睛深处收敛："你这话该跟莫团长说。""你怎么就不信我的呢？我不可能拿你的东西！你是我娘啊！"五婶的眼光一下子定格在葡萄脸上，她伸出手在葡萄的脸上轻轻地摩挲着说："拿没拿你都是我的儿。拿了又咋的？儿子拿娘的东西谁能说啥？"葡萄疯了似的狂吼："娘，要怎样你才肯相信我呢？"五婶把馍递到葡萄手里不咸不淡地说："有这么重要吗？相信咋的不相信又咋的？吃饭。"

葡萄刚想说话，五婶转身走出了屋子。五婶刚出门就看到送来的很多伤员。五婶愤怒地骂了一声"这些挨千刀的碎鬼"，就去加入救治队伍了。五婶忙乎起来啥都忘到了脑后，等她累得坐在地上干喘气时才想起葡萄，然而葡萄早已不见踪影了。

葡萄一直在想所发生的事，脑袋都想疼了，也没想出个所以然来，索性不想手镯想莫团长了。一想起莫团长，葡萄就对他有点怨言，觉得自己比窦娥还要冤。但听见枪炮响，所有冤屈都一股脑儿飞到了九霄云外。

葡萄眨巴眨巴眼对战友说："我要解手。"战友盯了他一阵，没好气地说："解手就老老实实解手，不许耍滑头啊。"葡萄说："我都这个样子了，能耍啥滑头？"战友说："这可不好说，你干娘的手镯你都敢拿，还有啥是你不敢的？"葡萄脸色一变，横眉竖眼地说："我告诉你，不是我拿的！"战友牵着葡萄身上的绳往外走着："这话你跟莫团长说去，跟我说没用。"葡萄心中一怒，抬腿就朝着战友的屁股踹去："让你再胡说再嚼牙！"

战友冷不防摔了个狗啃泥，而葡萄则已扯开绳子朝枪响的地方跑去。

葡萄一到阵地立刻就陷入了烽火连天的战斗之中。四面八方都是惊天动地的枪炮声、拼杀声、哭喊声，国民党军队不知从哪个地方冒了出来，葡萄根本辨不出哪是前方，哪是后方。

"看见莫团长了吗？"葡萄抓住一人问。那人没好气地说："仗都打到这份上了，上哪找团长？赶紧捡杆枪跟着打吧。一会儿敌人冲上来了连你都找不到了。"

葡萄刚弯下腰，一阵炮弹、榴弹在阵地上炸响，炸起的泥土、石块像雨点一般往下落，重机枪打过来的子弹呼啸着从葡萄头顶飞过，像刮风一样。"奶奶的！以为爷没胆子吗？"葡萄怒火中烧，捡起枪，朝敌方阵营瞄去。

论枪法葡萄确实不行。可敌人就在眼前，根本就不需要瞄准，直接扣动扳机就行了。葡萄打疯了，从左边打到了右边，又从右边打到了左边。而敌人的子弹也呼啸而来。

战斗打得昏天暗地，敌军败退。大王庄重回到人民手中。

葡萄杳无音信，这可急死五婶了。

月亮还在天上悬着，带着诡异的气息在云雾中穿行。在尸横遍野的旷地上五婶边跑边喊："葡萄——葡萄——你在哪里？还有活的吗？"没有人回应，只有风在哀鸣。

五婶挨个儿地翻动尸体，翻一个不是，再翻一个还不是。也不知翻了多少人，突然摸到了一个有呼吸的人。五婶喜出望外地清理着那人身上的土灰和碎石，再把人拉了出来，用衣襟擦净那人脸上的浮灰，瞪着眼睛仔细地辨认，但不是葡萄。但她仍抱着一线希望，急如星火地问："看见葡萄没？"

那名战士摇摇晃晃地用手指了一个方向，还没张开口，就又仰面倒在了地上。五婶顺着战士手指的方向看去，一幢被炸得摇摇欲坠、一触即溃的屋宇前后，躺满了尸体。五婶撒腿奔跑过去，锲而不舍地扒拉起来。扒出葡萄尸体的那一刻，五婶一下子就呆了。葡萄身上被打出了很多窟窿。五婶好半天才缓过气来，她用尽全力将葡萄紧紧地揽在怀里，大大的、圆圆的、闪闪发亮的泪珠成串地顺着她的脸颊滚下来，滴在嘴角上、胸膛上、土地上、葡萄的身上。

"这是这孩子第一次参战，没怂。打得很勇敢！"莫团长不知什么时候来了，他想掰开五婶的手，让战士抬走葡萄的尸体。五婶死命地搂着，不肯松手。"松手吧五婶，看这孩子伤的，都成了血人了。让卫生员给他洗把脸。"五婶呆坐在地上，松开了紧攥着的手。莫团长在五婶身旁坐下说："葡萄牺牲前的最后一句话是，手镯不是他拿的。"五婶垂下眼睑说："是，是我放在他包里的。"莫团长淡淡地说："我知道。"五婶一惊："你知道？"莫团长说："关他的时候我就后悔了，我冤枉这孩子了……"五婶越说越来气："那你还关他、绑他、看着他？"莫团长说："五婶想留这孩子一命，留下就是了。我们打江山、求解放不就是为了让更多的人活着？他还不到十四岁，应该活下来，可……还是死了。"五婶突然抓住莫团长的手说："我们要给他正名！"

寒风在莫团长和五婶的头上呜呜地刮过，莫团长将目光从铅灰色的天空中收回来，说："浊者自浊，清者自清。一场战争下来，我们团的战士牺牲了很多，谁会记得这事？"五婶一下子变得激动起来，她挥舞着双手，像个疯婆子一样吼起来，并且唾沫四溅，说："那不行！天记得，地记得，他自己也记得。我不能让他在九泉之下还背着耻辱。"莫团长站起身来说："我也给葡萄正名，手镯不是他拿的！"

原载《红豆》2022 年第 10 期

主持人：王干

王干，文学批评家，鲁迅文学奖得主，"新写实小说"倡导者。

Wang Gan is a literary critic, winner of Lu Xun Literature Prize, and an advocate of "new realistic novel".

微
小
说

推荐语

谢志强的《皮鞋》讲述的是：沙漠是一个进去可能出不来的地方，没有现成的道路，老红军傅队长率领探险队，寻找"可开垦的荒原"。断了水和粮，在语言不通的情况下，与牧羊人交流，傅队长采取了独特的方式：以物易物，用自己的皮鞋换鸡蛋。交流中，以动作代替语言，幽默而从容。在人迹罕至的荒漠，那皮鞋的细节，既写出了民族团结，更表现出老兵的开拓精神，还继承了长征精神。从而塑造出和平年代的老兵形象。

在芦芙荭的《走失的赵东》中，我和赵东上班下班一直走的是同一条路线，觉得生活乏味而又无可奈何。有一天赵东突发奇想，他上下班时穿过马路逆向而行。这样，上班和下班我们隔着一条马路，但我依旧和以前一样是顺人流而行，而赵东呢，却变成了逆人流而行。我们看到的便是不同的人生风景了。慢慢地，我和赵东见得越来越少了，直到有一天赵东终于从我的生活中消失了。赵东去了哪里？我们谁也不知道。生活，要么是苟且地活着，要么就向死而生。

陈毓的《一棵悬挂秋千的树》，通篇洋溢着香气和诗意，以孩子的视角臆想两个成人间像风像雾的情感，写得美而动人。乡村风物和环境的描写直接抵达"诗意栖居"的人类理想。

欧阳华丽的《秘制小鱼干》是一篇独具匠心的反腐倡廉佳作。作者从细微处着力，以一道家常菜"秘制小鱼干"为道具，为读者揭示出腐败往往从不起眼的细节开始，表达了所谓"千里之堤，溃于蚁穴"的深刻主题。

蔡楠的《十八岁的李响》以现实和虚幻合成的建构三代人的故事，关乎奋斗与献身、初心与理想。想象丰沛，灵感莹润，语言富于弹性且空灵多义，从西部开发到雄安崛起，完成了对前辈精神的寻找与承继。

高士林的《上车下车》带有一种心灵意蕴而富有哲思。对于无力摆脱的人而言，世俗的相遇都是日常无谓的灾难，尽管这种灾难可以镶嵌在悲伤温婉之中。可是有良知的人只要稍稍触摸人性的纹理，一切都会让他怀念，哪怕是怀念刻在骨髓之中的怅惜惆怅。

梁小萍的《开花的树》富有浪漫气质，浪漫是一朵花，也可以是一棵树。女人若花，如果可以选择，那么希望女人是一棵开花的树，根植大地，仰望蓝天。拥有独立的思维、自信的魅力，平凡的生活一样可以繁花似锦。

王辉俊的《美舍河畔的暖阳》呈现了两个退休老人在美舍河畔相遇，一个是住在老政府大院从巡视员岗位退下的干部，另一个则是住在棚户区的下岗（开出租车）工人。但论幸福指数孰低孰高，这要看能否知足常乐。两人一番对话，就像美舍河畔升起的太阳一样暖心并促进了一桩善举。

袁省梅的《洋火盒》讲述的是小孩子用空火柴盒搭接了一列"火车"，欢欣鼓舞之时，被急于用火柴盒做量具而遍寻不见的妈妈发现，因而遭到责骂，后又得到宽容谅解的故事。小说用细致入微的语言，带给读者的是浓浓的生活气息，充盈在故事中的爱和暖一点点漫溢出来。

环保主题的小说很多，看多了难免感觉大同小异，但骆驼的《再上九鼎山》带给我们的却不一样。作者把一件大家在生活中司空见惯的、有关回收垃圾的小事，"小题大做"，上升到关乎全社会全人类的大事层面上来，特别能引起共鸣。倡导环保精神是作家的社会责任，在此文中，作者要倡导的另一种精神是坚持，始终如一地坚持做一件事是难能可贵的。

【作者简介】谢志强，中国作家协会会员，中国文艺评论家协会会员、中国微型小说学会副秘书长、浙江省作家协会特约研究员。出版小说《塔克拉玛干少年》《大名鼎鼎的越狱犯哈雷》《会唱歌的果实》《老兵》等，文学评论集《小小说讲稿》《向经典深度致敬》等 31 部作品。在国内发表各类文章近3000 篇，多部作品曾被译介至国外，部分文章入选大、中、小学语文教材和考题。曾获多届中国微型小说年度奖、小小说金麻雀奖、《小说选刊》双年奖等奖项，微型小说集《江南聊斋》获得 2018 年至 2020 年浙江省优秀文学奖作品奖。

Xie Zhiqiang is a member of China Writers Association, a member of China Literature and Art Critics Association, deputy secretary general of Chinese Miniature Stories Society, and special researcher of Zhejiang Writers Association. He has published 31 books including novels such as *Taklimakan Youth, Halley the Famous Escaped Prisoner, The Singing Fruit* and *The Old Soldier*, and collections of literary reviews such as *Speeches on Short Stories* and *Tribute to the Depth of Classics*. He has published nearly 3000 articles in China, and many of his works have been translated and presented abroad. Some of his articles have been selected into Chinese textbooks and exam questions for universities, middle schools and primary schools. He has won many awards, such as the Annual Award of China Micro Fiction, the Golden Sparrow Award for Short Stories, and the Biennial Award of Selected Novels. His collection of micro stories, *Jiangnan Liaozhai*, won the 2018 to 2020 Zhejiang Provincial Excellent Literature Award.

皮　鞋

谢志强

出发前，所有的一切，应对沙漠的一切，都准备得很周密。可是，事到临头，傅队长觉得还差什么，却又琢磨不出。等到进入沙漠，他终于想到：要是带个维吾尔语翻译就好了。

师部决定开发塔里木，组织了一支探险队。傅队长是老红军，他凭经验，带了一张地图（二十万分之一的中国地图）、一辆马车（木轱辘大车）。还有羊皮水囊、军用水壶，盛着水。他说那个地方，塔克拉玛干，意思是进去出不来，要是一个月不见我们回来，就给我们开追悼会吧。

进塔里木没有现成的路，一行五人，轮换着坐马拉的大车（车轱辘的直径有一米二）。天黄，地黄，树黄。枯死的胡杨树像沙包喷出凝固的沙柱。

一天三顿饭，一顿饭一个大灶坑。将有柴灰的灶坑作为标记，免得回来迷路。阿克苏到阿拉尔（维吾尔语意为岛）有一百二十多公里，他们花了七天。

阿拉尔在塔里木河北岸。北岸，层层叠叠的枯树败叶都腐烂了，跟沙子混在一起。乘独木舟过了河。远处是巨浪一般的沙丘群，那是塔克拉玛干沙漠。傅队长抓一把沙土，像吃炒面一样，放在舌尖上舔一舔，不咸。他说：含盐碱量低，好地。他的挎包装了一小袋一小袋的土样。

返回北岸，麻袋空了——超过预先计划的时间，光顾着勘探荒原，那是未来长庄稼的土地，却忘了眼前的干粮已经消耗完了。大家饥肠辘辘，唱起了"空城计"。喝饱了水，水在胃里咣当响，像羊皮囊里的水，不一会儿又"饿"了。

傅队长拿着望远镜四处搜寻，遍地是死亡的颜色——塔克拉玛干被称为死亡之海。他们仅仅在沙漠的边缘。他看见了一群羊，仿佛天上的云朵落在地上了。沙漠活了。

放羊的是一个维吾尔族中年男子。傅队长走到他面前，说了句汉语，发现他表情疑惑。看出对方听不懂汉语，预先认为只是人与沙漠的关系，料不到出现人与人交流的问题。

傅队长指指嘴，摸摸肚子，弯弯腰，表示出一个"饿"的样子，然后，掏出纸币，指指羊。

羊倌看懂了，却摆摆手，摇摇头。

傅队长用钱买不成羊，弄不清到底因为什么。他对四个队员嘀咕了几句，像是下命令。

于是，五个人如同操练，立即躺倒在沙丘的一面上，还闭上眼，不是睡，分明采用另一种方式，表现"饿"的样子，饿得不能动了。

傅队长眯缝着眼，观察着羊倌的反应。

羊倌做出了双手往上指的动作，要他们站起来。同时，他的目光好奇地盯在傅队长的脚上。

傅队长穿着一双翻毛皮鞋。他站起，顿顿脚，指指羊，又指指鞋，手势像有一根细绳要把两样东西牵系在一起——我的鞋，你的羊，要我的鞋，就用羊换。傅队长加大了手势，很夸张。他第一次感觉语言乏力。

显然，羊倌看中了皮鞋。在戈壁沙滩放羊，多石头（鹅卵石），多刺（骆驼刺），皮鞋护脚。

羊倌也打起手势。傅队长看懂了其中的意思：不能用皮鞋换羊，羊少了，公家要找我的麻烦。换鸡蛋吧，我家有很多鸡蛋。

傅队长需要证实鸡蛋的真实性。他模仿母鸡"咯咯嗒"叫，天下所有的母鸡"传捷报"都用同一种语言，继而，比画着鸡蛋的形状，好像他手中捡起刚生出的鸡蛋。

队员都站起来，看着傅队长的双臂像翅膀那样扇动，模仿着鸡生蛋后的欢喜和骄傲，费那么大的力气，落实在鸡蛋上。都憋不住，笑了。

羊倌也笑了，而且点点头，拖长了口音：哦——。傅队长知道，路的远近与那"哦"的拖音的长短有关。羊倌指着远处，那里有他的家。羊群朝他所指的方向移动。天上有一堆白云。太阳如大火球，悬在中空。

傅队长的皮鞋换了一百个鸡蛋，还付钱买了一大摞馕。他赤着脚，只说：这也是皮鞋嘛，父母给的，磨破了还会恢复，这可是磨不坏的皮鞋呀。为了证明沙漠的热度，每个人将五枚鸡蛋埋入滚烫的沙地。沙子煨熟了鸡蛋，又香又嫩。其间，傅队长割了麻袋，像编草鞋那样，动作麻利，编织出一双布鞋，套在"皮鞋"上，不烫脚了。

当晚，围坐着篝火，四个参军的大学生要求傅队长讲讲红军长征，那么长的路，要费多少鞋？傅队长简单地说：长征路上，也和少数民族交流过，二万五千里长征，穿破了多少双草鞋，已说不出个准数，但都是就地取材，自编自穿，可我这双"皮鞋"还好好的呢。

原载《安徽文学》2022 年第 1 期

【作者简介】芦芙荭，中国作家协会会员，陕西文学院签约作家。作品散见于《北京文学》《青年文学》《雨花》《长江文艺》《小说月报·原创版》《小说选刊》等刊。出版有小说集《一条叫毛毛的狗》《袅袅升起的炊烟》《扳着指头数到十》等多部。曾获小小说金麻雀奖、《小说选刊》最受读者欢迎小说奖、梁斌小说奖等。

Lu Fuhong, the member of the China Writers Association, is an ambassador from Shaanxi College of Literature. His works are scattered in *Beijing Literature, Youth Literature, Yuhua, Changjiang Literature and Art, Original Edition of Fiction Monthly, Selected Fiction* and other periodicals. He has published collections of stories, such as *A Dog Named Maomao, Curling Smoke* and *Counting to Ten on My Fingers*. He has won the Golden Sparrow Award for Short Stories, the Most Popular Novel Award for Selected Novels, and the Liang Bin Novel Award.

走失的赵东

芦芙荭

　　早上七点出门，右拐走五十米是个早摊点，卖的是水煎包子。我和赵东总是在这里相遇。两只包子一个茶叶蛋，一碗小米稀饭；或者是，一个茶叶蛋一碗小米稀饭，两只包子。我之所以把话说得这么绕口，是因为这个地方只有这一家早餐店，我们的早餐是没得选择。吃早餐的人很多，有时候，没地方坐，我们就不得不将早餐拎着，一边走一边吃。再往前走一百一十米，就是麻城的北新街。再右拐，沿着人行道一直往前走，到单位是七点五十，上班正好。

　　我和赵东虽然不在同一个单位，但都在一个行政大楼上班，三年了，我们俩的生活一直是这个样子。单位没搬过，我们的家也没搬过。上班时间、线路从来没有变过。

其实，和我们一样，选择走路上班的人还挺多。大家沿着人行道一个跟着一个，脸朝前背朝后地走着。要是时间充足，就走得舒缓从容些，要是时间紧，就得行色匆匆。下班了，再从单位不远处的人行天桥上过到街对面往回走，到了巷子口，再从人行天桥走回来，我和赵东分手，再各回各家。

开始的时候，我们觉得这样的生活很乏味。天天见的都是别人的后背、后脑勺或者屁股。有许多人，相向而行了几年，却很少见到他们的真面容。大家都忙，都要急着上班，急着挣钱养家糊口。偶尔也有回眸的，没等看清面容，更没有那一笑，就又回过头去继续向前走了。

时间久了，我们也就咂摸出一些门道。后背其实是人的另一张脸，也有着丰富的表情。比如那个矮个子男人，总喜欢背着手，腰板挺得很直，走起路来一步三摇晃，每次走到文艺路口时，就会遇上另一个男人，那人也腆着肚子，个子高些，腰板挺得比他还直，矮个子男人的腰当下就塌了下来，你能从他塌着的背上看到一种卑微和讨好。后来的一天，矮个子男人走到文艺路口时，把腰塌下来，高个子男人却再没出现，他又把腰挺起来，继续往前走。之后，矮个子男人每次走到那里都会把腰塌一下。又过不久，矮个子男人就从我们的眼前消失了。这个男人，让我和赵东猜测了很长时间，他是干什么工作的，为什么见了另一个男人腰就会塌下来，他现在去了哪里？最终莫衷一是。

最让我们着迷的是个女人，这个女人像一道风景，为我们枯燥的上班路平添了几分色彩。

女人三十岁左右，个子并不怎么高，那腰却细得一把能握住，女人是从通讯巷加入我们这个队伍的，走在前面，那腰就像风中的杨柳，特别是那对圆圆的屁股更是变幻莫测，当她走得慢时，一副烟视媚行的样子，娇羞而腼腆，偶尔地显出几分调皮。而当她加快脚步时，那屁股扭动起来就特别地妖娆，特别地激情四射，有时让人觉得有些放肆。赵东感叹，这个女人，屁股都是戏。我不明白，同一个屁股，走在路上怎么会有如此大的变化？赵东笑笑说，那可不是一般的屁股呢。果然，时间不长，那个女人也从我们眼前消失了，和她一起消失的还有一个男人。

其实，每过几个月或半年，总有人会从我们这个队伍里消失掉，他们就像是树上的一片叶子，落了就落了，并没有人在意。但很快，又会有新的人补充进来。慢慢地，我们发现，走在这条路上的那些熟悉的后背越来越少。

赵东开始觉得有些乏味了。

有一天，赵东突发奇想，他对我说，我们为什么不换个生活方式呢？

我没弄明白赵东的意思。

赵东说，比如，从这个人行天桥走过去，从街对面往单位走。

我说，那是逆行。

赵东说，为什么就不能逆行？

于是，赵东重新规划了自己的上班路线。再上班，他就直接从巷子口的人行天桥上走过去，从街对面往单位走。这样，我和赵东上班，就隔着了一条街，我直行，他逆行，偶尔地，我侧过头，从街道向对面望去，隐隐地看见他迎着一张张面孔往前走着，他就像是逆流而行的一叶小舟。我想，赵东看到的不再是人的后背了，他看到的是一张张鲜活的脸。

这倒有些意思了。

自从赵东和我分道而行后，我们见面的机会越来越少了。刚开始，我们还能在行政大楼门口或是巷子口遇见，站下来说说话，说说他逆行中的所见所闻，赵东也会发些感慨：还是看后背比看脸更真实些，一个人的后背，基本是说不了假话的。再比如，现在人的脸，都带着虚伪和伪装。但慢慢地，我们俩在这两个地方也很少能遇见。

有一次下班，隐隐看见街对面的一个身影很像赵东，这才想起真的好长时间没有见过赵东了，我赶紧加快脚步，我得赶在他过人行天桥前，在巷子口等着他，可我在巷子口等了很久，也没等到赵东。

难道那个人不是赵东？

这之后，我再也没看见过赵东，有时上班或下班，我有意放慢脚步，想在街对面搜寻到他的身影，却一直没有搜寻到。

赵东就这样走丢了。

我去赵东的单位找他，刚走到他办公室门口，有人就问，找谁？

我说，赵东。

那人说，赵东？哦，早不在这儿上班了。

我说，那他去哪里了？

那人说，谁知道呢。

赵东就这样从我眼前彻底消失掉了。

原载《作品》2022 年第 3 期

【作者简介】陈毓，现居西安。中国作协会员。供职于媒体。著有小说集、散文集《白马》《飞行器》《欢乐颂》《伊人寂寞》《嘿，我要敲你门了》《星光下，蒲团上》等十余部。获《小说选刊》《小小说选刊》优秀小小说双刊奖、《小小说选刊》优秀作品奖、小小说金麻雀奖、柳青文学奖等。

Chen Yu, lives in Xi'an. Member of China Writers Association. She works for a media outlet. She published more than 10 collections of novels or essays such as *White Horse*, *Flying Machine*, *Ode to Joy*, *Lonely Woman*, *Hey*, *I Want to Knock on Your Door*, *Under the Stars*, *on the Futon*.

一棵悬挂秋千的树

陈　毓

我们村有石匠，有木匠。我们喜欢木匠比石匠多一点。木匠叫阿梓，我们觉得阿梓活得像他屋后山上的风光一样景致无限。山叫桦树岭，长桦树、橡子树，还长槲树和槐树。春天，我们去那里撸槐花，一嘟噜一嘟噜的槐花悬在我们脸边，用它们的香气拍打我们的脸。夏天我们采木耳和蘑菇，采到木匠门前，遇上他在，就摘树上的果子给我们，樱桃红艳，杏子金黄，我们享受着木匠的赠予，赞美木匠是属木的。没有果子的季节，木匠就折花送我们，刺玫花。我们手捧鲜花回家，把花转赠母亲。母亲把花插在装满清水的玻璃瓶里，笑眯眯地夸赞木匠人好，手艺同样好，说木匠做的家具能用一百年。

木匠是手艺人，一个村庄都需要他的手艺。木匠出这户，入那户，打造出一个村子人家的家具。常常木匠走到哪里，身后就跟着一群小孩，看他平复裂纹、修理疤痕、显露树的年轮。榆木、樟木、花梨木堆在他身前身后，刨花在他的手上开了，又开了。他一天天活在木色木香里。木匠是个惜材的人，大材大用，小材也会被他用到恰切处，木匠是木的伯乐。

木匠是活得最幸福、最了不起的人。我们总这么想，还暗自希望着木匠能把他的幸福和另一个人共享，比如木匠会在某一天早上醒来，在屋后林中鸟雀的婉转啼鸣中得到启示，愉快地到门前采了芬芳的刺玫花，用宽大的梧桐树叶包了，走到我们的学校，去敲我们美丽的、单身的戴兰芝老师的房门，去向她求婚。即便木匠不模仿电影里男主角的动作和台词，也会相当迷人，也能取得胜利，赢得戴老师那颗孤独高傲，同时又是柔软脆弱的芳心。我们天天这样盘算着、关注着。让那个少小没了爹娘，又远离故土，在我们这个山沟里，像童话一样美丽伤感的戴老师，从此走进被木匠照顾的、公主般的生活中。而木匠，也许正是另一则童话里被魔咒诅咒了的王子呢。

现在，当他们遇见，魔法消失，爱苏醒。我们相信这美好的事情可能随时发生，你看木匠，他在出工或傍晚回家的路上，倘使遇见了戴老师，总会远远站住，侧身相让，微笑着目迎戴老师走近，低低地问候一声：戴老师早！即便两人相遇是在傍晚，他也准这么说：戴老师早！然后，要等到戴老师走过他身边，走远，不见，他才会重新挪步到路中间，接着走他的路。他会悄悄微笑，笑容里的安详和满足让看见那笑容的每一个人都会心生感动。

肯定你也看得出来，木匠和我们一样，是深深喜欢着戴老师的，但是，他怎么总不向她求婚呢？

我们为此着急，我们跑去建议木匠在他院子中间那棵高大无比的核桃树上悬挂一个秋千，木匠问我们搭秋千是要给谁荡，他一个爷们儿可是不会荡秋千的。我们就很认真地跟木匠说，他那棵核桃树是世上最美丽的秋千架，最适合悬一架秋千。我们看着木匠的核桃树，心里闪出一个画面，美丽的戴老师高坐在秋千上，秋千悠然晃动，使她衣袂飘飘，秋千的旁边，木匠家那株高大如树的刺玫正盛放着千朵万朵美丽芬芳的花，用一树香气为眼前的幸福生活唱着赞美的合唱。

后来的某一天，这个长存在我幻想里的画面在现实中复活，我真的看见一架秋千架在木匠门前，但是，秋千上贞静地悬垂着双腿的，不是戴老师，是木匠和另一个女人所生的粉嘟嘟的小女儿。

原载 2022 年 4 月 9 日《西安晚报》

【作者简介】欧阳华丽，湖南省作家协会会员。有作品散见于《湖南文学》《芒种》《金山》《小说月刊》《小小说选刊》《微型小说选刊》等杂志报刊。多篇作品入选《小说选刊》《长篇小说选刊》《作家文摘》及多种年度选本。曾获2019年"田工杯"廉洁微小说全国征文大赛一等奖、"善德武陵杯"全国微小说精品奖、世界华语微型小说年度奖等。著有长篇小说《风雨人生路》。

Ouyang Huali, a member of Hunan Writers Association, has his works scattered in *Hunan Literature, Mangzhong Literature, Golden Mountain, Novel monthly, Mininovel Selection, Selection of Short Short Stories* and other magazines and periodicals, many of her works have been selected in *Novel Selection, Selected Novels, Writer's Digest* and a variety of authoritative annual anthology. She won the first prize of the 2019 "Tiangong Cup" Honest Micro Fiction National Competition, the "Shande Wuling Cup" National Micro Fiction Boutique Award, the Annual Award of the World Chinese Micro Fiction Competition, etc. She is the author of a novel called *The Storm of Life*.

秘制小鱼干

欧阳华丽

刚提拔到单位核心部门任负责人，老郑有些不大适应。不大适应的还有他的同事和相关单位业务部门的朋友，俗话说"不怕领导讲原则，就怕领导没爱好"。说的是领导但凡有个爱好，这求情、送礼、批条子、拿工程的事那就好办了。可大家都知道老郑都快五十了，平时烟酒不沾，不好赌博，不近女色，不戴名表。上任后还定下规矩：无论是谁都不能到家里面谈公事。双休日为了避免不必要的熟人骚扰，他常常自己一个人开车到几十里外的水库去钓鱼。

老郑在农村长大，从小钓鱼技术就高超。老郑把钓到的鱼，稍大的用姜、葱、蒜、盐、酱油、八角、桂皮等作料腌上一两小时，再均匀裹上米粉，丢进油锅中炸到两面金黄捞出；稍小的做成小鱼干，煎煮焖炸、爆炒清蒸，花样繁多，尤其是家传的秘制小鱼干，麻辣鲜香，美味无比，让妻子女儿赞不绝口。

这天单位的李姐，唉声叹气说起孩子面临高考却没有食欲，天天变着花样给她做饭菜，也吃不了几口，人都成了豆芽菜。老郑心一动，转天上班给她带了一小罐秘制小鱼干，让她给孩子下饭。李姐第二天来单位，高兴得满脸泛光，说孩子尝了后胃口大开，食欲大增，央求老郑再给做几罐。同事们都嚷嚷起来，领导不能偏心啊，你这手艺竟然瞒得滴水不漏，我们也要尝一尝。老郑一听兴起，脱口而出，干脆到我家吃顿便饭，我给大家露一手。话语一出，博得大家拍手叫好。周末，老郑掌勺，妻子打下手。很快餐桌就丰满起来了，尤其是那道爆炒的秘制小鱼干夺人眼球：刚刚端上桌，还冒着丝丝热气，像蒙上一层白纱，热气散去，盘子里的菜便显露出来，红辣椒、绿韭菜、棕色小鱼干，加上细碎的蒜末、白辣椒，如一幅山水画，仿佛带着乡土气息，让人垂涎三尺。同事们大快朵颐，觥筹交错之间，一致对秘制小鱼干赞不绝口，夸老郑手艺高超，出神入化。

听同事称赞，老郑在厨艺上的虚荣心得到极大满足，忙让妻子给每人准备一罐秘制小鱼干，让大家带回去慢慢品尝。

自那次饭局之后，老郑秘制小鱼干的名声不胫而走，凡是吃过的都念念不忘。不少相关单位业务部门的朋友纷纷上门，目的都是来品尝秘制小鱼干。当然，来者也不空着手，今天有人送一套餐具，明天有人拎一套厨具，后天再带些土特产，盛情之下，老郑推却不得，最后一人一罐秘制小鱼干欣然归去。几次三番，老郑心中开始不自在起来，但又说不出哪里不自在。

天凉下来后，乡下母亲来家小住。这天又有几个朋友上门拜访。母亲系上围裙说：你好好陪客人，今天尝尝我的手艺。老郑的秘制小鱼干本来就由母亲亲手传授，见母亲有兴致便欣然嘱咐妻子给她打下手。很快菜便上了桌，老郑一看大吃一惊，这是一桌小鱼干的盛宴。除了秘制小鱼干外，还有糯米椒炒小鱼干、香辣豆豉小鱼干、酸辣豆角小鱼干、鱼干蒸腊肉，甚至还有一道小鱼干苋菜汤。

几个朋友赞叹不已，母亲说，都是些家常菜，只可怜了这些小家伙，为了一点点饵料，贪图一时口腹之快，一个不小心咬了钓饵，落到这任人摆布煎炸煮烤的份……

老郑的心一颤。自此之后，老郑再也不送秘制小鱼干了，如有人想上门品尝，老郑婉拒，说三高严重，医生说秘制小鱼干口味太重，不宜再吃，他也不再做了。

原载《红豆》2022 年第 3 期

【作者简介】蔡楠，中国作协会员、河北作协理事、河北省小小说创作委员会主任。先后在《人民文学》《中国作家》《民族文学》《小说选刊》等刊发表作品。著有长篇小说《马本斋》，中短篇小说集《行走在岸上的鱼》《拿着瓦刀奔跑》《白洋淀》等20部。曾获《人民文学》优秀作品奖、冰心图书奖、小小说金麻雀奖等奖项。现供职于河北省任丘市税务局。

Cai Nan, a member of China Writers Association, director of Hebei Writers Association and director of Hebei Provincial Fiction Writing Committee. His works have been published successively in *People's Literature, Chinese Writers, National Literature, Selected Novels* and other periodicals. He has written 20 books, including the novel *Ma Benzhai*, the short story collections *Fish Walking on the Shore, Running with a Tile Knife* and *Baiyangdian*. He has won awards such as Excellent Works Award by *People's Literature*, Bing Xin Book Award and Golden Sparrow Award for Short Stories. Now he works in Renqiu Tax Bureau of Hebei Province.

十八岁的李响

蔡 楠

说实话，我比较讨厌李响。我这些天很忙，正忙一件大事。我越忙，他越来添乱。他这么大岁数了，冷不丁就会出现在我的办公室，磨磨唧唧没完没了，还一直蹦来跳去的。我还怕他摔坏了。摔坏了，我可没时间送他去医院。李直也没时间。李直比我更讨厌他。

我想赶他走。我泡上了一杯茶，给他端过去。他却轻飘飘地躲开我，像个气球一样飘到了窗户前面。我赶紧关严了窗户。我怕他飘到院子里，飘到大街上。

我按住了他的身体，我把茶水送到了他的嘴边，喝茶喝了茶哪里来的你就回哪里去吧，我明天还出门呢！

李响就把一杯茶喝光了。我看到那杯茶透亮亮地流到了李响的体内，他的身体就不飘了，也不蹦不跳了，稳稳当当地站在了那里。

我知道，茶水冲掉了这些年堵在他喉咙里的东西，也压住了他轻飘飘的身体。我拿出一罐好茶给他，你可以走了！

李响没有要走的意思，他把茶罐拨拉到一边去，清清爽爽地说，我不是来要东西的，我想跟你出门，去南泥湾——

我吃了一惊。他怎么会知道我要去南泥湾？我怕他说胡话犯病啥的，就赶紧把座椅搬了过去，放到他屁股底下。他却不坐，腰板挺直了盯着我，李游，你说到底带我去不？

我去是有项目做，你去干什么？

我给你当向导，我熟悉那里，在那里打过仗！李响一字一顿地说。

快别说你打仗的事了，你当年是偷着跑出去的，瞒着父母，连新婚十天的媳妇儿都瞒着。知道李直为什么讨厌你吗？就是讨厌你偷着跑了。

我那不是偷着跑，是当兵抗日去了，李响争辩着，贺龙在冀中打了齐会战役，大获全胜，部队需要补充兵员，我就跟上队伍走了——

那你打仗了吗？

打了，不过，也算没……没打，李响这回坐下了，我看到他的眼神有些黯淡，我跟上队伍走的第三天，就和鬼子打了一仗，还没冲锋，腿就中了一枪。后来腿瘸了，就当了炊事员。

我扑哧一声，差点儿喷了茶，那后来呢？

后来我还参加了百团大战，后来就跟着部队去了晋西北，再后来……就去了延安。李响的眼神突然有了光芒，我是跟着部队一瘸一拐地来到延安来到毛主席身边的。那时候，我和战友们都觉得这回有仗要打了，我们得保卫延安啊！可是……可是毛主席却让我们去南泥湾种地。

你是说，你去南泥湾开过荒？我觉得李响的话有点离谱，怎么这些年也没听你说过呢？

这有什么好炫耀的？我在老家又不是没种过地？李响摆了摆手，再说了，你和李直哪里关心过我啊？

李响说得对，李直和我确实不大关心他。他从十八岁就扔下媳妇偷着跑了，李直出生的时候都不知道他爹是谁。李直他们娘俩在动乱的时光里自己熬过来就不错了，哪里还能关心他？

你们不关心我，可我惦记你们！李响叹了口气，原来我想打完鬼子就回来，后来我又想等南泥湾的地种好了再回来。可南泥湾很难缠啊……

你就别找理由了，你根本没想过回来！我怼着李响。

别……别瞎说，我李响不是那种人。可那时候的南泥湾，天寒地冻，荒无人烟。部队开拔到这里，没吃没穿没住的地儿。我当炊事员还不知道吗？红米饭南瓜汤，那是后来才有的，挖野菜也当粮，大冬天往哪里去挖野菜？反正，炊事班里也没饭可做，我就拿起做饭的铁铲，穿着单衣，去开荒了……

我不说话了。听李直讲过，他两岁的时候，县上的干部送李响的包裹回来时，确实带着一把铁铲，不过铲子剩了个破片片。

见我不说话，李响来劲了，你承认我说的是真的吧？带我去吧！

我凑近李响，把他抱住了。他的身体很轻，我知道我抱住的不单是李响，还有李响的故事。

李响跟着我的车来到了南泥湾镇，却蒙圈了。他找不到开过荒的地方在哪里了。他不吹了，只能由我给他当向导。我开着导航，带他去了三五九旅旅部旧址、南泥湾垦区政府旧址，还带他去了南泥湾风景区，参观了南泥湾特有的民宿……

看，我就在这里开过荒，在这里住过——

李响在一孔被改造成农家院的窑洞前站住了，大呼小叫起来。

我知道，我应该办我的大事了。我走进窑洞，一群人早已等在那里了。

那是南泥湾开发区的领导。我从电脑包里拿出了一份签好字的合同。我说，这是我们公司引进的石墨烯技术，现在我把它无偿地献给南泥湾，用上这种材料，窑洞加热快，也非常环保。再有，我的集团公司，想捐献一批白洋淀环保充电车，方便旅游，第一批已经在路上了……

办完这件大事，我回头再找李响，却没有他的踪影了。

我不能弄丢李响。弄丢了他，我没法向我的父亲李直交代。

我知道李响去了哪里。我急匆匆来到了南泥湾九龙泉烈士纪念碑前，果然看到李响一动不动地站在那里。确切地说，是他的名字嵌在了纪念碑里。我听到了导游的讲解：

李响，河北雄安人，曾经创造一天开荒 4.23 亩的纪录，他用铁铲和镢头连续开荒一个月，最后累死在了地里。那年他只有十八岁……

我的眼泪急速地涌了出来，我大声喊道，爷爷，你的孙子来看你了——

原载《天池》2022 年第 7 期

【作者简介】高士林，中国作家协会会员，武汉作协签约作家，武汉市蔡甸区作家协会主席。作品散见于多家省级报刊。出版散文集《心湖屐痕》、长篇小说《滥》、中篇小说集《那一湾湖汊》、诗集《这个季节一晃而过》等。

Gao Shilin, member of China Writers Association, writer signing in Wuhan Writers Association, president of Wuhan Caidian District Writers Association. His works are scattered in many provincial newspapers, and he's published prose anthology *Footprint of the Heart Lake*, novel *Abuse*, Collection of Novels *That Lake Branch*, poetry anthology *This Season Flies by*, etc.

上车下车

高士林

"林老师，这是去莲花水寨举办集训的车票，三天的时间不算短，要不我帮你整理一下行李送你去上车？"

"谢谢，我自己就可以搞定的。"我之所以婉拒，是因为报社里有一个小伙子正在追求她，尽管我们之间有一种心照不宣的默契，但我不能横刀夺爱。

大巴车离开省城，奔驰在江汉平原广袤的田野上。清新和暖的风，惬意满目的绿，醺得我如醉如痴，两眼呆呆地望着窗外……

"对不起，对不起……"不知过了多久，一连串惶恐不安的歉意声把我从浓浓的醉意中唤醒。扭头一看，身旁一位白皙的长发女郎很愧疚地一手用餐巾纸擦拭着丹唇，一手用一条白底红花的手绢小心地擦拭着我的衣袖。原来她晕车，不慎将呕吐物溅到了我的身上。看着她一种难为情和因晕车难受的神态，我不介意在微笑说："没什么，没什么。"我虽然未晕过车，但我知道晕车的感觉，于是，我站起身来："来，你坐到窗边来，吹吹风，看看远处，也许会好一些。"

看着她手中的那条白底红花手绢，我感到很是好奇，这在我的家乡，可是爱情的信物啊。尽管现在这个年代，人们出门都时兴带手巾纸，可在我的家乡，这个传统依旧没变。

长发女孩妩媚地冲我感谢地笑了笑，坐在了窗边，见她感觉好一些，我与她攀谈起来。原来，女孩是我要去的那个市里的一名教师，刚从省城参加完一个教研活动。听完她的介绍，我急忙告诉她，我曾在她们市的几家报纸上发表过一些诗、散文等之类的小文章。她听到我的名字，竟然睁大眼睛，眉宇间透着惊喜："啊！竟然是你，久仰大名，久仰大名。"

见她那喜悦的神情，听到她夸奖我的话语，我心花怒放，忙问道："你也爱文学吗？""嗯！可惜，现在一些纯文学的东西太少了，充斥报端的一些所谓的诗文，让人读来，总觉得差点什么……"

听着她绘声绘色、滔滔不绝而又十分柔和地讲着，我的心被她的观点及她的美貌所折服。她的一字一句叩击着我的心灵，我顿生一种相见恨晚之感，一种前所未有的感觉油然而生。真想不到一次偶尔的机会，能邂逅到这样一位才情不俗的红颜佳丽。

当我谈兴正浓，她说她要下车了。她打开小坤包取出笔和纸快速地写了一个电话号码和这个小站的站名递给我，说："转过来时，我在这个站口接你，这是我的电话和站名。真对不起，把你的衣袖弄脏了。这，不好意思，自己擦擦吧。"她有几分羞色地递给我那条白底红花手绢，拢了拢被风吹乱的长发，在我的肩头轻轻抚了一下，走下了客车。

我手握纸条与那花手绢，倚在车窗口，回首注视着她站在站台向我挥手的倩影，我恍若梦中，许久许久。

三天的讲座，实在太长太长了。白天，我混迹于所谓的讲授者之中，坐在教室的讲台上盯着学习者不停地讲着，可好几次竟然讲离题了；夜晚，我忧着花手绢辗转反侧，胡思乱想：难道这就是一线情缘？一见钟情？怎么这么折磨人呢？

讲座一结束，我立马给她去了电话，迫不及待地登上了返程的大巴客车。我真希望客车长上翅膀……

客车总算到了我期待之极的小站，我站起身提脚正准备下车，透过车窗，我的热血骤然凝固了：她朝我嫣然地笑着，而她的身旁一个年龄与之相仿的男青年十分友好地向我点头。此时此刻，我仿佛是一个误入歧途的跋涉者，一片茫然，本能地收回脚。

"到站了，下车呀！"见我呆望，她热情地向我伸出纤纤玉手。

到站了吗？我问我自己。不，这个站台不是属于我的，我不能在这个站台下车，我得继续寻找属于我的站台。我面对她很不自然地挤出一丝笑意，说："真对不起，我不能在这里下车，我还有事在身。真的，不能耽误时间。"

"真的吗？刚才电话里不是说好的吗？怎么变卦了呢？"她失望而睁大眼睛，把头倚在了那男青年的肩头上。

大巴客车开动了，我很失意地向她挥了挥手。晚风中她的长发在男青年的肩头飘散着。

我掏出那条白底红花的手绢，举手向窗外一扬，任它消逝在春寒料峭的晚风中……

原载《小说月刊》2022 年第 1 期

【作者简介】梁小萍，河南省作协会员，河南省小小说学会会员。作品散见于多家报刊，并入选多种年度选本及试卷。

Liang Xiaoping, member of Henan Writers Association, member of Henan Provincial Fiction Society. Her works have been published in a variety of newspapers and periodicals, and selected for a variety of annual selections and examination papers.

开花的树

梁小萍

初次听妈妈讲浪漫，年少不解风情。

妈妈从来不忌讳自己的小村庄出身，也从来不谦虚地说自己是村里最漂亮的姑娘。

话说当年十里八村来家说亲的多了去了。说这话时，明显可以感觉到妈妈的语气上扬，只不过姥爷姥姥从来没有松开一丝牙缝儿，谁家的闺女谁知晓，韦家的这个小丫头，他们老子娘做不了主。

开春不久，韦家丫头去乡里演了个《小二黑放牛》，演对手戏的是邻村的小伙子，下了戏台趁着夜色，放牛娃小二哥甩起小柳鞭，一路撒欢追到了清水河沿岸的家门口。只见俺的小脚姥姥一把敞开大门，绣鞋面上的干枝梅纹丝不动，绵绵软软的话儿旋起一阵风："哪家的毛孩子，你以为你唱戏呢！乖乖儿，出了门向东，遇河淌水，见山越岭，有走远走多远。"

为什么向东？向东是何方？来来来，听好了，向东，迎着朝阳踏着露水，需一路翻山越岭，大地的尽头是浩渺的海洋。传说为秦始皇寻觅长生药的徐福，就是于此东渡一去没了踪影。俺姥姥的一颗老娘心啊！不敢细思量，可漂洋可过海，老远老远了。

时年夏至，村里普及识字班，韦家丫头上了识字班没几天，一袭布衣的教书青年突然登门家访，见了姥爷未曾开口，立马被俺的姥爷上秤掂了三个来回。俺的姥爷有个海货担子，农闲时节挑着担子赶个集卖个货，攒个小钱就寻思着买块地，耕耘播种收获，实实在在看得见的财富才是姥爷想要的。姥爷常年小买卖练就了一双老眼如秤，浑身上下没有分毫的识字班老师，凄惶惶落了选。妈妈有时会说，其实那个老师挺好。小时候不懂好不好，长大了觉得不够好，韦家丫头那个小脾气，若是够好岂能放弃。贫富且不论，至少勇气欠费了。妈妈闻听此言，未曾吭声却面露悦色，那表情颇有家有小女初长成的欣然。

没见过妈妈小姑娘时的模样，妈妈最早的照片已然是小媳妇了，照片上的妈妈很陌生，梳着和电影《李双双》剧中人李双双一模一样的发饰。自从电影一经放映，大院里谁都说妈妈像极了李双双，不仅相貌，脾气也如此相仿。只不过此时的妈妈喜欢盘发，巧手编发若花篮，春天的发髻里永远住着一朵栀子花。其实我更倾向于脾气一说，妈妈的热情与坦诚，就像一眼清凌凌的泉水，细水长流源源不断。好吧，就算妈妈像极了李双双，即便花季般的年龄，也就是五十年代的一个乡村妹子，能有几多娇俏。

入秋前后，俺家十八岁的韦双双往返于二十里外的渔村采买进货，选了一担子的干海鲜，还不忘给自己捎带了一只现蒸好的梭子蟹。大姑娘家家的不好意思在集市上吃食，挑着担子东瞅瞅西瞧瞧，终于四顾无人，找了个坡地美美啃了一回螃蟹。村外竹林小桥边，放下担子，走到河边，细细洗净手，生怕家中吝啬的老父亲发现了偷嘴，而后斜靠斑驳的木桥栏杆缓缓神。羽白色布衫、灰蓝色裤子、同色调的素面蓝布鞋，轻风抚乱发，一早出门采摘的栀子花，藏在衣襟的小兜中，幽幽泛起一缕香。恰恰此时一个军人迎面走来要过桥，宽肩浓眉，英气十足，桥头四目相及，一见钟情的故事就这么发生了。

妈妈说到这一段，我笑得坏坏的，要是这个兵哥哥知道，眼前的这个花大姐刚刚偷吃了一个梭子蟹，正忙着销毁蛛丝马迹，一见钟情的风情会不会大打折扣。妈妈说："我哪儿知道，我们又没成，我只是觉得那天，我正好穿了我最喜欢的衣裳。你知道吗，羽白色有多素净？"说话间的妈妈眉宇含笑，陶醉于往昔的女人真的好奇怪，原来一段邂逅总是在自我满意的状态下才会更让人难以忘怀，而浪漫也不因姻缘未果而失去它的美丽。

虽是一面之缘，邻村探家的军人四处打听，最终托媒人找上了门。或许自我感觉条件良好，结婚可随军都成了联姻示好。在那个年代，随军意味着走出农门。姥爷姥姥尚未说什么，却被妈妈一口回绝了。既然有好感的识字班老师错过了，那么一见倾心的军人为何擦肩而过。妈妈的解释很简单，找对象不是为了随军，自然这也不该是相亲的资本。据说这位军人最后颇为不甘心地给媒人撂下了一句话："看她能不能找到比我更好的！"

"好不好，谁管得着吗！"时隔多年，部队大院的韦妈妈，脾气一如当年，只不过往事已然长成了一棵树，开满了妈妈最爱的栀子花。

一朵花儿悄然绽放，妈妈凝神瞧看许久，想来这朵栀子花有故事，随手掐了轻挽入发丝。若隐若现的暗香袭来，不由人心神摇曳，原来浪漫是朵花，也可以是一棵树。

原载《山西文学》2022 年第 5 期

【作者简介】王辉俊，海南省作协理事、中国金融作协会员。多次荣获省市文学征文奖，著有小说集《打开的窗口》《人生能有几回醉》等。

Wang Huijun, the director of Hainan Writers Association and member of China Financial Writers Association. He has won provincial and municipal literary essay awards for many times. He is the author of collections of short stories such as *Open Window* and *How Many Times Can You Get Drunk in Life.*

美舍河畔的暖阳

王辉俊

苏春阳穿上羽绒大衣，走在美舍河畔的护梯上。这几年，椰城政府下决心改造旧城区，美舍河从往日淤泥堵塞的臭水沟，变成了鱼翔浅底的一道美丽的风景线，那些在美舍河畔跳广场舞的大妈们的感受是最深的，这从她们穿着鲜艳的舞衣，倚着栏杆，用手机美颜功能拍照的自嗨中就不难看出来。

近来苏春阳情绪不佳，有一种说不清道不明的郁闷窝在心里，反正刚从副厅级巡视员的岗位上退下来，无所事事的，闷在家里也烦，倒不如就近在美舍河畔周围独自散散步，排解排解心中的块垒。

苏春阳喜欢沉静，有意避开公园广场舞的嘈杂，走向一处临河安静的地方，坐在石凳上，打开微信，不小心触摸到了抖音，一则段子自动蹦了出来：一位能侃会道的东北大哥，穿着大棉袄，缩着大脖子，在椰海大道上调侃说，俺秋天在黑龙江没冻着，冬天在吉林的大雪里也没冻着，想不到来海南避寒，却在海南的春天里，冻死个人……苏春阳莞尔一笑，关了抖音，这几天，椰城倒春寒，气温骤降到十一度，那种雾气不散的潮湿的寒冷，确实把东北人都薅住了。好在此时已经是早上九点钟，太阳冲破浓雾，照射下来，人们渐渐感受到了暖意。

几步远的人行栈道旁，有个钓鱼的老者，引起了苏春阳的注意。这人年纪与他相仿，戴着一顶黑色的鸭舌帽，那甩竿收线的一举一动，显出几分干练。奇怪的是，钓翁之意不在鱼，好几次看到他钓上几条两三指大的鱼，也不解钓，重新甩进水里，让鱼儿自己解脱。解脱不了，才又提起来，解钓把鱼儿扔进水里。看来这是个闲得无聊的主，因不知此人姓甚名谁，权且就当作"姜太公"吧，愿者上钩的姜太公。

过了一个时辰，苏春阳起身踱步走近"姜太公"，看到桶里有两三条四五指的大鱼。他们相互点头颔首，算是用眼睛打过招呼，也不多言，苏春阳就当是观棋不语的旁观者了。

"姜太公"钓鱼太入神，心无旁骛的那种关注，以至于有两只红蚂蚁爬上他的手臂也没有察觉。

苏春阳忍不住了，提醒了他一句："兄弟呀，有两只蚂蚁爬到你手臂上了。别看这些家伙小，伤人毒性还是很大的。"

"姜太公"回过神了，手臂靠在栏杆上，将两只红蚂蚁引导上去，用眼神对苏春阳的提醒表示了谢意。

苏春阳好奇地说："看来你是好有爱心的人啊，要是别人，早把蚂蚁拍死了。"

"姜太公"笑了笑："蚂蚁也是一条命呀，而且人家是来跟我打招呼的，告诉我说今天立春，春天来了。我要打死了它，就忘恩负义了。"

苏春阳点点头："说得对呀，而且还那么有诗意。"

难得有人搭讪，"姜太公"这回真正放下心来，转头与苏春阳聊起天来："领导，刚退下来吧？多出来晒晒太阳接点地气多好。"椰城的老百姓喜欢把当官的喊作"领导"。

"你怎么猜中我是当领导的呀？"苏春阳疑问。

"我下岗后，当了十多年出租车司机，阅人无数，看你白皮嫩肉，说话拿腔拿调像个当官的，保准猜个八九不离十。""姜太公"很自信的样子。

苏春阳进了一步："还是退休好啊，看你钓鱼，不急不躁的样子，好不自在。"

"姜太公"接过话头："那是的，别看我小百姓一个，退休金三千块，还不是你的零头？但论幸福指数，没准我比你的高！这就叫大象有大象的烦恼，蚂蚁有蚂蚁的快乐和骄傲。"

"何以见得？"苏春阳对这个问题感兴趣。

"姜太公"答："前几天我听拆迁办的人说，最难缠的拆迁户不在棚户区。你知道在哪里？猜不到了吧？就在老政府大院！"

苏春阳心里一愣："难道……"

"姜太公"借题发挥："别看有些当官的，在台上说着一套一套的大道理，轮到他们老政府大院拆迁，就说他们的位置好，容积率低，开发商能赚大钱，不提高补偿标准就不签名，要当最硬的钉子户。这事都传遍大街小巷了，好像就他们这些人比鹿还精。"

苏春阳又是心里一咯噔。这几天，老伴一直都在他耳边唠叨个不停，说他们家面积大，楼层好，不多给几个钱，就不允许他随便去签名。这让他自己都感觉无地自容。要不，今天他也不会出来晃悠解闷。

"姜太公"见苏春阳一时沉默不语，脸色凝重，赶紧打圆场："领导，我不是说你哈。看你那么面善，一定是个好领导。"

苏春阳一听，马上回圜过来："是啊，有些人身在福中不知福，得了便宜还卖乖，真不像话！做人要懂得知足常乐呀。"

"姜太公"乐了："就是就是。就说我吧，政府把我们棚户区拆了，我不要分钱，要了三居小户型，六十平米一套，一套给大儿子结婚用，一套我们老伴与小儿子一块住，一套拿来出租养家。你们当领导的现在儿子接不了班了，我开出租车的，干不动了，就让大儿子接了班。小儿子读书不好，就业难，就当外卖员，自己谋生养活自己。我的退休金少是少了点，可睡一宿醒来，就是一百块退休金。开开心心多活二十年，不是又多赚了七十二万，延年益寿，躺着赚钱多好呀。领导，咱小学数学没学好，要学好也像你一样当领导了。但这个账，你看我算得对不对？精不精？"

一句话，把苏春阳逗乐了："这话多实在！好兄弟，你就开开心心钓鱼吧，我该回去做工作了。"

"姜太公"纳闷，这"领导"不是退下来了吗？这个时辰还回去做哪门子工作？

是的，"姜太公"哪里会知道，苏春阳要回家，做老伴的思想工作，绝不能当什么钉子户，让老百姓笑掉大牙。让老伴想开一点，多出门走一走，晒一晒美舍河畔的暖阳。

原载《椰城》2022 年第 5 期

【作者简介】袁省梅，中国作协会员，多篇作品被《小说选刊》《小小说选刊》《散文海外版》等刊物转载，并入选多种年选本和中高考语文试题，有多篇小小说获得全国性征文大奖，著有长篇小说《羊凹岭》，小说集《羊凹岭风情》《生命的储蓄罐》《活着》《老棉袄小棉袄》等。

Yuan Xingmei, member of China Writers Association. Her many works were reprinted by *Selected Novels, Mininovel Selection, Essay Overseas Edition* and other journals reproduced, and for many years to choose and the entrance examination for secondary school or college language try, there are many works won the national essay award. She is the author of novel, collections of novels such as *Amorous Feelings in Yangao Ridge, The Piggy Bank of Life, Live, Old Cotton Padded Jacket and Small Cotton Padded Jacket* and so on.

火柴盒

袁省梅

快晌午时，五婶抓个碗来我家借辣椒面。河东人喜欢吃面食，每天中午的饭呢，又喜欢吃酸汤面。酸汤面里点了柿子醋要酸得够味，也得在油里浇好多辣椒要辣得够味。

我妈正在和面，搓干净手上的面，去找洋火盒。

我们把火柴叫洋火，火柴盒叫洋火盒。洋火和洋火盒真是好东西呢。洋火点灯、点火，天黑时离不了，每顿饭，也都离不了。洋火盒套两边紫黑的纸，能划亮洋火，还能止血。有一次小哥摔倒蹭破了膝盖，我妈就找来洋火盒，小心地撕下一块，贴在血红丝丝的伤口上，用手指按一会儿，转眼，血就止住了。空洋火盒呢小小巧巧的，做量具，又轻便，又省事，再好不过了。量米量面，用瓷碗或者葫芦瓢好，借辣椒面借盐或者是借红糖白糖调货面这些细碎的东西，我们巷里的人用的都是洋火盒。一盒两盒或者三盒五盒，借时是仔仔细细地装好，倒到瓷碗里。还人家时，也是认认真真的一盒两盒三盒五盒地量好。往往，借时是瓷瓷实实的，还时呢，也一定会是瓷瓷实实的一盒。借时是平平的一盒，还时呢，总会冒点尖，是比借时的还要饱满些。

然而，我妈在灯架上、炉台子上找不见一个洋火盒，炉台上倒是有个洋火盒，却不是空的，里面有洋火。

我妈脸面上歉歉的，要用勺子给五婶搲辣椒面。

五婶挡住碗，不让，说那咋行？心里没个数。

我妈只好再找。洋火用完了，我妈会把洋火盒放在木柜抽屉里。抽屉里有好多小零碎，一小把铁丝，几根铁钉，两三节粉笔，一两根铅笔头，一只锈了的照出人恍恍惚惚的小圆镜……我妈把这些东西宝贝样收着。我妈常念叨，世上没有没用的东西，说没用，是你不会用。我妈常念叨的还有一句话：平日不收拾，用时干着急。

我妈这次是真着急了。抽屉里连洋火盒的影子也不见。

没有洋火盒，就没法量辣椒面。五婶悻悻地噘着嘴嘀咕咕，我去别人家借去。

我妈满脸歉意地送走五婶，转脸就小四、小五地喊。

我和小哥正在东房拼装"火车"，确切地说，是小哥在拼"火车"，我在一旁看。听见西房里我妈的大呼小叫，我就"哎"了声，我妈又喊道，小五，你小哥呢？叫你小哥回来。我就对小哥说，妈叫你回来。

小哥手里摆弄着洋火盒，头也不抬地嘟囔，我又不是没耳朵，你少说话，瞅不见我手不闲吗？

小哥要用洋火盒拼装个火车。小哥说，我的火车跟真火车一样长，跟真火车一样有车头有车厢，车厢不是敞口的，是带篷子的呢，六一节的时候，交给老师，肯定能得第一。我问他真能得第一？他歪着头乜我一眼，你不信？话里满是不屑和不满了。

小哥不过去，我凑在小哥跟前也不过去，看他把两个火柴缠接一起，做车轴，用硬纸板剪的圆片做轱辘。小哥可真聪明啊，他先把火柴插在"轱辘"中间的窟窿里，再比着"车厢"的宽窄，把两根火柴缠接在一起，这样呢，有火柴头上那点小小的红磷挡着，轱辘就不会掉了。可是，硬纸板太厚了，火柴根本插不进去。

小哥叫我去拿锥子。他说，得用锥子戳个窟窿。

我说，那火车做好了，我先要。

小哥说，行。

我说，我玩一上午再给你。

这回他生气了，搡了我一把，骂我跟个野雀子样噪个不停，不耐烦地叫我快去，他说，再不去别说耍了，摸也不让你摸。

我倏地跑出东房，跑到西房，从窗台上拿锥子时，我妈问我拿抽屉里的洋火盒了没。我摇摇头。我妈说，叫你小哥回来。我嗯了声，跳过门槛，跑回东房，把锥子给了小哥，却忘了把我妈的话说给他了。

太阳到头顶的时候，小哥的火车拼装好了，也确实如小哥说的有车头车厢，而且长得让我惊讶。这个火车用的十八个洋火盒，他从哪儿找下的呢？还有那一盒洋火，他啥时候买的呢？

等到小哥像个列车长一样要吹哨子，指挥他的长长的"火车"轰隆隆开动时，我妈忽通进来了。

我妈看见炕上的"火车"，眼睛倏地傻瓜一样瞪得老大，厉声问，这是个啥？

小哥吓得脸都紫了，耷拉着头，不敢看我妈一眼。

我急得说，妈，这是小哥做的火车。

我妈上前照着小哥的后脑勺就是一掌，你五婶来借辣椒面，我就说咋一个洋火盒也找不见，好像我小气的故意不借，不晓得你把我的洋火盒都偷摸着耍了！当我妈看见炕上散落的火柴时，更生气了。可是，我妈没有再打小哥，她扯下一只火柴盒，急匆匆地装了一盒辣椒面给五婶送去了。

小哥擦了把泪，把断成两截的火车又拼接到了一起，嘀咕道，少了一截车厢，长火车变成短火车了。

我赶紧伸开手臂，安慰小哥，一点也不短，你看你看，还是这么长呢。

吃晌午饭时，因为我爸的一句话，我妈没有再数落小哥。我爸问小哥的火车拼好了没？原来，所有的洋火盒都是我爸给小哥的，还有那一盒洋火，也是爸给的。

我妈怨怪我爸娇惯娃娃，却从锅里撇了半勺油辣椒倒在小哥碗里，对小哥说，妈拿你的那个盒你还要吗？

小哥还没说话，我赶紧说要要要，这下小哥的短火车又变成长火车了。

小哥斜了我一眼，呵呵笑。

原载《百花园》2022 年第 2 期

【作者简介】骆驼，作家、编辑，"70后"，现服务于四川省作家协会四川作家网，系四川省作协小说委员会委员。10余篇小小说作品被多个省区市用作中考、高考语文试卷及初中、高中语文试卷并被收入百余种中学语文教辅书籍。小小说作品获五、六、七、九、十届全国微型小说年度评选奖等多种奖项。作品入选《中国当代微型小说排行榜》《中国微型小说百年经典》《当代中国小小说精选》等多种选本。

Luo Tuo, a writer and editor, born in the 1970s, now works for the Sichuan Writers Network of Sichuan Writers Association, and is a member of the Fiction Committee of Sichuan Writers Association. More than 10 novels have been used in many provinces, regions and cities as high school entrance examination, college entrance examination and junior high school and senior high school Chinese papers, and have been included in more than 100 kinds of secondary school Chinese teaching auxiliary books. His works won the 5th, 6th, 7th, 9th, 10th National Micro Fiction Annual Selection Award and other awards. His works have been selected into a variety of anthologies such as *The List of Chinese Miniature Novels*, *The Centennial Classic of Chinese Miniature Novels* and *The Selection of Contemporary Chinese Small Novels*.

再上九鼎山

骆　驼

是2008年汶川地震前的事了。

车终于到了目的地，我长长地舒了口气。

一路颠簸，已经让我们力尽精疲。好在刚才在山上的一切，让我心生安慰。

"不好，不好！我必须返回山上一趟！"雷子的一句话，让全车人刚刚放下的心，再次提到了嗓子眼。

车上的几位先看看雷子，然后看看我。

雷子又说："我必须返回去，对不起大家了！"我极不情愿，但装得十分大度地说："没事的，我陪你去吧"。

雷子满面堆笑。

在路上，我问雷子，是不是什么东西丢在了山上？

雷子说，不是，但必须返回去！不然，我注定会通宵难眠！

我开始怀疑，写诗的女人，是不是都这样神经质？我两眼望窗外，一路无语。

我是昨天来到雷子所在的这座小城茂县的，作为文友，雷子自然十分高兴，自然尽可能地尽着地主之谊。

她今天带领我们参观了小城的几处有名的景点后，便突发奇想，要带我们去离小城十余公里的九鼎山上去看看。对于生长在川北九龙山区、好不容易从大山里走出来的我，面对大山，早已缺少了那份激情。但碍于情面，我还是依然欣然前往，依然面带微笑。

雷子告诉我，她所居住的这座小城，山下少绿，山顶终年积雪。特殊的地质结构，使得树木都难以生长。前些年轰轰烈烈地搞过飞机播种、人工造林，但都收效甚微！几年前，她们几个姐妹商议，在山上义务种植了一片树林。每年的植树节，劳动节，清明节，她们几个姐妹都要一起来到山上，植上几棵树。谁的生日到了，也要到山上来植树。就连谁得了奖、晋升了职务，都必须用植树的方式庆贺！

这倒是让我产生了好奇，对几个认识或不认识的女人，心生敬意。

尽管山路崎岖，路面凹凸不平，但我依然心向往之。真的想看看那片充满情感的树林。

这是一片标准的人工林，但又是一片极不规范的林子。林中的树品种杂乱，树木长势参差不齐。

雷子一会儿像个活泼的孩子，滔滔不绝地讲述；一会儿又像个慈爱的母亲，对每一棵树，都关爱有加。她兴奋地向我讲述着每一棵树的来由，如数家珍。

我在心中叹息，女人啊……

雷子拿出事先准备好的零食、饮料，摆在事先准备好的简易布料上，便开始了这场野外的聚会。雷子拿出事先准备好的几个塑料袋，喋喋不休地对我们说，这个，放瓜子壳；这个，放水果皮；这个，放小吃的外包装……

我不解地看了看雷子，但还是只得依照她的要求，小心地将废物归类。雷子的那位叫燕秋的姐妹告诉我，她们每隔一段时间，都会相邀来此地聚聚，她们将这片林子取名为馨心园，意为温馨的心灵乐园。

在这样一个缺少绿色的小城，能有这样一个满眼皆绿的乐园，是多么难能可贵！早先种种隐隐的不快，随即便荡然无存。

时间，总是在快乐的时候才像书中说的那样，飞逝如电。

我们只得准备往回走。

雷子和她的几个姐妹，在收拾东西的时候，先在地上挖出一个小坑，将袋子里的果皮埋了，再将其余的废料包，挽一个结，放入了背包。雷子说，果皮烂了，可以做肥料；饮料瓶、零食的外包装等，必须带回去，丢到垃圾箱，不然，会污染了环境，让她们心里蒙尘。雷子又说，多年了，她们都是这样做的。

我对几个女人的举动，暗自佩服。但是，雷子突然要求原路返回的举动，着实让我心生不快。

终于来到了刚才的那片树林。车未停稳，雷子便迫不及待地跳下车去。

雷子在山坡上找寻起来。我在心里暗自感叹，哎，说她丢了东西，居然还不承认！女人啊，总是丢三落四的。

"找到了，找到了！"雷子快乐地叫起来。

　　我定睛一看，雷子手里拿着的，是一个还剩小半瓶水的矿泉水瓶，她将剩下的小半瓶水，轻轻地倒在身旁的那棵小树上。然后，拿着那个空了的矿泉水瓶，脸上洋溢着如释重负的微笑，向我们跑来！

原载《剑南文学》2022 年第 2 期

主持人：古耜

古耜，文学批评家、散文家。

Gu Si, literary critic and essayist.

散
文

推荐语

1942 年 5 月，毛泽东主持召开了著名的延安文艺座谈会，在会上发表了具有里程碑意义的重要讲话。二十世纪八十年代以降，一大批参加过文艺座谈会、聆听过毛泽东讲话的老一辈革命文艺家，先后回到延安，缅怀峥嵘岁月，重温讲话精神，砥砺革命意志。当时高建群正供职于《延安日报》，因为精神驱动和工作需要，他采访过许多重返延安的老一辈文艺家，并留下了丰富翔实的采访资料和现场速写。今年是延安文艺座谈会召开八十周年，作家在捡拾往日记忆、梳理现存材料的基础上，写成《五月的鲜花开遍了延安的原野》一文，其丰富独到的内容，不仅为研究讲话和延安文艺增添了新的史料，而且在中国大地上再次奏响了文艺与人民同在的雄浑乐章。

尽管中国的改革事业已进入纵深地带，但我们都经历了什么，是怎样走过来的？仍然是一个值得充分关注和认真盘点的话题。韩少功的《放下写作的那些年》以及《萤火虫的故事》，从作家的亲身经历出发，讲述了当年举家迁居海南，试水文化市场的一段经历，其中不仅一些细节既饶有情趣，又耐人寻味，而且于不经意之间提出的"人民的现代化"、做时代"萤火虫"

的理念，以及"劳动股份制"的尝试，都包含了丰足的现实意义，值得人们深入体味。

张金凤的《人在何处》是一篇别出心裁的散文。这篇作品以汉语中的"人"字破题，抓住汉字造字具有的象形、指事、会意等特点，用拆解、破译、对比、联想等方法，对"人"字做圆通周遍的生动诠释。其笔墨所至，一方面揭示了造字的规律，一方面强调了生命的真谛；一方面激活了语境的奇幻曼妙，一方面传递出人世的曲径通幽。于是，通篇作品在生成知识性的同时形成了文学性和审美性，在启迪人之灵思的同时陶冶了人之性情。

对于年龄稍大些的人们来说，"补丁"是个曾经司空见惯的小物件，其中沉淀了贫困与艰窘的记忆。梁衡的《补丁》从自己和小物件的故事入手，写成一篇美文，其中包含的历史因子和人生滋味，自然令人感慨和回味。但作品并没有停留在世事沧桑的层面，而是沿着"不缺而补"的思路，对"补丁"一词进行了巧妙但又是全新的语义转换，从而使作品增添了丰饶的哲学意味，赋人以更深邃的思索。

陆春祥在历史文化领域做散文耕耘，用力甚勤，成就斐然，《咏而归》只是其中的一个短章。该作品行文舒展，语调亲切，对孔子几段名言的演绎，深入浅出而又要言不烦，其中对"思无邪""逝者如斯夫，不舍昼夜""咏而归"的解读，更是在引经据典中不失自己的眼光，呈现出现代人面对经典的从容、优雅和智慧。

冯秋子在内蒙古出生并长大，这为她讲述的酒事注入了民族和草原的背景，而《鸿雁长飞》这个采之于"春江花月夜"（"鸿雁长飞光不度"）的标题，又使作品平添了淡淡的乡愁。在如此氛围下，若干因酒而生的场景和细节一一呈现：父亲酒后流露的真性情，母亲因父亲真情流露而产生的由衷喜悦，"我"与儿子的酒对话，"我"和朋友的酒文化……其中最让人过目难忘的是"我"对酒的那份珍惜、敬重和讲究创意，它把作家内心特有的一种质朴、善良、丰富和内敛全然敞开，因而别有一种感染力。

【作者简介】高建群，祖籍陕西西安。新时期富有代表性的西部小说家，国家一级作家、陕西省文联副主席、陕西省作协副主席、大秦印社名誉社长。主要代表作有长篇小说《最后一个匈奴》《最后的民间》《大平原》《统万城》《遥远的白房子》，散文随笔集《胡马北风大漠传》《陕北记》等。

Gao Jianqun, ancestral home of Xi'an, Shaanxi province. Representative novelist of western China in the new period, national first-class writer, vice chairman of Shaanxi Federation of Literary and Art Circles, vice chairman of Shaanxi Writers Association, honorary president of Daqin Seal Association. His main works include novels such as *The Last Huns, The Last Folk, The Great Plain, Tongwan City, The Distant White House*, collections of essays such as *Horse, North Wind, Desert* and *Shaanxi Northern Story*.

五月的鲜花开遍了延安的原野
——我的杨家岭采访本

高建群

田间是 1982 年 4 月底回延安的。那是一个暮春的日子，万花山上开满了牡丹花，瘦瘦矮矮的诗人，一步三喘，踏歌而行，缓步向花丛中走去。

田间是 1938 年奔赴延安的。延安的街头诗就始于田间。"假使我们不去打仗，/敌人，用刺刀，杀死了我们，/还要用手指着我们的骨头说，/看，这是奴隶！"这是田间的街头诗。街头诗的创造者，当然还有陕北籍诗人高敏夫——陕北无产阶级文学的开拓者之一，他大约是受了苏联文学浪漫气氛的感染，一度曾易名高尔敏夫。田间这个当年振臂一呼应者云集的翩翩少年，如今已进入生命的暮年。坐在延安宾馆里，他用深沉苍老的声音，向慕名而来的青年讲述着往事。人们一走，他便默默地靠在沙发上，半闭着眼睛，像一位鏖战归来的疲惫士兵，不，是鼓手，许多年前，闻一多先生曾这样称颂过他。

上面这一段文字，是我当时采访他时的手记，那个慕名而来的青年，说的就是我。记得田间的身材大约一米六不到，穿一身有些褪了色的蓝人民装，粗一看像是灰色，戴一顶同样颜色的帽子，帽檐耷拉下来，遮住了眉头。他神情忧郁，不知为什么满腹心事。一条三人沙发，他蜷曲在沙发的一个角落里，显得那样矮小、疲惫，全身的骨头像散了架一样。他用一种沙哑的声音回答我的采访提问，话语很短。谈话间，只有当提及延安时代的时候，他暗淡的眼神才猛然闪出火花，眼睛像鹰隼般闪闪发亮，但只一会儿，又暗淡下来。

田间在延安待了三天，参观了枣园、杨家岭旧址，去延安城南三十里的万花山参加了延安文学青年的一次诗会，朗诵了他即席创作的《延安万花山》，并且给当时的延安大学创作学习班的学员做了一次报告。

老诗人在报告中说："我是 1938 年来延安的，我还要继续继承和发扬延安精神，还要不断从延安这块土地上汲取营养，这就是我这次来延安的目的。什么时候都不应当忘记延安，没有延安就没有我们的人民共和国。我觉得《讲话》（指毛泽东的《在延安文艺座谈会上的讲话》——编者注）的一些基本东西还是要肯定的，还是值得我们继续学习的。《讲话》的根本之点是'文艺为人民服务'的问题，这在现在更应该肯定。经过'文革'的一段曲折，《讲话》依然是光彩夺目的。正像我刚刚完成的一首诗中所说的那样：虽然是风尘仆仆，但是掩盖不了它的光辉；尽管它山回路转，依然还是宝塔山；虽然时间推移，但旧时的牡丹还是那样璀璨。"（根据录音整理）

田间临走时对我说，他现在隐居在北京后海的一家独门小院里，要我去北京时一定不要忘了去他那里一叙。他还说，终于回了趟延安，了却了他一桩心愿，他年事已高，身体又不太好，怕是最后一次回延安了。老诗人的话不幸言中，他回去后不久，我就从报纸上看到他去世的消息。

1982 年 5 月 23 日前夕，陕西组织一批新老文学艺术工作者来延安，胡采、王汶石、杜鹏程、李若冰四位老作家带队，一行百余人在延安杨家岭开了纪念大会，并去枣园、南泥湾等处与当地群众联欢。

胡采是当时陕西唯一健在的参加过延安文艺座谈会的老人。当年毛泽东同志讲话之前，全体人员曾有一张合影。时值纪念"5·23"《讲话》，讲解员将这张照片放大，用一个木牌立在杨家岭那间石屋前面。胡采当时是边区文协副秘书长兼《群众》周刊负责人。见到照片后，我问："胡老，你站在哪里？"抑或是谦虚，抑或是确实记不得了，胡采说，他不记得拍照这事，拍照的这一次会议他也许没参加，说完就随参观人流进入了石屋。我不甘心，在照片前仔细端详，终于发现在一大堆人头中有一个颇像胡采，脸型像他，神态像他，细细的长脖子上是一颗小小的头。我赶紧去找胡采，胡采重新回到照片前，仔细地辨认了半天，辨认出了他左右站着的人，终于确定了那确实是当年的他。后来就有一茬一茬回延安的老同志回忆，那确实是胡采。照片上所有的人后来都被回忆起来了，名字附在照片下面。胡老当时像孩子一样笑了。站在旁边的我亦十分感动。

王汶石、李若冰延安时期曾是"西工团"的演员，20 世纪 50 年代后期，前者以《风雪之夜》、后者以《柴达木手记》驰名于当代文坛。联欢会上王汶石在大家的起哄下，将延安时期演过的一个角色（《二溜子改造》中的）重演了一遍，博得满场掌声。李若冰善良而精细，他身上政治家与艺术家的风度并存，后来我长期在李老手下工作。印象最深的恐怕要算是《保卫延安》的作者杜鹏程了。杜老当年已患脑血栓，行动不便，但还是参加了所有活动。记得上南泥湾的一个山坡时，他差点跌倒。早年的超负荷伏案劳作和"文革"中所受的迫害，给他的身心以极大摧残，他除了行动不便外，感觉精神也有些恍惚，神志不大清醒。在延安的日子，他常常激动得难以自持，嘴唇发颤、手指发抖，在他面前，我强烈地感觉到老一辈战士兼作家的气质。

1979 年陕西作协恢复活动后的第一次作者座谈会上，几位老延安听说我是从延安来的，立即将我拉过来坐在他们身边，事情过去许多年了，这事我一直念念不忘。杜鹏程于 1991 年冬去世，病危期间曾给我来过一封短函，勉励我努力创作。

1982 年 5 月 28 日至 30 日，陈荒煤率电影"百花奖""金鸡奖"颁奖大会上的一行人来延安。我对陈荒煤慕名已久，奈何由于有白杨、田华、王心刚、李谷一、李秀明、龚雪等一众名流，所到之处尽被人围观，不能近前，而我又不习惯去凑热闹，因此未曾谋面。

是年 9 月 30 日，葛洛、韦君宜率华北、西北地区中青年作家来延安参观学习。葛洛是河南洛阳人，那一年 62 岁。他 1938 年经八路军西安办事处介绍来延安，抗大毕业后，任鲁艺助教，在下农村体验生活期间曾先后兼任碾庄乡、桥儿沟乡副乡长，1946 年随解放大军离开延安。这个团队里还有铁凝女士。那时她多么年轻呀！乌黑的头发，明亮而乌黑的眸子，一个人安静地坐在会场一个角落，听韦君宜讲课。我后来有一次跟她说起这事，铁凝说，这是她一贯的风格。

工作之余，葛洛重返碾庄和桥儿沟。葛洛住过的碾庄，当年的老房东已经去世，他与房东的儿子畅谈回忆旧事。这个房东或许还是他解放区小说《卫生组长》中的原型吧。最使葛洛激动的是，在桥儿沟的一座山坡上，他找到了当年在鲁艺结婚时的土窑洞。他说："找到这里好似当了第二次新郎！"葛洛的人缘极好，在碾庄、在桥儿沟，还有不少老人认得这位当年的老乡长，故人相见，即情即景最为热闹。

"千声万声呼唤你，母亲延安就在这里！"是年 11 月 23 日至 25 日，著名诗人贺敬之回延安。这是诗人继1956年回延安参加"五省（区）青年造林大会"写出那首脍炙人口的《回延安》之后，第二次回来。诗人是年58岁。那天，陕北高原降了一场薄雪，诗人参观了枣园、杨家岭、桥儿沟等革命纪念地，并且登上了清凉山。登山时吟诗一首，诗云："我心久印月，万里千回肠。劫后定痴水，一饮更清凉。"延安文学艺术界为诗人的到来举行了一次座谈会。会上，一位业余作者朗诵了诗人的《回延安》，纪念馆一位讲解员唱了诗人作词、马可谱曲的《南泥湾》，唱到情深处，贺敬之掏出手绢，拭起泪来。

薄雪初晴，我和陕报记者、评论家肖云儒，陪诗人上了一趟宝塔山，诗人穿一件旧黄布大衣，蹬一双平底鞋，居延安多年，我竟不知道宝塔可以上去，诗人说可以。于是，我在前面牵着他的手，顺着宝塔里狭窄陡峭的台阶，上到了第二层的瞭望口。本来还可以上到最高层，我怕他有个闪失，拦腰抱住了他。站在这里，三山交会、二水分流的延安城尽收眼底。诗人说宝塔南边的那条小沟里，当年有一个日本工农学校，日本轰炸延安时被炸成了废墟。说到这里，他面色严峻，久久没有说话。后来他又说，鲁艺有一架钢琴，冼星海的《黄河大合唱》就是在这架钢琴上弹出来的。1947年撤退时，行军途中，将钢琴拆成零件埋了起来，那架钢琴是一件珍贵文物，如果能找到它，会是一件教育后代的活教材。诗人走后，延安有关方面曾多方查找，钢琴至今仍泥牛入海，杳无下落。诗人走后，我在《延安报》发表了专访《双手搂定宝塔山》。

贺敬之大约在1985年还回过一次延安。我将自己的采访日记翻了翻，可惜平常丢三落四的，没有找到那个时期的采访本。

而与贺敬之齐名的另一位杰出诗人、才华横溢的郭小川，70年代初曾回过一趟延安，有《郭小川诗选》扉页的那张照片为证。那时我正在"白房子"服役，无缘拜识，可是我的朋友、延安诗人原上草却有缘与他邂逅。原上草正在清凉山下面延河桥旁的一家小饭馆吃饭，郭小川登清凉山下来，也到了这家饭馆，并且坐在了一张桌子上。原上草是诗人郭小川最热烈的毫无保留的崇拜者，他可以将郭小川所有诗作倒背如流。原上草是个见面熟，不知怎么就打听出了眼前这位有些忧郁的人就是郭小川，当时惊喜的状况我可以想见。除了表达久仰的心情外，他开始背诵起郭小川的诗句。我想在那个严寒的日子里，贫病交加的诗人一定会被深深地感动并有一丝安慰的——他的作品是如此深入民间。我也是郭小川热烈的崇拜者，郭小川去世十周年时，我曾在《西安晚报》上发了篇《郭小川十年祭》，随后将晚报寄给他的夫人杜蕙。

蔡其矫是 1938 年到延安的，在鲁艺任教，大约是 1938 年底又随部队下了太行山。他在延安短暂停留，就顺着当年南下的路，经延川黄河延水关渡口走了。此行他留下了一首诗《过延川》，写得漂亮极了，诗中有一句："漂泊的灵魂，永远寻求陌生的地方。"我在座谈会上见过他，记得他身体强健，穿一件运动服，像运动员一样，并不显老。

1982 年 10 月，杨沫来延安参观访问，因为《青春之歌》，她是家喻户晓的作家，更兼她和白杨是姊妹，因此上次没见过白杨的人，这次都来看她。杨沫参观了革命旧居，上了清凉山，所到之处，均受到十分隆重热烈的欢迎。作家和延安文学界举行了几次座谈会。记得她戴着假发，我还从来没有见过人戴假发。记得我采访她时，面对面相坐，膝盖抵着膝盖，突然她一个喷嚏，头一勾，假发掉了下来。而她像个没事人一样，两手一张，搂住头套，又扣回头上。这件事给我留下了很深刻的印象。

1984 年 3 月 8 日，杨植霖取道庆阳，回到延安。杨曾是职务很高的地方领导，因为《王若飞在狱中》一书留下文名。我陪杨老四处参观，很是忙碌了一阵。最感人的是在兰家坪寻找他的旧居。那时大约是 1942 年，当时他是内蒙古的领导之一，中央调他来党校高干二部学习。他在一座荒凉的山坡上找到了一孔半是坍塌的窑洞，说上党校时他就住在这里，他的隔壁住的是丁玲和叶群。叶群当时好像还没有和林彪结婚。他说，丁玲为人直爽是个女中丈夫，那年三八节，他和丁玲站在这山坡前，远远的一个背着三八大盖的人过来了，这时丁玲抓住他一个胳膊，手有些发抖。丁玲对他说：她平日最忌讳三八这两个字，一见背三八大盖的就发怵。

杨植霖很高，大约一米八三，穿一件黑呢子大衣，毛围巾平展展地交叉裹在胸前。虽是汉族，但大约是在土默川出生的缘故，他的气质中有一种蒙古族朋友那种真诚而豪迈的东西。杨植霖回甘肃后，将他与人合著的诗集《青山儿女》寄我。

杨植霖老人此行还有一个目的，就是倡导成立中华诗词学会。他在延安联络了黑振东，在西安联络了杨鸿章、霍松林，在内蒙古联络了布赫，在北京联络了楚图南、周谷城。中华诗词学会于1985年端午节在北京成立。我参加了成立大会。

1984年5月7日至10日，时值《讲话》发表42周年，方纪、草明、曾克、金紫光、何洛、李琦、刘芳、路明远等一行老延安，由中国文联组织回到延安。

方纪半身不遂，坐在轮椅上，由他的儿子方大明推着。他的神志大约也有些不太清楚，在参观王家坪纪念馆时，看见玻璃橱柜里陈列的纺车，他一下子激动得快要从轮椅上跳下来，他说这纺车是他的，是他大生产时用过的。我们怕他失手砸坏了玻璃，只得赶快离开。纪念馆墙壁上陈列着那些首长检阅时的照片，他突然一挺胸膛要站起来，向首长敬礼。大家赶忙拦住他，说这是照片，不是真人，可他还是要敬礼，于是只好由他了，他坐在轮椅上，大约是向彭德怀将军或者陈赓将军，庄严地行了一个军礼。不过在我采访他时，他的神智很清楚，他能记起早年那些事情的细枝末节，我问他著名散文《挥手之间》的写作经过，他说，当年毛泽东同志去重庆谈判，延安东关旧飞机场上，他也是欢送人群中的一员，目睹了毛主席登上飞机的情景。那时，他像所有在延安的人一样，为毛主席的安全担心。后来延安的《解放日报》发表了毛主席走下飞机时挥动帽子的那个特写镜头。那是历史的一瞬间，对着这张照片，他觉得他想要创作的这篇文章有了标题和主题。方纪的右半个身子不能动，他用左手写毛笔字，书法苍劲有力，写完字后，落款上还要写上"方纪左手"几个字。

草明一头银发，剪得很短很整齐。年轻时候的她大约也是这么干净利索和漂亮，一副南国女儿的样子。我和草明有几次详谈，主要是采访延安文艺座谈会的情况。草明告诉我，从那年二三月份开始，毛泽东同志就筹划这个会了，只是当时他们不知道。毛泽东先后约欧阳山和草明到他的住处详谈了三次，询问一些文艺规律问题和当时文艺界的情况。等到会议开始时，他们才知道主席的本意。她说，会议大约是从 5 月 10 号左右开始的，断断续续，开到 23 号，毛主席一共来了三次，参加大家的讨论，做讲话。会议之后，在《讲话》精神的鼓舞下，许多艺术家纷纷深入到农村和部队收集素材，进行创作。草明还向我介绍了她创作新中国第一部工业题材的长篇作品《原动力》及《火车头》的情况。采访她时，她的秘书李珊莉给我茶杯里只放了几根茶叶，爱喝浓茶的我喝茶时不住地瞅茶叶筒。

曾克和草明不同，留着一头乌黑短发。她的性格和草明相反，显得沉郁一些。她当年在重庆的邓颖超身边工作一段时间后，由邓大姐介绍来延安的。在看座谈会那张照片时，她对我说她的那种发型是邓大姐让留的。来延安前，她欲将发型改成当时革命队伍中那种流行的短帽盖，邓大姐说她这种发型也挺漂亮的，革命主要是行动，发型倒在其次，于是她就带着这种发型来到延安。

后来我在《延安报》上，为以上三位作家各写了一篇专访。

那天陪三位和金紫光去了枣园，从枣园下来，他们要去兰家坪中央党校高干二部旧址去寻各人当年的旧居。我和小李一起先到了杨家岭，在杨家岭那口井旁等了很久，四位老人才风尘仆仆地从兰家坪来到这里。那张合影照还在那里，我指给他们看。草明首先在前排找到了自己，她的面孔和当年的照片一模一样，发型也一模一样，只是青丝变成了白发。接着，曾克也找到了自己，她当年的神态和现在也是一模一样，好像岁月在脸上没有留下任何痕迹。方纪在方大明的帮助下也找到了自己，大约他家里也有这么一张照片。三个人像孩子一样笑着，眼泪涌了出来，当年延安时期那圣洁的阳光在这一刻重新照在他们脸上。只有金紫光没有找到自己，他很沮丧。草明告诉他，这是 5 月 23 日会议结束那一天开始时照的。他要金老好好回忆，金紫光还是回忆不起来，只好说：那时，他大约已随部队离开延安了。根据现在的纪念馆工作人员整理的名单，会议有金紫光，不知道金老回忆起来没有。

这次聚会还发生了一件大事。歌曲《松花江上》的作者张寒晖的尸骸找到了。张寒晖死于 1946 年，埋在边区文协头顶的文化山上，还立了一块墓碑。后来胡宗南进攻延安时，墓碑被毁，墓茔也找不到了。张寒晖夫人刘芳这次特请了十几位当年抬过棺材的人，包括路明远等一起来到文化山上，口中念叨着柯仲平老人的"文化山头葬寒晖，一把土来一把泪"诗句满坡寻找。有人说，他抬到这里时歇了一歇；又有人说，他抬到那里时换了换肩，终于，他们证明了与延安宝塔成等高线、距宝塔西约 500 米的一个小土包，即张寒晖墓茔。大家在一张纸上签了名，我则以《延安日报》记者身份也签了名，署名见证人高建群。刘芳将这张纸装进一个塑料袋，埋在地下，又用一块石头压住。第二年的"5·23"，张寒晖墓被搬迁到李家洼四八烈士陵园内。

1984 年 7 月 23 日，作家康濯回延安。也是一种缘分吧，在延安为康濯等一行放映电影《延安生活散记》时，我恰好和他成为邻座。康濯极高极瘦，和胡采一样，也是细长的脖子上擎着一颗小小的头。他言谈举止有一种内在的风度，这是经历过许多的人才可能拥有的，我和他进行了长时间的交谈。那时我正处在创造的苦闷期，我向这位老作家请教了许多关于艺术的问题，我们一见如故，一直谈到电影散了，约好第二次再谈。康老告诉我，不要急，艺术靠的是一种韧性，只要努力，时间会完成这一切的。第二天采访结束后，他将自己写的一首《七律·返延安》亲手抄在笔记本上，诗如下：

"不尽风云又返延，重温四十五年前。窑洞火炬辉天外，塔影华姿耀远天。耕战整风埋旧域，工农科艺建伊甸。容颜全改情尤炽，圣地精神代代鲜。" 7月 24 日参观后，康濯离开延安，是年 8 月，将他的长篇《水滴石穿》寄我。1987 年，我的一个中篇在《中国作家》发表后，康老来信祝贺，勉励我继续努力写作。后来我听说康濯负责鲁迅文学院，曾去信询问，康老来信说，那是别人的意思，他要抓住晚年有限的一点时间写点东西，不会再干这种社会工作了。再后来，得知康老去世的消息，我很震惊，也很悲痛，曾经想提笔写一点东西纪念他，千言万语，竟不知如何说起，借上边的一段文字，权当是献给他的一个花环吧。

1984 年 10 月 19 日，《三家村夜话》的作者之一廖沫沙回延安。廖老为延安老诗人、地委顾问黑振东题"延安遇故知"的条幅，黑老以七律一首作答。诗云："正是秋高气爽时，圣地有幸遇知音。凛凛正气逐鬼蜮，灼灼文章荡乌云。千秋功过无须说，一场是非自有评。劝君更尽一杯酒，千里归来有故人。"

1985 年 4 月 5 日，时值清明，女作家丁玲与丈夫陈明自金锁关登上陕北高原，一路浩荡而来，先在桥山拜谒了轩辕黄帝陵，继而到达延安。在延安几日，参观了革命旧址，去延安大学为学生做了场报告，然后直达当年的红都保安。丁玲虽然头上已是银丝累累，但激情还似当年，穿了一件颜色有些华丽的外衣，戴了一架红色太阳镜。在延安的当代文人中，丁玲最为有名，据说当年延河篝火之夜，那些青年跳的一种舞蹈，就叫"丁玲舞"，而丁玲的那些"文将军、武秀才"的或虚或实的传说，亦有很多。除红军长征过来的人以外，丁玲大约是来陕北苏区的第一位文人，早在红军还没有住进延安城，而在被誉为红都的保安时，丁玲就来了。正是在保安，她在毛泽东的提议下，组织发起成立了当时第一个延安时期的文学艺术团体"中国文艺抗战协会"（简称文抗）。

在延安大学作报告时，丁玲说一句，黑老用他的大嗓门当扩音器，重复一句。延安几日中，丁玲除参观革命旧址外，还专门到清凉山她当年主持《解放日报》副刊的地方去寻找旧居。在登清凉山时，黑振东即兴吟成《致丁玲同志一首》，诗云："适逢清明二月天，文坛女神回延安。历尽世间风霜苦，当念陕北米酒甜。宝塔山下'丁玲舞'，桑干河上歌永言。八十重返旧游地，人生何须记流年。"当年黑振东的吟诗让丁玲百感交集。丁玲回来后不到一年，即去世了。我曾致唁电，表示哀悼。

那之后为筹建延安文艺之家的事，延泽民和张锲曾先后来延安。延老大约来过三次，为延安艺术之家去四处鼓噪。张锲是第一次来延安，在延安察看了基地情况，约见了延安的一些作者，并和文艺界座谈。

大约是 1986 年到 1988 年期间，我们还接待了女作家李建彤，李建彤是著名陕北红军早期领导人、红军领袖人物刘志丹将军的弟媳妇，故可以说是陕北的媳妇。因此我的采访无拘无束。作家很健谈，说起话来滔滔不绝，有一种唇枪舌剑的感觉。李建彤受过许多磨难，而精神、气质甚至手中的笔仍旧如此犀利，令人赞叹。

欧阳山大约在 1977 年回过一次延安。有一件有趣的事值得一提。欧阳山在延安时期的著名作品、解放区文学的重要收获之一《高干大》80 年代曾由一位日本业余女翻译家多田正子译成日文出版。这位女士为翻译此书，与欧阳山曾有 30 多次信件来往，与延安方面信件来往更是频繁。其中原因，主要是书中一些陕北土语，使她犯难。1981 年，她还亲自来了延安。高干大的原型——原南区供销社主任刘建章已故，多田正子主要与原副书记王旭明联系，王旭明的儿子则充当陪同。也许是爱屋及乌，这位女士与王的儿子来往中产生了感情，最后书成以后，提出要嫁给他，或者王去日本，或者她来中国。王是一个纯粹的陕北人，应邀去了一趟日本后，回来再不提这事。

再说德高望重的周扬。周扬于 1987 年、1988 年"5·23"期间曾几次捎话，要回延安。这事引起了延安方面的极高重视，为筹备周扬回延安事，有关部门专门从延安陶瓷厂手中将鲁艺旧址——位于桥儿沟的那个天主教堂收了回来，并做了修缮，迎候他的到来。但周扬因为疾病的原因未能成行，令人遗憾。

1983 年 5 月和 1988 年 10 月，音乐家吕骥曾两度回延安，他也是老延安了，曾担任过鲁艺音乐系主任。吕骥是一个保养得很好的小老头，上万花山时疾步如飞，连年轻人都赶不上他，时已 80 多岁的高龄了，令人惊异。

1991 年 8 月期间，毛泽东的儿媳妇、作家邵华来延。邵华高高的个头，气质很好，在座谈会上，延安人民对毛泽东的感情令她十分感动。她还详细地询问了毛岸英在枣园按照父亲所说的"补上生活这一课"的种种情形。

1991 年 11 月，文学评论家冯牧在西安开完会后，由《陕西日报》总编辑骞国政陪同重回延安。冯牧是一个在延安整整生活了 8 年的老延安，在此之前，我们竟然茫然不知。冯牧于 1938 年到延安，先在抗大继而在鲁艺文学院学习。毕业后曾在《解放日报》担任编辑，后调往部队，随三五九旅在南泥湾担任随军记者，后来的许多著名作家，当时似乎都是走的随军记者的路，例如郭小川、闻捷、杜鹏程等。1945 年，冯牧随大军南下，离开延安。

冯牧在延安逗留三天，其间由我的作家朋友银笙陪同参观了枣园、杨家岭革命旧址、《解放日报》旧址、桥儿沟鲁艺旧址、南泥湾三五九旅昔日营地，凭吊旧人旧事，寻找当年的足迹。其间许多感人场面，银笙同志在《延安报》有专访刊出。

在延安期间，冯牧还视察了延安文艺之家。当年延安文艺之家筹建时，曾得到冯牧的极力支持。在延安文艺之家，由我做主持，冯牧与延安文学界评论界见面，并即席做了报告。在报告中，他系统且满怀感情地回忆了自己成为一个革命文艺家的成长道路，并对延安的作家提出了殷切的希望。

辉煌灿烂的延安时期，风云际会、群星灿烂、大家辈出，延安的杨家岭这个不起眼的小山沟，因为延安文艺座谈会的召开，成了一个标志，一个凝结感情的丰碑，一个时代的象征物。

谢觉哉夫人 1981 年 2 月回延安，曾涕零曰："日照延安景常在，一代风流何时还？"

那张杨家岭合照正是草明从家中翻出，献给延安用以纪念的。葛洛向我谈了《白毛女》第一次彩排的情况，他当时去桥儿沟当乡长。《白毛女》彩排出来后，鲁院要葛乡长给桥儿沟路边搭个戏台，他们演出。演出结束后，老乡们评价说，许多台词文绉绉的，完全是知识分子语言，老百姓听不懂不解馋。这样剧组压着改了一回再演，再改台词。反复三次，才基本定稿。

翻开我的杨家岭采访本，拉拉杂杂地记下这些，还有曲艺家陶钝，作家鲍昌，作家、学者公木，学者周艾若等，文章中提到的那些老人大部分已经过世，而那个风云际会的时代正在日渐遥远。而我也有一把年纪了。因此，我想将这些记录下来，也是我的一种责任。

写完以上文字时，我的脑子里固执地回旋着"五月的鲜花开遍了原野，鲜花掩盖着志士的鲜血。为了挽救这垂危的民族，他们曾顽强地抗战不歇"。这首抗战老歌，让我双目潮湿。

原载 2022 年 5 月 6 日《文艺报》

【作者简介】韩少功，著名作家，湖南长沙人，毕业于湖南师大中文系。后到海南，先后主持《海南纪实》《天涯》等刊物，相继担任海南作协和文联主席。主要作品有中短篇小说《爸爸爸》《报告政府》《归去来》等，长篇小说《马桥词典》《日夜书》《修改过程》等，长篇散文随笔集《暗示》《革命后记》《山南水北》《态度》《人生忽然》等，译著《惶然录》等。曾获全国优秀短篇小说奖、法国文艺骑士奖、鲁迅文学奖、华语文学传媒大奖、美国纽曼华语文学奖等。

Han Shaogong, a famous writer, was born in Changsha, Hunan Province. He graduated from the Chinese Department of Hunan Normal University. Later, he moved to Hainan and presided over publications such as *Hainan Chronicle* and *Frontiers*. He also served as the chairman of Hainan Writers Association and Hainan Federation of Literary and Art Circles. His main works include novellas *Dad Dad, Report the Government, Return* and so on, novels *Maqiao Dictionary, A Book of Day and Night, Revision Process* and so on, long essays *Hint, After the Revolution, The South of Mountain and the North of Water, Attitude, Life Suddenly* and so on, translated works *Livro do Desassossego* and so on. He has won the National Excellent Short Story Award, the French Knight Award for Literature and Art, the Lu Xun Literature Award, the Chinese Literature and Media Award, the Newman Chinese Literature Award and so on.

放下写作的那些年（外一篇）

韩少功

我1988年初去了海南，结束专业作家的身份。那以后，有相当一段时间我很少写作，但有关经历对后来的写作可能不无影响。

当时交通十分紧张。我选择大年初一动身，是火车上乘客最少的日子。全家三口带上了行李和来自海南的商调函。原单位曾挽留我，一位省委宣传部副部长后来专程追过海峡。我让他看我家的行李，说我家房子转让了，家具也卖了，还回得去吗？他看到这种情况，只好叹了口气，放我一马。

海南当时处于建省前夕，即将成为中国最大的市场经济先行区。这让我们这些满脑子市场经济的人兴奋不已。当时的拟任省长还公开宣布，全面放开民营出版，给人更多的想象。我就是冲着这种想象去的。

不过，市场经济这东西是有牙齿的，可以六亲不认的，远不是大都市那些知识沙龙里的高谈阔论，不是我们这种小文青的诗和远方。一到海南，我就发现那里的"单位"已变味，与内地很不一样，既不管住房，也不发煤气罐，让你办刊物什么的，就一个光溜溜的执照，一分钱也没有，连工资都得靠你们去"自我滚动"。几乎不到一个月，我就发现自家的全部积蓄，5000元存款，哗啦啦消失了一大半。用自己的积蓄给自己发工资，摸摸脑袋，定了个每月两百，感觉也怪怪的。

起步时，我们只能给发行商打工。根据谈下来的合同，我们每编一期杂志，只得到两万元，开支稿费、工资、房租后就所剩无几。因为人家有资本，有市场经验和营销网络，我们就只能接受这种傍大款的身份。到后来，大款也傍不成了，因为人家要干预编辑，就像后来某些投资商干预拍电影一样，直接要你下哪个角色，加哪个角色，连大导演也顶不住。我们当然不干，但谈来谈去，总是谈不拢，我和同事只好收拾满桌的稿件，塞进挎包，扬长而去。那天我们携带一包稿子茫然地走在大街上，吃几碗汤面充饥，还真不知道自己下一步该如何活。

是否得灰溜溜地滚回去，乞求旧体制的收留？

这大概就是全国最早的一批"文化产业"试水。既不能走"拳头加枕头"的低俗路线，又要破除旧式"大锅饭"和"铁饭碗"。一开始就腹背受敌，两面迎战——没有一个甜饼和鲜花的市场在等你。市场差不多只是有待拼争、格杀、创造的未知。为了活下去，我们这些书生只能放下架子，向商人学习，向工人、农民、官员等一切行动者学习。为了自办发行，我们派人去书商那里跟班瞟学，甚至到火车站货场，找到那些待运的书刊货包，一五一十地抄录人家的收货地址，好建立自己的客户关系。编辑们还曾被派到街上，一人守一个书摊，掐着手表计数，看哪些书刊卖得快，看顾客的目光停留在什么地方最多，看一本杂志在众多书刊密集排列时"能见区块"在哪里……这些细节都透出了市场的心跳和呼吸。

正是通过这种学习，通过各种鼻青脸肿的摸爬滚打，我们后来才逐步脱困，一本严肃的综合类文化杂志，终于扛住了低俗潮流，最好时能发行 120 万册（这个数字说给外国同行听，总要惊得他们两眼圆瞪）。受制于当时落后的印刷技术，我们每期杂志甚至要找三个印刷厂同时开印，才能满足市场需要。那时钞票最大面额是 10 元，当有些客户用蛇皮袋提着现钞来订货，杂志社所有人都得停下手头工作，一起来数钞票。更有趣的是，一位出纳员去海口市某区税务分局交税，回头高兴地给我打电话，说税务局说从未听过这种税，账上没这个科目，要她把钱拿回来。我在电话里一时同她说不清楚，没工夫掰扯偷税就会有内伤、隐患、定时炸弹一类大道理，只是说：你理解要执行，不理解也要执行，哭着喊着也要把税交进去再说——那一次我们强行缴税 20 多万元。

税务部门中当然也有胡来的。有一次，在另一地，某官员要我们交税七八万，把我们的财务人员也唬住了。我几乎一夜未眠，一条条仔细研究税法，最后据理力争，硬是把重复交的税给抠了回来。

靠这种死抠，我们把一本杂志、一张周报、一个函授学院，通通办成了盈利大户，又活生生进一步办成了公益事业。杂志社曾给海口市福利院等机构大笔捐款。函授学院也按 30% 的大比例奖励优秀学员，几乎是只要认真做了作业的，就获得奖学金 300 元至 1000 元，登上《中国青年报》的表扬公告——而他们交的全部学费只有每人 200 元。

其实，穷日子不好过，后来的富日子更不好过，一个成功的团队总是免不了外部压力剧增，须应对剽窃、举报、敲诈、圈套、稽查、恐吓信等十面埋伏，而且几乎必有内部的涣散和腐败冲动。按大特区当时的体制和风气，我们是事业单位企业化管理，从无任何国家投入，因此收益就给人某种模糊的想象空间。有一天，头头们在一个大学的操场开会到深夜两点。无非是有人提出"改制"，其实就是后来经济学家们说的 MBO，即管理层收购，实现私有化的一条便道——只是当时还没有这些词。我大体听明白了以后，明确表示反对，理由是：第一，这违反了我们最初制定的全员"公约"，突然在内部分出三六九等，很像领导下手摘桃子；第二，这扭曲了利润产生的实际情况，因为我们并非资本密集型企业，现在也不缺钱，由管理层出资，实属多此一举，不过是掩盖靠智能和劳动出效益的过程真相。如果连"出资"这种合法化的假动作也没有，那就更不像话。

争到最后，双方有点僵，对方不愿看到我辞职退出，才算了。

某些当事人的心结当然没解开。在海南以及全国当时那种"转型"热潮中，他们肯定觉得自己更代表市场和资本的逻辑，更代表改革的方向。自那以后，团队内部的浪费、懈怠、团团伙伙、过分享乐等现象日增，其实根子就在这里。

难道我错了吗？为此我查过资料，发现瑞典式的"社会主义"收入高低差距大约是 7∶1，而我们的差距接近 3∶1，包括住房、医疗、保险、住宅电话等福利，都是按需分配结合按劳分配来处理。这在当时的市场化潮流中确实显得另类，似乎不合时宜。但由我设计的一种员工持股的"劳动股份制"，有点像我当知青时在乡下见过的工分制，还有历史上晋商在"银股"制之外的"身股"制，既讲股权这种资本主义的元素，也讲劳动这种社会主义的元素，确有点不伦不类，却也大体管用。比如凡是同我们接触过的人，那些做印刷、运输、批发零售什么的，都曾以为我们这一群人是个体户，说没见过哪个公家单位的人会这样卖命干。既然如此，有什么不好呢？

让人不易明白的是，难道把团队财富都变成了领导私产和私股，员工就会干得更加心花怒放和热火朝天？

多年后我在美国见到一位经济学家，他倒是对我们当年的制度设计特别感兴趣，对这个区别于资本股份制的"劳动股份制"特别有想法，一再要求我把相关资料复印给他，好像要做什么研究。

我很抱歉，这个不伦不类的新制度伤了某些人的心。根据内部公约，作为一把手，我在每个议题上顶多只有两次否决权，并不可随心所欲。但就靠这一条，也靠一些同道者支持，我多少阻止了一些短视的民主，比方有人主张的 MBO，比如更多人不时嚷嚷的吃光分光——那意味着放眼于长远的设备投资不能搞，社会公益事业更不能做，国家税收能偷就偷，如此等等。我这样说，并不妨碍我肯定民主的各种正面功能，比如遏制腐败、集思广益、大家参与感强等。在这一方面，民主其实是越多越好。

上世纪 90 年代后期，海南的法规空间逐渐收紧和明晰，我参与省作协、省文联的管理，与此前的企业化管理相比，单位的性质已经变化，"劳动股份制"是用不上了，但定期民主测评一类老办法还可延续，且效果不错。包括我自己，因为有一段时间恢复写作，好像是写《马桥词典》那阵，去单位上班少些，出"勤"的得分就唰唰地往下掉。群众的眼光好尖啊，下手够狠，一心要修理我，根本不管我委不委屈。

这些故事大多没有进入过我的写作，但我日后在一篇文章里，写到"真理一分钟不与利益结合，民众就可能一哄而散"。这句话后面是有故事的。我在《革命后记》中写到"乌托邦的有效期"，写到纯粹靠情怀支撑的群体运动，包括巴黎公社那种绝对平均主义的理想化模式，其有效期大概只能在"半年左右"。这句话后面也是有故事的。20 世纪 90 年代晚期，我参与《天涯》杂志的编辑，收到温铁军先生的一篇长稿，标题大约是《现代化札记》。同作者沟通以后，我建议标题改为《中国的和人民的现代化》。之所以突出和强调"人民的"，这后面同样是有故事的，有无限感慨的。

往事风吹云散，会不会进入我以后的写作，我不知道。其实，它们是否早已潜入笔下的字里行间了，我自己也不大清楚。

萤火虫的故事

在作家群体里混上这些年，不是我的本意。

我考中学时的语文成绩很烂，不过初一那年就自学到初三数学，翻破了好几本苏联版的趣味数学书。全国恢复大学招生考试前，我一天一本，砍瓜切菜一般，靠自学干掉了全部高中课程，而且进考场几乎拿了个满分（当时文理两科采用同一种数学试卷）——闲得无聊，又把仅有的一道理科生必答题也轻松拿下，大有一种逞能炫技的轻狂。

我毫不怀疑自己未来的科学生涯。就像我的一些朋友那样，一直怀抱工程师或发明家之梦，甚至曾为中国的卫星上天懊丧不已——这样的好事，怎么就让别人抢在先？

黑板报、油印报、快板词、小演唱、地方戏……卷入这些底层语文活动，纯粹是因为自己在"文革"中被抛入乡村，眼睁睁看着全国大学统统关闭，数理化知识一无所用。这种情况下，文学是命运对我的抚慰，也是留给我意外的谋生手段——至少能在县文化馆培训班里混个三进两出，吃几顿油水稍多的饭。

可惜我底子太差，成天挠头抓腮，好容易才在一位同学那里明白"论点"与"论据"是怎么回事，在一位乡村教师那里明白词组的"偏正"关系如何不同于"联合"关系。如果没有民间流传的那些"黑书"，我也不可能如梦初醒，知道世界上还有契诃夫和海明威，还有托尔斯泰和雨果，还有那些有趣的文学啊文学，可陪伴我度过油灯下的乡村长夜。

后来我终于有机会进入大学，在校园里连获全国奖项的成功来得猝不及防。现在看来，那些写作确属营养不良。在眼下写作新人中闭上双眼随便拎出一两个，大概都可比当年的我写得更松弛、更活泼、更圆熟。问题是当时很少有人去写，留下了一个空荡荡的文坛。国人们大多还心有余悸，还习惯于集体噤声，习惯于文学里的恭顺媚权，习惯于小说里的男女都不恋爱、老百姓都不喊累、老财主总是在放火下毒、各条战线永远是"一路欢歌一路笑"……那时节文学其实不需要太多的才华。一个孩子只要冒失一点，指出皇帝没穿衣服，便可成为惊天动地的社会意见领袖。同情就是文学，诚实就是文学，勇敢就是文学。宋代陆放翁说"功夫在诗外"，其实文学在那时所获得的社会承认和历史定位，原因也肯定在文学之外——就像特定的棋局可使一个小卒胜过车马炮。

解冻和复苏的"新时期文学"，在某种程度上很像五四新文化大潮时隔多年后的重续，也是欧洲启蒙主义运动在东土的延时补课，慢了一两拍而已。双方情况并不太一样：欧洲人的主要针对点是神权加贵族，中国人的主要针对点是官权加宗法；欧洲人有域外殖民的补损工具，中国人却有民族危亡的雪上加霜……

但社会转型的大震荡和大痛感似曾相识，要自由、要平等、要科学、要民富国强的心态大面积重合，足以使西方老师们那里几乎每个标点符号，都很对中国学子的胃口。

毫无疑问，那是一个全球性的"大时代"——从欧洲 17 世纪到中国 20 世纪（史称"启蒙时代"），人们以"现代化"为目标的社会变革大破大立，翻天覆地，不是延伸和完善既有知识"范式"（科学史家 T.S.Kuhn 语），而是创建全新知识范式，因此释放出超常的文化能量，包括重新定义文学，重新定义生活。李鸿章所说"三千余年一大变局"当然就是这个意思。历史上，也许除了公元前古印度、古中东、古中国、古希腊等地几乎不约而同的文明大爆炸（史称"轴心时代"），还鲜有哪个时代表现出如此精神跨度，能"大"到如此程度。

不过，"轴心"和"启蒙"都可遇难求，大时代并非历史常态，并非一个永无终期的节日。一旦社会改造动力减弱，一旦世界前景蓝图的清晰度重新降低，一旦技术革新、思想发明、经济发展、社会演变、民意要求等因缘条件缺三少四，还缺乏新的足够积累，沉闷而漫长的"小时代"也许就悄悄逼近了——前不久一部国产电影正是这样自我指认的。在很多人看来，既然金钱已君临天下，大局已定，大势难违，眼下也就只能干干这些了：言情，僵尸，武侠，宫斗，奇幻，小清新，下半身，机甲斗士……还有"坏孩子"的流行人格形象。昔日空荡荡的文坛早已变得拥挤不堪，但仔细品一品，其中很多时尚文字无非是提供一些高配型的低龄游戏和文化玩具，以一种个人主义写作策略，让受众在心智上无须长大，可以永远拒绝长大，进入既幸福又无奈的自我催眠，远离那些"思想"和"价值观"的沉重字眼。大奸小萌，或小奸大萌，再勾兑一点忧伤感，作为小资们最为严肃也最为现实的表达，作为他们的华丽理想，闪过了经典库藏中常见的较真和追问，正营销一种抽离社会与历史的个人存在方案——这种方案意味着，好日子里总是有钱花，但不必问钱来自哪里，也不必问哪些人因此没钱花。中产阶层的都市家庭，通常为这种胜利大"抽离"提供支付保障，也提供广阔的受众需求空间。

文学还能做什么？文学还应该做什么？一位朋友告诉我，"诗人"眼下已成为骂人的字眼："你全家都是诗人！"这说法不无夸张，玩笑中却也透出了几分冷冷的现实。在太多文字产品倾销中，诗性的光辉，灵魂的光辉，正日渐微弱黯淡，甚至经常成为票房和点击率的毒药。

坦白地说，一个人生命有限，不一定遇上大时代。同样坦白地说，"大时代"也许从来都是从"小时代"里孕育而来，两者其实很难分割。抱怨自己生不逢时，不过是懒汉们最标准和最空洞的套话。文学并不是专为节日和盛典准备的，文学在很多时候更需要忍耐，需要持守，需要旁若无人，需要烦琐甚至乏味的一针一线。哪怕下一轮伟大节日还在远方，哪怕物质化和利益化的"小时代"正成为现实中咄咄逼人的一部分，哪怕我一直报以敬意的作家们正沦为落伍的手艺人或孤独的守灵人……那又怎么样？

我想起多年前自己在乡村看到的一幕：当太阳还隐伏在地平线以下，萤火虫也能发光，划出一道道忽明忽暗的弧线，其微光正因为黑暗而分外明亮，引导人们温暖的回忆和向往。

当不了太阳的人，当一只萤火虫也许恰逢其时。

换句话说，本身发不出太多光和热的家伙，趁新一轮太阳还未东升的这个大好时机，做一些点点滴滴岂不是躬逢其幸？

这样也很好。

原载韩少功《人生忽然》，湖南文艺出版社
2021 年版；《散文海外版》2022 年第 2 期转载

【作者简介】张金凤，女，中国作家协会会员，山东省作协散文创作委员会委员，山东省作协签约作家。作品散见于《人民文学》《中国作家》《北京文学》《解放军文艺》《山东文学》《人民日报》《光明日报》等众多报刊。散文作品曾获泰山文艺奖、鄂尔多斯文学奖、《北京文学》年度优秀作品奖、孙犁文学奖、叶圣陶教师文学奖等。出版散文集《空碗朝天》《汉字有张人类的脸》等六部。

Zhang Jinfeng, female, member of China Writers Association, member of Prose Creation Committee of Shandong Writers Association, contracted writer of Shandong Writers Association. Her works are scattered in *People's Literature, Chinese Writers, Beijing Literature, People's Liberation Army Literature and Art, Shandong Literature, People's Daily, Guangming Daily* and many other newspapers and periodicals. Her prose works have been awarded Taishan Literature and Art Award, Ordos Literature Award, Annual Excellent Works Award of Beijing Literature, Sun Li Literature Award, Ye Shengtao Teacher Literature Award and so on. She has published six Anthologies, including *Empty Bowl Facing the Sky* and *Chinese Characters with a Human Face*.

人在何处

张金凤

简单的"人"

在苍茫天地间，"人"是一个极特别的存在。

宇宙辽阔，时间无涯，地球上植物、动物陆续出现，早于人类数世纪进入生物图谱。然后，人类才慢吞吞地由山林中分离出来，在临河之地繁衍生息，创造着人类的历史。在宇宙中，人类的出现不过是很短一瞬，但它的存在，改变了地球并开始影响宇宙。

"人"这个汉字极简单：一撇一捺而已。最复杂的动物却只占有一个最简单的字符，每每看见它，我竟然有些意难平。

"人"应该复杂得多啊，"一撇一捺"怎么能概括得了伟大的人类呢？人类这样诘问造字的先祖。

苍穹不语，万物静默，先祖的暗语似乎藏在呼啸的风中。

在成千上万的动物中，人类不过是一个物种罢了，凭什么觉得自己高贵呢？在生存竞争上，他并没有太大优势：没有翅膀飞翔，没有强劲的脚力逃逸，没有尖牙利爪抓捕和搏击，倘若赤手空拳进入山林，也许早就成为食物链中的一个过渡符号了。因为逃避猎杀，他才走出凶禽猛兽的视线，自己缔造了一个人类世界。"人"字就是这样真实地呈现了人类的生存状态，没有"反犬旁""立刀旁""金字旁""羽字旁""走之旁"等加持，甚至没有一顶草帽（草字头）庇护，赤手空拳的"人"在世间独自奔跑。

"人"似乎很自知，并不愿多占用汉字的笔墨来渲染自己，删繁就简，用了从上往下的左右一抡，就完成了"人"字的书写。最简单的也许是最复杂的，练习书法时，我写得好更多笔画的字，"人"字却总难如意。端详这一撇一捺的"人"字，我陷入沉思，"撇"指的什么，"捺"又是人的什么呢？如何在雪白的宣纸上准确拿捏它们的位置和气质？

看这两笔笔画，"撇"很长，是主干，是标杆，而"捺"短促，是从属，是跟随。"捺"从"撇"的三分之二高度处开始接续写来，这样的字形使我想起《圣经》里的传说：上帝造人时，把亚当的一根肋骨从肋间取出，做成了夏娃。这故事与中国的"人"字殊途同归。"人"字也讲着同样的故事。"撇"是男人，"捺"是女人，"捺"对接"撇"的地方正像一个人的肋间高度，"捺"是从"撇"的肋间接出来的。一个"人"字仿佛蕴含极大的人类社会秘密：中国漫长的封建社会都是男权主义，女性的地位卑微、从属、依附，就像那短促的一"捺"。

　　"人"是一个独体字，不可拆，它的一条"撇"歪立着，像一棵要倒的树，极不稳定，只有这一"捺"支撑上去，它才可以稳稳立身。如此看来，整个人类分为两大部分，男人是"撇"，偏悬着，无法正常站立，而女人是那一"捺"，也是偏悬着，他们孤立之时都极不稳定，一撇一捺进行组合时，才是完整的"人"。如是，我明白了，民间何以说男孩娶妻、女孩出嫁的仪式是"成人"礼。民间真正意义上的"成人"不是指年龄有多大，而是指成婚、完婚。结了婚的人，找到自己的支撑之后，才是真正"成"为"人"，所以叫"成人"。当结婚之后，"人"的"撇"和"捺"各自找到了拼接对象，完成了字形拼接和人生拼接，于是叫"完婚"。即便是当下，人们也还说男女青年觅偶是寻找自己的"另一半"，也说成"找对象"。另一半是"撇"，另一半是"捺"，另一半就是支撑自己成为"人"那不可缺的一部分。一撇一捺成为"人"最基本的结构，是一个家庭的最基本组成。古人婚俗之礼较现在要早得多，十八岁时大部分男女皆已成婚，也就是"成人"了，沿袭到现在十八岁算成人，并不相悖。

　　仔细审视"人"的字形，它像是一个人体形状，是没有彻底站起来之前的人。"撇"是人的躯干和下肢，"捺"是他的手臂。这个"人"的字形是一个用手臂撑地半趴在地上的人，他在高仰着头看世界。他为什么没有站起来？是不是祖先造字的时候告诫人：虽然有智慧但是不能骄傲，对自然界，对有灵的万物要尊重？人类最早从动物中分离出来成为"人"，关键是直立行走，此时，他的手臂已经解放出来。解放出来的手，用来劳动，加速了人的成长。这个貌似半趴在地上的"人"字是告诉我们，"人"是这样发展过来的，我们不能忘本，我们的祖先也只不过是四肢着地爬行的动物而已，我们拼命地想昂起头看世界，拼命地想把两只前肢解放出来。想想人类曾经的样子，四肢着地、半趴半跪，在自然界努力奋斗着、进化着，以求一立足之地，安身之所，是多么不易。现在的我们有必要趾高气扬吗？

　　每次读书时看到"人"字，我就与它互拜一番，就像两个衣襟博大的古人相遇时，彼此深施一礼；每次遇见高尚的人和他所做的伟大的事，我的眼神总是充满敬仰。

不言"大"，何其"大"

进化中的人，站起来之后就是一个堂堂正正的"人"了，区别于动物，有了思想，也有了廉耻。"人"很兴奋于自己那两只手终于不再用来支撑身体、协助行走。他经常把手臂撑开，在世间大声呼喊——啊！啊！他感受山川、河流、大地、草木、天空、云朵、星辰、雷电的宏伟。万物都那么伟大，而自己能够看到这一切，拥抱这一切是多么美好，也无比伟大。于是他把张开双臂的这个形状变成一个"大"字。他试图最大限度地张开双臂去装这个世界。他把"大"作为人在世界上最开怀、最得意、最美好的时刻，最美好的东西。

"大"字是由"人"字拓展出来的字。"人"的躯体长高了，眼界开阔了，见识了山川河流、四季轮回和天地间的秘密，就变得越来越开朗和成熟，这样的人被称为"大人"，区别于见识短浅的未成年人。"大人"主宰，小孩服从；"大人"教授，小孩学习，这是人类发展的规律。后来，"大人"更用于区别智慧者和平凡者，"大人"就是有身份、有学识、有地位、有权力的人。在世间，尊人为"大"是礼节，向陌生人问路，开口叫一声"大哥""大嫂""大姐""大爷"总会让别人乐意为你指点迷津。在我的家乡，把自己的父亲称为"大"。"大"是生命的源头和出处，"大"就是一个孩子的天，喊一声"大"，就是最崇敬的礼节。

人若自以为是，就是"自大"。"自大"是心魔，一叶障目不见泰山，看不到别人的优点和美好，一味自恋，错失了对世界的准确评判。有人戏言"自大为臭（chòu）"。"自大"还不是完全的"臭"，可是与"臭"只差"一点"了。"臭"是指恶秽之气，"自大"的人易狂妄，野心勃勃、目空一切，欲征服、欲改变，对秩序是一种危险的存在，对人群是扰攘的分子，人都避而远之，这"自大"之人，实在是有恶秽之实。"大"首先是一种形貌，在别人的眼中呈现，而不是自我感觉有多大。不自大的人总是尊重并仰慕世界和别人，这种低的姿态是谦卑、谦恭，它恰如深谷，"水深波浪静，人贵声音低"，不自大的人"虚怀若谷"，收获会越来越多，就像一个常常清空自己的器皿，永远往里面装东西。而"自大"的人呢，已经是"最大、最好、最美"了，世界都装不下他，他都要溢出来了，还能装进点什么呢？

潜藏的"人"

"人"之初善于伪装。披树叶、戴草帽潜藏于林野，就成了树与草的一部分，可以躲避敌人的搜索；挖陷阱饰盖以草，诱骗猎物误认为坦途，可以凭弱力而获取强大的猎物。人在伪装中求生存，因为是曾经的弱者，要想办法来赢强者，就需要不断锻炼智慧。

人最大的伪装是把自己"消失"掉。当"人"把自己拆开，淡化甚至伪装后融入万物之间，就很难看出它的原本特征。它把自己奉献了，但是它的能量不减，就像一根灯芯，它以有用之躯吸纳四周的脂膏，燃烧出光和热，是扩大了它的能量。"人"字也是如此，它把自己隐藏在一些字符间，似乎擦掉了"人"字的痕迹，但是，它仍是那个新字的灵魂。"奉"就是这样一个字，"人"在众多的"横"中贯穿，样貌就像现代社会里一个不停爬阶梯的人。"人"的下部有"二"，说明它已经超越了两层，它身在"三"中，已经贯通了另外的三层，它已经熬得有了"出头"之日。但是，它远远没有停止的意思，再怎么奋斗，也似乎永远不能超越这些阶梯，它把自己嵌在阶梯里了。这个"奉"字就像个寓言：人的一生就是这样的攀爬，为家为国，为人为己，为亲为友，为名为利，耗尽自己。"奉"的含义是"人"双手捧着自己，把自己祭献出去。谁的一生不是为某一件事、某一段情怀而祭献自己呢？这是人的宿命，人的境界和情怀。"奉"中之"人"永远爬不出这些阶梯，掸不掉俗世欲望；若能，就是觉悟者。但更多的"人"是凡人，在无尽的欲望中跋涉，永不抵达也永不超脱。

"春"也是个藏着"人"的字。"春"字太美好了，汉字的魅力是一个简单的字后可以藏着江河湖海、大千世界。"春"的意象色彩浓烈，桃红柳绿、万紫千红；"春"的意象神韵婉转，莺歌燕舞、春光乍泄、春潮荡漾。春的美好意象中潜藏着"人"，没有"人"的春天，再美好也是极大的缺憾。"春"的构字中先是有"三"，"三生万物"天地间生机勃勃，"人"贯穿于天地人三者，它们共同组成了"春字头"。在"春"天中，"人"的怀抱里，一轮红日冉冉升起。这轮红日还没有高高悬挂在中天，不是最磅礴的时候，而是正在人双臂的呵护下渐渐升起。因此，它是朝气蓬勃的，将越来越温暖，越来越美好。

还有谁与"春"在一起不快乐吗？在万物蓬勃的春天里，连一块顽石也会有开花的冲动。"春"是一剂神药，专治颓废和萧条，人站在春天里，会超越自然的生物规律，忘记自己的衰老和年岁的烙印。

我在宣纸上写下"春"这个字，我的天地就漾满春意。我愿意是永远藏在春天里的那个"人"字，在万紫千红、莺歌燕舞交织的宏大春天圆舞曲中旋转。"人"字不藏也不行，春天是淹没一切的，春天是属于每一个生灵的，谁都跳出来了，可是谁想凸显都难。

人从众

"人""从""众"，这三个字像极了人类的发展，由少到多；"人从众"这又是一种大众心态和行为。

一个人站在当街，不知道该往哪里去，看着别人往哪里去便跟着去了。这是"从众"。"从众"有安全感，一个人藏身于大众中，不易引起瞩目，也不会成为焦点，即便是祸事掉下来，也是"天塌了，有高个子顶着"。"从众"能够最大限度得知信息，熙熙攘攘处，不绝于耳的是世界的声音，一人独处时，听见的只是自己内心的独白。一个人很难总与自己对话，庸常的人尤其不能忍受这种孤独，"从众"是人的社会性体现。

从字形结构上看，一个"人"跟着另一个"人"走就是"从"，人既然是社会性动物，就必然受社会影响，受别人影响。水跟着水走，就是水流；人跟着人学，就是潮流。

一个人在世间的行走是孤单的，于是两人相聚在一起，他们相跟着、跟从着，组成"从"。"从"中的两个人也有主次，两人站队，总有一个是打头的，他决定方向，另一个跟从、服从。两个人的世界，一个决策另一个拥护、执行，这样才是和谐的。谁都想主宰，势必争斗。"从"最易结成情侣或兄弟，两个人，必须有足够的信任才能够长久地相处下去。

当三个"人"在一起的时候就有了故事。孔子说："三人行，必有我师焉。"其实是说，三个人之中，必然有一个要高出其他两个，这个高出的人就容易成为"师"，成为领袖，成为"众"字顶上的那个"人"。三个人的时候就发生了微妙的关系，那三个人中总有两个人关系密切些，而第三个人就会被孤立。坊间常见情景：两个小孩儿在一起玩耍，不会吵架，当三个孩子在一起的时候，很快就会出现分歧，会有一个人被孤立出来。人类社会这种"三人"的情况，往往就出现了智慧上的斗争。被孤立出来的人要么甘于边缘化或者退出圈子，要么想办法把其他两个人收到自己的羽翼之下，成为一人在高处，两个人在低处抬轿的"众"字。相"从"的那两个好朋友，本来要合伙孤立第三者，反而被他们孤立出来的人给统治了。

人处弱势会更坚强，"水到绝处是风景，人到绝处是重生"。那个高处的"人"因为被孤立、被踩踏，才有了想法。为了不继续被排斥，他想到从精神上统治别人。

繁华之地，众争往之，谁能高高居"上"且"居易"？谁又破庐陋室"居不易"？无力无才亦无财者，还需"行简"复"行简"。一句戏言说：若非生活所迫，谁愿意把自己弄得一身才华？才华才是无敌将军，走到哪里都不怕，尤其不怕丢。又有戏言说：怀才就像怀孕，时间长了是藏不住的。你才华到了一定的格，气质就自然到达一定的境界，走到哪里，也是与"众"不同的。

人在何处

"人"善潜藏也会变身，既会以独立的"人"字行走和构字，显现它堂堂正正的一面，也能变为"单立人""双立人"依傍在某些事物旁边，体现它的智慧。

"信"是分量很重的汉字，字面结构是"人言成信"。人的话不可轻易出口，出口就要掷地有声，人言是金子，人以此为"信"。"说句话砸个坑，吐口唾沫是个钉。"说出去的话就是金石，落地有声，且有型有硬度。"信"是踏实的，硬朗的，有骨头的。人的信诺，可以拿命来维护。"信"字构字单一明了，就是"人的话"。"信"还是载着人言的笺，不管是桃花笺还是荷叶笺，一纸素笺，用墨用血写成，都承载了最真诚的语言和真挚的思念。

"寺"边有"人"是"侍"。"侍"是把灵魂和肉身同时交出去的"信"，是最高的"信"，即信仰。

当一个人为自己的信仰被敌人杀身，他可以慷慨激昂，因为他杀身成"仁"，为信仰而献身。

"人往高处走"，这是人类社会的规律。但人若在高处便是"耸"。"耸"字是危险的，它的"耳"字下尖细上厚重，失重状态下插在那里，却有"两个人"拥挤着在上面并立，仿佛在悬崖峭壁上，进退无路，仿佛谁多动一下就能把对方挤下去。这种状态很惊悚。人在高山上、断崖边站立是"耸立"，众多的人在耳边吵嚷是"耸听"。耳朵失败的时候，心就投降了。耳朵失败是"耳根子软"，没有自己的主张，完全被耳听之事左右，这样的"言"才是"危言"，这样的结果才是"耸听"。

"认"和"任"都有"人"字构成，但这两个"人"面目迥异。"认"是明着拾取，"任"是暗中领受。"认"和"任"虽同音，但字形差别很大，我常常以为，它们是一个变体，就像一个儿童长成少年，或者一个年轻人经历了世间的风霜，逐渐变了容颜和心性。

"认"由"言字旁"和"人"组成。"人"抱着言字旁，代表语言上折服了。要心服口服才行啊。你的心别人看不见，你的话是掷地有声的，"这事我认下了"。认下就意味着去担当。认领也得认，认错也得认。人头难顶，但是人头更难低,"低头认罪",这是对罪大恶极者的喝令。人的头颅何其高贵,它应该高于人体的一切部位,而今,他须低头,把头尽量低下去,低到脖颈以下,低到不能再低去认错。这是怎样"任人宰割"无脸见人的样子啊!"认"不是让人爽快的字,我看见它的第一眼,竟然想到的是"认命"这个词。苍茫世间,谁认得我?我又认得谁呢?当一个人苦苦挣扎,仍不能改变自己所不愿意面对的一切,累到极致,要放弃挣扎的时候说,我认命了。后来,你明白了,抗争便是成长,最后,不管"认命"和"不认命"都是长大了。年轻气盛的年纪,谁不想改变世界呢?最后,你还是被世界塑造成你所陌生的模样。向晚的霞光里,你坐在火炉边对着儿孙讲着曾经的豪迈和悲壮。假如没有抗争过,拿什么去讲呢?说一开始就认命?不能。孙儿问:后悔吗?他傲然地摇摇头。身上没有点伤疤,怎么对得起岁月?

"任"是个好字,委任、信任,是一种极大的使命与责任。每个人都担任着生活的角色,儿女、父母、师长。有时是指路的圣人,有时是助人的贵人。

喜欢"伊"字,"伊人"在古老的《诗经》里窈窕而立,"伊人"不敢轻易用,否则就亵渎了它的美好,尽管"伊"只是个第三人称代词。"伊",发音时唇微起,音韵淡淡,就像江南的一帘香风,荡漾在水波之上。"伊"是美好的,"伊"的字形看起来也像一叶带帆的扁舟。一叶兰舟在空茫的清晨,若隐若现,即将开启一段浪漫航程。单人旁是站着扯"帆"的人,"尹"字上面笔画繁多,而下面简约,就像"帆"。那叶帆张起来,那扁舟即将被它带走。"小舟从此逝",伊人远了,只剩下美好的惦念。

汉字无涯,沉潜的、漂浮的、走红的、沉寂的,"人"在何处?处处有"人","人"在处处。先人造字时,大约没有想到的是,人也能上天入地,可以洞悉传说中月宫和宇宙的秘密,那些字需要后人补上去。

原载《散文百家》2022年第6期

【作者简介】梁衡，1986 年毕业于中国人民大学。历任《内蒙古日报》记者、《光明日报》记者、国家新闻出版署副署长、《人民日报》副总编辑等。系著名新闻理论家、散文家、科普作家和政论家。主要作品有科学史章回小说《数理化通俗演义》，新闻集《没有新闻的角落》《新闻绿叶的脉络》《新闻原理思考》，政论集《继承与超越》，散文集《觅渡》《红色经典》《只求新去处》《人杰鬼雄》《树梢上的中国》《天边物语》等数十部。数十篇作品入选中学、大学课本。

Liang Heng graduated from Renmin University of China in 1986. He successively served as reporter of *Inner Mongolia Daily*, reporter of *Guangming Daily*, deputy director of the National Press and Publication Administration, Deputy editor-in-chief of *People's Daily* and so on. He is a famous news theorist, essayist, popular science writer and political commentator. Major works include the history of science of octopus novel such as *The Popular Romance of Mathematical Physics and Chemistry*, News Collection such as *No News Corner, The Context of the Green Leaves of News, Thoughts on News Principles*, political commentaries such as *Inheritance and Transcendence*, prose anthologies such as *Looking for the Ferry, Red Classics, Just for a New Place, Heroes and Ghosts, China on the Treetop, A Tale from the Horizon* and so on. Dozens of his works have been included in high school and university textbooks.

补　丁

梁　衡

　　"补丁"这个词恐怕要退出词典了。它本是指衣服破了，用一块碎布头补上。但是，现在 30 岁以下的人有谁见过补丁？又有谁还穿带补丁的衣服？

　　说起这个话题是因为一场乌龙。网上传出一张照片：当年的一个知青，脚上的球鞋补丁摞着补丁。有朋友把照片发给我，我不觉哑然失笑。这个"补丁客"就是我，但不是知青，而是大学毕业生。上世纪 60 年末有一个政策，凡大学毕业生都得先到农村去劳动一年。1968 年年底，我们几个从北京、上海来的大学生到内蒙古巴彦淖尔盟临河县报到，被安置在一个生产队劳动。吃住、干活一如知青，只是有国家发的工资，不拿队里的工分，农民乐得接受。第二年春天，我们在门前搭了一间草棚，垒了一个灶台，挑水、拾柴、做饭，过起了农家烟火的日子，还不忘在土墙上刷了一条"放眼世界"的时髦语录。那天，当地报社的一个摄影记者路过村子，意外地发现这里有几个种地的大学生，就为我们拍了几张照片。旷野衰草风沙，土房柴草泥巴，书报锄头镰把，断肠人在天涯。我们哪里是什么"知青"，是"困青"——时代潮起被困在学校不能按时毕业，毕业之后又被困在农村不能实现专业对口。五年寒窗各有所学，上知天文下知地理（我们这几个人里还真有学天文、土木、生物等专业的），现在却被困在塞外的一个沙窝子里。理想虽还未破灭，却不知将落何处，一脸天真，书生天涯。照片上最显眼的是我坐在一个小柴凳上伸出的一双脚，脚上是从北京穿来的那双帆布解放鞋，上面摞着 13 个补丁。这个数字我一辈子也忘不掉。

那个年代是短缺经济，吃饭要粮票，穿衣要布票，全民勒紧腰带过日子，穿带补丁的衣服很平常。周恩来为防两袖磨破，办公时戴上一双袖套，就像在包装台上干活的女工一样。毛泽东接见外宾时屁股后面有两个补丁，工作人员说换条裤子。他说不用，外宾又不看后面。我们的大学校长是吴玉章，资格更老，曾是毛泽东的老师。与学生合影时，他坐前排的椅子上，后排站着的同学一低头，发现吴老肩膀上有两块补丁。这都是上世纪 60 年代的事。这种困境一直持续到 80 年代初。电影明星刘晓庆出道成名，随电影代表团出访日本，却没有一件合适的衣服。在道具库里找到一条长裙，但胸前有一个破洞，就别了一枚胸花掩饰，这样也敢出国。明星达式常拍《人到中年》，背心后面有几个破洞，那不是道具设计，是他自己平时穿的衣服。这就是那个年代的正常生活。我们这些乡下学生鞋上有几个补丁算什么。我当时还有一件白衬衣，那是用日本进口的尿素化肥的袋子缝制的。生产队将空袋子五角钱一个卖给社员。但"尿素"两个字怎么也洗不掉，于是裁剪时把它们巧妙地处理在双腋下不易看见的地方。随着时代的变迁、经济的发展，不管是领袖、明星，还是平民，他们的补丁都没入了历史的烟尘。衣不为暖而为美，走马灯似的换着花样穿，不再因破而补，而是因时而弃，许多完好的衣鞋都成了垃圾。

衣可弃，习难改。我常碰到的一个难题是，一双袜子，别的地方还好好的，只是脚后跟上张开一个大洞。用之不能，弃之可惜。早几年的尼龙袜时代，有一种补袜的胶水，可解此难题，这几年也不见了。一天在购物网站上忽发现"补丁"二字，如他乡遇故知，乐从心底生。网上有各种补丁，颜色、布料、款式任选，还自带胶水，一贴即可。我大喜，即下单购得几款。几日后到货，才知道此补丁不是彼补丁，而是专往新牛仔衣裤上贴的小装饰。我这个"祥林嫂"，只知道补丁是补衣服的，不知道补丁还会耀武扬威地骑在衣服上，而且能变脸。就如过去戴口罩是一色的白，现在有红，有黑，还有卡通，甚至国旗都印了上去。我收到的变脸补丁自然不能解我的补袜难题。

袜子没有补成，"补丁"二字倒由实际问题升华成一个哲学问题，终日萦绕在我的脑子里，抹之不去。这世上的事是缺而后补，还是不缺也补？补是为了填洞找平，还是为平地上起楼？本来，"补"者，补缺、补漏之谓也，有弥补、挽救之意。物因残而补，衣因洞而补，牙因缺而补，实在万不得已才去补。凡补过的东西总归不如原装原配的好。但再一想，也不一定，"补"者，又有补给、补充、添加、增强之意。补过的东西其强度和外观也有反超原物的，如胶粘的木板、焊接的金属，若去做破坏实验，先断裂的并不是补焊之处。掺了新元素的合金，也强过原来的单一金属。现在连人的脸也可以修补了，补后的面容更漂亮，以至于整形美容成了一种风尚、一门产业。莎士比亚说，生还是死，这是一个问题；补还是不补，也成了一个我想不透的新课题。

　　再说我们这一批大学生，后来自然都离开了农村，但那是每人都打过补丁之后的事了。或者考研，或者入乡随俗，重学一门本事，反正必须重打补丁。别的不说，只外语这个补丁就有天来大，补得你喘不过气。那个时代，我们从中学到大学学的都是俄语，而要考研就得从头学英语。人近三十了重新投一次胎，要用多少吃奶的力？不像是补一双鞋、一件衣，人打补丁是很痛苦的。我没有做过整容，想来一定很痛。但我见过钉马掌，要用钉子生生地在马蹄上钉一块生铁，那马也得忍着。不要小看这块铁补丁，肉蹄变铁蹄，踏遍千里烟尘绝，大大地提高了军力（当然还有生产力），历史学家说蒙古人就是靠此横扫欧亚而造就了一个超大帝国。

　　"困青"们当时也找到了一块铁补丁——考研。何以解忧，唯有杜康；何以解困，唯有考研！当然，考前你得先上一个"学前班"，吃风裹沙，挑水劈柴，烟熏火燎，脱胎换骨，从城里人变成一个乡下人。然后再从低谷开始一一补起。果然，经过连续地补丁摞补丁，置之死地而后生，还真有人成名成才了。与我们一起在风沙中点瓜种豆、躬耕于陇亩的一名弱女生，三补两补，居然成了一位知名的天文学家，去摘星追月、躬耕宇宙了。只可惜当初忘了说一句"苟富贵，勿相忘"。我们这几个"困青"，也都一个一个逃出了困境。

　　有一次，在北京的一个饭局上，不知怎么说到吃羊肉，正在兴头上。在座有一位西服领带、担任国家外汇管理部门领导的当年的"困青"——你就看看这身装扮听听这职务，足够洋气的吧。他说，你们信不信，现在给我一只羊、一把刀，我可以20分钟之内让你们吃到新鲜羊肉。这真是"庖丁宰羊"，大家为之一愣，摇头不信。但是我信，我知道他再"洋"也有一条深扎于黄土中的根，也是在那个年代打过补丁的"困青"。只是当时我在农区种地，他在牧区放羊。现在我们都已成古稀之人了，白头"困青"在，谈笑说补丁。

　　再回看那张照片，如烟如尘，恍如隔世。那位给我们照相的记者名叫李青文，想来也已 80 多岁了，不知天涯何处。感谢他为我们留下了难忘岁月的一痕，也愿他能看到这篇短文。

看来，生活乃至生命总是在不停地打着补丁。当然，最好一开始就能有一种正常的状态，尽量不要人为地破坏而后再去打补丁。但是，又有几人能一生顺遂呢？岁月蹉跎命多舛，人生谁能无补丁。

原载 2022 年 7 月 22 日《光明日报》

【作者简介】陆春祥，笔名陆布衣等，中国作协散文委员会委员，中国散文学会副会长，浙江省作协副主席，浙江省散文学会会长。已出版散文随笔集《病了的字母》《字字锦》《乐腔》《笔记的笔记》《连山》《袖中锦》《九万里风》《天地放翁——陆游传》等30多部作品。作品入选几十种选刊，曾获鲁迅文学奖、北京文学奖、上海市优秀文学作品奖、浙江优秀文学作品奖、中国报纸副刊作品奖、报人散文奖等奖项。

Lu Chunxiang, pen name Lu Buyi, is a member of the Prose Committee of China Writers Association, vice president of Chinese Institute of Prose, vice president of Zhejiang Writers Association, and president of Zhejiang Institute of Prose. He has published more than 30 works of prose and essays, such as *Sick Letters, Words like Brocade, Music Tune, Notes of Notes, Lianshan, Sleeve Brocade, Ninety thousand Li Wind, Biography of Lu You*. His works have been selected into dozens of journals, and he has won the Lu Xun Literature Award, Beijing Literature Award, Shanghai Excellent Literary Works Award, Zhejiang Excellent Literary Works Award, Chinese Newspaper Supplement Works Award, Newspaper prose Award and other awards.

咏而归

陆春祥

公元前479年4月11日，曲阜城春寒料峭，城北的洙水河边的柳叶，齐齐垂下了脑袋，它们在为一位哲人哀悼。这一天，孔子去世。

孔子去了，孔子的故事正式开始。

司马迁说：余读孔氏书，想见其为人。

朱熹说：夫子教人，零零星星，说来说去，合来合去，合成一个大物事。

朱熹又说：天不生仲尼，万古如长夜。

孔门课堂，不限于狭窄的陋室中，更多是在室外广阔的天地间，水边，田间，地头，甚至在流浪被困的途中。孔老师走到哪儿，教到哪儿。

孔子的智慧是什么？是仁，是爱，是有教无类，是适时与中庸。大丈夫处世，立德，立功，立言。简言之，孔子所有的智慧，都在他与学生零零散散的言谈中。或许，正是他政治上的不得意，才有了弟子三千，才有了《论语》。

王阳明的心学课堂上，学生这样问他：孔子的"思无邪"一语，为什么能概括《诗经》三百篇的意思呢？

王阳明答：何止《诗经》三百篇，整个儒家的六经，用这一句话也可以全部概括的，甚至古往今来的一切圣贤的言论，一句"思无邪"统统可以囊括。除此之外还有什么可说的？这是一了百当的功夫。

灵魂深处去掉私字，才能有无限的崇高。

一

我经常带着两周岁的孙女瑞瑞，坐在运河边的石礅上，一边看飞鸟，一边看来来往往的行船，有一句没一句地教她读诗。她已经会背几十首唐诗，我知道是有口无心，但对记忆力的训练、阅读习惯的养成，一定有益。

上一周开始，我教她读《诗经》，第一首便是《鹿鸣》，我喜欢那种"我有嘉宾，鼓瑟吹笙"的欢乐场景。

瑞瑞也喜欢，看视频中小哥哥小姐姐穿着古装朗诵，第一段慢，然后重回第一段，快速朗读三段，再重复第一段，结句"人之好我，示我周行"重复三回，童声整齐而铿锵有力。

《鹿鸣》念完，瑞瑞问：什么是"周行"？她常常会对最后一句发问。我说就是我们家门前那条丽水路，她每天早晨七点半，准时从她家的远洋公馆到我们左岸花园"上班"，她知道这条路叫丽水路。"周行"就是大道嘛，古人待朋友真诚呀，朋友喝醉了酒，他们热情地指点回家的大路。"呦呦鹿鸣，食野之蒿。"我对瑞瑞说：你和奶奶明天上午去菜场买蒿菜，晚上我们吃蒿菜！

我的计划是，《鹿鸣》学完，再学《关雎》，让她深刻领会自己是"窈窕淑女"，女孩子嘛，从小就要优雅（她一哭，我就嘲笑她不优雅，她会立即止住）；再学《硕鼠》，她喜欢狗，讨厌鼠，不过，她还没真正看见过老鼠，尤其是大老鼠；再学《七月》，只要开头两段就可以了，马上就要进入七月酷暑。她自然不能体会先民们的真情，不过，瑞瑞歪着脑袋念诗，一脸的纯真，甚是可爱。

幼童尚未开化之时，一切皆思无邪。

思无邪和为政有关系吗？当然有了，这就是：真心真情对待一切事物，包括天地间的草木虫鱼鸟兽。

二

子曰：知者乐水，仁者乐山。知者动，仁者静。知者乐，仁者寿。聪明的人喜欢水，仁爱的人喜欢山。为什么呢？流水静移而动，遇山转弯，遇石溢之，过凹满之，从不与对手拼争，但发起脾气来也面目可怖；山厚重博大，幕天席地，明月入怀，草木虫鸟兽，一切皆容，且千万年屹立，活得久长。

水是大地的女儿，山是大地的儿子，乐水，乐山，皆好。

相较而言，孔老师更在意仁者。其实，仁者包括了知者，知者往前走就是仁者。那么，仁者也乐水，更乐山，包容万物，恢廓大度，能动，也能静，能乐，还能寿。

中国传统文化中，山水皆有神性，是知者与仁者的精神栖息地，不，应该是生命最终的栖息地。

孔老师也有休闲活动，比如钓鱼，比如打猎。

子钓而不纲，弋不射宿。钓和弋，很普通的古代男子休闲活动，但孔老师只钓鱼，不用网绳捕；孔老师射鸟，不射在巢中休息的鸟。满满的仁爱之心，洋溢在生活的细节中。

两千五百年前的中国大地，南北生态均佳，鱼与鸟，应该都比人多，多得多，适当的围猎，有助于生态平衡，但密网不能用，巢中休息或哺育的鸟绝对不碰。有人统计，《诗经》中歌咏到的植物有一百五十多种，动物也有一百余种。这还只是有文字记录的部分。

现在的大江大河大海一般都禁渔，鱼类产卵生殖期，每年三个月让它们休养生息。长江索性十年禁渔。即便捕捞期，对渔网的大小都有规定，网眼太小了，大小鱼被一网打尽，断子绝孙，是违法的。

我写作时，麻雀们偶尔会飞来我窗前，略站一会儿就扑地走了。看着它们小小的背影，我慨叹，全民打麻雀都过去几十年了，它们还这么胆小！

三

孔老师如何看待自己的才能？他低调，他谦虚，但才不为所用，有时也干着急。

有相当商业头脑的子贡问老师：假如我这里有一块美玉，我是将它藏在柜子里呢，还是找一个识货的商人将它卖掉呢？

孔老师答：卖了吧，卖了吧，我就是在等好的商人呀！孔老师一点也不否认自己的价值，他在等，卖个好价，以利天下百姓。

不少著名人才都想将自己卖个好价钱。好价钱，就是理想的施才舞台。如果卖不出，不是人才的损失，是买方的损失，卖家遂将自己的宝贝藏起来，找一个能安放自己的好地方隐居。刘秀一脸诚恳地对庄光（死后因避汉明帝刘庄讳被改为严光）说：兄弟，好同学，老哥哥，卖吗？庄光笑笑说：不卖。再高的价也不卖！然后一头扎进鄮乡富春江边的富春山脚隐居起来，彼处林青水碧天阔鸟多鱼多。否则，东汉光武朝只会多一个什么大夫，而不会有今天的高士严子陵。

子在川上曰：逝者如斯夫，不舍昼夜。

孔老师站在什么河边？我推测是他家乡的泗河。

孔老师到过黄河边，经过不知名的渡口，在桥上看过飞溅的大瀑布，但家乡的泗水边，是他去得最多的地方。

明朝《孔子圣迹图》中，有一幅"步游洙泗"，其文说：鲁城东北有洙泗二水，夫子立教，与弟子游其上，步一步，颜子亦步一步，趋一趋，颜子亦趋一趋。

孔老师运用情景教学。春暖花开，春光无限，他带着学生，到泗水岸边，一边散步，一边讲课。他慢慢走，学生也慢慢走；他快步走，学生也跟着快步走。边走边说，就如朋友间的聊天，随意不拘束，氛围极好：时光过得真快呀，它就如眼前这水流，白天黑夜都不休息。

孔老师，您为什么经常看东流之水呢？不，应该是每见水必看，子贡很好奇。孔老师给他讲了个中的道理：水养育万物而自己没有所求；水往低处流，曲曲弯弯，而且遵循一定的规律；它奔流不息，没有穷尽；它奔赴百丈深谷也不怕；它倒入量器、注满量器时都很平稳；它柔弱细小却无微不至；从东方发源一直向前流；各种东西进入水中都能净化。德、义、道、勇、法、正、察、志、善，水有这么多的德行，所以，君子看见大水就一定要观赏它们。而且，老聃老师说过，上善若水嘛。人就应该像水一样，滋润万物，但不与万物争高下。

王阳明的课堂上，学生问他：《论语》中的"逝者如斯"，这句话是说自己心性本体活泼泼的吗？

王阳明答：是这样的。我们必须时刻用致良知的功夫，才能活泼起来，方能像川流不息的江水一般。如果有片刻的间断，就和天地的生机活泼不相似了。这是做学问的关键。圣人也这样。

四

暮春三月，舞雩台下，云高天蓝，沂水静流，草长莺飞，孔老师的课外讨论开场了。这一堂水边课的重点是各人谈谈志向。

听完子路、冉求、公西华的志向，孔老师一直没有发表意见。

他又问旁边的曾皙：点呀，你也来谈谈志向吧。

听到老师的吩咐，曾皙弹完最后一个音，将瑟在草地上轻轻放下，站起来回答：老师啊，我与他们三位同学的志向有点不同。

老师问：有什么不同呢？只不过各人说说自己的志向罢了。

曾皙拍了拍衣袖，掸掉了一只爬在上面的长脚黑蚁，说道：暮春者，春服既成，冠者五六人，童子六七人，浴乎沂，风乎舞雩，咏而归。说完，他朝前方的沂河指了指，特地做了一个狗爬的游泳动作。

孔老师听后，长长地赞叹了一声：我非常欣赏曾皙的志向呀！

孔老师笑子路不谦让，治国首先要礼，他缺少这一点；冉求以为地方小了就好治理，这是误解；公西华过于谦虚，他那样的人才，只做个小司仪，那谁还能做大司仪呢？

孔老师对曾皙的志向大加赞赏，因此，曾皙反而成了这一场讨论的主角，讨论前，他可是默默坐在边上弹琴的。不过，曾皙还是不太理解，自己是真没理想啊，不过是想在合适的季节做合适的事情，随遇而安。

对子路、冉求、公西华的志向，孔子也并未批判与否定，只是指出他们略有不足。而曾皙逆向思维，不说大志向，只说潇洒自在的意趣。这种意趣，正好给严肃志向吹去了别样的春风。为人处世，虽然一切都要讲礼、行仁，但孔老师也是包容的，也欣赏自由的思想。

浙江吴兴人陆澄，王阳明的得意弟子，他对老师的语录所记十分详细。

某天，陆澄就此著名言志现场问王老师：孔子弟子谈志向，子路、冉求想从政，公西华想从事礼乐，多少都还有点实际价值，曾皙所说像是玩，孔子却很赞赏他，老师，这是为什么呢？

王阳明答：其他三人的志向都有些主观、绝对，有了倾向，就会偏执于某一个方面，而曾皙的志向却没有这种倾向，顺其自然行事。其他三人都是孔子所说的具有某种才能的人，而曾皙却是孔子所说的通才。不过，其他三人也各有突出的才能，不是只会空谈而无实际本领，所以孔子都称赞他们。

孔老师被曾皙的"咏而归"迷倒了，我们都被曾皙不一般的志向迷倒了。

按仁与礼的规则行事，内心充实，不去损害公众与社会利益，无论以何种方式生活与工作，都值得赞许。而且，能够实现"咏而归"的理想状态，从另一个角度来理解，不就是天下安宁吗？

原载 2022 年 6 月 30 日《解放日报·朝花周刊》

【作者简介】冯秋子，本名冯德华。女，内蒙古人，著名散文家、艺术家。大学毕业后长期供职于中国作协，历任作家出版社编辑、《文艺报》副刊部主任、《诗刊》副主编等。出版散文集《太阳升起来》《寸肠柔断》《生长的和埋藏的》《冻土的家园》《时间的颜色》。曾获《人民文学》优秀散文奖、老舍散文奖、三毛散文奖、丰子恺散文奖等奖项。代表作《我跳舞，因为我悲伤》在文坛广有影响。

Feng Qiuzi, real name Feng Dehua. Female, living in Inner Mongolia. She is famous essayist and artist. After graduation from university, she worked for the China Writers Association for a long time, successively served as the editor of Writers Publishing House, the director of the supplement department of *Journal of Literary and Art*, and the deputy editor of *Poetry Journal*. She has published collections of essays titled *The Sun Rises, Inch Intestines Are Broken, Growing and Buried, Home of the Frozen Soil* and *The Color of Time*. She has won the Excellent Prose Award by *People's Literature,* Lao She Prose Award, San Mao Prose Award, Feng Zikai Prose Award and other awards. Her masterpiece, *I Dance Because I Am Sad,* is widely influential in the literary world.

鸿雁长飞

冯秋子

早前，看过多遍《搭错车》。这部影片，差不多植入了记忆。

那首《酒干倘卖无》的歌子，似乎只有苏芮唱才是正唱。一首歌，和片中人、和歌者，那样契合，甘苦、冷暖、长短尽然，也是天人合一的创造。而《鸿雁》，一支三百年来流传于北方高原的敬酒歌，能犀利地穿越时间和人的生命，使歌者与倾听者的灵魂，在那一时间执着地向前、向上升耀，自觉丢弃沉疴于心的恼恨和萎靡，虔诚地敬畏有尊严地活着之信念。

在内蒙古出生、长大，酒就在周边，我经见过街巷里东倒西歪喝了酒的人。也听过、见过寒冬冻死在雪地里的醉酒者。听长兄讲起，几个人开一辆大卡车北上锡林郭勒盟选购旧历年节食用的羊，因远行前所加汽油被贪念者掺杂水分，未能抵达目的地，搁浅雪野。冰雪夜，天高地远，万般无奈。他们烧尽随身携带的大小物件取暖，喝光车上带的酒御寒，最后不得已卸下汽车轱辘点燃，黑色胶油和雪水凝结成灼眼的冰丘，裹着他们硬邦邦的遗体和那辆趴伏的解放牌嶙峋残车。

类似的受困灾难，曾时有耳闻。

冬季，天寒地冻，零下二三十度，甚至更低，酒有多好，可想而知。

我在北京，气候温暖得多，还是有意无意攒下几个不锈钢或者锡制小酒具，想着需要时盛了酒揣在身上。当然，主要还是喜欢那些精致的制造。

我母亲说，上世纪 50 年代初，父亲工资相对高些，每月拿到工资，便邀法院他的同事们改善一次伙食，在全旗那家国营饭馆请大家"敞开吃"。自然有酒。那时候的白酒通常高达六十大几七十多度。母亲说，有一次父亲与同事聚餐后到家，意犹未尽，说笑间，借着酒力，左脚起、右脚出（母亲讲父亲喝了酒爱说笑），一个爆竹二踢脚，把报纸糊的四米五六高的顶棚弹开一个大洞，母亲第二天桌子摞凳子，晃晃悠悠站上去糊顶棚那个洞口。这个段落，母亲什么时候说起什么时候笑。父亲军人出身，从南下的部队转业支援地方，再从落脚的城市申请来到边远的北疆，这个他选择并热爱的半农半牧旗。这是父亲难得因酒而有兴致的一回玩闹。

饭桌上，有时朋友会说，内蒙古人不喝酒哪儿能呢。是啊，鸿雁长飞，酒的确长在。可我还是很少饮用白酒，盛情难却时，也尽量少饮。品赏白酒，我喜欢稍慢些节奏，饮酒过程，天长地方，安和慈明，不失为享受。迅猛的饮法，有过，稀少，基本是在被打动或想要替再喝不了酒的朋友喝下的时候。在我，不想喝的话，一滴酒也可能会晕、会难受。大部分时候，喝与没喝，神心放松，与朋友在一起，彼此分享着欣悦，内心宁静而美好。

酒分品级，好酒与普通的酒，带动着每个人的愿景、情境，或集心约力，推动着情绪，在高度的和谐中，默契地交流、体会、理解，相互启发，诚实促动，甚至精神的开示也会悄然生发；或安静地默守着现状，于朴直、简易的可能性里，惺惺相勉、相惜。当然流淌的酒水中，偶尔也难免有虚妄之感……杯中滋味，简洁有，复杂也有。但是，多好的酒，与朋友分享，再普通的酒，是倾其所能，即便只可佐以一碟花生，幸福的感受可能长之久远，如大雁的长飞。听过朋友讲，哪年的哪一回，在我当初居住的筒子楼烤着火炉席地毯围坐的聚会，吃我烧制的牛肉、做的沙拉，喝我自酿的陈年果酒，品尝以自制的陈年果酒调制的奶酒，是此生最美好的记忆。同样，他们也留给我长久珍视的美好。

有时聚会，因酒实在金贵，我有点舍不得去喝。看朋友们兴致劲好，能再多一些快乐，快乐更持久一些，比我喝酒更让我欢喜。是这样。好东西在兹，尽情分享朋友的快乐，感觉更幸福。其实天性中，我比较享受好的物品、好的制作、好的饮食。假若条件有限，很愿意尝试做点什么，再不济，想方设法制作一点东西出来，让美好的感觉陪伴自己度过须要面对的那段时间。比如现作鲜果、啤酒、雪碧和柠檬的饮料，为之我备着好几个好看的可盛这类鲜饮的器具。曾经，在没有多少钱买饼干和点心的时候，动手制作镶嵌花生粒或核桃粒的饼干和点心给小孩吃。那些漫长的年月，市面上见不到、买不到好看的宽幅窗帘、床单布料，我买回窄幅的白布拼接，小针密线绣出百看不厌的窗帘、床单和枕套。天空阴晴圆缺，地面处，个人的日子一脚一个印子走就是。鸿雁长飞，喜悦和念想长在。我母亲爱讲前面这句。劳动中，确实感受到许多结实、安宁的美好，是那些美好，鼓励自己支撑起生命的枝蔓，为不断经风历雨的主干滋养出更多勇气和信心。

我保存了不算少的自酿陈酒，置于房间不同地方的酒器不下六十件，不包括原装的干红一类，指自酿的二十斤装、十五斤装、十斤装、五斤装、三四斤装的酒坛酒罐酒瓶。有时候和朋友聚会，不是特别正式的话，我会带去一两种，时间来得及，再调制一两种奶酒带上。文学界有几位女友，若有机会在北京见面，开会或者是其他机会，我会为她们带一些自酿的果酒，晚间个人的时间，我们见面品酒、叙谈。上年底的第十次全国作代会，因防疫，省、自治区、直辖市代表团一簇一簇分住四个饭店，事先懵懂，我带的自酿酒只能与我住同一饭店的两位朋友分享了。平时，只在想起来的时候小饮一杯。我制作的橄榄酒，色泽、味道，至尊至幻。而想念奶酒时，调制一瓶，享用一小杯，那一瓶存入冰箱。有过一段时间，饮用自调的朗姆酒为基础酒，附以花盆里栽种的薄荷叶（冬季用收获的干薄荷叶片），再加其他一些材料调出的鸡尾酒，它魅力无穷。

十五六年前，我买到可以盛下三四十斤葡萄酒的一口瓷缸，一直等待机缘，做一缸红酒。我在南疆牧民家里喝过的家酿红葡萄酒美妙滋味挥之不去。我的房子小，没处放置这口不大不小的瓷缸，只好置于窄窄的厨房过道，我绕着葡萄酒缸在厨房做活，来回来去十五六年，无悔无怨过，直至去年下半年所居塔楼旧楼改造，工人进屋干活时间长，腾出空间成为不得不面对的解决办法，我只好忍痛移出酿成的红葡萄酒，让这只酒缸，和醇香的红酒，一起离开。

十多年前，一位诗人朋友割爱把珍藏的一册制酒古法的书与我。它立在书柜宝贵的地方。

我小孩工作以后，有一天回来，带了一些酒气，他说和同学聚会，喝了不少白酒。我知道，以家族的遗传，小孩的酒量不会多差。可是，酒之于人来讲，有节度是重要的。是时候跟他讲一些话了。我说，开车，不要喝酒，你要对我承诺。巴顿承诺。你不希望妈妈做的，对吗？他说，是。永远不要。我说，妈妈也向你承诺，不会那样。还有，我说，喝醉酒，让人难过。偶尔，可能出现意外的情况，比如喝醉酒的人失态，其他人对其无可若何。喝醉酒的人脆弱地在那里挥霍，撕裂自己，肢解自己，没有节制地放任自流，在正常人群里，非正常地行使不能自己的行为……那种情景，妈妈经见过，不忍再睹。那种心痛，深远无垠。而实际上，一个人不承担自己，别人无论如何也不能代替他去承担他自己。喝酒的人有形状，对酒才算是尊重的。尊重酒，始终如长。孩子和酒的关系，身为家长，能说的就是这。

每个人生命可以伸展的空间十分有限。我愿意动手去做，迈步去探究一些路径。我能做的，自己深知少而又少。对材料，是敏感一些。曾用收留的不同纸质、色彩的材料，制作过一些想象中的画。每天，我能看到书架前面、下面……可能置放的地方，大大小小有六十余种悄默声息坐卧的酒筒酒坛酒瓶，许多瓶子荧透着纯美的色泽，还有油画、水粉、水彩画幅和各类速写。

这个家里，除了书，写字桌，还有画架和酒。

原载 2022 年 3 月 16 日《中华读书报》

主持人：**李少君**

李少君，诗人、文学批评家，《诗刊》主编。

Li Shaojun, poet, literary critic, editor-in-chief of *Poetry Journal*.

诗
歌

推荐语

2022 年 8 月 1 日，中国作家协会"新时代山乡巨变创作计划"启动仪式在湖南益阳清溪村举办，清溪村是作家周立波六十多年前扎根多年创作出家喻户晓的长篇经典《山乡巨变》的地方，文学界誉之为"深入生活扎根人民"的生动实践典范。中国作家协会在这里举办活动，既是表达对周立波的致敬，同时也是开启"新时代文学"的一个隆重仪式。当代中国，江山壮丽，人民豪迈，前程远大。波澜壮阔的新山乡巨变正在发生，从"脱贫攻坚"到"乡村振兴"，从"乡村文化"到"乡村精神"，乡土文学和诗歌再一次吸引了人们的注意力。

乡土是一个古老而深沉的主题，每当我们将目光重新投向乡土，都会心情复杂、百感交集。近年，随着大型城市不断面临新的挑战，不时有回流乡土的现象，这也让人思索现代性的意义和问题。湖南历来是乡土文学的重镇，沈从文、叶紫等开拓在先，周立波的《山乡巨变》、韩少功的《马桥词典》等都是当代文学的杰作。在先锋派流行的上世纪八十年代，乡土诗歌曾为湖南文学乃至当代诗坛留下过浓墨重彩的一笔，如今，人们再次聚焦乡土，回望乡土，湖南诗人率先响应，集结出发，踏上乡土诗歌新征程。

这里所选的都是湖南诗人的乡土诗歌，题材涵盖广阔，内容丰富，风格多样，既有亲情的歌咏，也有对土地和自然的深爱，还有对时代的感悟和抒情；既有深沉的抒情诗，也有细腻的叙事技巧的铺展。由湖南乡土诗歌，也可以窥见新时代乡土诗歌的方方面面。

上世纪八十年代以后，整个世界文学，包括中国文学，一度流行所谓的解构主义思潮，就是对宏大叙事逐渐远离，甚至完全回避，满足于表达个人的小情小感，满足于中产阶层的琐屑生活状况，导致所谓个人化最终碎片化一地鸡毛。新时代的文学，再一次投向天下意识、家国情怀，当然背后有世界之变、时代之变、中国之变的根本原因，但也有新时代呼唤广大作家诗人主动抒写人民奋斗之志、创造之力的变革要求，而这一切，首先要从重新认识真正的乡土开始。这里所选的诗歌，就堪称当代乡土的一个小小缩影。

【作者简介】梁尔源，本名梁尔元，湖南省涟源市三甲乡人，中国作协会员，中国诗歌学会副会长，湖南省诗歌学会创始会长。参加《诗刊》社第七届青春回眸。出版诗集《浣洗月亮》《镜中白马》《蝶变》。《镜中白马》入选中国好诗第五季，被《诗刊》、中国诗歌网授予 2019—2020 年度十佳诗集奖。获 2020 年《诗刊》全国征文奖。中诗网评为 2021 年度十大诗人。2022 年获国际华文诗歌奖。

Liang Eryuan, born in Sanjia Township, Lianyuan City, Hunan Province, member of China Writers Association, vice president of Poetry Institute of China, founding president of Poetry Institute of Hunan. He articipated in the 7th Youth Review of Poetry Magazine. He published poems *Washing the Moon, White Horse in the Mirror*, Butterfly Transform. White Horse in the Mirror was selected for the 5th season of Chinese Good Poetry, and was awarded the Top 10 Poems of 2019 and 2020 by Poetry Periodical and Chinese Poetry Network. He won the award of the Most Powerful Poet in the Century of Chinese New Poetry, National Essay Award of Poetry Periodical in 2020, top 10 Poets in 2021 by Chinese Poetry Network, Chinese Poetry Prize in 2022.

老木匠

梁尔源

他挥斧削去的树皮

又在他的脸上长出来

尺寸量得精准，式样打得方正

活计都讲真材实料

一辈子榫是榫，卯是卯

他打的花床，让几代人都睡出好梦

他造的门窗，总含有桃红柳绿

他切出的棺木

却很难让人寿终正寝

每逢村里建新屋

都请他上大梁

爬上山墙瞄眼放线

上梁放正了，日子一久

下梁总有几根歪斜

他是鲁班的化身

没人敢在他面前抢大斧

一根根大树在他手下夭折

但一片片森林在他心中疯长

他用斧子没能削去贫穷，削去破败

却削去了年轻人的痴心妄想

他用墨斗弹出的村庄

因为老旧，而让人珍藏

他用凿子凿出的孔眼

因为方正，让人做事都有了规矩

原载"诗刊社"微信公众号 2022 年 7 月 28 日

【作者简介】胡丘陵，湖南衡南人。中国作家协会会员，湖南省作家协会副主席。著有长诗《2001年，9月11日》《长征》《2008，汶川大地震》《戴着口罩的武汉》《诗志：1921—2021》等。诗歌《沈园》获"沈园杯"首届全国青年爱情诗大赛一等奖，长诗《2008，汶川大地震》获第四届毛泽东文学奖，《胡丘陵长诗选》获首届湖南省文学艺术奖。长诗《戴着口罩的武汉》获第五届中国长诗奖成就奖。

Hu Qiuling, from Hengnan, Hunan Province. Member of China Writers Association, vice chairman of Hunan Writers Association. He has written long poems such as *September 11, 2001, The Long March, Wenchuan Earthquake, 2008, Wuhan Wearing a Mask* and *Poetry: 1921-2021*. His poetry *Shenyuan* won the first prize of the First "Shenyuan Cup" National Youth Love Poetry Competition, long poem *Wenchuan Earthquake, 2008* won the 4th Mao Zedong Literature Award, book *Hu Qiuling's Selected Poems* won the first Hunan Provincial Literature and Art Award, long poem *Wuhan Wearing a Mask* won the Achievement Award of the 5th China Long Poem Award.

桃花源

胡丘陵

这也是一片热闹的桃树

那也是一片热闹的桃树

其实，我不想看芳草鲜美

只想听小鸟在一棵杂树上

轻轻教导

其实，我不想看落英缤纷

只想看稻穗低头守护着良田美池

默写油菜花开

金黄的声音

其实，我不想他们

设酒杀鸡，热情接待

只想安静地躺在草地

让水牛

用鼻孔的粗气

将我唤醒

原载"诗刊社"微信公众号 2022 年 7 月 28 日

【作者简介】陈惠芳，1963 年 1 月生于湖南宁乡。湖南日报高级编辑。系中国作家协会会员，新乡土诗派"三驾马车"之一。1993 年参加《诗刊》第 11 届"青春诗会"，1996 年获第 12 届湖南省青年文学奖。2018 年获第 28 届中国新闻奖一等奖。已出版诗集《重返家园》《两栖人》《九章先生》《长沙诗歌地图》。

Chen Huifang, born in Ningxiang, Hunan Province in 1963. Senior editor of Hunan Daily. He is a member of China Writers Association and one of the "troika" of new local poetry. In 1993, he participated in the 11th Youth Poetry Festival of *Poetry Periodical* and won the 12th Hunan Youth Literature Prize in 1996. In 2018, he won the first prize of the 28th China Journalism Award. He has published poems *Returning Home, Amphibian Man, Mr. Jiuzhang* and *Changsha Poetry Map*.

扎 根

陈惠芳

根在，故乡枝繁叶茂。
穿越《暴风骤雨》，
操着一口巴酽的益阳口音，
周立波回来了，大作家回来了。

那年那月，这位从北到南，
倾听大地心跳、抚摸时代脉搏的大作家，
就是乡亲眼里的凤翔哥、凤老三。
46 岁的游子，口袋里插着钢笔和牙刷，

回到了老倌子、后生仔、堂客们和细伢子身边，
又要聊天，又要"奋啪啪"了。

清溪村有幸，清溪村有福，清溪村有喜。
写就了历史的清溪村，又被历史流传。
不是所有的人都自带光芒。
挽起裤脚，踩进泥土，
披星戴月的人，才会熠熠生辉。

乡情灌溉了才情。
时光镂刻了雕像。
周立波像一位乡村铁匠，
打造了一个时代的重器。

原载"诗刊社"微信公众号 2022 年 7 月 28 日

【作者简介】张战，女，湖南长沙人。中国作家协会会员，参加第13届（1995年）青春诗会，出版有诗集《黑色糖果屋》《陌生人》《写给人类孩子的诗》《张战的诗》。短诗《陌生人》获2016年深圳读书月"十大好诗"奖，诗集《张战的诗》获海天出版社2021年度"十大好书"奖。

Zhang Zhan, female, from Changsha, Hunan Province. She was a member of the China Writers Association and participated in the 13th Youth Poetry Festival (1995). She has published poems *Black Candy House, Strangers, Poems for Human Children* and *Poems of Zhang Zhan*. The short poem *Stranger* won the "Ten Best Poems" award of 2016 Shenzhen Reading Month, and the collection *Poems of Zhang Zhan* won the "Ten Best Books" Award of 2021 by Haitian Publishing House.

择　菜

张　战

越老，母亲越抢着做事

我总让她做

我笑吟吟站在旁边看

碗洗不干净了

从消毒柜中拿出的碗

碗沿上有时沾着碎菜叶

洗青蒜

水光光放进竹筲箕

蒜头雪白
蒜叶缝夹着泥沙

母亲洗过的菠菜
炒出来乌绿乌绿
有时，缠一丝银发

母亲年轻时择菜
我也是站在旁边看啊

那时母亲灵飞的手指
剥去细葱茎边枯叶
多少年后
我在常玉的画里看到

绿中的一抹象牙白光
那缓缓的过去时
一直一直
在我心里闪烁

原载"诗刊社"微信公众号 2022 年 7 月 29 日

【作者简介】张绍民，1997年参加《诗刊》青春诗会。2022年参加《诗刊》青春回眸诗会。在《人民文学》《诗刊》《儿童文学》《读者》《青年文摘》等刊物发表过作品。出版长篇小说《村庄疾病史》《刀王的盛宴》。原创各种体裁文学作品。著有长诗、长篇小说、长篇儿童文学等诸多作品。

Zhang Shaomin, participated in the Youth Poetry Festival of *Poetry Periodical* in 1997. In 2022, he participated in the Youth Glance Back Poetry Festival of *Poetry Periodical*. He has published his works in *People's Literature*, *Poetry Periodical*, *Children's Literature*, *Readers* and Youth Digest. He published novels *History of Village Disease* and *Feast of the Sword King*. He wrote long poems, novels, children's literature and many other works.

从前的灯光

张绍民

吹灭灯

黑暗就回了家

许多夜里

我们灭灯聊天

节约煤油

话语明亮

那天来客

深冬的黑夜

娘点亮两盏煤油灯

灯光亮出了白天

屋里堆满了光的积雪
没有好吃的
娘用灯光
招待客人

原载"诗刊社"微信公众号 2022 年 7 月 29 日

【作者简介】草树，本名唐举梁，1964 年生于湖南，1985 年毕业于湘潭大学。2012 年获第 20 届柔刚诗歌奖提名奖，2013 年获首届国际华文诗歌奖、当代新现实主义诗歌奖。2019 年获第五届栗山诗会年度批评家奖。著有《马王堆的重构》《长寿碑》《淤泥之子》等诗集五种和集《文明守夜人》《当代湖南诗人观察》两部。现为湖南师范大学文学院兼职教授。

Caoshu, whose real name is Tang Juliang, was born in December 1964 in Hunan Province and graduated from Xiangtan University in 1985. In 2012, he was nominated for the 20th Rougang Poetry Award, and in 2013, he was awarded the first International Chinese Poetry Award and Contemporary Neo-realist Poetry Award. In 2019, he won the 5th Lishan Poetry Festival Critic of the Annual Award. He is the author of five collections of poetry, including *The Reconstruction of Mawangdui, The Monument of Longevity,* and *The Son of Silt,* and two collections of poetic essays, including *The Night Watchman of Civilization* and *Observations on Contemporary Hunan Poets.* Now he is an adjunct professor at the College of Literature, Hunan Normal University.

时 光

草 树

小小石拱桥

连通小河的此岸和彼岸

过了桥，翻一个山坳

一片树林掩映的瓦顶下

外婆在烧火或切菜

正月初二我坐在父亲肩上

到达拱桥顶上时
就仿佛远远看见外婆的笑脸

来到这座久违的小桥
(去死去的外婆家
从镇上修进了水泥路)
我久久看着河水流淌
水草像丝绸般闪光

原载"诗刊社"微信公众号 2022 年 7 月 30 日

【作者简介】蒋三立，出生于湖南永州，中国作家协会会员，一级作家。1984年开始发表诗作，著有诗集《永恒的春天》《在风中朗诵》《蒋三立诗选》《岁月的尘埃》等，参加过第19届青春诗会、第8届青春回眸诗会，有作品多次获奖并入选多种诗歌选本。

Jiang Sanli, born in Yongzhou, Hunan Province, is a member of China Writers Association and a first-class writer. In 1984, he began to publish poems, authored collections of poems such as *Eternal Spring, Reciting in the Wind, Selected Poems of Jiang Sanli* and *The Dust of the Years*. He participated in the 19th Youth Poetry Festival and the 8th Youth Glance Back Poetry Festival. His works won many awards and were selected into a variety of poetry anthologies.

老　站

蒋三立

除了几截没有拆走的铁轨

一切都没有什么痕迹

站台边

几株野芦苇花，白手帕一样在风中摇曳

它送走的人哪里去了

火车开来的汽笛声哪里去了

外出打工的几个漂亮姑娘哪里去了

那个弯腰的老扳道工和摇旗的瘦个子青年哪里去了

那么多曾经等待和期盼的目光哪里去了

我不相信这个小站也会衰老
一切会这样沉寂
那些在远处飞速开动的火车
震动不了寂寥路过的心

原载"诗刊社"微信公众号 2022 年 7 月 30 日

【作者简介】李春龙，男，1976 年生，湖南邵东人。中国作家协会会员，邵东市文联主席。1992 年开始写诗，"大兴村"系列组诗结集为《我把世界分为村里与村外》《虽然大兴村也会忘记我》等。获《湘江文艺》首届双年（2019—2020）优秀作品奖、第二届湖南省文学艺术奖等。

Li Chunlong, male, born in 1976, Shaodong, Hunan Province. Member of China Writers Association, chairman of Shaodong Federation of Literary and Art Circles. He began to write poems in 1992. He created a series of poems "Daxing Village", and arrange these poems into Poetry anthologies including *I Divide the World into the Village* and *the Outside and Daxing Village will forget Me* and so on. He won the first Biennial (2019-2020) Excellent Works Award of Xiangjiang Literature and Art, the second Hunan Literature and Art Award, etc.

小路自然而然还给了小草

李春龙

小路基本上是我一天一天走出来的

从堂屋门口的鸡蛋枣树下开始走

下坡经方塘

过一线田垄

经圆塘上坡

到刘家院子外婆家

小路是到外婆家最近的一条路

一天一天

小草慢慢退到两旁

为我让路

去年外婆去世我回到村里
看见小路上站满了各种各样的小草
一阵风过
无数的小草像是在小路上奔跑
小路只剩下多年前的一个模糊印象
这样也好
小路自然而然还给了小草
我就走石板大路
只不过是多绕一绕

原载"诗刊社"微信公众号 2022 年 7 月 28 日

【作者简介】也人，本名李镇东，1982 年生于湖南衡南。中国作家协会会员，湖南省诗歌学会常务理事，《湖南诗人》主编。出版诗集《稻芒上的蛙鸣》《晴空向南》《向南而立》《乡愁向南》等 4 部。入选《诗刊》社第 38 届青春诗会。

Ye Ren, his real name is Li Zhendong, was born in Hengnan, Hunan Province in 1982. Member of China Writers Association, standing director of Poetry Institute of Hunan, chief editor of *Hunan Poets*. He has published four collections of poetry, including *Homesickness Heading South, The Frog Singing on the Rice Awn, Sunny Heading South* and *Stand Facing South*. He participated in the 38th Youth Poetry Festival by *Poetry Periodical*.

在湘南的方言里莳田

也　人

闰四月的湘南，仲夏疯长
秧苗被午夜的雷电叫醒
暴雨异常激动，横地而走
芒种的田野，都赶着插秧

鸟雀落在稻草人的肩上
悠然自得，恐惧荡然无存
连片的稻田不再人潮涌动
农耕机的马达声接踵而至

小满后，花草已湮没季节

大江小河的鱼虾肆意嬉戏
爬坡的上弦月，逐渐丰满

在湘南的方言里开始莳田
退后，成长了向前的少年
上岸遥望八方，白莲初放

原载"诗刊社"微信公众号 2022 年 7 月 28 日

【作者简介】贺予飞，女，1989 年生，湖南宁乡人，管理学博士，文学博士后，大学教师，中国作协会员，入选《诗刊》社第 37 届青春诗会，出版诗集《星星的母亲》。

He Yufei, female, born in 1989, Ningxiang, Hunan Province.She is doctor of management, post-doctor of literature, university teacher, member of China Writers Association. She was selected to the 37th Youth Poetry Festival by Poetry Periodical. He Yufei published a collection of poems *The Mother of the Stars*.

梨子寨

贺予飞

一棵梨子树进入了
它的晚年生活
从树下走过的人们
换了一代又一代

梨子树已经老得结不出梨子
但还是眷恋着人间
千年苗寨的土地，让它鼓起
向天要命的勇气
把自己三十年的寿命
改成三百年

那些最早在寨子里

吃过梨子的小孩，并没有消失

梨子树偷偷将夙愿

融进他们的血液

群鸟迁徙而来，劳作的人们

星子般地散落在山间

白云深处，一户户人家

学着梨子树的模样

扎下根来

远道的游客都一遍遍询问

梨子树是否还能长出梨子

苍茫的绿意里，已孕育

越来越多的子孙

原载"诗刊社"微信公众号 2022 年 7 月 28 日

【作者简介】廖志理，国家一级作家，湖南省诗歌学会名誉副会长，娄底市作家协会主席。1995 年出席《诗刊》社青春诗会，同年获得湖南省青年文学奖，2001 年出席全国第五次青年作家创作会议。2021 年出席《诗刊》社青春回眸诗会，同年出席中国作家协会第十次全国代表大会。曾出版《文艺湘军百家文库·诗歌方阵·廖志理卷》《曙光的微尘》《廖志理诗歌研究论集》等。

Liao Zhili, national first-class writer, honorary vice president of Poetry Institute of Hunan, chairman of Loudi Writers Association. In 1995, he attended the Youth Poetry Festival by *Poetry Periodical* and won the Hunan Youth Literature Prize in the same year. In 2001, he attended the 5th National Young Writers' Creation Conference. In 2021, he attended Youth Glance Back Poetry Festival by *Poetry Periodical* and the 10th National Congress of China Writers Association in the same year. He has published *A Hundred Library of Hunan Army of Literature and Art, Poetry Square Array, Liao Zhili Volume, The Speck of Dawn, Liao Zhili Poetry Research Collection* and so on.

秋天的边界

廖志理

跨过这道河水

就到了秋天的边界

落叶的边界

草枯树黄

冷气萧瑟

似乎

夕阳也迟缓了许多

滞留在山巅

就像我

徘徊在这城乡的边界

在青春与迟暮的流水边

远去的岁月

已无从寻觅

一丛荒芜

从心底铺向虚无

铺向高坡

这是多大的恩宠啊

就算寒意袭人

去路苍茫

上天仍然打开了

这晚霞斑斓的册页

原载"诗刊社"微信公众号 2022 年 7 月 29 日

【作者简介】刘羊，本名刘建海，湖南洞口人，上世纪 70 年代末生人，毕业于湖南师范大学中文系。著有诗集《小小的幸福》《爱的长短句》，主编《二里半诗群 30 家》《二里半诗群作品集》等诗歌选本。湖南省诗歌学会常务理事、诗歌编辑专业委员会主任。现居长沙。

Liu Yang, born Liu Jianhai in Dongkou, Hunan Province, was born in the late 1970s and graduated from the Chinese department of Hunan Normal University. He is the author of Poetry anthologies such as Little happiness, Long and Short Sentences of Love, and edited poetry anthologies such as 30 Poets from Erliban Poets Group, Sample Reels of Erliban Poets Group and so on. He is standing director of Poetry Institute of Hunan, director of Poetry Editing Committee. He lives in Changsha now.

故乡的方位

刘　羊

山里人外出都说"下"
——下宝庆，下广州，下深圳，下南洋
大伙一直是这么说的

他们有时也说"上"
上街，上梁，上门，上香，上坟
那是另一种事情

离家久了，渐渐模糊了故乡的方位
春节期间，三叔见面问一句：什么时候下去
炉边人脸颊绯红，一时竟答不上来

原载"诗刊社"微信公众号 2022 年 7 月 29 日

【作者简介】刘晓平，中国作家协会会员，中国诗歌学会理事，湖南省诗歌学会荣誉副会长、张家界国际旅游诗歌节主要创始人。现有文学著作十五部，散文入选全国新编全日制初中语文课本第二册第三课，获国家级文学奖二十余次，2019 年获第二届中国土家族文学奖，2020 年获紫荆花诗歌一等奖，2020 年获阿克苏诗歌奖。

Liu Xiaoping, member of China Writers Association, director of Poetry Institute of China, honorary vice president of Poetry Institute of Hunan, and main founder of Zhangjiajie International Tourism Poetry Festival. He has 15 literary works, and his prose have been selected into the third lesson of the second volume of the National Chinese Textbooks for full-time middle schools. He has won more than 20 national literature awards, including the Second National Tujia Literature Award in 2019, the first prize of Bauhinia Poetry in 2020, and the Aksu Poetry Award in 2020.

爬满山崖的小路

刘晓平

远村没有大路

小路爬满山崖

甲壳虫、蚂蚁常聚会

在大地留下生存的哲理

小路弯弯的长长的

是一条四季的青藤

路边的村寨

都是她蒂落成熟的瓜……

原载"诗刊社"微信公众号 2022 年 7 月 29 日

【作者简介】陈新文，湖南师范大学中文系毕业。曾在《诗刊》《星星》《诗歌报》《绿风》等报刊发表诗歌 300 余首。现为湖南文艺出版社社长、《芙蓉》杂志社社长兼主编、湖南省诗歌学会副会长、湖南省书法家协会理事。

Chen Xinwen, graduated from Hunan Normal University majoring in Chinese Literature. He has published more than 300 poems in such newspapers as *Poetry Periodical, Stars, Poetry Newspaper* and *Green Wind*. Now he is the president of Hunan Literature and Art Publishing House, the president and chief editor of *Lotus*, the vice president of Poetry Institute of Hunan and the director of Hunan Calligraphers Association.

宽背高大的椅子

陈新文

往这把宽背高大的椅子中一坐

便有一个下午甚至更长的时间

在茶杯中泡成酽酽的夜色

被我悠悠喝下去

再吐出来，模糊远远近近的人群和记忆

我怎么也想不起来

是哪些闪着威严和蔼光泽的名字

曾这样正襟危坐如我

慢慢品尝苦涩而醇厚的一生

这椅子是祖先留下的背影
苍凉而滞重。光滑的椅背
十分自然地呈半圆形展开
围成一种肃穆神秘的氛围

此刻坐在祖先背影里的是我
在窗外一片树叶代替另一片树叶的过程中
我的形象慢慢取代了父亲

原载"诗刊社"微信公众号 2022 年 7 月 29 日

【作者简介】康雪，1990 年冬天生，湖南新化人，现居长沙。有作品发表于《人民文学》《诗刊》《草堂》《星星》等。曾参加诗刊社第 34 届青春诗会，2019 年获得第二届草堂诗歌奖年度青年诗人奖，著有诗集《回到一朵苹果花上》。

Kang Xue, born in the winter of 1990, is a native of Xinhua, Hunan Province, now living in Changsha. She participated in the 34th Youth Poetry Festival, and has works published in *People's Literature, Poetry Periodical, Caotang, Stars* and so on, and wrote a collection of poems called *Back to an Apple Flower.*

水 牛

康 雪

它吃草的样子，真是温柔
它的尾巴
甩在圆圆的肚子上，也是温柔

它突然侧过头看我，犄角像两枚熄灭的
月亮，但它的眼睛
黑漆漆的，又像蓄满了水

我们短暂地对视，再低头时
它脖子上的铃铛发出
轻微的响声——

我们就这样交换了喜悦，我们将

在同一个秋天成为母亲

原载"诗刊社"微信公众号 2022 年 7 月 28 日

【作者简介】梁书正，湖南湘西人，苗族。中国作协会员。作品见《诗刊》《人民文学》《民族文学》等。获"紫金·人民文学之星"诗歌奖、中国红高粱诗歌奖。鲁迅文学院学员。出版诗集《遍地繁花》《我心满怀人世恩光》等。入选第38届青春诗会。现在乡村生活。

Liang Shuzheng, born in Xiangxi, Hunan Province, Miao nationality. He is a member of China Writers Association and a student of Lu Xun Academy of Literature. His works can be found in *Poetry Periodical, People's Literature, National Literature,* etc. He won the Zijin People's Literature Star Poetry Award and the Red Sorghum Poetry Award. He has Published collections of poems such as *Flowers Everywhere, My heart Is Full of World Grace Light.* He took part in the 38th Youth Poetry Festival. Now he live and farm in the country.

春天颂

梁书正

田野上，和一头牛在一起
父亲就有了天和地

灶屋旁，与炊烟在一起
母亲就有了日子

小路旁，牵着花朵们的手
女儿就得到了春天

稿纸上，刚要写下"春"这个字

春雨送来了墨水

阳光握着一支明亮的笔

原载"诗刊社"微信公众号 2022 年 7 月 29 日

【作者简介】叶菊如，湖南岳阳人。中国作家协会会员，岳阳市作家协会副主席，岳阳市岳阳楼区作家协会主席。著有诗集《一种寂静叫幸福》《别样心情》《湖边望》等，曾参加诗刊社第25届青春诗会，曾获首届闻捷诗歌奖、首届汨罗江文学奖现代诗求索奖和第二、第四届岳阳文学艺术奖。

Ye Juru, born in Yueyang, Hunan. Member of China Writers Association, vice chairman of Yueyang Writers Association, chairman of Yueyang Lou District Writers Association. She is the author of collections of poems *A Kind of Silence Is Called Happiness*, *A Different Mood* and *Looking at the Lake*. She has participated in the 25th Youth Poetry Festival by *Poetry Periodical* and won the first Wen Jie Poetry Award, the first Miluo River Literature Prize Modern Poetry Seeking Award and the second and fourth Yueyang Literature and Art Award.

湖边人家

叶菊如

这片水域唯一的院落，是神秘的
它用一只大黄狗
一个男主人
几缕出没无常的炊烟
阻拦我们的离去

铁山水库隐居于洞庭湖边
无人能懂的
闲寂，从男主人口中说出

依然无人能懂

绕过湖边人家，我们在雪地里

闲聊，呆望，渔船上

有一只鸬鹚展开了翅膀

也许，下一秒

能逮住一条红鲤。而雪正慢慢地飘下来

仿佛是，走捷径的书信

原载"诗刊社"微信公众号 2022 年 7 月 29 日

【作者简介】刘娜，1985 年出生，湖南邵东人，诗歌见于《诗刊》《星星》《扬子江》《诗潮》《作品》《芙蓉》等刊，收录于《2020 年中国诗歌精选》《天天诗历》等多种选本，入选诗刊社第 38 届青春诗会。

Liu Na, born in 1985, is a native of Shaodong, Hunan Province. Her poems have been published in *Poetry Periodical, Stars, Yangtze Jiang Poetry Journal, The Poetic Tide, Works, Lotus* and other periodicals, and been included in various anthologies such as *Selected Chinese Poetry in 2020, Daily Poetry Calendar.* She took part in the 38th Youth Poetry Festival by *Poetry Periodical.*

一棵枣树

刘　娜

我说的是

玉竹坪老刘家门口，池塘边那棵

如果它也会甩掉脚上的泥土

来到小区楼下空地

晚霞是否还会在树上挂红色的果子

一根竹竿搅乱绿叶中的宇宙

无数星球坠落

唇齿间，甜蜜的味道

那天我们绕着池塘不停地走

我说那里曾有过一棵枣树

执竿少年拾起一块小片石

瞟一眼那块空地

早已愈合的泥土上是零星野花

好像是有过一棵，他说

小片石擦过水面跳了几步

轻轻沉入水底

原载"诗刊社"微信公众号 2022 年 7 月 29 日

【作者简介】熊芳，女，87年生于湖南常德，青年诗人，词作者，中国作家协会会员，中国民主促进会会员。曾参加《人民文学》第五届"新浪潮"诗会，组诗见于《人民文学》《诗刊》《星星》《扬子江诗刊》《十月》《山花》《草堂》《诗选刊》《湘江文艺》《湖南文学》等，出版诗集《玫瑰的眼睛》。创作歌曲《常德谣》《有时》《百年情》等。作品入选多个年选版本，曾获第五届"人民文学·紫金之星"奖诗歌佳作奖，第十三届台湾叶红女性诗歌佳作奖，第五届、第七届常德原创文艺奖诗歌奖，第二十八届"东丽杯"鲁藜诗歌奖一等奖。

Xiong Fang, female, born in 1987 in Changde, Hunan Province, is a young poet, lyricist, member of China Writers Association and China Association for the Promotion of Democracy. She participated in the 5th "New Wave" Poetry Festival by *People's Literature*. Her poems were published in *People's Literature, Poetry Periodical, Stara, Yangtze Jiang Poetry Journal, October, Mountain Flowers, Caotang, Journal of Selected Poems, Xiangjiang Literature and Art, Hunan Literature,* etc., and collections of poems titled The Eyes of the Rose was published. She composed several songs such as *Changde Ballad, Sometimes, One Hundred Years of Love*. Her works have been selected for several years won the 5th "People's Literature • Purple and Gold Star" Award for Best Poetry, the 13th Taiwan Ye Hong Women's Poetry Award, the 5th and 7th Changde Original Literature and Art Award, first prize of the 28th "Dongli Cup" National Quinoa Poetry Award.

阳光明媚

熊　芳

春天慵懒，阳光明媚

那是神在抚摸万物

连骨头都想发芽

我想自由生长

与万物一起，交出

自己的清白

一些小孩在白云上奔跑

归来时已是游子

一些老人坐在墙角

用皱纹收藏阳光，这么多年

这么多年过去

连回忆也变得温暖

原载"诗刊社"微信公众号 2022 年 7 月 29 日

【作者简介】李杰波，常用笔名李不嫁。1966 年出生于湖南桃江，1988 年毕业于湘潭大学哲学系。从事新闻工作多年，出版有诗集《明天的早餐在哪里》等，并获首届博鳌国际诗歌奖年度诗集奖。

Li Jiebo, born in Taojiang, Hunan Province in 1966, graduated from the Department of Philosophy of Xiangtan University in 1988. He has been engaged in journalism for many years. In 2014, he began to write poems again, and most of his poems were published in We-media and paper magazines. He published collections of poems such as *Where Is Tomorrow's Breakfast*, and won the first Boao International Poetry Award Annual Poetry Collection Award.

春天是另一番景象

李杰波

从没料到油菜花开

如此惊天动地

金黄色地毯的深处

老同学一如当年风华正茂

在花间带路

摆下一桌色香味俱全的南洞庭

款待三百公里外来看花的人

我答应多喝一杯

二十五年未见

平原深处时光如洪涛

刷新一年又一年的油菜和水稻

我答应给他

也给这广阔的平原

歌颂大地所歌颂的、鞭挞大地所鞭挞的

而他只淡淡一笑，说，这不算什么

南洞庭只用它巴掌大的一块地方

就栽够了天下的油菜，就香溢了天下的厨房

原载"诗刊社"微信公众号 2022 年 7 月 30 日

【作者简介】陈群洲，1965 年出生，湖南衡山人。中国作家协会会员，中国诗歌学会理事，湖南省诗歌学会副会长，蓝墨水上游诗群发起人。作品散见于《诗刊》《中国作家》等刊及数十种诗歌年度选本。著有诗集《约等于虚构》等 8 部。曾获毛泽东文学奖、第五届张家界国际诗歌节诗歌奖、第二届杨万里全国诗歌奖、首届半岛诗刊年度诗人奖、首届诗魔方年度诗歌奖等。

Chen Qunzhou, born in 1965 in Hengshan, Hunan Province. He is member of China Writers Association, council member of Poetry Institute of China, vice president of Poetry Institute of Hunan, initiator of Blue Ink Upstream Poetry Group. His works can be found in *Poetry Periodical, Chinese Writers* and dozens of excellent poetry annual anthologies. He is the author of eight books of poetry, including *About Equal to Fiction*. He has won Mao Zedong Literature Award, the 8th Zhangjiajie International Poetry Festival Poetry Award, the 2nd Yang Wanli National Poetry Award, the first Peninsula Poetry Magazine Poet of the Year Award, the first Poetry Cube Poetry of the Year Award, etc.

每条小路都通往春天里的烟冲

陈群洲

油菜花开过的原野，就像经历爱情的
女人，明显多出几分妩媚

勤快的蜜蜂最先得到了奖赏
只有她们知道，春天为什么是甜的

枝在高处醒来。小草有蓬勃长势

冬天从来不会真正死去，大地舒展一下
它就活了过来。春天，就完成了
分娩，就在一幅油画里重生

每一条小路都通往春天里的烟冲
风从水上来，一阵一阵
柔情得有些夸张。满头红妆的茶花
多像羞涩的邻家小妹
准备出嫁

原载"诗刊社"微信公众号 2022 年 7 月 30 日

【作者简介】胡述斌，笔名凡溪，中国音乐家协会会员，中国音乐文学学会会员，湖南省诗歌学会名誉副会长，长沙市音乐文学学会会长，潇湘诗会第二代传承人。湖南新乡土诗派代表诗人之一，曾与友人创办"湖南新乡土诗派"主要阵地《诗歌导报》，任社长。出版诗集《情系古河道》《香格里拉》《南方大雪》、长篇小说《短信男女》；创作《永远的雷锋》《香格里拉》《月亮锁》《在长沙，我等你》等歌曲。

Hu Shubin, pen name Fanxi. Member of China Musicians Association, member of China Music Literature Association, honorary vice president of Poetry Institute of Hunan, president of Changsha Music Literature Association, second generation inheritor of Xiaoxiang Poetry Association. As one of the representative poets of Hunan New Vernacular Poetry School, he founded *Poetry Guide*, the main front of "Hunan New Vernacular Poetry School" with his friends and served as the president. He has published poetry collections like *Ancient River, Shangri-La, Snow in the South,* and novels like *SMS Man and Woman,* and composed songs like *Forever Lei Feng, Shangri-La, Moon Lock, I Will Wait for You in Changsha* and other songs to spread.

洞庭渔樵
——赠汤青峰

胡述斌

你从那多水之地而来

唱着资水的号子

哼着洞庭的歌谣

汹涌的波涛啊

浩渺的波涛

时时拍打着你的心堤
那如鼓的声响
让黄鹂四散
让燕雀高飞

你独自撑着乌篷船
逆流而上
长长的水路啊
何处是你的涯岸

借问酒家何处
杜甫破旧的长衫还在江阁飘摇
就在这里吧
弃舟，上岸

不要以为
杜工部有酒款待你
他也只是一个匆匆的过客
一千多年前，他赊的酒账
至今仍未还清

城市是少水的地方
是生长钢筋水泥的地方
渔网和柴刀自然应该丢弃
即使你胸中能带来八百里洞庭的湖水
也只能在钢筋的缝隙里静静流淌

好在

你终于发现了一个岸

一个杨柳依依，洒满甘露

一个值得你终身停靠的岸

洞庭的波

在你的胸中翻滚

澧水的浪

在你的心里涌动

资江的号子

在你的血脉里吼叫

吼叫

原载"诗刊社"微信公众号 2022 年 7 月 30 日

【作者简介】马迟迟，本名龙运杰，1989 年生，湖南省隆回县人，现居长沙，从事影视广告导演工作。有诗歌发表于《诗刊》《星星》《十月》《芙蓉》《扬子江》《诗歌月刊》《湖南文学》《作品》《飞天》等刊物。曾参加 2015 年第五届《中国诗歌》"新发现"诗歌营，2016 年第六届十月杂志社"十月诗会"。

Ma Chichi, named Long Yunjie, born in 1989 in Longhui County, Hunan Province, is now living in Changsha, engaged in film and television advertising director. His poems have been published in journals such as *Poetry Periodical, Stars, October, Lotus, Yangtze Jiang Poetry Journal, Poetry Monthly, Hunan Literature, Works, Fei Tian* and so on. He participated in the 5th "New Discovery" poetry Camp by *Chinese Poetry* in 2015 and the 6th "October Poetry Festival" by *October* in 2016.

楼中人
——在村口小学留影

马迟迟

他站在他学校的默片电影中

黑板荧幕上的雪花白点

微弱的电视信号源，时有时无

他听到广播磁带中放映，秋日山泉

叮咚喧响的词句，孩子们在操场上集合

那些熟透的水果在田畦和草坪中

咿呀奔跑，他们甩动的红领巾

漂白了九零年代。他读遍了

这里的每间教室，从一年级到四年级

从算术到语文，然后是美术和自然

他走过他小时候走过的教学楼梯

课堂上的校务日志，仿佛从未擦拭

他站在那儿，像是刚刚放学的值日生

他人生的第一堂课还未结束

老师们布置的考题，还未交上

正确的答卷。他回到这里

站在摄影师的取景框中，背诵那首

稚嫩的唐诗。他的小伙伴们

步入青年的河流，散落溪谷

美丽的邻桌女孩是否步入婚姻的围城

他曾在这里认知金潭原上的万物

学习花草和鸟禽的名姓，而现在

他愿回到蒙昧和无垠的乡愁

原载"诗刊社"微信公众号 2022 年 7 月 30 日

【作者简介】胡建文，笔名剑客书生，湖南新化人，现居湘西，任教于吉首大学。湖南省作家协会会员，湖南省诗歌学会常务理事，湘西州作家协会副主席，《湘西文学》执行主编。在《诗刊》《人民文学》《星星》《扬子江》《诗潮》《飞天》《诗歌月刊》《湖南文学》《诗选刊》等多家刊物发表诗歌。著有诗集《天空高远，生命苍茫》等。

Hu Jianwen, pen name Jianke Shusheng, born in Xinhua, Hunan Province. Now he lives in West Hunan and is a teaches at Jishou University. He is member of Hunan Writers Association, executive director of Poetry Institute of Hunan, vice chairman of Xiangxi Writers Association, executive editor of *Xiangxi Literature*. He has published poems in many publications, such as *Poetry Periodical, People's Literature, Stars, Yangtze Jiang Poetry Journal, The Poetic Tide, Fei Tian, Poetry Monthly, Hunan Literature,* and *Journal of Selected Poems.* He is the author of collections of poems such as *The Sky Is High and Life Is Boundless.*

来自村庄的消息

胡建文

逆风而行，一骑绝尘之后

是越来越巨大的空茫

以及空茫尽处

一滴露水洇湿的村庄

我所生活过的村庄

淡如炊烟的村庄

一声鸟鸣，便能打破由远及近的全部寂静

这种亘古的寂静
以一个禅者的沉默内涵
悄悄容纳了
千百年来整个村庄的活着与死亡

今天，我怀着村庄一样平静的心情
接受了无法拒绝的秋风的消息
老家隔壁的两个女人
相继死去
一个不算太老，一个还很年轻

原载"诗刊社"微信公众号 2022 年 7 月 30 日

【作者简介】刘阳，1991 年生于湖南衡阳，湖南省作协会员，湖南蓝墨水上游诗群成员，曾获第二届恩竹青年诗歌奖，参加 2018《中国诗歌》"新发现"诗歌营活动。作品散见于《星星》《诗江南》《西部》《诗建设》等刊物。

Liu Yang, born in Hengyang, Hunan Province in 1991, member of Hunan Writers Association, member of Hunan Blue Ink Upstream Poetry Group. He won the second Enzhu Youth Poetry Award, participated in 2018 New Discovery Poetry Camp Activities by *Chinese Poetry*. His works are scattered in publications such as *Stars*, *Poetry of Jiangnan*, *West* and *Poetry Construction*.

我的父亲，越来越像一辆拖拉机

刘　阳

西瓜要摘就摘

离根部近，且瓜藤上绒毛倒伏的

玉米则看须穗的颜色深浅即可

稻谷要嚼出阳光的味道

他本是村里数一数二的泥水匠

现在，却如一枚钉子般

锈在田间地头

对于常年漂泊在外的务工者

他种下的一颗芝麻

也可能比我更懂得孝顺

最美好的一天，仍然属于清晨

那时的太阳，尚在锻造

鸟鸣四分五裂，一茬茬新鲜的瓜果

装进箩筐。在通往集市的乡间小路上

我的父亲，越来越像一辆拖拉机

老旧，欢快，却永远不知疲倦

原载"诗刊社"微信公众号 2022 年 7 月 30 日

【作者简介】胡小白，1990 年生，瑶族，教育工作者，湖南省诗歌学会会员。现居湖南张家界。2021 年入选第 11 届十月诗会，有作品发表于《诗刊》《散文诗》《中华文学》等。

Hu Xiaobai, born in 1990. She's a Yao, an educator and a member of Poetry Institute of Hunan. Now she lives in Zhangjiajie, Hunan Province.In 2021, she was selected into the 11th October Poetry Festival.Her works have been published in *Poetry Periodical, October, Caotang, The Prose Poetry Press, Hunan Literature*, etc.

泥土会回应你

胡小白

四月的泥土很温暖

有芨芨草，诸葛花，随时准备飞翔的蒲公英

……

奔跑的生命，从这里开始

又不仅仅局限于这里

挖走的，残存的，每块泥土都恰到好处地重新团结在一起

似乎什么也没有变

大地整洁，安稳，懂得如何陪伴生进孤独里的人

不介意风来自哪里

穿过何处

面朝天空，怀着很深很深的情谊

落日感到骄傲，允许任何方式的存在

我清晰地记得，有个孩子睡在播种花生的泥土地上

直到妈妈将他完整地抱回家

原载"诗刊社"微信公众号 2022 年 7 月 30 日

【作者简介】朱弦，1997 年生，湖南衡阳人。蓝墨水上游诗群成员，湖南省作协成员，作品见于《湖南文学》《中国诗歌》《诗刊》《中国校园文学》《星星》等刊。

Zhu Xian, born in 1997, Hengyang, Hunan. She is member of Hunan Writers Association, and Blue Ink Upstream Poetry Group. Her works are scattered in *Poetry Periodical, Stars, Chinese Poetry, Hunan Literature* and so on.

春 雪

朱 弦

大雪飘飞。初降人间的

愉悦打在雨伞上

踩着吱吱的声音走路

这属于大地对天空深情的回应

深陷下去的痕迹，正如心底

某个伤口，遗留在崭新的岁月

橘黄灯光洒落一地银白

千万朵雪花赠予一个夜里归家人

我如一粒尘埃落定在窗前

折断的树枝，路边的雏菊

春日的芽瓣，都恰如其分

迈过了一年中最沉重的时刻

原载"诗刊社"微信公众号 2022 年 7 月 30 日

主持人：

曾攀，文学批评家，《南方文坛》副主编。

Zeng Pan, literary critic, deputy editor-in-chief of *Southern Culture Forum*.

评
论

推荐语

当下的文艺评论，大多将作品视为一种对象和客体，一上来便试图对其施以条分缕析的拆解阐释，很多情况下并不那么令人满意。近来读到南帆的《〈回响〉：多维的回响》，感喟于其中的深度与广度，事实上该文回应的是如何安置中外古今之"经典"的重要命题，而且南帆将东西的长篇小说《回响》这一文学文本视作媒介和方法，意欲揭示其"隐含了带动理论命题的潜力"，不得不说这是文艺评论的一种不为多见的阐释路径。

文中指出，《回响》具有类侦探小说的写作元素，但又明显打破了类型小说的模式化写作，"保持了细致入微的纹理"，以此"将人物之间或显或隐的内心角力转换为情节的演进，从而替代侦探与罪犯之间种种外在冲突产生的戏剧性"。这样的文本分析可谓鞭辟入里。不仅如此，南帆还进一步从精神分析学与社会学的角度，阐明小说的外在指向，而且还通过"自我"的生成与发散，由外在的哲学、精神分析学回到文学。可以说，南帆内外交互的思想理路，逻辑谨严，又有新的理论建树。他从 M. 福斯特的《小说面面观》、亚里士多德的《诗学》，谈到福楼拜的《一颗纯朴的心》或者鲁迅的《阿 Q 正传》，经典的文学文本与经典的理论文本之间，存在着复杂多维的互动。在此过程中，重要之处在于阐明文学的个别形象如何认识"总体性"的历史图景。论者最终指出，"《回响》从侦探小说的文类成规之中破门而出，并且迫使人们重审'爱'的名义联结起来的各种社会关系"。

南帆是当代中国著名的文艺理论家、文学评论家，理论功底自不待言，他对文本把握得亦很精准，但在我看来尤为重要的是，这样的批评方法与一般的小说评论不同，其从文本的细读中逾越出来，获致了自身理论的宏阔性与总体性，呈示出文艺评论的另一种范式。而长篇小说《回响》的经典性就在于经得住不同维度的阐释，还能意义迭出。南帆援用中外的经典理论及文本，对待一个当代中国的长篇小说，在思想的碰撞中，意图探索文体如何打破模式化的制囿，实践内在的创造性生成。因此，从类型小说到严肃文学，从特殊性到普遍性或曰总体性，好的评论与好的小说一样，都需要同时立于历史与人心的两端，"勘破"当代中国乃至世界的常与变。

在文贵良的《明净与压抑——论王尧小说〈民谣〉的汉语诗学》中，则是由其熟悉的汉语书写角度入手，但是在具体的文本分析中，又呈现出丰富而深邃的样貌，究其原因，关键在于论者细致的剖解与宏阔的汉语诗学视域。

文章阐析人物主体追述中的记忆重塑及其于焉不断构型中的民间话语，以王大头的少年视角观照平凡生活和普通人性，在主体的成长与历史的演变中探询意义／伦理的生成，"《民谣》的'民谣'，意味着与主流叙事话语的分道扬镳，摆脱了主流叙事话语背后话语权威的掌控。同时，民谣意味着小说语言的朴素和叙事的清新"。

不仅如此，在这个过程中，文章还引入了文学史的对照，指出《民谣》延续和发展了沈从文《边城》、萧红《呼兰河传》、何立伟《白色鸟》等小说的汉语诗学，重新构造对于江南的隐喻性想象，在成人与少年的差异化视角中呈现人世／人性的不同维度，以"麻绳型的叙事"解构中心和主流，透视特定历史的多元层次。

【作者简介】南帆，作家、学者、教授、评论家。中国文艺理论学会会长、中国作家协会全委会委员、福建省社会科学院院长、福建省文联主席。出版学术著作、散文集数十种，其中散文集《辛亥年的枪声》和学术专著《五种形象》，分别获第四届、第五届鲁迅文学奖。有《南帆文集》十二卷行世。

Nan Fan is a writer, scholar, professor and critic. At present, he is the president of Chinese Association of Literary and Art Theory, the president of Fujian Academy of Social Sciences, the chairman of Fujian Federation of Literary and Art Circles. He published dozens of academic works and collections of essays, among which the collection *The Gunfire of 1911* and the academic monograph *Five Images* won the 4th and 5th Lu Xun Literary Prizes respectively. He also authored twelve volumes of *Nan Fan Anthology*.

《回响》：多维的回响

南　帆

对于一个成熟的作家来说，轻车熟路往往是一个隐蔽的负面诱惑。无论文类还是叙事模式，轻车熟路可能不知不觉地遮蔽独到的发现，甚至封锁这种冲动的出现。东西显然清晰认识到这种诱惑的危险性。他宁可自寻烦恼，毅然闯入种种荒芜地带——长篇小说《回响》可以视为开疆拓土的产物。《回响》的"后记"表示，这一部小说打开了一个深邃而纷杂的领域，坚硬、明朗的现实世界背后突然显现出一个既熟悉又陌生的空间，各种日常现象闪烁出令人惊讶的意义。这一切迫使作家重新认知相识已久的人物。开疆拓土绝非轻松的工作，东西甚至饱受折磨，几度辍笔。但是，他并未退却或者避重就轻，而是以坚韧的写作姿态正面接受挑战。《回响》21万字，创作历时四年，作品的分量令人刮目相看。

《回响》的问世产生了持续的"回响"。许多批评家的强烈兴趣表明了这部作品的诱人内涵。在我看来，《回响》的内涵之中包含一些富于启示意义的话题。这些话题不仅涉及叙事的架构、文本的肌理，而且进入文学的纵深处，挪用印在这部小说封底的话说，这些话题还涉及如何"勘破人性"。也许，更为准确地说，《回响》涉及的恰恰是叙事、文学与"人性"之间的复杂关系。

这时可以说，《回响》隐含了带动理论命题的潜力。

一

《回响》的情节围绕一个案件的侦破展开，人们通常命名为"侦探小说"。

许多人将西方"侦探小说"的鼻祖追溯至爱伦·坡。时至今日，"侦探小说"业已发展成为一种著名的文类，具有数量庞大的拥趸。一些带有专业精神的读者仅仅愿意充当侦探小说俱乐部成员而对于其他文学作品不屑一顾。与这种状况极不相称的一个事实是，众多侦探小说几乎无法入选文学史认定的经典名单。哪怕"福尔摩斯"名声再大，没有哪一个批评家敢于将柯南·道尔列入伟大作家的行列，与莎士比亚或者托尔斯泰这些文豪相提并论。也许，一个重要的原因是：那些让人眼花缭乱的侦探小说太简单了。尽管离奇的案情或者云谲波诡的破案手段显现了作家的高超想象力，然而，这些作品对于"人性"——尤其是人物"内心"——的认识与发现乏善可陈。

作为一种表象，侦探小说似乎展示了冷静的理性洞察力：剖析错综的案情，发现因果关系，推断犯罪动机并且预测未来的路径，如此等等。然而，全面的分析可以显示，这种理性洞察力仅仅回旋在一个狭小而封闭的逻辑架构内部。一具无名尸体突如其来地出现，一个著名或者无名的侦探应声而出。侦探目光如炬地追踪各种隐晦的蛛丝马迹，见他人之所未见，以至于读者往往没有意识到，他的活动半径相当有限。侦探虽然吃五谷杂粮，拥有七情六欲，可是，侦探小说要求删除侦破之外的各种乐趣，例如到哪一个朋友的寓所悠闲地喝咖啡，或者在郊外的山坡上看一看日出。侦探往往只能涉足案发现场，譬如神秘的单身公寓或者抛弃尸体的荒郊；跟踪罪犯的时候，也许他还可以出入酒店大堂或者穿过繁闹的街头。总之，侦探如同被铐在案件之上，没有理由如同常人般四处闲逛。即使愿意谈一场无伤大雅的恋爱，他的精神轨迹也必须迅速返回那一具无名尸体，而不能忘情地沉浸于结婚之后的蜜月，甚至庸俗地繁衍后代，子孙满堂。除了这些明显的限制之外，侦探小说的另一些约定似乎较为隐蔽，譬如侦探不会身受重伤躺在医院里，更不会英勇殉职，从而让案件难堪地搁浅——无论如何，擒获罪犯的结局始终如一。狭小而封闭的逻辑架构可以使侦探小说如同一张绷紧的弓，不枝不蔓，严密而紧凑，但是，紧张的悬念通常无助于揭示人物的性格纵深——这已经成为侦探小说的文类缺陷。

现实主义小说的一个精湛功夫即是对日常生活的再现。这不仅表现为物质环境或者自然景观的逼真描绘，更重要的是，利用日常生活细腻显现人物性格的丰富层面。或许，这个事实还没有获得批评家的充分阐述：高度紧张的情节往往与人物性格的丰富程度成反比。这个事实的原因并不复杂：千钧一发的时刻，多数人物的选择大同小异。一个平淡无奇的早晨，有的人散步，有的人遛鸟，有的人奔赴菜市场，有的人匆忙上班——平淡无奇恰恰为每一种性格铺开表现的机会；然而，紧张却疾速收窄了选择的空间。例如，空袭来临的时候，几乎所有的人都愿意进入防空洞。侦探小说通常并未给人物性格留下多少游离情节中轴线的出口。不论粗犷、豪放还是尖刻、机智，所有的侦探都不会改变自己的初始动机：破案。更为深刻的意义上，所有的侦探都不会改变职业守则背后的价值观念：弘扬正义，惩罚罪犯——所谓的正义必须以法律为准绳。当然，正如许多侦探小说显示的那样，侦探之中的败类可能被金钱或者美色收买，继而与罪犯沆瀣一气。但是，令人放心的是，肯定有另一个侦探挺身而出，继续案件侦破遗留的未竟事宜。换言之，不论那个具体的侦探遭遇了什么，侦探小说的侦探是一个固定的"角色"，他会始终执行这个"角色"的基本功能。

相似的开端与结局，相似的逻辑架构以及角色功能——如此之多的相似可能形成文学所忌讳的"公式"。很大程度上，这恰恰是人们对于侦探小说的诟病。对于结构主义文学批评来说，侦探小说时常成为称心如意的分析素材。批评家可以轻而易举地从一批侦探小说之中破获相对固定的结构图式与角色设置。"公式"亵渎了文学天马行空的想象，层出不穷的侦探小说不断地试图打破陈陈相因的格局。例如，许多侦探小说开始向惊险小说转移——侦探对于罪犯居高临下的各种特权遭到削弱，他们可能遭受威胁与伤害，甚至命悬一线；同时，侦探与罪犯之间的角逐远远超出静态的智力博弈，汽车追逐、比试枪法乃至拳击格斗比比皆是。尽管如此，这个文类的基本轮廓并未动摇，人物内心的缺失仍然是一个结构性的缺陷。

但愿如此冗长的背景叙述不至于多余——这些叙述有助于表明，东西的《回响》脱离侦探小说的传统背景之后走得多远。

二

如同许多侦探小说，《回响》的情节始于一具无名尸体，尸体的右手掌被残忍地砍掉。案件的侦破一波三折，预想、猜测等沙盘推演带有很大程度的推理小说成分。推理小说是侦探小说的一个分支，严谨的智力演绎构成延展情节脉络的重要动力。许多时候，过分严密的逻辑环节甚至绞干了浮动于情节缝隙的真实气息，以至于整个故事如同塑料制造的人工产品。然而，《回响》保持了细致入微的纹理。这种纹理并非显现为日常景象的物质构造，而是全面开启人物的内心维度。如果说，侦探小说的长期苦恼是无法在双方的激烈较量之中匀出容纳人物内心的空隙，那么，《回响》的情节拥有超常的心理含量。哪一个人内心没有埋藏些什么呢？只不过坚硬的生活躯壳从未允许这些内容无拘无束地表露出来。侦探小说的紧张情节是生活躯壳之中最为粗粝的一面，人们时常以命相搏。刀尖与枪口面前，种种微妙的思绪或者感慨、抒情、反思消失得无影无踪。然而，东西不仅察觉种种表象背后的弦外之音，并且成功地将人物之间或显或隐的内心角力转换为情节的演进，从而替代侦探与罪犯之间种种外在冲突产生的戏剧性。的确，从被害者夏冰清开始，无论是徐山川、吴文超、沈小迎、刘青、易春阳还是慕达夫、洪安格、贝贞、卜之兰，口是心非几乎是所有人物的共同特征；或者用精神分析学的术语形容，所有的人都处于意识与无意识的搏斗之中。意识是无意识的压抑与伪装，无意识隐秘地控制意识进行巧妙的或者拙劣的表演，二者的互动也可以作为"回响"的一种解释。许多人物那里，口是心非已经从危机的应对转变成理所当然的习惯。"人一旦撒了谎就像银行贷款还利息，必须不停地贷下去资金链才不至于断。"这一句不无睿智的比喻来自《回响》的主角刑侦大队长冉咚咚。《回响》的最大成功显然是对这个人物的塑造——精通心理学的冉咚咚迟迟未能意识到，她自己也在不断地撒谎，撒谎的对象恰恰是她自己。

我们可以用"不屈不挠"来形容冉咚咚艰苦的侦破工作。断断续续的线索，证据不足，案件之中许多沉没的环节由冉咚咚的猜测给予填空，这些猜测很大程度建立于过往的经验、智商和训练有素的心理知识之上。作为正义与法律的代表，她意志坚定，大义凛然，不擒真凶决不罢休。然而，与传统的侦探小说相异，《回响》并未为冉咚咚的办案开辟一个纯粹的斗智斗勇空间，家庭以及个人感情纠纷的大面积卷入耗费了冉咚咚的很大一部分精力。《回响》赋予这一部分情节的分量绝不亚于案件的侦破，不少批评家将"回响"一词视为二者纠缠的巧妙比喻。

与通常的预想不同，围绕冉咚咚丈夫慕达夫展开的社会关系与案件线索不存在有机的交集。《回响》之所以将两方面的情节衔接在一起，是因为冉咚咚的内心以及精神状态架设起过渡的拱桥。侦破夏冰清案件的时候，冉咚咚同时发现丈夫慕达夫的酒店开房记录。这迅速导致恩爱夫妻之间的巨大裂痕。慕达夫反复申辩无效，两个人几经曲折终于离婚。然而，《回响》以精神分析学心理医生的口吻宣告了一个令人震惊的结论：冉咚咚之所以如此固执地怀疑慕达夫，甚至以不近人情的蛮横屡屡拒绝慕达夫的示爱，恰恰因为她隐秘地喜欢另一个年轻的警察同事。由于强烈的道德愧疚，她的内心从未正视这个秘密；对于丈夫的苛责与其说是这个秘密试图突破无意识状态的症候——冉咚咚坚信丈夫的出轨，毋宁说是为自己摆脱婚姻制造一个堂堂正正的理由。

对于精神分析学说来，这种颠倒是非的案例不足为奇。然而，当遭受压抑的无意识与一个专注破案的侦探联系起来的时候，一丝不安可能悄然掠过。侦探的自信、手中的权柄乃至武器会不会遭受无意识的潜在支配？对于冉咚咚说来，这不是多余的疑问。无形之中，她开始按照审讯技术犀利地侦查和审问丈夫，家中的书房犹如审讯室。她似乎主张纯粹的爱情，可是，她自己仿佛无法察觉，这种爱情已经被她熟练地制作为一副坚固的精神镣铐。

偏执与过激——慕达夫已经意识到冉咚咚的精神疾病，只不过他将这种状况归咎于侦破受挫带来的压力。压力突破了理性与意识的表层之后，童年的创伤经验悄然浮现——童年的创伤经验是精神分析学的标准答案。孩童时期，冉咚咚不断怀疑父亲与邻居阿姨存在暧昧的亲密，担心父母关系破裂而遭受抛弃是她密不示人的情结。这个情结转换为她对于夫妻关系的忠诚近于病态的苛求。然而，侦破案件带来的一个意外发现是，几乎所有的人都存在相似的创伤经验。

冉咚咚侦破的案件内容几乎俗不可耐，种种八卦新闻纷纷披露大同小异的情节：夏冰清以身体作为交易筹码，向富豪徐山川索取不劳而获的生活。不管两个人之间的秘密协议如何，夏冰清还是无法安于情人的身份而谋求登堂入室的婚姻。这终于给她带来杀身之祸。徐山川当然不愿意亲自动手，于是，谋杀夏冰清的事业如同击鼓花一般从徐海涛、吴文超、刘青转到易春阳。所有的参与者都明白游戏的危险性，所有的参与者都不想终结游戏——

直至定时炸弹传到易春阳手中炸响。这些参与者的性格与职业各不相同，他们组成同一根链条的共同原因是渴望钱财；所以，富豪徐山川理所当然担任链条的起始一环——他仅仅负责付钱买单。如果说，钱财的匮乏显现了外在的社会境遇，这些人物的另一个相似之处来自家庭的创伤经验。或者由于经济窘迫，或者由于家庭分裂，他们的父母无法给予足够的关爱。一些父母不仅没有履行基本的责任，甚至以冷嘲热讽为能事。这些创伤经验深藏于无意识，酿成巨大的心理扭曲，"爱"的饥渴症成为诱发种种异常行为的秘密动机。冉咚咚攻陷嫌疑人与罪犯心理防线的策略几乎如出一辙：将"爱"——包括"爱"的感化与"爱"的要挟——作为开启的钥匙。冉咚咚破案之后会不会发现一个令人意外的事实？——五花八门的生活表象背后，真正的"爱"如此稀缺，传统的家庭框架如此脆弱，童年创伤经验的影响如此久远。这个事实的发现甚至比擒获罪犯更具意义。当然，这种结论必将从精神分析学转移到社会学。

《回响》的末尾提到了一个概念——"疚爱"：因为深深的负疚而产生的强大爱意。这个带有强烈精神分析学意味的概念可能赋予绝望者一丝暖意：深重的伤害背后或许尾随更为深重的"爱"。伤害才会真正展示爱的意义。但是，仅仅"或许"——并不是所有的深渊都藏有引渡行人的独木桥。这个概念的背面同样令人伤感：没有负疚就没有"爱"。幸福而宁静的日子里，爱会像烈日之下的水渍迅速被烘干。生活的真理如此残酷吗？

三

现在可以重提一个事实：《回响》之中多数人物的表象与内心存在很大距离。号称深度心理学，精神分析学不再将内心视为外部世界的一面镜子；相反，无论是意识与无意识或者本我、自我、超我，内心包含各个层次结构的相互作用。作为案件的嫌疑人，吴文超或者沈小迎不得不制造各种伪装保护自己。他们以所行掩盖所思，同时，内心的无意识作为理性"所思"背后的另一个层面无声地涌动；另一些人物儒雅风趣，文质彬彬，可是，只要气候适宜，他们会立即摘下面具敞开内心的另一面，例如贝贞的丈夫洪安格。他们的伪装如此脆弱，仿佛时时在等待抛弃的那一刻；相对地说，"被爱妄想症"已经远远超出了伪装的范畴。冉咚咚与易春阳——两个如此不同的对手——共同发生了完全失真而且栩栩如生的记忆虚构，同时，慕达夫与贝贞之间也出现选择性记忆与事实的相互混淆。

这些描述不存在褒贬的意味，即使是所谓的"伪装"。我想涉及的话题是另一个常见的概念：自我。暂时不必引证各种艰深的哲学表述，"自我"至少表明一个稳定的主体。所谓的稳定，既包含一整套精神、身体的内在认知，又包含社会角色的认定。纷杂的社会关系之中，称之为"自我"的那个主体拥有固定的基本内涵以及社会位置。然而，精神分析学对于这种主体观念形成巨大的冲击。"自我"丧失了稳定的性质。如果意识、理性以及围绕"超我"表现出来的各种言行代表了传统意义的"自我"，那么，所谓的无意识、欲望、创伤经验乃至"被爱妄想症"等诸多遭受压抑的内容是否也是"自我"？遭受压抑表明意识与无意识的对立与分裂。这时，前者还是后者更有资格代表真正的"自我"？譬如，对于冉咚咚或者易春阳来说，代表"自我"的是社会性外表还是蛰伏于内心的强大渴望？

真实与否几乎无法作为这个问题的衡量标准。通常的语义之中，"真实"往往表示某一个事实曾经发生。可是，如果内心的强大渴望以虚构的形式存在，如果这种渴望产生的精神与身体能量远远超过了曾经发生的事实，何者更适合充当"自我"的基础？——尽管可能构成一个偏执乃至谵妄的"自我"。

一个令人安慰的事实是：尽管笛卡尔式理性主义传统遭到了精神分析学的深刻挑战，但是，社会意义上的"自我"并未真正崩溃。日常生活之中，每一个社会成员仍然拥有可供辨认的独特面目，张冠李戴的现象十分罕见。精神分析学的内在图景仅仅是认识"自我"的坐标之一，而且并非最为重要的坐标。多数场合，人们启动外在的社会坐标作为"自我"的定位。张三之所以被视为一个独特的"自我"或者主体，很大程度上因为张三异于李四、王五、赵六等来自外部的衡量。这种状况称之为"主体间性"。换言之，主体的内在结构仅仅部分地塑造"自我"的性质；诸多主体之间的关系网络提供了"自我"赖以参照、互动、制约与修正的"他者"。这种关系网络愈是密集有力，外部社会文化框架对于"自我"或者主体的构成与认知愈是重要。政治家、官员、教授、工人、商人等各种重要的社会身份主要由外部社会文化框架决定。冉咚咚与易春阳的内心共同存在"被爱妄想症"，然而，由于强大的社会定位，他们的生活轨迹截然不同。《回响》之中每一个人物的内心揭秘往往带来情节的突兀转折，可是，侦探不会因为这些转折而变成教授，教授也不会因为这些转折而变成商人。周围的认可、指定、信任、授权无形地阻止了精神分析学对于"自我"的过度瓦解。

从哲学、精神分析学返回文学的时候，"自我"必须同时登上文学设置的特殊舞台进行表演——文学形式。这时，"情节"这个熟悉的概念又一次进入理论视域。尽管《回响》之中的所有人物无不来自东西的虚构，但是，"情节"无形地限定了虚构的半径——"情节"的意义如同外部社会文化框架之于"自我"或者主体。换言之，人物性格的生动或者丰富必须以情节框架为前提。M.福斯特的《小说面面观》对于"扁平人物"与"立体人物"的区分众所周知。意味深长的是，福斯特并未贬低"扁平人物"。在他看来，二者均承担了完成情节的职能——"扁平人物"甚至可以比"立体人物"更为机动地填补情节运行遗留的空隙。

亚里士多德古老的《诗学》列举了悲剧的六个组成因素，即情节、性格、言词、思想、形象、歌曲。《诗学》认为，最为重要的因素是情节而不是人物性格。迄今为止，"情节"仍然是多数人对于叙事文学的期待。"讲一个好故事"是许多作家从未放弃的目标。只有人物性格的塑造才能代表文学的最高成就，这种广泛流传的观点并非不证自明。一些作家表示，情节与人物犹如同一枚硬币的两面，生动的人物形象不就是生动的情节吗？尽管许多文学经典可以成为这种观点的佐证，但是，显然还可以察觉另一些不同的文学倾向。福楼拜《一颗纯朴的心》或者鲁迅的《阿Q正传》均为成功地塑造人物性格的杰作，它们并没有出示多么有趣的情节；另一方面，许多小说充满了悬念，情节如同过山车一般跌宕起伏，情节内部只有角色而缺乏饱满的人物性格。饱满的人物性格往往造就了自己的命运，无论是林冲雪夜上梁山还是安娜·卡列尼娜卧轨自杀，他们人生的每一步无不来自性格的选择。相对地说，角色的主要意义是推动情节持续奔赴终局，犹如安顿在机器内部按照规定方式运转的某一个齿轮。侦探小说通常如此。侦探与罪犯的对手戏是情节的不变旋律，他们的行动恰恰由对方而不是自己决定。罪犯从情节之中退场而移居监狱的时候，侦探就会因为无所事事而领取一张文学退休证。

《回响》的成功是保持巨大张力之中的平衡。精神分析学的视野开启了人物的内心渊薮，许多隐秘的内容意外地闪现，然而，这些内容毋宁说丰富了——而不是肢解了——社会学逻辑。罪犯一次又一次地滑出视野令人欲罢不能，《回响》的情节始终保持悬念的刻骨魅力；可是，所有的悬念来自人物性格的内在驱动，侦破的外在使命形成的驱动愈来愈弱。情节的结局缓缓地停靠在"爱"字站台上，这显然远远超出开端那一具无名尸体带给人们的预想。

这种成功还可以引申出哪些意义呢？

四

在提到了"立体人物"形象之后，M.福斯特并未进一步解释，文学为什么要费尽心机塑造各种人物。这些人物不会真正消耗食物与氧气，身体内部不存在各种腺体，每一日不必安排大量时间睡眠，没有档案和护照，也不会在哪一个机构领到薪水——作家输送他们来到这个世界干什么呢？

许多文学批评家的阐述之中，这些人物仿佛来竞争"典型"的头衔。他们力争成为文学的"典型人物"，从而赢得进入文学史的长期居住证。"典型"这个概念具有漫长的理论谱系，现今业已成为叙事文学解读机制的轴心。如何评判一部叙事作品——无论是小说、戏剧还是电影或者电视连续剧——的成就？人物性格的成功与否成为首要的衡量指标，成功的标志即是"典型"。

希腊文之中的"典型"为 typos，英文为 type，包含范式、类型之义。如果说，文学的魅力始终与个别形象的生动性联系在一起，那么，这种状况遗留的理论负担恰恰是——个别形象拥有哪些普遍的意义？普遍意义的缺席无法解答一些基本的文学问题：为什么作家选择这个人物而不是那个人物，为什么某些作品的主人公熠熠生辉而大部分作品的主人公转瞬即逝？"典型"为轴心的解读机制提供的解释是，前者拥有强大的普遍意义——这种意义通常被称为"共性"或者"本质"。例如，作为文学的"典型"，一个贫农、一个地主、一个知识分子或者一个商人的人物形象之中闪烁着千百个贫农、地主、知识分子或者商人的身影。

列举贫农、地主、知识分子、商人这些社会身份并非偶然，这些社会身份背后还可以概括更大范围的普遍意义，譬如分别代表某些阶级、某些阶层的社会文化特征，如此等等。当作品主人公之间的戏剧化情节被视为若干阶级、阶层之间社会关系的隐喻时，一个宏大的社会历史图景如约而至。文学再现了"历史"云云并不是强调史料保存或者重大事件记载可以与历史著作一争短长，而是借助"典型"为轴心的解读机制充分展示"个别／普遍"一对范畴隐藏的哲学潜力，从而使个别的人物形象逻辑地扩展为"总体性"的历史图景。换言之，文学的个别形象必须为认识"总体性"的历史图景做出贡献。因此，所谓的"普遍"必须锁定社会文化／历史图景层面而不能拐到另一些意外的主题，例如生理意义的"普遍"。考证林黛玉的头晕是否因为低血压或者阿Q头上的癞疮疤属于何种皮肤病，这种文学批评肯定弄错了方向。

可是，多数侦探小说很少涉及社会文化／历史图景之中起伏不定的前沿探索，很少涉及尖锐的思想分歧或者新兴的生活方式。无论案件多么复杂，侦探与罪犯的博弈是非分明，既定的法律体系事先划定了不可逾越的界限。由于罪与非罪的法律观念坚固而稳定，侦探与罪犯的博弈不再卷入社会文化内部各种观点微妙的此消彼长。如果说，一些杰出的现实主义小说恰恰从各种观点的微妙波动之中察觉阶级、阶层的构造改变，察觉历史图景内部深刻的震动，那么，侦探小说往往滞留于显而易见的生活表象。然而，尽管《回响》的情节沿袭了罪与非罪观念评判生活，东西却从另一个方向撬开了生活表象。《回响》并未全景式地描绘这个时代阶级、阶层之间的急剧错动，而是拐向另外两个社会范畴：性别与家庭。

作为一个微型社会单位，家庭的生产任务是繁衍后代，不同性别的合作是完成生产任务的前提。然而，家庭的组织方式与劳动生产形成的协作以及利益分配机制大相径庭。相对于企业、政府部门、工厂、学校、军队等形形色色社会机构组织的共同体，家庭结构远为坚固——家庭成员之间的黏合剂是强大的"爱"：性别之爱与亲子之爱。"爱"的特殊凝聚性往往源于无私。个人的利益追求与衡量压缩到最小限度，一荣俱荣或者一损俱损构成家庭内部的一致步调。一个社会之所以不会聚散无常，起伏无度，坚固的家庭结构功不可没。从宏大的民族、国家、阶级、阶层收缩到家庭的时候，一种无私的精神突然开始耀眼地闪亮。理想的意义上，"爱"不仅是个人的精神归宿，而且应当成为社会成员彼此联结的接口。一些人甚至借助宗教式的表述将"爱"形容为照亮人生的精神信仰，例如，冰心曾经感叹地说："有了爱就有了一切。"可是，这个优美的命题在《回响》之中遭遇严重的挫折。性别之间与家庭内部，"爱"暴露出惊人的秘密。由于这些秘密的发现，《回响》从侦探小说的文类成规之中破门而出，并且迫使人们重审"爱"的名义联结起来的各种社会关系。

原载《当代作家评论》2022 年第 3 期

【作者简介】文贵良，华东师范大学中文系教授，中国现代思想文化研究所研究员，博士生导师，中文系系主任，上海市语言文字工作者协会会长，中国现代文学研究会理事，《现代中文学刊》副主编，中国茅盾研究会副会长；主要从事二十世纪中国文学与语言关系的研究。

Wen Guiliang, professor of the East China Normal University, researcher of the China Modern Thoughts and Culture Research Institute, dorctoral supervisor, director of Chinese Literature, chairman of the Shanghai Work of language and characters Association, director of the China Modern Literature Research Association, vice editor of the Collection of *Journal of Modern Chinese Literature*, vice chairman of the China Mao Dun Research Association. He mainly studies the relationship between Chinese literature and language in the 20th century.

明净与压抑
——论王尧小说《民谣》的汉语诗学

文贵良

　　王尧的长篇小说《民谣》，首先是题目吸引了我。那民谣会是什么样的民谣呢？不过读完整部小说，我对具体的民谣没有任何印象。这就给我一个困惑：既然不着意于具体的民谣，题目为什么叫民谣呢？以民谣为题，也许只是一种暗示，整部小说只是小说叙事者王大头自己内心的谣曲，是成长后的王厚平（王大头）追叙自己初中阶段的一段青春记忆。这种民谣式的追叙，从形式上看，类似于郁达夫的"自叙传"；从立场上说，属于陈思和教授所说的民间叙事。因此，《民谣》的"民谣"，意味着与主流叙事话语的分道扬镳，摆脱了主流叙事话语背后话语权威的掌控。同时，民谣意味着小说语言的朴素和叙事的清新。《民谣》语言的独特之处，是每一个语句的独立性很强，不常用关联词语，很少用表达情绪的形容词：

> 昨天下午，怀仁老头儿撑着船，打捞浮起的死鱼。他说，鱼是死的，煮熟，人吃了，鱼儿就是活的。老头要我拿几条回去，我没有要，老头儿说："你是个呆子。"

《民谣》的语言构造简洁有力，明净而单纯。叙事有时很冷静，不着感情色彩。上述文字写胡怀仁老头的出场，非常直接，没有铺垫，没有解释。这种叙事的语句，造成一种独立清爽的叙事风味。至于此人什么来头，以后慢慢了解。但就叙事语言来说，反而纯净。"鱼是死的，煮熟，人吃了，鱼儿就是活的"，属于人物的间接引语，怀仁老头的生活智性倒也清晰可见。语言给人明净的美感，仿佛春天的烟雨江南。这种语言我称之为江南水乡型语言。明净的江南水乡型语言，表达的却是一种压抑的生活，这仿佛与我们记忆中的江南诗学背道而驰。明净的语言与压抑的生活之间的张力，无疑是《民谣》最鲜明的诗学特质。

一、隐喻与灰暗的诗意江南

《民谣》卷一的开头写道："我坐在码头上，太阳像一张薄薄的纸垫在屁股下。"这个比喻十分陌生而奇崛。这不禁让人想起英国诗人艾略特的著名诗篇《荒原》的开头："四月是最残忍的一个月，荒地上 / 长着丁香，把回忆和欲望 / 掺合在一起，又让春雨 / 催促那些迟钝的根芽。"四月的草长莺飞与"残忍"形成一种对照。"太阳"在中国诗学传统中，往往被赋予某种神圣和崇高。《民谣》这个比喻的独特之处，在于将"太阳光"置换成了"太阳"。"像薄薄的纸"，将光的亮色改换成纸张的厚薄。"薄薄的"，压缩了太阳光的热量的包容感。人们在太阳光中，让人浑身上下无处不感到太阳光的存在以及光的温暖的厚度。"垫在屁股下",通俗朴实,化解了太阳与太阳光的崇高。这种感觉,暗示的是王大头的迷茫心态,与王大头在1972年遭遇的季节有关,因为这个季节一直下雨。铺天盖地的不是太阳光,而是从麦秸秆肆无忌惮发散出来的霉味。

第二次写到太阳的这个比喻:"外公的船也许快到西泊了,我屁股下那张纸好像也被风吹飞了。"阿城小说《孩子王》中,学生王福的作文写出了"白太阳"一词。笔者曾分析"白太阳"一词产生的民间性。《民谣》中王大头对"太阳"的感知,完全出自一种心理折射。《民谣》中曾多次写太阳以及阳光:

> 外公说,安葬王二队长时,太阳已经落山了,他说太阳像鲜
> 红的血。

> 烂猫屎出殡时阳光灿烂。

> 三小病死的前一天下午,我去看他。他缩在床上,眼神好像已经死了。那口薄薄的棺材就埋葬在玄字号的一块麦田里,他直挺挺躺在棺材板上,他死亡之后才舒展了自己的身躯。这是真实的三小,他是能够挺直自己的。安葬他时,阳光灿烂,遍地的菜花之上已经有蜜蜂飞舞。我看到地上无数的蚯蚓在新挖的土坑中蜿行,黑的红的,爬向远方。它们腾出的空间,成为我同学的葬身之地。在葬好余三小后,婶婶拉着我说:"三小和你最好。你的同学没有了。"婶婶说,三小临死之前想吃肉,她想把那只狗杀了,三小不肯。婶婶哭着说:"我应该把狗杀掉的。"

这三处写到太阳或者阳光,都与安葬有关,安葬通向死者之死与生者之

生。王二队长是莫庄队史上的英雄,他是革命者,因有人告密被杀。外公是与王二队长一起革命的同志。他叙述安葬王二队长时太阳如血,暗含了外公对死者的崇高敬意。烂猫屎是莫庄的外来户,三小是一名初中生,他们的死亡属于芸芸众生中的普通事件。他们安葬时阳光灿烂,也许在王大头的记忆中生活即是如此。不过,阳光灿烂与安葬时心情的沉痛仿佛不应该在同一调色板上。尤其是三小的死亡,王大头的内心之痛无法表达。三小是王大头要好的少年伙伴,因得肺结核而死亡。三小死后才能挺直自己的姿态,暗含了生存的某些悖论;阳光灿烂、蜜蜂飞舞、蚯蚓远行,自然万物不会因为人的死亡而停止生长,照样生机勃勃。也许三小死亡对他自己来说解脱了痛苦,也许可以用陶渊明所说的"死去何所道,托体同山阿"的豁达来安慰生者,但对王大头来说生命消逝的迅速,让他无法表达自己的内心。小说卷四中有一段对阳光的认识与抒情:

> 我看到阳光下的向日葵抬起头来了,它确证了一个正常夏天的到来。阳光没有颜色,阳光贴近大地贴近庄稼贴近少年鼓胀的胸脯时才有了颜色。如果阳光离开庄稼,离开稻子、麦穗、山芋藤、棉花和雨露,阳光只在天上,不在大地上,就没有颜色。我害怕头顶上的阳光,我喜欢大地上的阳光。我喜欢在这样的阳光照耀下,看水沟,稻尖、麦芒、山芋藤上的露珠和向日葵的姿势。阳光只有照在向日葵上时才是金子。
>
> ……
>
> 对了,我不要去郊区看向日葵,我上学的路上都是向日葵。

这里对阳光颜色的诗意表达,中心在于阳光的颜色在大地上,在万事万物上,在具体的人身上,在生命上。阳光的赤橙黄绿青蓝紫如果脱离了生命,又有何意义呢?阳光的颜色与生命息息相关,阿城笔下的"白太阳"与王福父亲密切相关；梵高画中的"绿太阳"与伦敦人们的密切相关。《民谣》中大量的隐喻以及那个白发老人的梦一般的存在，仿佛黑白照相机，将姹紫嫣红的江南换成了黑白底色。这样的江南水乡，属于《民谣》塑造的灰暗的诗意江南：

> 这些鸟儿都飞走了，它们在新的栖息地欢叫飞翔。鸟儿是没有故乡的，天空都是它们的世界。我和它们不同。我看着船儿向东向西，或者靠近码头。在后来很长时间，一九七二年五月的大水，让我觉得自己的脖子上挂着几根麦穗。记忆就像被大水浸泡过的麦粒，先是发芽，随即发霉。我脖子上的几根麦穗，也在记忆中随风而动，随雨而垂。

王大头的记忆是"发霉"的记忆。这种色彩是整部小说的基调。所谓记忆的"发霉"，是少年时期的生活沉淀在少年人心灵上的阴霾之感。1973 年冬天，王大头听梅儿母亲说及安徽的大雪，在心中杀死了杨副书记：

> 真的快要下雪了。这是下雪的日子。我在呼吸着灰暗而不浑浊的空气时，朵儿说，快听到落雪的声音了。我只听到怀仁老头儿在巷子里大喊，落刀子吧，落刀子吧。风死了。树叶死了。河水死了。白天死了。月亮死了。这是下雪的日子。当一切都像死了的样子，天空开始飘起雪花。我看着漫天的大雪，心里异常兴奋，我觉得是我杀死了那个姓杨的。

王大头对江南大雪的记忆，完全没有任何喜悦之情；他的"兴奋"恰恰是因为江南大雪带来的死亡气息。大雪在"灰暗而不浑浊的空气"中来临，风、树叶、河水、白天、月亮这些景物全都"死了"。这种生命停滞甚至消失的状态，暗合了王大头在心中对杨副书记的谋杀。

《民谣》的隐喻既是一种修辞术，又是一种艺术思维方式。借用江南意象作喻，不是朝着明丽活跃的审美方向发展，而是通过将江南意象世俗化、贬低化处理，或者与死亡场景面对面映衬，朝着低沉灰暗的审美方向发展。这种隐喻方式设置了少年王大头观看莫庄历史与生活的窗口与镜面。

二、成人化的少年视角与参差的人性平衡

《民谣》的文本由内篇、杂篇和外篇构成。内篇是正文，即从卷一到卷四。如果没有杂篇，我们很自然就把内篇视为一种少年视角的叙事。但是有了杂篇一对照，就可断定：内篇虽然是少年视角，但绝对是成人笔调，因为杂篇才既是少年视角，又是少年笔调。这就产生了一个问题：成人笔调描绘的少年心事，是否也是伪装的成人心事？这个问题不一定有确定的答案。鲁迅的《孔乙己》中的小伙计，确定是最后一句中的"我"吗？萧红的《呼兰河传》中那个"我"不也是成年后的萧红吗？凡是采用第一人称讲述少年故事，都可以说是成人讲述的少年心事，也即少年讲述的成人心事。

《民谣》叙事视角，以十几岁的男孩王大头为主，叠加了成年人的视角（长大后成为学者的王厚平）。这种叙事视角往往是一种发散性的叙事视角，没有盯着某条事情主线，而是以自己的成长为线索，辐射到乡村的多个方面。王大头讲述了他自己在 1972 年到 1974 年考上高中这一段时间所闻所历所想所忆的故事。这种少年叙事视角与明净的语言相结合，构造了一种特别的美学气质。但这位少年王大头追溯的历史复杂而混乱、看到的现实生活沉重而压抑。

他是一名初中生，他受三个知识系统的教育：第一是学校课堂教育，如杨老师的语文教育，它与实际生活中勇子的进步表达相呼应；第二是课余的文学作品阅读，如《老山界》《野火春风斗古城》《林海雪原》《钢铁是怎样

炼成的》等文学作品，它与莫庄的革命历史相呼应；第三是李先生的文言文教育，如《诗经》《古文观止》《孟子》等文化经典，它与现实生活中做人的基本正义相呼应。小说内篇结尾处，李先生自杀，留下一个纸条给王大头：

> 由是观之，无恻隐之心，非人也；无羞恶之心，非人也；无辞让之心，非人也；无是非之心，非人也。恻隐之心，仁之端也；羞恶之心，义之端也；辞让之心，礼之端也；是非之心，智之端也。人之有是四端也，犹其有四体也。

孟子的"仁义礼智"四端，在小说中是李先生这个人物将之说出但却在众多人物的行为中得以实践的。这无疑深刻塑造着王大头的品性，他对犹豫中的勇子提出的建议就可见一斑。在王大头的成长过程中，似乎还应该有一个以鲁迅为代表的现代启蒙传统。小说中提到鲁迅的《孔乙己》和《好的故事》等作品，尤其是王大头的表姐背诵《好的故事》一段令人惊奇，因为《好的故事》每个句子都好懂，但全篇并不好懂。这个现代启蒙传统，在小说中没有得到具体表达。

王大头作为叙事者虽然是一名初中生，但他喜欢观察，尤其喜欢幻想和思考。他怀疑告密王二队长的人就是后来安葬王二队长的胡鹤义，虽然无法确证，但确实不是没有可能；他给在婚事上犹犹豫豫的勇子说，富农出身的秋兰嫁给勇子，就是投身革命，这不仅幽默也很有几分智慧；他评价《老山界》文章不反动，出自自己真心的声音，没有因为陆定一受到批判而否定他的文章，表现出审美独立的自觉意识。如此看来，王大头确有自己的审美立场和主观意识。他的神经衰弱症，看似一种身体病症，但我更愿意将它视为少年王大头对周围灰暗现实的过敏反应和自然抵抗。这种抵抗源自少年王大头对现实生活的不信任和无法把握。如果王大头如勇子一样将自己彻底托给现实，他就不会过敏；如果他像李先生一样完全拒绝现实，他也不会过敏。

他毕竟是少年，对生活热爱，但又无法理解，因而过敏，产生抵抗。

基于此，少年王大头看人很少绝对化。《民谣》写到的人物有三四十人之多。这些人物可以分为几个系列：第一系列是王大头的亲人系列，曾祖父、祖父、奶奶、父亲、母亲、四爹、小姨、外公、老太、糖果，以及与他们家有关的小云、独膀子等；第二系列是胡鹤义家族成员，包括胡鹤义，胡鹤义的两个儿子胡若鲁、胡若愚，大少奶奶，以及与之有关的在胡家的用人胡怀仁、胡怀忠、连英姨娘等；第三个系列是革命者系列，包括王二队长、剃头匠老杨、王大头外公、方天成等；第四个系列是比王大头年龄稍大一些或者相仿的年轻人，包括杨晓勇、表姐、巧兰、秋兰、余明、梅儿、阮叔叔、小月、方小朵、余光明（三小）等；第五个系列属于特殊系列，比如被戏称为"大老板"的烂猫屎、教王大头文言文的李先生和语文老师杨老师等。众多人物的面相清晰，仿佛江南水乡里的树木花草，各有其生命的色彩。在王大头眼中的"恶人"只有胡怀忠和杨副书记，因为胡怀忠栽赃王大头外公，杨副书记十分好色。如果不用伦理的善恶区分人物类型，除了王二队长作为革命者形象，因处于事件的旋涡中反而没有给予丰富的笔墨充分展示其个性外，其余人物往往个性多有鲜明之处，而人性却多为参差平衡。表姐是积极的青年，但能背诵鲁迅《好的故事》；李先生穿长衫而在乡里借米借东西，有借无还却也彬彬有礼、不减自尊；余明渴望找婆娘但为了自己的声誉宁愿自宫；尤其是胡鹤义和勇子两人，个性更为复杂一些。胡鹤义是当地地主，如果不能确证他是告密者，那胡鹤义还帮助过革命者，安葬王二队长也不失为政治正确之举。胡鹤义颇能得到当地人的尊重：

> 公社成立第二年秋收的一天凌晨三点，老头儿夹着一捆草悄悄从生产队场上回来路过大桥，他不时会在清晨起床到场头拿点小东西回家。老头儿听到桥东边的河面上有噗通噗通的水声，他赶紧放下稻草，再听，声音渐渐小了。他觉得好像有人跳河了，

这个人已经沉下去了。老头儿穿过巷子，来到东码头，发现有一双布鞋留在码头上，他拿起来，发现是老东家的布鞋，二十年前他常常看见东家穿这样的布鞋。老头儿知道出事了，他在码头上喊起来："东家跳河了！"发觉说得不对，更大声地喊："胡鹤义下河了，胡——鹤——义下河了……"

胡怀仁在旧社会曾是胡鹤义家的用人，多年后的新社会中他虽然是在情急之下呼出"东家"一语，但也可见对胡鹤义怀有几分情义和几分尊重。大队干部勇子的妈妈过去也是胡鹤义家的用人，在胡鹤义死后瞒着勇子烧了几张纸钱。勇子这个人物较为立体，杨老师的《向着太阳》中的"奋斗"就非常刻板简单。勇子属于那种政治上积极进步的人，说话完全政治化。因谐音"摸庄""木桩"而来的"莫庄"，勇子给出了劳动人民的发生学解释——"劳动人民是我们大队最早的人"，因而总结出"我们这个大队的历史就是一部阶级斗争的历史"。但这个人物富有人情味，在批斗王大头外公、方天成和独膀子的批斗会上，有个细节——有人让外公跪下，勇子上前阻止了。可见勇子在批斗会上掌握着分寸。勇子在面对富农出身的秋兰时，感情上有过犹豫，这很正常。在一个特殊的年代，恋爱婚姻不只是情感上的融通，还必须有政治上的相配。在勇子和秋兰的婚事中，主动权掌握在勇子手上，秋兰处于被动地位。但勇子最终选择了秋兰，宁愿断送了自己在行政上的发展道路。这是人性的胜利。

三、麻绳型叙事与特殊时代的生活

《民谣》的叙事采用成人化的少年叙事视角，这个视角贯穿内篇的全部，因此它的叙事方式不可能是芥川龙之介的罗生门式的叙事方式。与鲁迅的《孔乙己》、萧红的《呼兰河传》等同样采用成人化的少年叙事视角相比，《民谣》自有特色。《孔乙己》《呼兰河传》等作品的叙事方式基本是时间线性式的，而《民谣》的四个分卷，却不一样。《民谣》的故事进行时间在 1972 年至 1974 年之间，四十年代的革命史和王家的家族故事，都是通过追叙方式得以呈现，而王大头成人后的故事基本以后设的方式将之补叙出来。《民谣》内篇的四卷不是按照线性时间叙事，而是齐头并进式的，我称之为"麻绳型叙事"。搓麻绳的时候，往往是三股细麻扭结在一起。《民谣》内篇四卷就如四股细麻。卷一以介绍莫庄庄史为中心，引出莫庄的过去并铺展现实。通过介绍莫庄以及周边的庄舍，采用散点捕捉的方法，引出了胡鹤义的父亲、外公、独膀子、李先生、根叔、奶奶、革命烈士王二队长、勇子、小姨、烂猫屎、张老师、西头老太（王大头母亲的奶奶）、老太（父亲的奶奶）等众多人物。王大头、表姐和勇子编写队史，展示了王大头叙述的个人话语与勇子的时代话语之间的张力。卷二以王家家族史为中心，将过去的革命故事化入现实生活中。卷三以钻井队的来去为中心，叙述了年轻一代人们的生活抉择：兰心蕙质的巧兰选择去了哈尔滨、勇子战胜了纠结与秋兰结婚，等等。卷四以王大头的成长为中心，送外公去城里看病、余三小得肺结核去世、梅儿去安徽找叔叔、方小朵的出现又离去，穿插着胡鹤义孙子的回乡、李先生的赠书并去世等故事。这四卷之间，存在一种互文关系，呈现既互相独立又互相支持的叙事形态。

如果按照小说中的现实生活，麻绳型叙事叙述了多层的江南水乡生活，其最大的叙事功能是解构了中心。在整部《民谣》中，不存在叙事话语的中心。第一，没有中心人物，出场人物有三四十人之多，王二队长、外公、胡鹤义、胡怀仁、勇子、李先生、烂猫屎、独膀子、方小朵等一个个走来，谁也不是中心人物，只是江南水乡中的一树一草而已。王大头作为叙事者，他申明自己只是旁观者。第二，没有中心事件。王二队长一群被伏击、胡鹤义一家的离散、钻井队的来去、外公被揭发受批斗又获得平反、余三小去世、独膀子与小云的情冤故事、余明怒气自宫、方小朵出现又离去、李先生去世，这些事情如果按照自身的发展叙述，都会呈现其波澜起伏的曲折性和自身的独立性。但叙事者却将这些故事分布在不同的章节中叙述，因而消解了任何事件成为中心事件的可能性。这样一种麻绳型叙事展现了莫庄在特殊时代的生活情景。王二队长、方天成、外公等人的革命故事一直影响着现实生活，方天成和外公的遭遇表达了现实生活的某种阴暗面；而独膀子以及那个在家族话语中被迫消失的四爹，彰显了时代话语对历史的剪裁。胡鹤义一家三代人的遭遇穿插在四卷的叙事中，胡鹤义自杀、胡若愚和胡若鲁出走、胡鹤义孙子返乡，与莫庄人们的生活既密切又脱离。钻井队的到来又离去给莫庄的沉闷生活带来了涟漪，阮叔叔与巧兰的爱情故事给了一个遥远的收尾，但仍不失为莫庄水乡放出去的风筝。聪明可爱的方小朵的出现，治好了王大头的神经衰弱症，给莫庄带来一股清风。

结语

江南水乡的明丽意象，借用隐喻等方式，反而激活了王大头霉味的记忆，写出了少年王大头眼中和心中灰暗的诗意江南。王大头所用的成人化的少年视角，看到的是莫庄人们的平凡人性。即使是王大头所痛恨的胡怀忠、杨副书记等人，也还不能算大奸大恶之辈。而麻绳型的叙事方式，叙写了莫庄的过去与现在交织的立体生活。胡鹤义作为地主阶级一员，被时代话语所赋予的剥削性与外公等个人叙述中对革命的同情感一直碰撞着；梅儿去安徽寻找叔叔、巧兰去哈尔滨寻找阮叔叔，去远方寻找未来带来的迷离；余明维护声誉而自宫的过激所带来的惊诧；少年伙伴余三小得病去世，因无法挽救仿佛又不得不如此带来的痛楚茫然；独膀子因怯懦而辜负小云，造成终生遗恨所带来的人生唏嘘，诸如此类，构成了王大头少年江南水乡生活的基本色调，这种色调是压抑的沉闷的，无法给予少年以希望。勇子与秋兰的结合、方小朵的亲近、还能读上高中的道路，带给王大头某些光明。不过勇子与秋兰结合，造成了勇子自认为的革命进步性的丧失；方小朵亲近又很快离去；能读高中却没有大学可上。所谓的种种亮色似乎又带来种种不足。

　　明净的语言、简洁的叙事、隐喻的多样、成人化的少年叙事和麻绳型叙事，表现了 1972 年前后江南水乡一少年所经历的压抑生活；以及在这种压抑生活中，少年王大头的成长。《民谣》的这种诗学特质，在中国现当代文学史上有一条较为清晰的脉络。沈从文的《边城》以"文字德性"写"人性谐调"，写人性与环境的美善，以及在美善背后回避不了的悲剧性人生。萧红的《呼兰河传》，以第一人称儿童视角，以儿童式语言笔调，刻画人们偏僻的人生，表达"我"沉重的寂寞之感。何立伟的《白色鸟》语句清新，却烘托出残酷的现实。《民谣》以明净之笔表现江南水乡压抑的生活，让人们对那段特殊年代的生活进行另一种思考。

　　《民谣》的外篇，对内篇的故事内容与人物塑造，并没有提供更多的特别的东西，但是有了外篇，内篇的叙述语言就更醒目。外篇是少年王大头的习作，多长句，多政治词汇，多时代口号，这些主导了习作的语言构造，而少年个体的生命体验却消失殆尽。内篇是成长后的王大头，也即作为人文学者的王大头对少年王大头的叙事，语句简短有力，抛弃了以政治词汇和时代口号作为叙事的方式，借用江南水乡中镇、庄、舍的地理形态，借用江南水乡的自然风物构造隐喻，少年王大头精神世界的成长性反而得到充分的表现。生活虽然压抑，世界尽管灰暗，但对少年的王大头和成为学者的王大头来说，"世界是一种力量，而不仅仅是存在"。

原载《当代文坛》2022 年第 4 期

主持人：付秀莹

付秀莹，小说家，《中国作家》副主编。

Fu Xiuying is a novelist, and currently she serves as deputy editor-in-chief of *Chinese Writers*.

长篇

推荐语

本季度长篇小说创作题材丰富，精彩纷呈。孙甘露作为先锋派代表作家，时隔多年后隆重登场，华丽转身，给我们带来全新的创作姿态和创作风貌。《千里江山图》融谍战元素于红色革命主题创作之中，悬念不断，环环相扣，在如何以文学的方式切入革命历史题材方面做出有益探索，对于作家如何讲述历史、介入现实、烛照当下方面，给予我们更多新经验和新启示。作品主旋律高昂，正能量充沛，红色主题创作依然具有广阔的空间和前景。叶弥的小说风格总是特色鲜明，她擅长把女性对于生活的热爱、对于情感的追求写得动人心魄。其新作《不老》依然是作者一贯的创作风格，但又有变化和创新。女主人公孔燕妮人物性格丰富复杂，耐人寻味，具有独特的精神深度和个性光彩，为文学人物画廊增添了新的形象。艾伟的《镜中》描写都市男女之间的情感纠葛，讲述了四位主人公经历创伤后各自踏上赎罪之路，最终在慈悲、爱以及宽恕的终点重逢的故事。书中细腻的心理描写，独特的构思布局，以文字构建了一座镜像迷宫。葛亮的《燕食记》以细腻敏感的笔触，深入近代岭南的聚散流徙，从商贾政客、革命志士、行会巨头等传奇人物到市井百姓，展现芸芸众生的命运悲欢，映照出时代的风云激荡。综上所述，本季度长篇小说创作样貌丰富多样，老中青三代作家同台竞技，各有千秋，蔚为大观，显示出可喜的创作态势。

2022年第3季度优秀长篇小说选目

作者	作品名称	作品出处	内容简介
孙甘露	千里江山图	上海文艺出版社，2022年4月	小说讲述的是1933年发生在上海的故事，我党地下工作者围绕一次秘密任务与敌特展开一场惊心动魄的斗争。红色主题创作融合谍战故事元素，扣人心弦，紧张好看，在思想性和艺术性相统一方面显示出不俗功力。
叶弥	不老	江苏凤凰文艺出版社，2022年7月	小说用一段发生在半个世纪前的不落窠臼的传奇爱情故事，倾心塑造了一个复杂而又独特的女性形象，既是"不老"的象征，恰又代表着这个命题的辩证性。小说意在告诉人们，皮囊的老去并不可怕，可怕的是在韶华流逝前，思想和灵魂已经早衰。
艾伟	镜中	浙江文艺出版社，2022年5月	作品穿越中国、缅甸、美国、日本四个国度，缓缓编织出一张疑窦重重的迷网，困缚于其中的四个人都怀着隐秘的罪孽，各自踏上殊途同归的救赎之旅。小说承续两性关系这一创作母题，对如何纾解东方人心灵困境这一问题做出了深刻剖析。
葛亮	燕食记	人民文学出版社，2022年7月	该书以岭南饮食文化的发展变化为脉络，以师徒二人的传奇身世以及老店同钦楼的薪火存续为核心，讲述了粤港经历的时代风云变化。故事跌宕起伏，文笔细致入微，宛若一幅生动描绘中国近百年社会变迁和世态人情的宽阔画卷。